KB045374

{ 키스의 √지수 }

$$\Sigma$$

$$\iint$$

$$\div$$

$$\times$$

헬렌 호앙 지음

황소연 옮김

내 가족에게 이 책을 바칩니다.

내게 안식처가 되어주는
느과이, 메, 찌2, 찌3, 찌4, 안5, 안7 고마워.

고마워, 여보, 나를 사랑해줘서.
당신의 병명, 기벽, 집착까지도 난 감사하게 생각해.

엄마가 글을 쓸 수 있게 해준 B-B와 I-I 고맙다.
너희들은 내 가장 소중한 보물이야.

1

"뜬금없는 소리 같다만, 스텔라, 네게 우리의 소망과 적절한 타임라인을 알려줄 겸 한마디 해야겠구나. 이제는 우리에게 손주 좀 안겨다오."

스텔라 레인은 아침밥에서 눈을 들어 우아하게 늙어가는 어머니의 얼굴을 바라보았다. 연하게 화장한 눈이 전투 태세를 갖춘 커피색 눈과 마주쳤다. 순간 스텔라는 불길한 느낌에 사로잡혔다. 그녀의 어머니는 한번 마음을 먹으면 반격을 노리는 오소리로 돌변했다. 으르렁거리지 않고 털가죽도 없지만 호전적이고 집요한 오소리.

"생각해볼게요." 스텔라가 말했다.

처음 들이닥친 충격은 빗발치는 여러 가지 두려운 생각들에 밀려났다. 손주는 아기를 의미했다. 그리고 기저귀였다. 산더미 같은 기저귀. 기저귀 산. 그리고 아기는 운다. 모든 소음을 철벽처럼 막아내는 고성능 헤드폰도 어쩌지 못하는, 영혼을 파괴하는 밴시(누군가가 죽게 되면 울부짖어 죽음을 예언한다는 아일랜드의 여자 요정-옮긴이). 그리 조그만 몸으로 어쩜 그리 줄창 빽빽 울어댈 수 있는지. 게다가 아기란 남편을 의미한다. 남편은 남자 친구를 의미한다. 남자 친구는 데이트를 의미한다. 데이트는 섹스를 의미한다. 스텔라는 진저리가 났다.

"너도 이제 서른이잖니, 스텔라. 우린 네가 아직도 싱글인게 마음에 걸려. 틴더 해봤니?"

스텔라는 물잔을 집어 물을 한 모금 꿀꺽 마셨다가 실수로 얼음 조각을 삼켰다. 그녀는 목청을 가다듬고 말했다. "아뇨. 안 해봤어요."

그녀는 틴더—그리고 그것의 목표인 데이트—는 생각만 해도 진땀이 났다. 데이트라면 하나부터 열까지 모든 게 싫었다. 편안한 일상에서 벗어나는 것도 싫었고, 어이없고 당혹스러운 이야기를 주고받는 것도 싫었다. 게다가 섹스도 해야 했다…

"저 승진 제안 받았어요." 그녀는 어머니의 관심을 다른 데로 돌리려고 말했다.

"또 말이니?" 아버지가 〈월스트리트 저널〉을 내리면서 물었다. 아버지의 금속테 안경이 모습을 드러냈다. "불과 6개월 전에 승진했잖아. 그것도 유례없는 일이었어."

스텔라는 몸을 꼿꼿이 세우고 의자 끝으로 얼른 다가앉았다. "우리 회사 새 고객 중에 이름을 거론하긴 곤란하지만 큰 온라인 업체가 하나 있어요. 그들이 제공한 데이터세트가 워낙 좋아서 요즘 온종일 그걸 가지고 놀고 있는데, 그들의 구매 제안에 도움이 될 만한 알고리즘을 하나 만들었어요. 그게 기대한 것보다 효과가 큰 것 같아요."

"그래서 언제 승진하는 거니?" 그녀의 아버지가 물었다.

"그게…" 게살 튀김 에그 베네딕트에서 네덜란드 소스와 뒤섞인 달걀 노른자가 흘러내렸다. 그녀는 포크 끝으로 노란 액체를 분리하려 했다. "승진 제안은 거절했어요. 주로 계량경제학을 활용해서 부하 직원을 다섯 명 두고 더 많은 고객들을 응대해야 하는 자리인데, 아직은 데이터에 집중하고 싶어서요."

그녀의 어머니는 느긋한 손짓으로 그 말을 물리쳤다. "너무 안일한 생각 같구나, 스텔라. 도전을 포기하면 네 사교술은 더 이상 발전하지 못할 거야. 그러고 보니 생각나는데, 회사 동료 중에 데이트 하고 싶은 사람 없니?"

아버지가 신문을 내려놓고는 두 손을 둥근 아랫배 위에 포갰다. "그래, 그 친구, 필립 제임스 어떠니? 저번 네 회사 모임 때 보니까 그 친구 괜찮더라."

어머니의 두 손이 빵 부스러기로 다가가는 비둘기처럼 바르르 떨며 입가로 올라갔다. "어머, 내가 왜 그 남자 생각을 못 했지? 그 남자 참 예의 바르더라. 게다가 잘생겼어."

"괜찮은 사람 같긴 해요." 스텔라는 손끝으로 물컵에 맺힌 물방울을 닦았다. 필립이라면 이미 고려한 적 있었다. 필립은 너무 거들먹거리는 데다 거칠긴 해도 빙빙 돌려 말하는 남자는 아니었다. 스텔라는 돌려 말하지 않는 사람들을 정말 좋아했다. "그 사람은 성격에 몇 가지 결점이 있는 것 같아요."

스텔라의 어머니는 스텔라의 손을 다독거린 뒤 자기 무릎에 두지 않고 그녀의 손가락 관절에 얹었다. "오히려 그 남자가 너랑 잘 어울릴 수도 있겠어. 극복해야 할 문제가 있는 남자라면 너의 아스퍼거(언어 및 인지 발달은 정상이지만 정서적 사회적 발달에 결함이 있어 대인관계에 어려움이 있고 관심과 활동 분야가 한정된 자폐성 장애의 일종—옮긴이)를 더 잘 이해해줄지도 몰라."

덤덤하게 하는 말이었지만 스텔라에게는 부자연스럽고 강압적으로 들렸다. 스텔라는 주변의 파라솔 야외석들을 재빨리 훑어보며 듣고 있는 사람이 없다는 걸 확인하고는 자기 손을 덮은 어머니의 손을 내려다보았다. 손을 홱 빼고 싶었지만 애써 그 충동을 눌렀다. 그녀가 먼저 원하지 않는 이상 몸이 닿는 접촉은 그녀에게 부담스러운 것이었고 그녀의 어머니도 그것을 알고 있었다. 어머니는 그녀를 '훈련'시키고 있는 게 분명했다. 어머니가 이럴 때마다 스텔라는 미칠 것 같았다. 필립이 이런 나를 이해할 수 있을 거라고?

"그 남자, 생각해볼게요." 스텔라가 말했다. 진심이었다. 섹스도 싫었지만 거짓말하고 얼버무리는 것은 더 싫었다. 그리고 어머니가 뿌듯하고 행복한 마음으로 하루를 마무리했으면 싶었다. 스텔라가 무얼 하든 어머니의 눈엔 언제나 2프로 부족해 보였기 때문에 스텔라 본인도 만족할 수 없었다. 남자 친구 문제도 예외가 아니었다. 문제는 아무리 용을 써도 남자와 관계를 이어갈 수 없다는 데 있었다.

어머니가 활짝 웃었다. "잘됐구나. 두 달 뒤에 기금 마련 만찬을 주최할 건데, 이번에는 꼭 데이트 상대를 데려오너라.

네가 제임스 씨를 동반한다면 좋겠지만, 그게 여의치 않으면 내가 상대를 찾아보마."

스텔라는 입을 일자로 꾹 다물었다. 그녀가 마지막으로 섹스한 남자는 어머니의 소개로 데이트했던 남자였다. 잘생긴 남자였지만―그건 인정한다―유머 감각이 꽝이었다. 그는 벤처 투자자고 그녀는 경제학자이니 공통점이 많을 법도 한데 그는 실무에 관한 이야기는 피하고 사내 정치와 처세술만 줄창 이야기해댔고, 그녀는 어리둥절해하다가 이내 이번 데이트도 망했다는 걸 깨달았다.

뜬금없이 그 남자가 그녀에게 섹스하고 싶냐고 물었다. 그녀는 허를 찔린 것 같았지만 싫다고 하고 싶지 않아서 그러자고 승낙해버렸다. 키스를 했지만 좋지 않았다. 그에게서 저녁에 먹은 양고기 맛이 났다. 그녀는 양고기를 싫어했다. 그가 뿌린 향수도 메스꺼웠다. 그가 그녀의 몸을 여기저기 주물러댔다. 누군가와 몸이 닿으면 늘 그렇듯 이번에도 그녀의 몸은 얼어붙었다. 언제 시작했나 싶게 남자가 일을 마쳤다. 그는 사용한 콘돔을 호텔 방 책상 옆 쓰레기통에 버리더니―무슨 남자가 그런 건 욕실에 버려야 하는 것도 모르는지, 어이가 없었다―그녀에게 긴장을 좀 풀라고 말하고는 가버렸다. 그녀는 어머니가 알면 얼마나 실망할까 하는 생각만 들었다. 자기 딸이 남자들에게 채이고 다니는 걸 알면.

그런데 이제 어머니는 아기까지 바랐다.

스텔라는 일어서서 가방을 집어 들었다. "일하러 가야 해요." 마감일은 아직 한참 멀었지만 '일해야 한다'는 말은 언제나 통했다. 일은 그녀의 마음을 사로잡고 맹렬한 갈증을 해소시켜주며 힐링의 효과를 발휘했다.

"역시 우리 딸이다." 아버지가 일어서서 실크 하와이안 셔츠를 털고 나서 딸을 포옹했다. "머지 않아 넌 그곳을 호령하게 될 게다."

아버지와 짧게 포옹할 때―그녀가 먼저 시작하거나 미리 마음의 준비를 한 경우에는 몸이 닿는 것도 싫지는 않았다―그녀는 아버지의 애프터셰이브 로션 냄새를 들이마셨다. 세상 모든 남자들이 왜 우리 아버지 같지 않은 걸까? 아버지는 그녀를 아름답고 똑똑하다고 생각하는 데다 냄새도 역겹지 않았다.

"일에 집착하는 건 애한테 해로워요, 에드워드. 그러니 부추기지 말아요." 스텔라의 어머니는 그렇게 말한 뒤 스텔라에게 관심을 돌리고는 걱정 섞인 한숨을 쉬었다.

"주말에는 사람들과 나가서 즐겨야지. 남자를 더 많이 만나다 보면 분명 인연이 있을 거야."

아버지는 딸의 관자놀이에 가볍게 입을 맞춘 뒤 속삭였다. "나도 일하고 싶구나."

스텔라가 아버지에게 고개를 저을 때 어머니가 그녀를 끌어안았다. 어머니가 항상 걸고 있는 긴 진주 목걸이가 스텔라의 흉골을 압박했고, 샤넬 넘버 5의 향기가 그녀를 휘감았다. 스텔라는 느끼한 향기를 딱 3초간 참고 나서 뒤로 물러섰다.

"그럼 두 분 다음 주말에 봬요. 사랑해요. 갈게요."

그녀는 부모님에게 손을 흔든 뒤 팔로 알토(실리콘밸리와 인접한 샌프란시스코만 연안의 도시-옮긴이) 중심가의 호화로운 식당을 빠져나와 가로수와 고급 상점들이 즐비한 거리를 걸어 내려갔다. 햇살이 드리운 거리를 세 구역 정도 걷고 나니 낮은 사무실 건물에 도착했다. 그곳에 그녀가 세상에서 가장 좋아하는 곳, 그녀의 사무실이 있었다. 3층 왼쪽 구석의 창문이 바로 그곳이었다.

가방을 올려 센서에 갖다 대자 잠긴 정문이 찰칵 하고 열렸다. 그녀는 적막 속에서 대리석에 또각또각 부딪히는 하이힐 소리를 즐기면서 빈 안내 데스크를 지나 엘리베이터 안으로 들어갔다.

그녀는 사무실 안으로 들어가서 하루 중 가장 사랑하는 일과를 시작했다. 먼저 컴퓨터의 전원을 켜고, 프롬프트 화면에 비밀번호를 입력했다. 모든 소프트웨어가 가동되자 그녀는 가방을 책상 서랍 안에 넣고 나서 탕비실에서 컵에 물을 따랐다. 신발은 벗어 책상 아래 지정석에 놓아두고 자리에 앉았다.

전원, 비밀번호, 가방, 물, 신발, 앉기. 항상 이 순서였다.

통계 분석 시스템, 일명 SAS가 자동으로 작동되었고, 책상에 놓인 스크린 세 개가 데이터의 흐름으로 가득 찼다. 구매, 클릭, 로그인 시간, 지불 종류… 아주 단순한 것들이었다. 하지만 그것들은 사람들이 알려주지 않는 많은 것을 그녀에게 알려주었다. 그녀는 손가락을 펴서 인체공학적으로 설계된 검은 키보드 위에 얹고 일에 빠져들었다.

"어이, 안녕, 스텔라. 혹시나 했는데 당신 맞군."

그녀가 고개를 돌리자 달갑지 않은 풍경과 맞닥뜨렸다. 필립 제임스가 문간에서 이쪽을 바라보고 있었다. 바짝 친 황갈색 머리가 그의 각진 턱을 강조했고, 폴로 셔츠가 가슴에 꽉 끼었다. 그는 활기차고 세련되고 영리해 보였다. 정확히는 그녀의 부모님이 딸의 짝으로 반길 만한 유형의 남자였다. 그런데 그가 주말에 일을 하며 놀고 있는 그녀를 발견한 것이다.

그녀는 얼굴이 화끈거려서 안경테를 밀어 올렸다. "무슨 일이야?"

"어제 깜빡한 걸 가지러 들렀지." 그는 쇼핑백에서 작은 갑을 꺼내 그녀에게 흔들었다. 스텔라는 커다란 대문자로 쓰인 트로잔(콘돔 브랜드—옮긴이)이라는 글씨를 보았다. "주말 잘 보내. 난 잘 보낼 거야."

스텔라는 오늘 부모님과 함께한 아침 식사 자리가 떠올랐다. 손주, 필립, 낯선 남자들과의 더 잦은 데이트, 사회적 성공. 그녀는 입술을 핥고 나서 불쑥 아무 말이나 해버렸다.

"더 작은 게 필요하지 않겠어?"

그녀는 말을 하자마자 얼굴을 찌푸렸다.

필립이 천하의 머저리처럼 실실 웃었지만 단단하고 하얀 치아가 보여서 그나마 조금 덜 얄미워 보였다. "보스의 새 인턴에게 데이트 신청받았어. 오늘 밤에 이거 반은 쓰게 될걸."

스텔라는 감탄하지 않을 수 없었다. 그 새로운 직원, 숫기가 엄청 없어 보이던데. 그렇게 대담한 여자인 줄 누가 알았을까? "저녁 약속?"

"그 이상이겠지." 그가 녹갈색 눈을 반짝이며 말했다.

"왜 여자가 데이트하자고 할 때까지 기다렸어? 왜 먼저 데이트하자고 안 했어?"

그녀가 알기로는 이런 문제에 관한 한 남자들은 리드하는 걸 좋아한다. 틀린 생각일까?

필립은 급히 트로잔 군단을 쇼핑백에 도로 넣었다. "대학을 갓 졸업한 여자거든. 도둑놈 소리는 듣기 싫었어. 게다가 난 자기가 무얼 원하는지 알고 그걸 쟁취하는 여자를 좋아해… 특히 침대에서." 필립은 평가하는 눈으로 스텔라를 머리끝에서 발끝까지 쭉 훑어보면서 그녀의 옷 속을 꿰뚫어보듯 씩 웃었다. 순간 스텔라는 자의식이 솟구쳐서 뻣뻣하게 굴었다. "말해봐, 스텔라. 아직 숫처녀지?"

그녀는 컴퓨터 화면으로 다시 고개를 돌렸지만 데이터가 눈에 들어오지 않았다. 프로그래밍 화면의 커서가 깜빡거렸다. "그건 당신이 알 바 아니지. 그리고 아니야, 숫처녀."

필립이 사무실 안으로 들어와서 엉덩이를 책상에 기대더니 못 믿겠다는 눈으로 그녀를 가늠했다. 그녀는 쓸데없이 안경을 고쳐 썼다. "그럼 우리의 스타 계량 경제학자께서는 '그걸 하셨다' 이거로군. 몇 번이나? 세 번?"

와, 정답. 하지만 그녀는 맞혔다는 걸 알려줄 생각이 없었다. "당신이 알 바 아니잖아, 필립."

"침대에 누워서도 당신 머릿속에선 선형 재귀가 주르륵 흐를 거야, 남자가 열심히 거사를 치르는 동안에. 내 말 맞지,

레인 씨?"

스텔라는 기가바이트 데이터를 머릿속에 넣을 수만 있다면 분명히 그럴 거라 공감했지만 그것을 인정하기는 죽기보다 싫었다.

"경험 많은 선배로서 조언하는 거야. 연습을 해. 잘하면 잘할수록 즐기게 될 거고, 당신이 즐길수록 남자도 당신을 더 좋아하게 될 거야." 그는 책상에서 떨어져 문으로 향했다. 콘돔이 든 쇼핑백이 옆에서 달랑거렸다. "주중 같은 주말 잘 보내셔."

그가 나가자마자 스텔라는 일어나서 필요 이상으로 힘을 주어 문을 세차게 닫았다. 문이 바르르 떨리면서 쾅 닫혔다. 심장이 팔딱거렸다. 그녀는 축축한 손으로 일자 치마의 매무새를 가다듬으면서 거칠어진 호흡을 잠재웠다. 다시 책상 앞에 앉았지만 너무 심란해서 깜빡거리는 커서만 물끄러미 바라보았다.

필립의 말이 맞을까? 잘하지 못해서 섹스를 싫어하는 걸까? 연습하면 정말 완벽해질까? 참신한 발상이었다. 어쩌면 섹스는 사적인 대화, 눈 맞추기, 에티켓처럼 그녀가 노력을 더 기울여야 하는 인간 관계 차원의 문제일지도 몰랐다.

하지만 섹스를 연습하려면 정확히 뭘 어떻게 해야 하는 거지? 여자들은 필립에게 저돌적으로 덤벼들곤 했지만 남자들은 그렇게 그녀에게 덤벼들지 않았다. 그녀가 남자와 자려고 해도 남자는 그녀와 활기 없는 잠자리를 한 번 하고 나면 의욕을 상실했다.

게다가 여기는 실리콘밸리, 테크노 천재들과 과학자들의 왕국이었다. 남아 있는 싱글남은 그녀처럼 침대에서 꽝일 가능성이 농후했다. 운이 좋아 다수의 남자들과 잠자리를 한다고 해도 남는 건 사타구니의 통증과 성병뿐일 것이다.

아니, 지금 스텔라에게 필요한 건 프로 정신이었다.

성병에 걸릴 염려도 없고 효과가 보장된 방법이어야 했다. 최소한 그래야 했다. 그녀가 일을 하는 방식처럼. 대개 남자들은 성격과 유머, 뜨거운 섹스 같은 것들에 혹하지만 그녀에겐 그런 것이 없었다. 반면 프로들은 돈에 움직인다. 마침 스텔라에게는 돈이 많았다.

스텔라는 반짝이는 새 데이터세트를 버려두고 인터넷을 열어 구글 창에 '캘리포니아 베이 지역 데이트 서비스'를 입력했다.

2

어느 봉투부터 열어볼까? 진단서? 아님 청구서? 마이클은 고민했다. 평소 철저히 대비한 만큼 검진 결과는 좋을 수밖에 없었다. 당연히. 무슨 이유가 있어서 뒤통수를 맞는 건 아니지만. 그러나 청구서는 예외가 없었다. 늘 똥 밟는 기분이었다. 단, 이번에는 사타구니를 얼마나 아프게 채이느냐, 그것이 관건이었다.

그는 충격에 대비해 근육에 힘을 잔뜩 넣고 청구서를 뜯었다. 이번 달에는 얼마나 나왔을까? 그는 명세서의 아래쪽을 훑어보며 총 청구 비용을 찾았다. 폐에서 조금씩 흘러나오던 숨이 한꺼번에 훅 터져 나왔다. 최악은 아니었다. 따끔거리는 정도에서 끊어지는 고통에 이르기까지 통증의 세기로 말하자면, 타박상 수준.

그렇다면 진단서도 클라미디아(주로 성접촉을 통해 옮는 경미한 질환-옮긴이) 정도 예상되었다.

그는 청구서를 부엌 식탁 뒤 철제 파일 캐비닛 위에 얹어두고 성병 검진 결과서를 개봉했다. 모두 음성. 휴, 다행이다. 금요일 저녁은 어김없이 돌아왔고, 오늘 밤 일을 하러 가야 했다.

섹스를 위한 마음가짐을 장착할 시간이었다. 성병과 지긋지긋한 청구서를 생각하다가 바로 하려니까 쉽지가 않았다. 이대로 청구서의 행렬이 멈춘다면 어떤 일이 벌어질까. 그렇게만 된다면 예전 생활로 돌아갈 수 있을 것이다… 수치심이 그를 덮쳤다. 아니, 청구서가 멈추기를 바라지 않았다. 그런 걸 바란 적은 한 번도 없었다. 결코.

마이클은 그의 단출한 아파트 욕실로 들어가서 옷을 벗으면서 이 일에 필요한 열정을 끌어내려 노력했다. 초반에는 많은 금기 사항을 적용했지만 에스코트 일을 3년째 하는 지금은 크게 따지는 것은 없었다. 하지만 복수심을 채워준다는 점에서 이 일은 여전히 만족스러웠다.

당신 아들이 어떻게 됐나 좀 보세요, 아버지.

자기 아들이 돈을 받고 섹스한다는 걸 알면 아버지는 분명 괴로워할 것이다. 마이클은 그걸 생각하면 늘 통쾌했다. 찬물을 끼얹은 듯 아랫도리가 식긴 했지만. 이럴 때 쓰라고 있는 것이 판타지였다. 그는 좋아하는 판타지들을 하나씩 떠올렸다. 오늘 밤은 어떤 분위기로 연출할까? 뜨거운 수업 시간? 외로운 사모님? 숨겨진 애인?

그는 샤워 꼭지를 틀고 수증기가 구름처럼 피어오르기를 기다렸다가 뜨거운 안개 속으로 들어갔다. 숨을 들이마시고 내쉬면서 마음을 다잡았다. 오늘 밤 만날 손님의 이름이 뭐더라? 새너? 에스텔라? 아니, 스텔라. 진짜 이름이 아니라는 데 20달러 건다. 아니든 말든. 그 여자는 선불로 비용을 지불했다. 특별히 더 신경을 써야 할 손님이다. 그렇다면 '뜨거운 수업 시간'으로 가볼까?

그것은 대학 1학년 때 그가 실제 겪은 일이었다. 당시 그는 모든 강의를 빼먹었지만 스텔라 선생님의 강의만은 빠지지 않았다. 그녀가 툭하면 칠판지우개를 그의 의자 옆에 떨어뜨렸기 때문이다. 그는 지우개를 주울 때 치마가 올라가는 선생님의 모습을 상상하면서 자기 물건을 움켜쥐고 강하게 쓸었다. 수업이 끝나면 그녀를 책상 위에 엎어놓고 치마를 허리께로 끌어 올려 팬티를 입지 않은 그녀의 엉덩이를 드러냈다. 그리고 그녀 안으로 거세고 빠르게 돌진해 들어갔다. 그때 누군가 안으로 들어와 그들을 보았다면…

그는 신음을 토하며 손으로 강하게 문지른 뒤 절정으로 날아올랐다. 이제 강의실 밖에서 스텔라 선생님을 만날 각오와 준비가 되었다.

그는 생각을 판타지에 맞춰두고 샤워를 마친 다음 물기를 닦고 욕실을 나와서 청바지와 티셔츠, 검정색 스포츠 자켓을 입었다. 물기로 흐려진 거울을 쓱 보고 손가락으로 촉촉한 머리를 두 번 쓸어 넘겨 매무새를 다듬었다.

콘돔, 열쇠, 지갑. 그는 습관대로 휴대폰에서 오늘 밤 만날 상대의 요구 사항을 다시 읽어보았다.

'향수는 뿌리지 마세요.'

그 정도야, 뭐. 어차피 향수는 별로였다. 그는 휴대폰과 다른 것들을 주머니에 넣고 아파트를 나섰다.

얼마 뒤 그는 클레멘트 호텔 지하 주차장에 차를 세웠다. 반들반들 윤이 나는 상당히 모던한 로비 안으로 들어가면서 평소처럼 고객의 모습을 추정하는 '거사 전 게임'을 시작했다.

고객의 나이 칸에는 서른 살이라 적혀 있었다. 그는 한숨을 내쉬고 쉰 살로 수정했다. 마흔 살 이하로 적힌 경우는 백이면 백 모두 거짓말이었다. 단체 고객의 경우라면 사실일 수도 있지만 그는 단체 고객은 받지 않았다. 결혼 전 여자들끼리 하는 파티는 돈을 많이 줬지만 예비 신부를 건드린다는 건 생각만 해도 질색이었다. 너무 꽉 막힌 생각일지 모르지만 예비 신부는 예비 신랑하고만 섹스를 하고 예비 신랑도 마찬가지인 세상에서 살고 싶었다. 게다가 발정이 난 여자들이 떼로 모인 현장은 무시무시했다. 그녀들을 상대하다가는 몸이 성치 못했다. 그녀들의 손톱은 날카로웠다.

이 '스텔라'는 초콜릿과 스파, 미용한 반려견에 사족을 못 쓰는 오십 대 사치녀로 추정되었다. 그러니 축축 처지고 투실투실한 몸매로 침대에서 대접받으려 할 텐데, 마이클은 얼마든지 감당할 자신이 있었다. 아니면 요가와 녹즙, 마라톤 섹스를 좋아하는 몸매 짱짱한 오십 대 여자일까. 그렇다면 윗몸일으키기를 하는 것보다 복근을 더 많이 써야 할 것이다. 최악의 경우는, 베트남계와 스웨덴계 혼혈인 그가 한국 드라마에 나오는 다니엘 헤니와 닮았다는 이유로 그를 선택한 드센 아시아계 여자였다. 이 마지막 유형의 여자들은 어김없이 그의 어머니를 생각나게 했기 때문에 그들과 잠자리를 갖고 나면 샌드백을 쳐서 마음을 달래야 했다.

그는 호텔 식당으로 들어갔다. 불빛이 은은히 밝혀진 테이블들을 훑어보면서 갈색 머리, 갈색 눈, 안경을 쓴 여자를 찾아보았다. 큰 탈 없이 우편물을 확인하고 온 터라 이제는 핵폭탄이 터질 만도 했다. 양복 차림의 남자들 사이로 혼자 앉아 종업원에게 이것저것 따져가며 샐러드를 주문하는 아시아계 중년 여성이 보였다. 그 여자의 매니큐어를 바른 손가락이 담갈색 머리카락을 쓸어 넘겼을 때, 그는 무거워진 마음으로 그녀를 향해 걸어가기 시작했다. 기나긴 밤이 될 것 같았다.

아니, 반년치 성적 긴장감을 최대로 끌어내야 할 듯했다. 그는 이것이 둘 다 원하는 일이라고, 그가 원해서 하는 일이라고 최면을 걸었다.

마이클이 그 여자의 테이블에 도착하기 직전 갈대처럼 빼빼 마르고 더 나이 든 남자가 그 여자 맞은편에 앉더니 여자의 손에 자기 손을 포갰다. 마이클은 당황했지만 한편으론 다행이다 싶어 물러나 다시 식당 안을 훑어보았다. 혼자 앉아 있는 사람은 없었다… 저 멀리 구석 자리에 앉은 젊은 여자만 빼고.

짙은 색 머리를 단단히 뒤로 넘겨 묶었고, 작고 귀여운 코 위에는 사서들이 쓸 법한 섹시한 안경이 균형을 잡고 있다. 섹시한 사서 코스프레의 실례로 뽑힐 만한 여자였다. 앞코가 뾰족한 펌프스 구두, 무릎 길이의 일자형 회색 치마, 몸에 붙는 옥스퍼드 셔츠의 단추를 목까지 채운 차림이었다. 많으면 서른 살. 하지만 마이클의 눈에는 스물다섯 살 정도로 보였다. 그 젊고 건전해 보이는 여자가 잔뜩 인상을 쓴 채 메뉴판을 분석하고 있었다.

마이클은 혹시 숨겨진 카메라나 화분 뒤에서 실실 웃는 친구 녀석들이 있나 싶어 식당 안을 둘러보았다. 그런 낌새는 전혀 없었다.

그는 두 손으로 그녀가 앉은 테이블의 맞은편 의자 등받이를 잡았다. "실례지만, 스텔라 맞아요?"

그녀의 시선이 그의 얼굴로 날아왔다. 순간 마이클은 생각의 흐름을 놓쳐버렸다. 섹시한 사서 안경 뒤에 숨막히게 매혹적인 연갈색 눈이 자리하고 있었다. 그리고 그녀의 입술은… 전체적인 귀여운 인상을 거스르지 않으면서도 육감적인 면이 있었다.

"미안합니다. 사람을 잘못 봤나봐요." 그는 당황하기보다 사과하는 것으로 비치기를 바라면서 웃는 얼굴로 말했다. 이런 여자가 에스코트를 고용할 리 없었다.

그녀는 눈을 깜빡거리다가 테이블을 밀치면서 벌떡 일어섰다. "아뇨. 나 맞아요. 당신 마이클이군요. 사진을 봐서 알아요." 그녀가 손을 내밀었다. "난 스텔라 레인이에요. 만나서 반가워요."

그는 반가워하는 그녀의 표정을 보다가 홀린 듯 손을 내주었다. 이것은 고객들이 그를 맞이하는 방식이 아니었다. 대개 그들은 손으로 의자를 휙 가리켰다. 그러면서 입꼬리를 음흉하게 씩 올리고 눈빛을 반짝거렸는데, 그 눈빛은 '나는 너보다 우월하지만 네가 나한테 무얼 해줄 수 있는지 보겠다'고 말했다. 그런데 이 여자는 그를… 동등하게 맞이했다.

그는 놀란 마음을 얼른 가라앉히고 그녀의 날씬한 손을 잡고 흔들었다. "난 마이클 판이라고 해요. 만나서 반가워요."

그가 손을 놓자 그녀는 그에게 어색하게 의자를 권했다. "앉아요."

그는 앉으면서 그녀가 등허리를 판자처럼 반듯하게 세우고 의자 끄트머리에 위태롭게 걸터앉는 것을 보았다. 그녀는 그의 얼굴을 살펴보다가 그가 그녀를 향해 한쪽 눈썹을 추켜올리자 눈길을 메뉴판으로 돌렸다. 그리고 콧잔등에 주름을 지으면서 안경을 고쳐 썼다.

"배고프죠? 난 배고파요." 메뉴판을 움켜쥔 그녀의 손가락 관절이 하얗게 되었다. "여기 연어가 맛있어요. 스테이크도. 우리 아빠는 양고기를 좋아하세요…" 그녀의 시선이 그의 얼굴로 휙 올라왔다. 희미한 불빛 속에서도 그는 그녀의 뺨이 붉게 물드는 것을 볼 수 있었다. 그녀가 목청을 가다듬었다. "양고기는 안 되겠네요…"

그가 참지 못하고 물었다. "양고기는 왜 안 되죠?"

"양고기에서 양털 맛이 나거든요. 그래서 당신이… 우리가…" 그녀가 천장을 올려다보고 숨을 크게 들이마셨다. "그랬다가는 난 양이랑 양고기랑 양털만 생각하게 될 거예요."

"알았어요." 그가 씩 웃으면서 말했다.

그녀가 할 말이 생각이 안 난다는 듯 그의 입술을 멍하니 바라보자 그의 미소는 더욱 커졌다. 여자들은 그의 외모가 마음에 들어 그를 선택했다. 하지만 이렇게 반응하는 여자는 거의 없었다. 그는 재밌으면서도 우쭐한 기분이 들었다.

"음식 중에 가리는 거 있어요?" 그녀가 물었다.

"아뇨, 아무거나 잘 먹어요." 그는 목소리를 밝게 유지하면서 가슴이 조여드는 느낌을 무시했다. 속 쓰림 증상이 분명했다. 단순히 배려 받는다고 해서 가슴이 두근거릴 리 없었다.

종업원이 주문을 받고 갔을 때 스텔라는 물잔의 물을 홀짝거리고 나서 섬세한 손끝으로 물기가 묻은 곳에 기하학적인 모양들을 그렸다. 그가 지켜보고 있다는 걸 의식하고는 손을 끌어당겨 엉덩이 밑에 깔고 못된 짓을 하다가 들킨 것처럼 얼굴을 붉혔다.

어쩐지 사랑스럽게 보이는 행동이었다. 그녀가 미리 비용을 지불하지 않았더라면 그는 그녀의 진의를 의심했을 것이다. 왜 이걸 하려는 걸까? 남자 친구가 없을 수 없는 여자인데… 남편이 있을지도 모른다. 그러면 안 되는 줄 알면서도—차라리 모르는 편이 더 나으니까—그는 테이블에 놓인 그녀의 왼손을 쳐다보았다. 반지가 없었다. 반지 자국도 없었다.

"제안을 하나 할까 해요." 그녀가 별안간 말문을 열면서 놀랍게도 빤히 그를 바라보는 바람에 그는 꼼짝할 수 없었다. "일종의 약속을 이행하는 거예요… 앞으로 두 달 동안. 내가… 원하는 건… 그 기간 동안 당신을 접촉하는 거예요. 당신이 가능한 시간에."

"무엇 때문에요?"

"먼저 시간이 되는지 말해줘요."

"난 금요일 밤에만 시간이 나요." 그것은 협상의 여지가 없었다. 에스코트 일은 일주일에 한 번도 벅찼다. 그 이상 한다면 무너질 게 분명한데 그것은 감당할 수 없었다. 너무 많은 사람들이 그에게 의지하고 있었다.

또한 그는 같은 고객과 다시 약속을 잡지 않았다. 자칫 고객이 그에게 애착을 갖게 되면 낭패였기 때문이다. 하지만 거절하기 전에 그녀의 제안을 구체적으로 들어보고 싶었다.

"그럼 앞으로 몇 달 동안 시간이 되는 건가요?" 그녀가 물었다.

"그건 당신이 어떤 제안을 하느냐에 달렸죠."

그녀는 안경을 코 위로 밀어 올리고는 어깨를 뒤로 젖혔다. "나 너무 못해요… 당신이 잘하는 거, 그걸 잘하고 싶어요. 누군가 가르쳐주면 더 잘할 수 있을 것 같은데, 그게 당신이었으면 좋겠어요."

깨달음이 초현실적 충격파로 마이클을 덮쳤다. 자기가 못한다고 생각하는군. 섹스를. 그래서 잘하려고 배우려는 거야. 그녀가 원하는 것은 개인 교습이었다.

섹스를 어떻게 가르치라는 거지?

"결정하기 전에 먼저 시운전을 해보는 게 어때요?" 마이클이 돌려서 말했다. 그녀는 섹스를 못할 수가 없는 여자였다. 게다가 돈도 이미 지불했다. 적어도 오늘 밤에는 그녀에게 원하는 걸 주어야 했다.

그녀가 인상을 쓴 채 고개를 끄덕였다. "맞는 말이에요. 기준점을 설정해야겠어요."

그의 입꼬리가 다시 올라갔다. "과학자로군요, 스텔라?"

"아, 아뇨. 경제학자예요. 더 정확히는 계량 경제학자죠."

머리가 비상한 부류군. 그녀가 그런 부류라고 생각하니 이상한 느낌이 그의 뒷목을 따라 흘렀다. 그가 열광하는 게 바로 똑똑한 여자였다. 그가 괜히 '뜨거운 수업 시간' 판타지를 좋아하는 게 아니었다. "난 잘 모르는 분야예요."

"난 통계와 미적분으로 경제 시스템의 모델을 만들어요. 온라인 쇼핑을 하고 나면 어떻게 다음번 쇼핑을 제안하는 메일이 날아오는지 알고 있나요? 나는 업체들의 그런 제안 활동을 도와요. 대단히 가변적이고 매력적인 분야죠." 그녀는 말을 하면서 점차 몸을 앞으로 내밀었고 눈빛은 흥분해 초롱초롱해졌다. 입술은 그에게 비밀을 말하듯 곡선을 그리고 있었다. 수학 이야기를 하면서. "요즘 추세는 예전에 내가 대학원에서 가르쳤던 것과는 전혀 달라요."

등줄기를 따라 흐르는 이상한 느낌이 더욱 강렬해졌다. 그녀는 대화를 이어갈수록 점점 더 예뻐졌다. 갈색 눈과 숱이 풍성한 속눈썹, 도톰한 입술, 세련된 턱선, 가녀린 목선. 그녀의 셔츠 단추를 푸는 상상이 그의 머릿속에 등장했다.

하지만 평소와 다르게 빨리 해치우고 싶지가 않았다. 섹스로 직행했다가 곧장 빠져나와 집에 가고 싶지 않았다. 이 여자는 달랐다. 그녀의 눈이 반짝거렸다. 시간을 두고 그녀를 다른 종류의 흥분감으로 빛나게 만들 수 있는지 알아보고 싶었다. 마이클은 청바지 지퍼를 압박하는 아랫도리에 의해 현재로 끌려나왔다.

27

피부가 달아오르며 민감해졌고, 맥박은 맹렬히 요동쳤다. 이렇게 몸이 달아오른 적이 있었나. 한 번도 그의 판타지 속에 등장한 적 없는 여자였다. 그는 지금 일하는 중이라고 스스로를 다그쳤다. 사적인 바람과 욕구가 개입돼서는 안 된다고. 예외는 있을 수 없고 일을 마치면 다음으로 이동해야 한다고.

그는 숨을 크게 들이마신 뒤 가장 먼저 생각난 것을 말했다. "고등학교 때 수학반에 있었어요?"

그녀가 물잔에 대고 웃음을 터뜨렸다. "아뇨."

"그럼 과학 동아리? 체스반이었을 수도 있겠네요."

"아뇨, 아뇨." 그녀의 미소가 슬퍼 보여서 그는 그녀의 고교 시절이 궁금해졌다. 그녀가 그를 다시 쳐다보며 말했다. "나도 맞춰볼게요. 풋볼 쿼터백?"

"아뇨. 우리 아버지는 스포츠를 머저리 짓이라고 굳게 믿는 사람이었어요."

눈썹에 조금 주름이 지면서 그녀가 인상을 썼다. "믿기 힘든 이야기네요. 당신은 완전히… 운동선수처럼 생겼어요."

"아버지는 실용적인 것들만 하게 했어요. 방어술 같은." 그는 어떤 경우에도 아버지의 의견에 동의하기 싫었지만 가정사에 관한 한 아버지의 의견은 유용했다. 그 덕에 체득한 기술을 그를 못살게 구는 쓰레기 같은 놈들에게 잘 써먹었으니까.

그녀의 얼굴이 뜻밖이라는 듯 밝아졌다. "무슨 운동해요? 혼합 무술? 쿵후? 절권도?"

"조금씩 이것저것. 그쪽으로 좀 아나봐요?"

그녀의 시선이 다시 물잔으로 떨어졌다. "무술 영화 같은 거 좋아하거든요."

그는 의구심이 들어 중얼거렸다. "설마… 한국 드라마 팬은 아니죠?"

그녀는 고개를 갸웃거렸고 그사이 미소가 입가에 떠올랐다. "맞아요."

"나 절대 다니엘 헤니 안 닮았어요."

"물론이죠, 당신이 더 잘생겼어요."

그는 얼굴이 뜨거워져서 두 손을 테이블 가장자리에 놓았다. 죽겠네. 나 얼굴 빨개졌어. 무슨 에스코트가 얼굴을 붉히고 난리야? 한때 그의 누이들은 다니엘 헤니의 포스터로 침실 벽을 도배하고 헤니를 기준으로 남자들의 외모를 평가한 적이 있었다. 그때 마이클은 10점 만점에 8점을 받았다. 그는 무슨 평가를 받든 전혀 신경 쓰지 않았지만 이 천재 아가씨가 그에게 준 11점은 큰 의미로 다가왔다.

마침 주문한 저녁 식사가 나와서 그는 그녀의 칭찬을 어물쩍 넘겼다. 아까 그녀가 연어를 주문하길래 그도 같은 것을 주문했다. 감히 양고기를 먹을 수는 없었다. 그는 속으로 큭 웃음을 터뜨렸다. 양털이래.

생선이 맛있어서 그는 접시를 싹 비웠다. 여기 음식은 다 맛있을 것 같았다. 클레멘트 호텔은 팔로 알토의 최고급 호텔이었고 하룻밤 숙박비가 천 달러가 넘었다. 계량 경제학자들은 떼돈을 버는 것 같았다.

그는 스텔라가 저녁 먹는 걸 보다가 문득 그녀가 모든 점에서 과소평가되기 쉬운 사람이라는 생각을 했다. 얼굴에는 화장기가 전혀 없었고, 손톱은 짧은 데다 매니큐어를 바르지 않았다. 옷차림도 검소했다… 그녀에게 완벽하게 어울리는 것으로 보아 맞춤옷이 분명했다.

그녀는 연어를 반만 먹고 포크를 내려놓더니 입가를 닦았다. 서로 더 잘 아는 사이였다면 그는 그녀가 남긴 것을 먹었을 것이다. 그의 할머니는 항상 밥을 한 톨도 남기지 않고 싹싹 먹게 했다.

"다 먹은 거예요?"

"신경이 쓰여서요." 그녀가 인정했다.

"그럴 필요 없어요." 그는 지독하게 훌륭한 에스코트였고 그녀에게 잘해줄 생각이었다. 다른 때와 달리 기대감마저 들었다.

"알아요. 하지만 어쩔 수 없네요. 이제 이런 건 그만해도 되죠?"

그의 눈썹이 꿈틀거렸다. 그와 같이 밤을 보내려는 사람 중에 이런 식으로 말하는 사람은 처음이었다. 이 여자의 분위기가 확 바뀌는 걸 보면 재미있을 것 같았다.

"그러죠." 그는 냅킨을 빈 접시 위에 떨어뜨리고 일어섰다. "방으로 올라가죠."

3

스텔라는 잠긴 문을 열고 곧장 스위트룸으로 들어가 불을 켠 뒤 문 옆 의자에 가방을 놓고 하이힐을 벽에 기대 놓았다. 맨발에 카펫이 착 붙는 느낌이 들어서 하마터면 한숨을 쉴 뻔했다.

마이클이 그녀를 보고 재밌다는 표정을 짓자 그녀는 자신의 발가락을 내려다보았다.

내가 자동 조종 장치처럼 신발을 벗었구나. 매일 하듯이. 다른 사람과 같이 있을 때 그러면 무례한 걸까? 다시 신발을 신어야 할지도 몰랐다. 그녀는 속이 거북해졌고 심장은 토끼처럼 질주했다.

그가 신고 있던 검은색 가죽 신발을 벗어서 그녀의 하이힐 옆에 나란히 놓는 것으로 그녀의 고민을 덜어주었다. 그러고는 양복 재킷을 벗어서 그녀의 가방 옆 의자 등받이에 걸쳐 두었다. 재킷을 벗자 하얀 민무늬 반팔 티셔츠가 드러났다. 티셔츠가 그의 가슴팍과 위팔을 팽팽하게 감쌌고, 청바지는 좁은 엉덩이에 낮게 걸쳐져 있었다. 스텔라는 쳐다보지 않을 수 없었다.

근육이 불거지고 팔다리가 날씬한 몸이었다. 이제껏 본 적이 없는 미남의 표본.

그녀가 오늘 밤 섹스할 상대.

그녀는 될 대로 되라는 마음으로 숨을 들이마시고는 욕실로 들어가서 두 손으로 서늘한 화강암을 움켜쥐고 거울에 비친 자신의 모습을 쳐다보았다. 눈은 너무 동그랬고 얼굴은 백지장처럼 하얬다. 입술이 바싹 말랐다. 과연 해낼 수 있을지 자신이 없었다. 애초에 너무 잘생긴 에스코트를 선택한 게 잘못이었다. 대체 무슨 생각으로 그랬을까?

그녀의 입술이 씁쓸하게 뒤틀렸다. 이렇게 될 줄 누가 알았을까. 에스코트 후보자들의 소개서를 몇 시간 동안 꼼꼼히 읽으면서 수많은 얼굴과 소개글이 한데 뭉쳐질 무렵 그녀는 마이클을 본 순간 단번에 그가 적임자임을 직감했다. 그의 눈 때문이었다. 진갈색 눈동자, 눈 위에 자리한 날렵한 눈썹이 강렬하면서도… 친절해 보였다. 평점 별 다섯 개를 보고 그녀는 결정을 내렸다. 요즘 가장 뜨는 한국 드라마의 연예인 같은 외모도 나쁘지 않았다. 그런데 이제 와서 그 외모가 문제라니. 금방이라도 저녁 먹은 걸 세면대에 게워낼 것 같았다.

그가 문간 안으로 들어와서 문설주에 기대는 것이 거울로 보였다. 그 동작 자체가 어찌나 섹시한지 그녀의 심장이 자빠졌다가 허둥지둥 일어나 다시 뛰었다. 그가 욕실 안으로 들어와서 그녀 뒤에 섰다. 그의 눈이 거울 속에서 그녀의 눈과 얽혔다. 하이힐을 벗었기 때문에 그는 그녀보다 족히 15

센티미터는 더 컸다. 작게 보이는 게 좋은 건지 아닌지 알 수 없었다.

"머리 풀어줄까요?" 그가 물었다.

그녀는 고개를 한 번 끄덕였다. 두피에 흐르던 팽팽한 느낌이 순식간에 사라지고 머리카락이 자유롭게 흘러내렸다. 머리를 묶었던 검은색 고무줄이 세면대에 떨어졌다. 그가 천천히 그녀의 머리 속으로 손가락을 넣어 뭉친 머리카락을 풀어헤치자 머리카락이 그녀의 어깨와 뒷목 위로 떨어졌다. 그녀는 그가 접촉을 시도할 것 같아 몸이 떨릴 정도로 긴장이 되었다. 그 긴장감에 몸이 뻣뻣하게 굳었다. 막상 일을 치르면 이 남자도 내가 어떤 여자인지 알게 되겠지.

그의 이두박근에 뭔가 거뭇한 것이 그녀의 눈길을 끌었다. 그녀는 그것을 자세히 보려고 돌아섰다. 그것을 만져보려고 한 손을 들었지만 닿기 전에 멈추었다. 그녀는 허락 없이 남의 몸을 만지지 않았다. "이거 뭐죠?"

그의 입꼬리가 곡선을 그리면서 서서히 비뚜름한 미소가 생겨났고 그 속으로 완벽하고 하얀 치아가 드러났다. "내 문신."

그녀는 자기도 모르게 침을 꿀꺽 삼켰다. 열기가 훅 일어나 그녀를 휘감았다. 지금까지 문신은 왜 하는 건지 이해가 안 갔는데, 문신을 한 마이클을 보니 이보다 더 섹시한 건 세상에 없을 것 같았다.

그녀의 손가락이 조금씩 그의 티셔츠 소매를 위로 당겨 올렸다. 그녀의 떨리는 손이 그의 팔 위로 올라갔을 때, 그가 그녀의 손을 잡아 자기 피부에 댔다. 전기 충격 같은 짜릿함이 그녀의 손끝을 통해 심장으로 곧장 날아들었다. 그는 조각상처럼 너무나 완벽해 보였지만, 피부는 매끄러우면서도 뜨겁고 단단하지만 관대했다. '살아' 있었다.

"만져봐요." 그가 말했다. "어디든."

그녀는 초대를 받았음에도 손길을 멈추었다. 피부 접촉은 대단히 사적인 것이었다. 알지 못하는 사람들과 어쩜 이리 거리낌 없이 접촉을 하는지 신기했다.

"정말 괜찮겠어요?" 그녀가 물었다.

비뚜름한 미소가 그의 얼굴에 다시 피어났다. "난 누가 만져주는 거 좋아해요."

그래도 그녀가 망설이자 그는 옷소매를 걷어 검은 잉크 자국을 드러냈다. 자국은 위팔과 어깨를 가로질러 이어지다가 티셔츠 밑으로 사라졌다. 전체 형태가 드러나지 않는 것으로 보아 대단히 큰 문신 같았다. 어디까지 이어진 걸까?

하지만 불룩한 근육이 문신보다 더 그녀의 눈길을 끌었다. 이렇게 단단하고 둥근 살덩이는 한 번도 만져본 적 없었다. 그의 온몸을 만져보고 싶었다. 냄새도 좋았다. 왜 진작 몰랐을까?

"향수 뿌렸어요?" 그녀는 숨을 한껏 들이마시며 물었다.

그가 긴장했다. "아뇨, 왜요?"

그녀는 얼굴이 그의 목에 닿지 않게 조심하면서 그에게 몸을 바짝 기울이고 매혹적인 향기를 더 들이마셨다. "당신 냄새가 정말 정말 좋아요. 무슨 냄새죠?"

이 향기는 어디서 나는 걸까? 그는 온몸에서 좋은 향기를 내뿜는 것 같았는데 꽤 강렬했다. 그녀는 그 진한 향기에 흠뻑 취하고 싶었다.

"마이클?"

이상한 표정이 그의 얼굴을 스쳤다. "그냥 내 체취예요, 스텔라."

"체취가 이렇게 좋다구요?"

"그런가봐요. 이런 말 한 사람은 당신이 처음이에요."

"나한테서도 이런 냄새가 났으면." 그녀는 말을 내뱉자마자 말실수를 한 것 같아 걱정이 되었다. 생각해보니 너무 사적이면서 조금 이상한 말 같았다. 그가 나의 이상한 점을 눈치챘을까?

그가 고개를 숙여 입술을 그녀의 귀에 바짝 대고 속삭였다. "정말 섹스 못하는 거 맞아요?"

"그게 무슨 소리예요?"

"당신이 대단히 잘하고 있다는 뜻이에요."

그녀의 손가락이 그의 팔 위에서 움찔했다. 그녀는 봉에 매달린 스트리퍼처럼 그에게 매달리고 싶은 충동과 싸웠다. 당혹스러웠다. 그녀는 스트리퍼와 거리가 먼 여자였고 그와는 다르게 몸의 접촉을 상당히 싫어했다. 하지만 유대감이 너무나 그립고 간절했다. "우리 아직 아무것도 안 했잖아요."

"말하는 부분은 아주 잘한다구요."

"나도 섹스 해봤어요. 말하는 부분은 없어요."

그의 눈에서 불꽃이 춤추었다. "말하는 부분도 있어요."

제발, 말하는 부분은 없으면 좋겠는데. 말하기가 포함된다면 그녀는 가망이 없었다. "난 지금까지…"

그가 그녀의 머리카락을 한쪽으로 모으고 나서 그녀의 귀 뒤에 스치듯 키스했다. 그의 동작이 하도 빨라서 그녀가 몸에 힘을 잔뜩 주었을 때 이미 그의 몸은 떨어져 있었다. 그러자 긴장했던 그녀의 근육이 다시 풀렸다. 그의 입술이 닿은 곳이 화끈거렸다.

그는 손가락으로 그녀의 머리카락을 쓰다듬었다. 천천히 계산된 동작으로 그녀의 정수리를 어루만진 뒤 목을 지나 등으로 내려갔다. 그의 손길에 그녀는 마음이 차분해지면서도 감각은 곤두섰다.

"이제 당신이 키스해야 할 차례 같은데." 그가 허스키한 목소리로 말했다.

그녀는 가슴이 바짝 졸아들고 피부는 두려움으로 저려왔다. 그녀는 키스 실력이 형편없었다. 그녀의 서투른 키스가 둘을 서먹하게 만들 게 분명했다.

"입술에?"

입술 주인의 입꼬리가 씩 올라갔다. "원하는 곳 아무 데나. 입술이 시작하기 좋은 부위이긴 하죠."

"이를 닦는 게 좋겠어요. 금방 할 수 있어요…"

그는 엄지손가락으로 그녀의 입술을 눌러 말을 막았지만 눈은 상냥했다. 그 손길 역시 그녀의 뇌가 감지하기 전에 사라졌다. "다른 식으로 해보죠. 내 문신 보고 싶어요?"

그녀의 마음이 기어를 급속히 변경하고 공포심에서 흥분

감으로 점프했다. "좋아요."

그의 얼굴에 즐거운 빛과 자조적인 빛이 뒤섞인 미소가 떠올랐다. 그가 흰색 티셔츠를 머리 위로 벗어 세면대 위로 던졌다.

스텔라의 눈이 그로 가득 찼다. 그녀의 입술이 느슨하게 벌어졌다. 포효하듯 입을 벌린 용의 머리가 그의 널찍하고 조각 같은 가슴팍의 왼쪽 절반을 덮고 있었다. 어깨와 팔을 감싼 것은 그 생물체의 발톱이었다. 몸통의 촘촘한 비늘이 복근을 사선으로 가로질러 청바지 속으로 사라졌다.

"몸 전체에 있네." 그녀가 말했다.

"맞아요. 여기…" 그는 그녀의 오른손을 잡아 문신이 새겨진 심장 위에 대고 눌렀다. "느껴봐요."

"괜찮겠어요?" 그가 고개를 끄덕이자 그녀는 입술을 깨물고 잠시 왼손도 그의 가슴팍에 댔다.

처음에 망설이던 그녀의 손길은 그가 거부하지 않자 점점 대담해졌다. 그녀는 두 손을 그의 가슴에 단단히 대고 굴곡지고 선명한 근육과 털이 없이 매끄러운 피부를 즐겼다. 촉감만으로는 문신한 피부와 문신하지 않은 피부의 차이를 느낄 수 없었다. 근사해.

그녀의 손끝이 울룩불룩한 그의 복부를 타고 내려갔다. 그녀는 속으로 숫자를 셌다. "…다섯. 여섯. 일곱. 여덟." 그녀의 손가락이 청바지 허릿단을 만났다. 그가 숨을 들이켜자 그의 복근이 움찔하며 전율했다.

"식스팩은 성에 안 차나봐요? 복근이 여덟 개는 돼야 한다이거죠?"

그가 '뭐래' 하는 표정으로 입꼬리를 올렸다. "지금 불평하는 거예요, 스텔라?"

"불평할 게 뭐 있나요. 내가 문신을 좋아한다는 것도 방금 알았는걸요."

"마음에 든다는 거죠?"

그녀는 너무 티를 내는 것 같아서 대답하지 않았다. 집중하기가 점점 힘들어졌다. 그의 완벽하고 탄탄한 몸과 현란한 문신, 뜨거운 피부 감촉, 향기로운 체취가 그녀의 감각을 압도했다.

"안경 벗겨도 돼요? 안경 벗어도 볼 수 있죠?"

그녀는 침을 삼키고 나서 고개를 끄덕였다. "나 근시예요. 그래서 멀리 있는 건 잘 못 보지만 괜찮아요, 왜냐하면…"

그가 그녀의 안경을 살그머니 벗겨냈다. 그가 안경을 그녀의 뒤쪽 세면대 위에 놓을 때 딸깍거리는 소리가 났다. 호텔 스위트룸이, 주변의 모든 것들이 말랑말랑해지고 희미하게 녹아들었다. 오직 그만이 또렷한 모습으로 서 있었고, 손바닥에 닿는 그의 단단한 감촉만이 그녀를 묶어두었다.

"팔을 내 목에 두르면 키스하기 더 쉬울 거예요." 그가 제안했다.

그녀는 움찔거리는 손을 그의 널찍하고 육감적인 배에서 떼서 단단한 가슴 위쪽으로 들어 올렸다. 그리고 뻣뻣하게 그의 목에 두 팔을 두르고 말했다. "했어요."

"더 가까이 와요."

그녀가 앞으로 조금 다가갔다.

"더."

그녀는 조금 더 앞으로 다가가서 서로의 몸이 닿기 직전에 멈췄다.

"스텔라, 더 가까이."

그녀는 그제야 말귀를 알아듣고 그에게 몸을 붙였다. 두 사람의 몸이 맞닿았다. 그들 사이에는 얇은 옷뿐이었다. 그녀는 신경이 곤두서고 두려움에 시달렸지만 그는 그녀를 몰아붙이지 않았다. 그저 가만히 서서 느긋하고 친절한 눈으로 그녀를 바라보았다. 이상하게도 그녀는 긴장이 풀렸다.

"잘 따라오고 있어요?" 그가 물었다.

그녀는 까치발을 딛고 서로의 몸이 맞도록… 가지런해지도록 조정했다.

심장이 미친 리듬을 타고 흉골에 충돌했지만 그녀는 자제력을 유지했다. 그가 지혜롭게 그녀에게 주도권을 넘겨준 덕분에. "나 괜찮아요."

그가 두 팔로 조심스럽게 그녀를 감쌌을 때 그의 열기가 그녀의 셔츠를 뚫고 피부에 닿았다. 부담스럽지 않게 감싸 안는 포근한 느낌이 그녀의 내부로 깊이 파고들어 마음을 달래주고 어딘가 모르게 답답했던 기분을 느슨하게 풀어주었다. 이건 그냥 괜찮은 정도가 아니었다.

그녀는 이렇게 안아준 것만으로도 그에게 에스코트 비용을 추가로 지불하고 싶었다. 천국에 온 기분이었다. 그녀는 얼굴을 그의 목에 묻고 그의 냄새를 들이켰다. 그리고 두 손으로 그의 맨살을 쓸면서 그에게 더 바짝 안겼다. 그가 조금만 더 꼭 안아주었으면…

뭔가 단단한 것이 그녀의 배를 압박해서 그녀는 고개를 들었다.

"이놈은 무시해요." 그가 말했다.

"우리 아직 키스도 안 했어요. 그게 가능해요…?"

그는 게슴츠레한 눈으로 그녀의 눈을 보면서 그녀의 어깨뼈 사이에 두었던 한 손을 잘록한 등허리로 내렸다. 그의 손바닥이 내뿜는 열기가 그녀의 옷 속을 파고들었다. 그녀는 온몸의 털들이 일어섰다. "서로 통했네요, 스텔라. 당신은 내 느낌을 좋아하고, 나도 당신 느낌을 좋아하니까."

그녀에게는 신선한 발상이었다. 그녀에게 접촉이란 거의 언제나 일방적인 것이었다. 남자들은 그것을 즐기지만… 어느 정도는… 그녀는 그렇지 않았다.

그런데 이번에는 그녀도 즐기고 있었다. 그래서 용기가 나고 무모해졌다.

그녀의 시선은 다시 그의 입술에 고정되었고, 피는 새로운 기대감을 싣고 질주했다. "어떻게 하면 키스를 잘하는지 보여줄래요?"

"당신이 못한다는 보장은 없는 것 같은데요."

"나 진짜 못해요."

그의 입이 조금 멀어졌지만 그녀는 간절히 원하면서도 그것을 쫓아가 키스할 수 없었다. 한 번도 먼저 키스를 시작한 적이 없었다. 이제까지는 남자들이 먼저… 그녀에게 시도한

편이었다.

"키스 받고 싶은 곳을 말해도 될까요?" 그녀가 속삭였다.

그의 입술이 서서히 당겨 올라가며 미소를 만들었다. "네."

"내, 내 관자놀이."

그의 숨결이 그녀의 귀 위로 훅 퍼지는 순간 그녀의 뒷목을 따라 소름이 돋았다. 그가 그녀의 왼쪽 관자놀이에 입술을 눌러 키스했다. "그다음은 어디?" 그의 말들이 하나씩 보드랍게 다가와 그녀의 피부를 어루만졌다.

"뺨."

그가 밑으로 내려갈 때 그의 코끝이 그녀의 피부를 스쳤다. 그는 그녀의 광대뼈 밑 오목한 곳에 키스했다. "이제는?" 그가 입술을 들지 않고 물었다.

너무 가까웠다. 그녀는 숨을 쉬기가 힘들었다. "내 이…입꼬리."

"정말? 그건 키스나 다름없어요."

그녀는 마음이 급해져서 손가락을 그의 머리카락 속에 넣어 그를 단단히 붙잡고 입을 다문 채 그의 입술에 키스했다. 감각의 흐름이 벼락처럼 그녀의 가슴속으로 곧장 쳐들어왔다. 그녀는 놀라 머뭇거리다가 다시 키스했고, 이후에는 그가 키스를 주도하며 어떻게 해야 하는지 보여주었다.

제대로 된 키스였다. 키스는 환상적인 것이었다.

그의 혀가 그녀의 입술 사이로 미끄러져 들어오자 그녀는 얼어붙었다. 더 이상 환상적이지 않았다. 그의 혀가. 들어왔어. 내 입안으로. 그녀는 자기도 모르게 몸을 뗐다. "꼭 그렇게 해야 해요?"

그는 숨을 훅 들이켰다. 혼란스러워 이마에 주름이 생겼다. "프렌치 키스 안 좋아해요?"

"동갈방어가 상어 이빨을 청소해주는 것 같아요." 너무 이상하고 지나치게 사적이었다.

그의 눈이 춤을 추었다. 그는 입술을 깨물었지만 입가에 미소가 배어 나왔다.

"나 비웃는 거예요?" 수치심이 그녀의 얼굴을 뜨겁게 달구었다. 그녀는 고개를 움츠리고 물러서려 했지만 욕실 세면대에 등허리가 걸렸다.

그는 그녀의 턱을 쥔 손끝에 힘을 주어 그녀의 얼굴을 다시 그에게 돌렸다. 그녀와 눈을 맞추고 싶은 그의 마음이 그녀에게 전해졌다. 룰이 있었고 그녀는 그것을 배워야 했다. 그녀는 머릿속에서 셋까지 셌다. 셋보다 빠르면 사람들에게 뭔가를 숨기고 있다는 인상을 준다. 셋보다 길면 사람들의 마음을 불편하게 만든다. 이것만큼은 꽤나 잘해왔는데 지금은 이것도 할 수가 없었다. 이 사람은 나를 어떻게 생각할까. 아니, 알고 싶지 않았다. 그녀는 눈을 꽉 감았다.

"당신이 비유한 것 때문에 웃은 거예요. 재밌어서."

"아." 그녀는 용기를 내 그의 얼굴을 보고 그가 진심이라는 걸 알 수 있었다. 가끔 사람들이 이런 말을 할 때마다 그녀는 난감했다. 그녀는 일부러 웃기는 법을 몰랐다. 그냥 의도치 않게 그렇게 되는 것뿐인데.

"치과에 간 상어는 잊고 당신의 입을 애무하는 나를 생각해요. 그 느낌에 집중해요. 내가 먼저 보여줄까요?"

그녀가 한 번 고개를 끄덕였다. 어차피 그걸 하려고 여기 왔으니까.

그는 다시 그녀의 입술을 향해 고개를 숙였고, 그녀는 주먹을 쥔 두 손을 그의 가슴에 붙이고 각오를 했다. 그는 혀를 그녀의 입술 사이로 밀어 넣지 않고 아까처럼 키스하면서 입을 다문 키스의 농도를 높였다. 그녀가 할 수 있고 좋아하는 키스였다. 키스가 그녀의 입술 위로 찬찬히 비처럼 내려왔다. 스트레스가 빠져나가면서 움켜쥐었던 그녀의 손가락이 느슨하게 풀렸다.

촉촉한 열기가 그녀의 아랫입술을 쓰다듬었다. 그의 혀. 그녀는 그것이 그의 혀라는 것을 알았지만 입을 다문 키스였기 때문에 그것을 잊을 수 있었다. 또다시 혀가 다가왔고, 짜릿한 느낌이 폭포처럼 터져 나왔다. 키스가 계속되었다. 그의 입술이 압력을 가하고 그의 혀가 그녀를 애무하자 그녀는 몸에 전기가 오른 듯했다.

곧 그는 그녀의 입을 유혹했다. 아랫입술과 윗입술을 쓰다듬고 주름을 간질였다. 그녀는 입술을 벌리고 싶었다. 그가 더 깊게 들어왔으면 싶었다. 어쩌면. 하지만 그는 그러지 않았다. 그녀는 그의 혀를 잡아서 그녀의 혀로 데려오려 했지만 그는 그녀를 피했다. 그는 미친 듯이 그녀의 입술을 쓸다가 순식간에 안으로 들어갔다 빠져나왔고, 그녀는 약이 올라 그의 어깨에 몸을 부볐다.

그는 그녀에게 찝찔하고 뜨거운 맛을 잠깐씩 주다가 후퇴하기를 반복했다. 그녀가 자기도 모르게 입을 다물어 그의 혀를 가두고 자기 혀로 그의 혀를 건드렸다. 그의 맛이 홍수처럼 그녀의 감각을 덮쳤다. 가슴속의 나비가 요동치고 혈관을 따라 질주했다. 그녀는 다리의 힘이 풀렸지만 그의 팔이 그녀를 단단히 감고 그녀가 쓰러지는 것을 막아주었다.

그는 그녀의 아랫입술을 빨고 민감해진 피부를 핥다가 그녀의 입술을 다시 점령했다. 방이 빙빙 돌기 시작했고, 그녀는 숨이 턱까지 차올랐다.

그녀가 한숨 돌리면서 말했다. "세상에, 당신한테서 좋은 맛이 나요."

그는 그녀에게서 뭔가를 돌려받고 싶은 것처럼 잠시 그녀를 바라보다가 눈을 깜빡여 그 표정을 털어버렸다. 키스로 붉어진 그의 입술 사이로 걸걸한 웃음이 흘러나왔다. 그녀는 손끝으로 그 입술을 만지고 싶었다. "항상 그렇게 생각나는 대로 말해요?" 그가 물었다.

"아니면 아예 말을 하지 않아요." 이것은 그녀가 아무리 애를 써도 절대 극복하지 못하는 문제였다. 그녀의 두뇌는 세련된 처세술 쪽으로는 발달되지 않았다.

"난 당신이 생각난 대로 말하는 게 좋아요. 특히 당신한테 키스하고 있을 때는." 하지만 그는 그녀에게 다시 키스하지 않고 물러나 그녀의 손을 당겼다. "가요. 세면대에서 이러면 당신 몸에 멍이 들 수도 있어요."

그러고 보니 딱딱한 화강암 때문에 등이 배겼다. 그에게 이끌려 욕실을 나갈 때 그녀는 언뜻 거울에 비친 흐릿한 자신의 모습을 보았다. 거울 속 발그레한 뺨과 헝클어진 머리의 여자가 낯설게 보였다. 남자와 키스를 했다는 것이, 그리고 그것을 즐겼다는 사실이 믿기지 않았다. 다음 단계도 잘 극복할 수 있을까?

4

스텔라가 침대 끝에 아슬아슬하게 걸터앉아 무릎 사이에 두 손을 넣었을 때 마이클은 터지는 웃음을 숨기려고 입술을 문질렀다. 지금 그녀에게 키스한다면 그녀는 바닥으로 쓰러질 게 분명했다. 성적으로 흥분하면 맥을 못 추는 여자라니, 마음에 쏙 들었다. 공을 들여 그녀의 경계심을 해체한 보람이 있었다.

아까도 예뻤지만 지금 그녀는 환상적이었다. 단단히 묶었던 머리카락은 구불구불하게 흘러 얼굴을 감싸고 있었고, 초콜릿 색 눈동자는 흥분으로 반짝거렸다. 입술은 키스 때문에 부풀어 있었다. 근사해. 오늘 밤 이후에도 다시 만나고 싶을 만큼.

그는 그녀의 옆에 앉는 대신 킹사이즈 침대 한쪽에 쭉 뻗고 누워 한쪽 팔꿈치를 괴고는 옆자리를 톡톡 두드렸다. 그녀는 잠시 망설이다가 침대를 기어가 그의 옆에 똑바로 누워서 시체처럼 위를 올려다보았다. 턱 밑에서 맥박이 고동쳤다. 그녀는 공격에 대비하는 것처럼 몸이 뻣뻣해졌다.

대비치곤 허술했다.

"다시 키스할게요." 그는 그녀에게 미리 일러두는 게 좋을 것 같아서 말했다. "프렌치 키스."

"알았어요."

그가 그녀에게 몸을 기울여 키스했다. 순수하게 입술을 부비고 장난스럽게 핥는 입맞춤에서 시작해 다시 그녀의 입술을 취했다. 그녀는 키스는 어떻게 하는 것인지 아무것도 몰랐지만 배우고 있다는 게 즐거웠고 부족한 요령을 열정적으로 터득하고 있다는 게 좋았다.

그녀가 서투르게 혀를 놀리면서 그에게 키스하고 그의 입을 따라가고 있을 때 그가 불빛을 낮추려고 몸을 뗐다. 경험이 많다 보니 불빛이 어둑하면 그녀가 섹스를 더 편하게 할 거라는 생각이 들었다.

그는 키스를 풀지 않고 전등 스위치로 손을 뻗었지만 그녀가 그의 머리카락을 움켜쥐었다. 마이클을 미치게 만드는 게 하나 있다면—오럴은 열외—여자가 그의 머리카락을 만지작거릴 때였다. 그녀의 손톱이 적절한 강도로 그의 두피를 긁는 순간 쾌감이 등줄기를 타고 흐르면서 전등 생각을 날려버렸다.

그는 그녀의 몸을 쓰다듬다가 작은 젖가슴을 움켜쥐었다. 셔츠와 브래지어에 막혀 있었지만 공처럼 단단해진 젖꼭지가 느껴졌다. 그것을 꼬집고 애무하고 싶었지만 방해물이 너무 많았다. 그가 더 거세게 키스하자 그녀가 몸을 활처럼 구부렸다. 그는 그녀의 허벅지를 벌리고 싶었지만 일자 치마가 방해했다. 그녀가 젖어 있다는 건 보지 않아도 알 수 있었다.

그는 몸을 떼고 신선한 공기를 들이마시면서 이뤄낸 성과를 감상했다. 그녀는 번들거리는 입술을 벌린 채 헐떡이고 있었고, 눈은 섹스 자체였다. 그녀는 더 나아갈 준비가 되어 있었다.

그는 그녀의 셔츠 단추를 만지작거리다가 풀었다. 순간 스위치를 켠 것처럼 현격한 변화가 일어났다. 그녀의 몸이 나른하게 풀리는가 싶더니 고무줄처럼 다시 팽팽해졌다. 얼굴색이 빨갛게 변했고, 관능에 젖었던 얼굴에 두려운 빛을 띠었다. 그녀는 두 손을 옆으로 떨어뜨리고 주먹을 쥐었다.

"스텔라?"

그녀는 거친 숨을 삼키고는 자기 셔츠의 단추를 풀기 시작했다. "미안해요. 내가 할게요." 그녀가 손가락을 서툴게 놀려 단추를 하나둘 풀었다.

그는 그녀의 두 손을 감싸쥐고 동작을 멈추게 했다. "뭐 하는 거예요?"

"옷 벗잖아요."

"당신이 이런 식으로 하면 난 당신이랑 섹스 안 할 거예요." 이건 아니다. 그는 백 퍼센트 몰입하지 않는 여자와 섹스한 적이 없었고 앞으로도 할 생각이 없었다.

그녀가 그를 등지고 돌아누웠다. 그녀의 가슴이 흔들렸다. 망할, 그녀가 울고 있었다. 그는 그녀를 향해 두 손을 내리다가 멈추었다. 지금 그녀를 만지는 게 도움이 될까, 아니면 상황을 악화시킬까? 젠장. 뭐든 해야 했다. 그녀가 우는 걸 보고만 있을 수는 없었다. 눈물이 그의 마음을 후벼 팠다. 그는 그녀를 감싸 안았다. 그녀가 몸을 움츠리며 피하려고 해서 더 꽉 끌어안았다. 왜 이러지? 그냥 단추 하나 풀었을 뿐인데.

"미안해요. 일부러 그런 건 아니에요. 무슨 일 있었어요? 누가… 당신에게 상처를 준 거예요? 그래서 긴장한 거예요?" 누군가 그녀를 다치게 하는 상상을 하는 순간 마이클은 분노가 치밀고 아드레날린이 치솟았다. 놈을 실컷 두들겨패 버리고 싶었다.

그녀는 손바닥으로 눈을 가렸다. "상처 준 사람 없어요. 나 원래 이래요. 기준선을 설정하고 그냥 계속해줄래요?"

"스텔라, 당신 지금 떨면서 울고 있어요." 그는 그녀의 얼굴에서 눈물에 젖어 고불거리는 머리카락을 치웠다.

그녀는 눈물을 닦고 크게 숨을 들이마셨다. "이제 안 울어요."

"다른 남자들은 당신이 이래도 섹스한 거예요?" 그는 되도록 상냥하게 말하려 했지만 말이 거칠게 나왔다. 하얗게 겁에 질린 그녀 위에서 땀을 뻘뻘 흘리는 개자식들을 생각만 해도 주먹이 저절로 쥐어졌다.

"세 번."

"빌어먹을 그 개…"

그녀가 돌아누워 상처받은 표정으로 그를 마주하자 그가 말꼬리를 흐렸다.

"아니, 당신이 그렇다는 게 아니고. 당신은 잘못 없어요. 그 남자들, 내가 문제지." 그는 찌푸린 이마를 손끝으로 문질렀다. "당신은 천천히 보조만 맞추면 돼요."

"당신은 천천히 나랑 보조를 맞춰줬잖아요. 다른 남자였다면 지금쯤 끝났을 거예요."

"다른 남자들 얘기는 듣고 싶지 않아요." 그가 퉁명스럽게 말했다.

그녀는 고개를 돌리고 치마의 주름을 모아 쥐었다. "그럼 이제 어쩌죠?"

마이클도 난감했다. 어찌 됐든 아주 천천히 가야 한다는 것만은 분명했다. 그는 좋은 수가 없나 해서 호텔 스위트룸을 둘러보았다. 침대 맞은편 벽에 걸린 커다란 텔레비전이 눈에 띄었다. "영화 보면서 껴안고 있을까요. 기준선은 차차 설정해도 돼요."

그녀의 얼굴에 괴로운 표정이 떠올랐다. "난 껴안고 있는 거 별로예요."

"그럴 리가요." 여자라면 싫어할 수 없었다. 그도 껴안고 있는 걸 좋아했다. 적어도 에스코트 일을 시작하기 전까지는. 고객과 껴안고 있으려면 참을성을 발휘해야 했지만 그것이 고객에게 필요한 일이라는 걸 본능적으로 알고 있었다.

"당신이라면 괜찮을지도 몰라요. 당신 냄새 때문에. 당신 몸이 내게 생물전이라도 벌이나봐요."

"그럼 내가 당신의 아킬레스건이네요?" 그는 그녀의 말에 어쩐지 기분이 좋아졌다. 오늘 밤이 지나면 다시 보지 않을 사이였지만 이 여자는 그를 기억해줄 것 같았다. 그는 이 여자를 잊지 못할 것 같았다.

내가 별생각을 다 하네. 그는 웃음이 나왔지만 그녀는 웃지 않고 그의 얼굴을 살폈다. 그의 눈을 스치듯 들여다보고는 침대에서 일어나 화장실로 갔고, 잠시 후 안경을 쓴 채 단정하게 접힌 그의 티셔츠를 들고 나와 침대 옆 탁자 위에 놓고는 리모콘을 집어 들고 침대 반대편 끝에 걸터앉아 텔레비전을 틀었다. 그리고 침착하게 집중한 표정으로 시청 가이드를 획획 돌렸다. 전문직 직장인 복장이라 중역 회의에 참석한 모습 같기도 했지만 손가락으로 빗은 헝클어진 머리는 그렇지 않았다. "뭐 볼래요?"

그는 갑자기 느껴지는 거리감에 이유 없이 기분이 상했다. 그녀가 방금 전의 모습으로 돌아왔으면 싶었다. "제발 한국 드라마만은 틀지 말아요. 내 누이들이 질질 짜는 내가 재밌다면서 억지로 같이 보게 하거든요."

그녀의 입꼬리가 올라갔다. 서먹한 분위기도 없어지고 모든 것이 다시 좋아졌다. "정말이에요?"

"안 그런 게 이상한 거죠. 사람들이 여기저기서 죽는 데다 엄청난 오해를 하고 난리도 아니잖아요. 너무 귀여운 여주인공이 임신한 몸으로 차에 치이질 않나."

그녀의 미소가 커졌지만 오히려 수줍어 보였다. "난 그런 거 즐겨 봐요. 액션이 많고 멜로가 적은 건 어때요?" 영화 〈엽문〉이 화면에 떴다. 그녀가 가장 좋아하는 무술 영화 중 하나였다.

"나 때문에 일부러 볼 필요 없어요."

그녀는 '됐거든요' 하는 얼굴로 구매 버튼을 눌렀다.

"잠깐." 마이클이 리모컨을 뺏더니 영화를 일시 중지했다. "한 가지 더 있어요."

"뭔데요?"

"우선 옷부터 벗어요."

스텔라는 단추가 풀린 셔츠 자락을 움켜쥐었다. 벽들이 그녀를 향해 좁혀 드는 것 같았다.

"왜요?" 그녀가 물었다.

"왜 안 되는데요?"

그녀는 옷을 입고 있는 걸 좋아했다. 자기 몸을 좋아하지 않았기 때문에 안정감을 느끼려면 직물이 몸을 단단히 감싸 주는 느낌이 필요했다. 그녀가 남자 앞에서 나체가 될 때마다 남자들은 그녀를 이용한 뒤 버렸다.

그녀는 마른 입술을 적시고 나서 있는 그대로 핵심만 말했다. "그런 것에는 익숙하지가 않아요."

게다가 피곤했다. 오늘 밤에만 새로운 일들을 워낙 많이 겪다 보니 정신이 없었다. 집에 가고 싶은 마음이 간절했지만 너무 비겁한 짓 같았다. 이것은 일종의 임무였다. 일단 결심하면 그녀는 하나에 몰두했다. 그녀의 마스코트, 호전적인 벌꿀오소리처럼. 그녀의 어머니처럼.

그가 한쪽 눈썹을 추켜올릴 뿐 다른 반응을 하지 않자 그녀가 물었다. "그게 정말 도움이 될까요?"

"물론." 그가 베개들을 세우고 나서 이불을 걷어차버리고는 편히 자세를 잡았다. 베개를 베고 누운 그의 모습이 어찌

52

나 아름다운지 스텔라는 순간 잡지 커버 속으로 들어간 기분이 들었다. 빛과 그림자가 그의 매혹적인 이목구비와 남자다운 육체의 각진 윤곽선, 그리고 용 문신을 사랑스럽게 어루만졌다. 그녀는 자기 손으로 그의 머리카락을 저토록 완벽하게 섹시한 모습으로 헝클어뜨렸다는 게 믿기지 않았다. 그가 옆자리를 그녀에게 내주었다는 것도.

그녀는 어깨를 펴고 일어서서 차가운 손가락을 셔츠 단추로 가져갔다. 셔츠 앞섶이 완전히 풀어졌을 때 심박수가 치솟았다. 이륙을 준비하는 제트기처럼 침묵이 귓청을 때렸다. 막처럼 몸을 감싼 땀 때문에 셔츠가 그녀의 피부에 달라붙었다. 셔츠 자락을 당겨 치마 밖으로 벗겨낼 때 몸이 떨렸다.

그녀는 그의 묵직한 시선이 새롭게 드러난 그녀의 맨살에 닿는 것을 느끼면서 두 손으로 치마의 옆 지퍼를 더듬었다. 손가락이 너무 뻣뻣해서 세 번 시도한 끝에 겨우 작은 금속 후크를 내렸다. 치마가 그녀의 발목으로 떨어져 내렸다. 이제 그녀가 입은 것은 살구색 민무늬 브래지어와 팬티뿐이었다.

그녀는 벽에 시선을 두고 말했다. "더 예쁜 속옷을 입고 올걸 그랬죠. 내 속옷은 전부 이래요."

그가 목을 가다듬고 물었다. "모두 같은 색깔이라구요?"

"이게 가장 기능적인 색깔이라서."

그녀는 따분한 말을 했구나 싶어 인상을 쓰고는 그가 있는 쪽으로 시선을 돌렸지만 그가 그녀의 속옷 취향에 실망한 기색은 없었다. 혹시 할머니 팬티를 선호하는 고객들이 있는 걸까. 팬티도 시간과 장소를 가려가면서 입어야 한다. 적어도 지금 그녀는 할머니 팬티를 입지 않았다.

"원하면 그것도 벗어도 돼요. 난 당신을 위해 있는 거예요, 스텔라. 우리가 하는 모든 것의 결정권은 당신에게 있다는 걸 알아둬요."

그녀는 조금 마음이 놓여 안경을 고쳐 쓰고 고개를 끄덕였다. 벗은 옷을 침대 옆 탁자 위에 놓인 그의 티셔츠—욕실 안에서 고무 접착제처럼 그에게 딱 붙어 냄새를 은근히 즐겼던 것—옆에 올려놓은 뒤 침대로 기어올라가 그의 옆에 앉았다.

그가 한 팔을 그녀의 뒤로 돌려 그녀를 가까이 끌어당기자 그들의 옆 몸이 뜨겁게 맞닿았다. "머리를 내 어깨에 기대요."

그녀는 시키는 대로 했고 그는 일시 정지했던 영화를 틀었다. 자막이 흐르고 극적인 주제곡이 흘렀다. 견자단이 나오는데도 그녀는 집중할 수가 없었다. 마이클이 성룡과 주윤발, 이연걸을 모두 합친 것보다 나은 것 같았다. 과호흡증을 일으키기 직전인 데다 근육에 하도 힘을 주다 보니 쥐가 날 지경이었다.

마이클은 땀으로 촉촉해진 그녀의 팔을 쓸어 올리다가 걱정스러운 눈으로 그녀를 내려다보았다. "많이 더워요? 에어컨 틀까요?"

그녀는 가슴이 철렁했다. "미안해요. 나 샤워할까봐요."

그녀는 일어나려고 앞으로 몸을 일으켰지만 그에게 붙잡혔다. 그의 두 팔이 그녀를 단단히 감싸고 그녀를 그의 무릎에 앉혔다. 온몸의 피부가 서로 맞닿았다. 그녀의 뺨은 그의 가슴에, 그의 두 팔은 그녀의 어깨에, 그녀의 옆 몸은 그의 앞 몸에. 그녀는 축축한 땀이 느껴져 괴로웠다. 그를 불쾌하게 만들면 어쩌나 신경이 쓰였다. 그녀는 눈을 꼭 감고 포옹을 받아들였다. 얼마나 오래 참을 수 있을지 자신이 없었다.

"긴장 풀어요, 스텔라." 그가 속삭였다. "땀 나도 난 괜찮아요. 당신 안고 있는 것도 좋구요. 영화 봐요. 이제 주인공이 주먹다짐을 할 참이니까."

그는 그녀의 한 손을 잡아 손깍지를 끼고는 힘을 주어 꽉 쥐었다.

그는 영화를 보는 척했지만 그녀는 그의 관심이 오롯이 자신에게 쏠려 있음을 느끼고 맞잡은 손을 내려다보았다. 햇볕에 탄 올리브 빛깔의 손이 그녀의 손에 대비되어 도드라져 보였다. 긴 손가락과 손등에 혈관이 굵게 불거진 그의 손은 다른 부위처럼 아름다운 예술 작품이었다. 그녀는 손바닥에 거친 굳은살이 느껴져 인상을 썼다.

손깍지를 끼지 않은 그의 다른 손은 펼쳐져 있었는데, 손 바닥 아래쪽에 큰 굳은살이 하나 있었고 더 작은 굳은살 세 개가 가운뎃손가락과 약손가락, 새끼손가락 밑에 하나씩 자리하고 있었다. 그녀는 손끝으로 그 동그랗고 딱딱한 피부를 쓸어보았다.

"이건 어쩌다 생겼어요?" 에스코트 일을 하다가 생겼을 것 같지는 않았다.

"칼 잡다가 생긴 자국이에요."

"농담 마요."

그의 한쪽 입꼬리가 씩 올라갔다. "검도. 실제 칼싸움도 영화와는 전혀 달라요. 너무 흥분할 것 없어요."

"그, 그거 잘해요?"

"그럭저럭. 재미로 하는 거예요."

그녀는 이렇게나 잘생긴 얼굴을 하고 주먹질을 하는 그를 도저히 상상할 수 없었지만 상상만 해도 짜릿하다는 걸 인정할 수밖에 없었다. "다리 찢기 할 수 있어요?"

"그건 내 숨겨진 재주인데요."

"당신의 숨겨진 재주는 검도 같은데요."

"숨겨진 재주라면 많죠." 그가 그렇게 말하며 한 손가락 끝으로 그녀의 콧대를 쓸고 나서 턱을 살짝 꼬집었다.

"그게 뭔데요?"

그는 웃기만 하고 텔레비전에 시선을 고정했다. "영화 봐요. 주인공이 제대로 주먹질을 할 참이니까."

질문이 입안을 뱅뱅 돌았지만 캐묻는 건 무례한 짓이었다. 그가 일부러 답변을 피하고 있었기 때문이다. 문득 그에 대해 아는 것이 거의 없다는 생각이 들었다. 그가 한 말에 따르면 그는 금요일 저녁에만 이 일을 했다. 그렇다면 그 외 시간에는 전혀 다른 삶을 살지도 몰랐다. 에스코트 일을 하지 않을 때는 무얼 할까? 무술을 연마하는 것 말고. 일주일 내내 운동을 할까?

어쩌면 그럴지도. 아무것도 안 하고 이런 몸을 얻을 수는 없겠지. 동 틀 때 일어나 날계란 다섯 개를 삼키고 운동장을 달리는 그런 남자일지도. 그럴 만한 가치가 있을 테니. 식중

독에 걸리지만 않는다면.

꽁꽁 언 고깃덩이에 팡팡 주먹을 날리는 그의 모습이 떠오르는 바람에 그녀는 거의 벌거벗었다는 사실도 잊어버렸다. 호흡이 가라앉고 몸이 나른해졌다. 그녀를 감싼 그의 두 팔은 여전히 든든하고 아늑했다. 그날 일어난 특별한 사건들이 그녀의 머릿속을 점령했다. 그의 냄새, 규칙적으로 뛰는 그의 심장 소리, 〈엽문〉의 주인공이 적들을 두들겨 패는 나지막한 소리가 그녀를 잠으로 이끌었다.

5

눈을 떴을 때 환한 호텔 방이 스텔라의 눈에 들어왔다. 그녀는 침대 옆 탁자 위를 더듬거린 끝에 안경을 찾아냈다. 디지털 시계를 보니 아침 9시 24분이었다. 정신이 번쩍 들었다.

늦잠을 잤다. 그녀는 늦잠을 자는 사람이 아니었다.

침대에 일어나 앉자 담요가 허리께로 흘러내렸고 시원한 공기가 그녀의 맨살에 닿았다. 어젯밤 속옷 차림 그대로였다. 밤마다 반복하는 것들을 모두 빼먹었다는 생각이 드는 순간 그녀의 머릿속에서 경고음이 울렸다. 치실, 칫솔질, 샤워를 안 했고 파자마도 입지 않았다. 더러운 몸으로 이 깨끗한 침대 시트 속에 그냥 누웠다니. 이제 이 시트는 더럽혀졌다. 여기서 다시 자지 않아도 돼 다행이었다.

마이클이 막 샤워를 마치고 날씬한 허리에 흰 수건을 두른 채 욕실에서 나왔다. 낮에 보니 그의 문신이 더욱 섹시했다. 그가 칫솔을 입에 물고 씩 웃었다. "안녕."

그녀는 한 손으로 자기 입을 막았다. 입냄새가 지독할 거야.

그가 성큼성큼 방을 건너와 차에서 가져온 듯한 작은 여행 가방을 뒤적였다. 어젯밤에는 없던 것이었다. 그가 가방에서 새 옷을 꺼낼 때 복잡한 등근육이 물 흐르듯 뭉쳤다가 일렁이는 것이 보였다. 등골 맨아래에서 춤추는 쌍둥이는 정말 감탄스러웠다. 그녀는 손끝으로 그 오목한 홈들을 만져보고 싶었다. 그리고 수건을 벗겨내고 싶었다…

"그거 내 오른쪽 허벅지에서 끝나요." 그가 어깨 너머로 그녀를 돌아보며 말했다.

그거? 그게 뭐지?

그녀는 속눈썹을 맹렬히 깜빡거리며 머리를 굴린 끝에 그의 문신이 엉덩이를 감싸다가 수건 속으로 사라진 뒤 무릎 뒤에서 빠끔히 이쪽을 내다본다는 것을 알았다. 용이 그의 몸통과 한 다리를 감싸고 있었다. 그와 정기적으로 만나면서 용처럼 그의 몸을 감는 것을 상상했다. 물론 정기적으로 만나려면 먼저 상의를 해야겠지만.

스텔라는 말을 하려고 입을 열었지만 텁텁한 입맛 때문에 말문이 막혔다. 그녀는 침대를 박차고 나갔다. 순간 반 나체라는 것이 생각나 가장 먼저 눈에 띄는 옷—그가 어제 입었던 흰 티셔츠—을 낚아채 머리 위로 뒤집어쓰면서 욕실로 달려갔다.

그녀는 욕실에 들어서자마자 치실을 덥석 움켜쥐고 치실로 모든 치아 사이를 닦았다. 두 번. 극악무도한 건 하나도 나오지 않아서 안도의 한숨을 내쉬고 한결 차분한 속도로 칫솔질을 했다.

그가 욕실 안으로 들어왔다. 그녀는 그가 세면대에 치약을 뱉게 옆으로 비켜섰다. 입가에 묻은 치약 거품이 엄청 신경 쓰였다. 그는 이를 닦아도 섹시한데 나는 왜 그렇지 않지? 그가 입을 헹구고 나서 수건으로 톡톡 두드린 다음 그녀를 향해 몸을 기울여 키스했다. 그에게서 호텔 비누와 박하향 치약 냄새가 났다. 그의 냄새도… 그 정체를 알 수 없는 냄새는 여전히 그의 주변을 맴돌았다. 그의 땀샘에서 나오는 것도 같았다. 그는 행운아였다. 그녀도.

그녀가 어색함에 세면대 안의 거품만 물끄러미 내려다보면서 양치질을 계속할 때 그가 화장실을 나갔다. 무슨 소리가 들리는 것 같아서 그녀는 양치질을 멈추었다. 옷이 바스락거리는 소리였다. 그가 옷을 입고 있었다. 그렇다면 지금 그는 나체일 것이다. 그녀는 망설이지 않고 문간으로 달려가 밖을 내다보았다.

그녀가 숨을 죽이고 지켜보는 동안 그는 사각 팬티 위로 깨끗한 청바지를 올려 입었다. 그리고 딱 붙는 검은색 반팔 티셔츠를 입고 검은색 양말을 신으려고 의자에 앉았다. 곧 가버릴 것 같았다.

그녀가 서둘러 이를 닦고 나서 다시 그를 보았을 때 그는 마지막 신발끈을 묶고 있었다.

"얘기 좀 해요." 그녀가 말했다.

그녀는 의자에서 몸을 일으키는 그의 표정을 보고 가슴이 철렁했다. 꽁무니를 빼려는 것 같았다. 어젯밤 공황 발작을 일으키고 진땀을 뒤집어쓴 진상 고객에게 이제 그만 작별을 고하려는 것이다. 그녀는 입을 꾹 다물었다. 안 그러면 입술이 떨릴 것 같았다. 내가 일을 망친 건 분명하지만, 좋은 부분도 있었어. 아닌가?

기회가 있을 줄 알았는데.

"10시에 놓치면 안 되는 일이 있어요." 그가 일어서서 어깨에 가방끈을 둘러메고는 조금씩 그녀에게 다가왔다. 그녀를 쳐다보는 그의 시선은 가슴이 아프도록 다정했다.

아니면 동정일까? 그녀는 동정은 원하지 않았다.

"수업을 계속할지 말지 말해줘요."

그는 고개를 젓고 나서 슬픈 미소를 지었다. "유감이지만 그건 안 되겠어요. 미안해요."

그녀는 속이 상했지만 어젯밤 일을 후회할 힘도 없었다. 어젯밤 그녀는 그에게 이끌려 키스를 했다. 그가 그녀의 입속에 혀를 넣었을 때 가만히 누워 움츠러든 게 아니라 그에게 제대로 키스를 한 것이다.

"별 다섯 개 평점 남길게요."

"난 그걸 받을 자격이 없어요. 거래를 완수하지 못했잖아요. 에이전시에서는 환불을 안 해주겠지만 내 몫의 수수료는 기꺼이 돌려줄게요. 계좌번호 알려주면…"

"아뇨, 환불 필요 없어요." 그녀가 딱 잘라 말했다. "고맙지만 됐어요. 다른 고객보다 훨씬 힘들었을 텐데."

"아뇨, 그건 아니에요."

그녀는 두 손을 깍지 끼고 바닥을 내려다보았다. 묻고 싶지 않았지만 묻지 않을 수 없었다. "당신이 가야 한다는 건 알겠는데 우선… 추천을 좀… 해주면 안 될까요, 동료 중에 나랑 잘 맞을 사람?"

"어젯밤을 보내고도 이 미친 수업을 계속하고 싶어요?"

"미친 짓 아니에요. 그리고 계속할 생각이에요." 그녀는 시선을 그의 덤덤한 얼굴로 끌어 올리고는 결심한 듯 숨을 들이켰다. "조금만 생각해보면 마땅한 사람이 떠오를 거예요… 당신처럼 인내심 있는 사람. 그, 그리고 땀이 나도 상관하지 않고 또…"

그가 반 걸음 그녀에게 다가서서 잠시 턱을 움직거리다가 말했다. "당신 같은 여자들은 에스코트가 필요 없어요. 남자 친구가 없을 수가 없거든요. 그런 생각은 머릿속에서 아예 지워버려요."

활활 타는 분노가 몸속으로 퍼져 그녀를 꽁꽁 묶어버렸다. 아무것도 모르면서. 나 같은 여자들에 대해 뭘 안다고. "그건 전혀 사실이 아니에요. 나 같은 여자들은 남자 친구를 질리게 해서 떠나게 만들어요. 나 같은 여자들은 남자에게 데이트 신청을 받지 못해요. 나 같은 여자들은 스스로 길을 찾아야 하고, 스스로 행운을 성취해야 한다구요. 난 평생 모든 걸 쟁취해왔고 이것도 쟁취할 거예요. 섹스 실력을 키워서 괜찮은 남자를 내 남자로 만들 거라구요."

"스텔라, 그렇게 해서 될 일이 아니에요. 당신은 이런 수업이 필요하지 않아요."

"난 동의할 수 없어요. 부탁인데 추천 좀 해줄래요? 난 당신의 판단을 믿어요." 그녀는 가방으로 달려가서 명함을 꺼내 뒷면에 자신의 휴대폰 번호를 휘갈겨 적었다. 그리고 그것을 그의 손에 쥐여주고 말했다. "그래 주면 정말 고맙겠어요. 고마워요."

그는 명함을 단번에 뒷주머니에 쑤셔넣었다. "내가 추천을 안 하면 어떡할래요?"

그녀가 어깨를 으쓱거렸다. "첫판에 제대로 선택했으니까, 다시 에스코트 목록을 살펴봐야죠."

"거기 미친 작자들이 얼마나 우글거리는지 알기나 해요? 안전하지 않아요." 그는 그녀를 만지고 싶은 것처럼 한 손을 들었다가 주먹을 쥐고는 그냥 내렸다.

"안전을 보장한다는 당신 에이전시의 말이 아무런 의미가 없다는 뜻이에요?"

그는 화가 나 않는 소리를 내고는 손가락으로 촉촉한 머리카락을 쓸어 넘겼고, 그 바람에 머리카락이 삐쳤다. "정신 감정과 배경 확인을 겸한 조사 과정이 있지만 빈틈은 있고 그걸 통과하는 사람들이 있어요. 당신이 다치는 건 원치 않아요."

스텔라는 턱을 치켜들었다. "난 바보가 아니에요. 테이저건도 있구요."

"뭐가 있다구요?"

그녀는 가방에서 핑크색 C2 테이저건을 꺼내 건넸다.

"세상에, 이걸 어떻게 쓰는지 알고는 있어요?" 다른 상황이었다면 그녀가 웃음을 터뜨렸을 만큼 그가 눈을 똥그랗게 뜨고 그것을 쳐다보았다.

"안전장치를 뒤로 당기고, 조준하고, 버튼을 누르면 돼요. 아주 간단해요."

"이걸 내게 쓸 생각이었어요?"

"안 썼잖아요. 그러니까 대답은 '아니요'예요."

그가 끔찍하기도 하고 신기하기도 한 그것을 요리조리 뒤집어 보는데 그녀가 도로 그것을 가져갔다. "본인한테는 절대 겨냥하면 안 돼요." 그녀는 테이저건을 가방에 넣고 나서 팔짱을 끼고 말했다. "걱정해주는 건 고맙지만 보다시피 난 상황을 통제하고 있어요."

그녀는 에스코트 광고를 다시 정독해야 한다고 생각하니 한숨이 나왔다. 거기 남자들은 더 이상 흥미롭지 않았다. 하지만 한번 결심한 이상 결행해야 했다. 그녀가 원하는 사람은 오직 마이클뿐이었지만, 마이클을 얻는 데 실패했다. 그가 두 번 다시 그녀를 보고 싶어 하지 않는 이상. 그녀가 가진 문제 때문에 그녀를 도와줄 사람들이 못 견디고 계속 떠나간다면, 어떻게 더 나아질 거라는 기대를 품을 수 있을까?

그녀의 비통한 심정을 읽었는지 그의 표정이 누그러졌다. "스텔라, 나는 한 번 만난 고객을 다시 만나지 않아요. 그것만 아니었어도 당신의 제안을 받아들였을 거예요."

"왜요?" 그녀가 발끈해 물었다.

"한때 그런 적이 있었거든요. 그런데 한 고객이 집착하는 바람에 상황이 걷잡을 수 없이 흘러갔어요. 이후 한 사람당 한 번만 만난다는 원칙이 나를 살렸어요. 내 고객들은 몹시 아쉬워했지만."

"그럼 애초에 내 제안을 거절할 생각이었군요?" 암흑이 쏟아져 나와 그녀의 마음을 물들였다. 그가 그녀의 문제를 풀어줄 해결책이라고 생각했는데. 이제 보니 처음부터 원나잇 스탠드였던 거야.

그가 무뚝뚝하게 고개를 끄덕였다.

"그럼 왜 어젯밤에 계속 있었던 거예요? 난 당신한테 내가 원하는 걸 미리 털어놨잖아요. 키, 키스하고 만지고 옷을 벗은 것 모두 헛수고였어." 그녀는 목이 메어서 간신히 말을 입 밖으로 토해냈다.

그녀는 뜨거운 손바닥을 이마에 대고 배신감을 다스리려 노력했다. 전혀 예상치 못한 고통과 수치심의 습격에 숨을 쉬는 것조차 힘겨웠다. 그럼 왜 그는 내게 그런 일을 시켰을까? 게임을 한 걸까? 재미 삼아?

왜 나는 사람들의 생각을 읽지 못하는 걸까?

"솔직히 당신 말을 믿지 않았어요." 그가 말했다. "그냥 당신이 자신감을 잃었구나, 그러니 우리가 같이 시간을 보낸 뒤에는 자신감을 회복할 거라 생각한 거죠. 게다가 당신이 선불을 한 바람에 어쩔 수 없었어요. 당신이 돈을 낸 만큼 뭔가를 얻어가길 바랐어요."

"내게 잘해주려 했잖아요."

"그게… 맞아요. 그런 이유로 사람들은 나를 고용하죠."

"하지만 난 그런 이유로 당신을 고용한 게 아니에요." 그녀는 콧대를 문지르고는 안경을 고쳐 쓴 뒤 별안간 맥이 풀려 포기해버렸다. "이제 상관없어요. 그만 가봐요. 늦겠어요."

그녀의 발이 그녀를 문으로 데려갔고 그녀의 손바닥이 문 손잡이를 잡아당겨 열었다. 이 모든 행동이 남의 일처럼 느껴졌다.

그는 할 말이 있는지 숨을 들이켰지만 말이 나오기 전에 입을 다물어버렸다. 그리고 그녀를 지나 문간 저편에서 잠시 걸음을 멈추고 그녀를 살폈다. "이렇게 가서 미안해요. 잘 지내요, 알았죠?"

그녀는 그를 외면한 채 고개를 끄덕였다.

"안녕, 스텔라."

그는 복도 저편으로 걸어갔고 그녀는 문을 닫았다. 딸깍하고 자물쇠가 잠겼다.

샤워를 해야 했다. 어젯밤 땀을 흘린 채 잠들었기 때문이다. 하지만 입고 있는 옷을 만져보니 그것은 마이클의 티셔츠였다. 그녀는 어깨에 뺨을 대고 그의 냄새를 들이마셨다. 팔이며 머리카락의 냄새를 맡아보니 모두 그 냄새가 배어 있었다.

이제 어떡하지?

씻고 싶어 몸이 근질거렸지만 샤워를 하면 이 소중한 냄새가 사라져버릴 것이다. 두 번 다시 갖지 못할 것이다. 그대로 끝이었다.

그녀는 바닥에 주저앉아 외로움에 휩쓸리지 않으려 무릎을 가슴에 대고 웅크렸다. 고통이 너무 격렬해 근육과 뼈가 다 아렸다. 늘 그렇듯 두 팔이 그녀에게 조금은 위안을 가져다주었다. 그녀는 5분 정도 그렇게 있다가 일하러 갈 준비를 했다. 아직 토요일 아침밖에 안 됐는데 혹독한 주말을 보낸 느낌이었다. 몰입할 거리를 찾아내지 못하면 이미 소용돌이 치고 있는 어둡고 황폐한 무언가의 속으로 휘말릴 게 분명했다.

빠르게 세 번 문을 두드리는 소리에 그녀는 기계적으로 일어섰다. 방을 청소하려는 사람이 그녀가 퇴실을 했는지 확인하려는 것 같았다.

그녀가 문을 열었다. 마이클이 눈앞에 서서 열렬한 시선으로 그녀를 내려다보았다. 차에서 여기까지 달려왔는지 가슴이 들썩거렸다.

"강습 세 번. 그게 내가 할 수 있는 전부예요."

그녀는 잠시 후 강습이라는 말이 가르쳐주겠다는 뜻임을 알아차렸지만, 그것을 깨달은 순간 심장이 폭주하고 손가락은 무감각해졌다. 그가 도와주려 한다. 세 번의 강습으로 섹스를 완전히 연마할 수 있을까? 배워야 할 것들이 너무 많고 못 하는 것들도 너무 많은데. 하지만 다른 선택이 있을까? 철저히 모든 것을 계획한다면 가능할지도…

그녀는 팔다리가 충격으로 얼어붙어 간신히 말을 끌어냈다. "좋아요."

그는 턱을 굳게 다문 채 그녀를 살폈다. "하지만 끝났을 때 매달리지 않겠다고 약속해요."

"그건 약속할 수 있어요." 그녀는 귓속에서 윙윙거리는 소리를 헤치고 말했다.

"정말이에요. 스토킹도, 전화도, 선물 공세도 하면 안 돼요. 아무것도 안 돼요." 그는 손가락으로 가방끈을 움켜쥔 채 사뭇 진지한 표정으로 대답을 기다렸다.

그는 어깨에서 가방을 내려 바닥에 떨구고는 그녀에게 다가갔고 그녀가 열린 문에 등을 기대자 걸음을 멈추었다. 그리고 한 손을 그녀 얼굴 옆의 문에 대고 몸을 아래로 숙였다. 그의 시선이 그녀의 눈에서 입술로 떨어졌다. "이제 키스할게요."

그의 입술이 그녀의 입술을 건드리는 순간 쾌감이 그녀의 심장에 격렬히 부딪친 뒤 두 팔로, 두 다리로 내려갔다. 그는 고개를 기울여 그녀에게 더 깊게 키스했다. 한 번. 두 번. 다시. 그녀가 한숨을 쉬고 그에게 몸을 기댄 뒤 손가락을 서늘한 그의 머리카락 속에 넣을 때까지. 그는 신선하지만 익숙한 방식으로 혀를 놀려 그녀의 입을 가졌다. 그녀도 모든 것을 쏟아 그에게 키스하면서 말로는 못 하는 것들을 그에게 표현하려 했다.

"세상에, 스텔라." 그가 그녀의 입술에 대고 말했다. 그의 짙은 색 눈동자는 몽롱했고 눈꺼풀은 반쯤 감겨 있었다. "정말 빨리 배우는군요."

그녀가 대꾸하기 전에 그가 다시 그녀의 입을 가졌다. 그녀는 시간도, 일도, 걱정마저도 다 잊어버렸다. 그의 거대한 몸이 그녀의 몸을 비볐다. 그녀는 활처럼 휜 몸을 그에게 밀어붙이며 밀착감을 즐겼다.

그녀의 휴대폰이 진동하면서 어머니의 벨 소리가 울려 퍼졌다.

마이클이 즉시 몸을 떼고 붉어진 얼굴로 거친 숨을 몰아쉬었다. 아랫입술을 당겨 입을 꾹 다물고 그녀의 눈을 물끄러미 들여다보았는데, 금방이라도 다시 그녀에게 키스할 기세였다.

"전화 받아야 해요." 그녀가 안으로 들어가서 침대 가장자리에 걸터앉아 떨리는 엄지손가락으로 휴대폰의 통화 버튼을 눌렀다. "여보세요?"

"스텔라, 네 아버지가 글쎄… 아, 잠깐만." 전화기 저편에서 아버지의 굵직한 목소리가 뭐라 웅얼거렸다. 스텔라가 전화기를 귀에서 떼고 있는 동안 그녀의 부모님은 골프와 점심 약속에 대해 의논했다. 마이클은 그녀에게 다가갔다. 팔다리가 후들거렸다. "갈게요. 다음 주 금요일에 만나요."

"다음 주 금요일." 그녀가 고개를 끄덕여 확인했다.

그는 그녀의 예상을 깨고 곧장 발길을 돌리지 않고 몸을 숙여 스치듯 입을 맞추었다. "안녕, 스텔라."

그녀는 멍한 눈으로 멀어져가는 그를 바라보았다. 다시 만날 거야. 일주일 뒤에.

"누구였니?" 전화기가 귀에서 멀찍이 떨어져 있는데도 스텔라는 어머니의 목소리에서 놀란 기색을 느낄 수 있었다.

"그게… 마이클이에요." 숨막히는 초조함이 그녀를 휘감았다. 남자와 같이 있는 걸 어머니에게 들켜버렸다. 차라리 잘된 것도 같았다.

잠시 침묵이 흐른 뒤 어머니가 말했다. "스텔라, 남자랑 밤을 보낸 거니?"

"생각하시는 그런 거 아니에요. 우리 아무것도 안 했어요. 키스밖에는." 스텔라에게는 인생 최고의 키스였다.

"얘, 왜 그것만 했어?"

스텔라는 입을 우물거릴 뿐 말이 안 나왔다.

"넌 다 큰 어른이고 얼마든지 훌륭한 선택을 할 수 있어. 이제 그 마이클에 대해 모두 이야기해보렴."

파괴하고, 물리치고, 속이고.

마이클은 상대의 검은 형체를 훑어보며 파고들 만한 약점을 찾았다. 대련을 할 때만큼은 매일 억누르는 이기적 본성을 마음껏 풀어놓을 수 있었다. 속이 후련했다.

그가 아무리 억누르고 또 억눌러도 그의 본성은 아버지와 다르지 않았다. 그의 피에는 아버지에게 물려받은 비열함이 흐르고 있었다.

그는 머리치기를 하려고 밀고 들어갔다. 상대의 검이 그의 공격을 막으려 솟구쳤고, 마이클은 폭풍처럼 밀어붙이며 무기를 내려쳤다. 그의 검 끝이 상대의 옆을 가격했다.

공격 성공. 대련 끝.

서로 고개를 숙여 인사한 뒤 파란색 무광 바닥에 목검을 내려놓고 무릎을 꿇었다. 마이클은 수업 중 이 순간이 싫었다. 훈련이 끝나서가 아니라 갑옷을 벗고 평상시의 모습으로 돌아가야 했기 때문이다.

이것이 옷이 가진 아름다움이다. 의복은 사람을 특정한 인간으로 변신시킨다. 티셔츠는 사람을 다른 종류의 인간으로 만든다. 악몽 같은 검은색 갑옷을 입고 불길한 철창 뒤에 얼굴을 가리면 다른 종류의 인간이 된다. 이 장비는 13킬로그램이나 나갔지만 그는 이 장비를 차면 언제나 마음이 가벼워졌다.

겹겹이 걸친 장비를 벗겨내자 시원한 공기가 그의 피부를 건드리고 현실이 슬금슬금 그의 머릿속으로 기어들었다. 무거운 생각들이 벽돌처럼 하나둘 쌓이면서 그를 버거운 일상으로 다시 데려갔다. 책임과 의무. 청구서. 가족. 낮에 하는 일. 밤에 하는 일.

수업이 완전히 끝났을 때 그는 뒷쪽 벽을 따라 설치된 선반 위에 장비를 놓았다. 비좁은 탈의실에 남자 다섯이 들어갔으니 그 안은 보나마나 북새통일 것이다. 그는 못 참고 복도에서 도복을 벗어버렸고, 캘리포니아에 사는 여성의 절반은 아직 구경 못 한 풍경이 펼쳐졌다.

고등학교 여학생 둘이 깔깔거리면서 여자 탈의실로 얼른 들어갔다. 그는 지겨워, 하는 얼굴로 청바지를 사각 팬티 위로 당겨 입었다. 마이클 라슨을 보고 눈호강을 한 캘리포니아 여성의 숫자는 방금 절반에서 두 명이 더 늘어났다.

"다음 주에 여자 신입 회원들이 엄청 늘겠구만." 그 목소리는 콴이었다. 콴은 마이클의 사촌이자 훈련 상대였다.

"그 여자들 타격법은 네가 가르쳐라." 마이클은 더플백에서 구겨진 티셔츠를 꺼내 펴며 말했다.

"여자들이 실망하겠네."

"그러든가 말든가." 그는 셔츠를 당겨 입으면서 전신 거울에 비친 두 사람의 대조적인 모습을 무시하려 했지만 생각만큼 잘 되지 않았다.

콴은 여자들에게 인기가 많았다. 빡빡 민 스포츠 머리와 문신이 빽빽이 들어찬 팔과 목은 거친 아시아계 마약상의 이미지를 능가했다. 아무도 그가 부모님의 식당 일을 도우면서 경영 대학원을 다니고 있을 거라고는 생각하지 못했다. 반면 마이클은 잘생긴 남자였다.

잘생겨서 피해본 적은 없지만—그 덕에 청구서를 지불하고 있으므로—사람들은 번번이 진부한 반응을 보였다. 어떤 계량 경제학자만 빼고. 스텔라는 그에게 끌리는 티를 숨기지 않으면서도 값비싼 고깃덩이 보듯 그를 보지 않았다. 내 눈엔 너만 보여 하는 식으로 그를 바라보았다. 그는 그를 믿고 그에게 키스하던 그녀를, 녹아들던 그녀를 잊을 수가 없었다…

생각이 거기에 미친 순간 마이클은 머릿속으로 자신의 아랫도리를 쥐어박았다. 그녀는 그의 고객이자 중대한 현안이었다. 그들의 강습을 이런 식으로 생각하면 일을 그르칠 게 뻔했다.

"새 회원은 내가 가르칠 거야. 어차피." 콴의 남동생 카이가 나섰다. 그는 여전히 도복 차림으로 거울 앞에서 달려 치기 연습을 하고 있었는데, 발놀림이 기계처럼 민첩하면서도 일정했다.

콴이 못 말려 하는 표정을 지었다. "저놈 진짜 목석이야. 여자들이 좋다고 막 덤벼들어도 꿈쩍도 안 해. 마지막 여자랑 어땠는지 너도 봤어야 해. 여자가 저녁 같이 먹자고 초대하니까 쟤가 뭐라고 했냐면, '고맙지만 됐어요, 벌써 먹었어요.' '그럼 디저트 먹을까요?' '아뇨, 난 수업 후엔 디저트 안 먹어요.' '커피는요?' '밤에 잠 못 자요, 내일 일해야 하는데.'"

마이클은 그 말에 웃지 않을 수 없었다. 카이는 스텔라를 생각나게 했다.

콴이 그들의 장비들을 근처 보관함에 넣으면서 말했다. "오늘 대련 좋았어. 근데 안 좋은 일 있었냐?"

마이클은 어깨를 으쓱거렸다. "맨날 똑같지, 뭐." 그는 감사하며 살아야 한다고 생각했고 실제로도 그러했다. 포기한 것들을 더 이상 동경하지 않는다면 다 괜찮아질 거라고. 예전의 삶을 버리고 지금의 삶을 선택한 것을 후회하지 않았지만—다시 돌아간다고 해도 똑같은 선택을 할 것이다—이놈의 욕망은 완전히 멈추지를 않았다. 멈추기는커녕 갈수록 더심해졌다. 누가 이기적인 개자식 아니랄까봐. 아버지처럼.

"엄마는 좀 어떠셔?"

마이클은 한 손으로 머리카락을 쓸어 넘겼다. "괜찮으신 것 같아. 새로 시작한 치료가 마음에 드신대."

"잘됐다." 콴이 마이클의 어깨를 꽉 쥐었다. "축하라도 해야겠네. 금요일에 같이 나가자. 샌프란시스코에 '화씨212'이라는 새 클럽이 생겼어."

솔깃한 말에 마이클은 마음이 강하게 동했다. 고객 없이 외출한 지가 언제였는지 까마득했다.

그는 고객들이 떠올라 무거운 한숨을 토해냈다. "못 가. 할 일이 있어."

"뭔데?" 콴의 눈이 탐색에 들어갔다. "누가 있구나? 너 금요일마다 꼭 바쁘더라. 소개하기 껄끄러운 비밀 여자 친구라도 있는 거야?"

마이클은 고객을 데리고 가족을 만나는 장면이 떠올라 속으로 큭 코웃음을 터뜨렸다. 그래선 안 되지. "아니, 여자 친구는 무슨. 넌?"

콴이 웃음을 터뜨렸다. "우리 모친 어떤지 알잖아. 나 좋자고 여자를 제물로 바치면 되겠냐?"

마이클은 씩 웃으며 가방을 집어 들고 내내 연습을 멈추지도 속도를 늦추지도 않는 카이를 지나 현관문으로 향했다. "밝은 면을 봐. 여자가 네 엄마를 보고도 도망치지 않는다면 그 여자야말로 네 인연이지 뭐냐."

콴이 따라와 말했다. "아니, 그럼 내 인생에 마녀가 하나가 아니라 둘이 되는 거야."

두 사람은 문간에서 카이에게 손을 흔들었지만, 카이는 평소처럼 너무 몰두한 나머지 손을 흔들어 답하지 않았다.

콴은 주차장에서 검은색 듀카티에 올라타고 오토바이 재킷을 걸쳐 입고는 헬멧을 무릎에 얹고 나서 마이클을 똑바로 바라보았다. "네가 남자를 좋아한다고 해도 난 아무 상관 없어. 알지? 내게도 일어날 수 있는 일이니까. 참고하라고 말해두는 거야. 나한텐 그런 거 숨길 필요 없어."

마이클은 불편한 열기가 목을 훅 달구고 귀까지 뻗치는 바람에 헛기침을 하고 나서 어깨에 걸친 더플백 끈을 고쳐 멨다. "그래, 고맙다."

비밀을 간직하다 보면 꼭 이런 일이 생긴다. 사람들은 멋대로 결론을 내린다. 마이클은 장단을 맞춰줄까 잠시 생각했다. 그의 가족들은 진실보다 차라리 이것을 더 쉽게 받아들일지도 몰랐다. 가족들은 그가 에스코트 일을 하는 것도, 그를 에스코트 일로 내모는 청구서의 존재도 알지 못했다. 그는 현상 유지를 선택했다.

마이클은 공기를 들이마셨다. 배기가스와 아스팔트 냄새가 났다. 콴의 관대함에 뭉클해졌지만 피로가 뼛속을 파고들었다. "참 고마운 말인긴 한데, 그건 아니야. 알았지? 그냥… 많은 사람들을… 만나고 있는데, 집에는 아무도 데려오지 않은 거야." 집에 데려가다니 절대 있을 수 없는 일이었다. "특별한 사람은 없어."

마지막 말은 도로 주워 담고 싶었다. 마지막 고객만은 같은 부류로 취급하는 것이 어쩐지 부당하게 느껴졌다.

"그럼 제발 부탁인데 네 엄마랑 누이들한테 그렇다고 이야기 좀 해. 네 엄마랑 누이들이 우리 모친이랑 누나에게 그 이야기를 자꾸 하면서 나한테 캐보라고 닦달한단 말이야. 네가 사라지면 대체 어디서 뭘 하는지 나도 모르겠다고 말할 때는 솔직히 좀 난처해." 콴이 부루퉁한 얼굴로 자갈을 걷어찼다. 콴은 둘이 속속들이 알고 지내던 시절을 돌이켰고, 마이클도 그걸 느꼈다. 남자들끼리도 마음을 터놓고 지낸다. 마이클과 콴의 엄마는 절친한 친자매였고 두 구역 떨어진 곳에 각자 집을 마련한 데다 같은 해에 아들을 낳았다. 그래서 마이클과 콴은 친형제보다 더 가까운 사이였다. 한때는.

　마이클은 뒷목을 문질렀다. "내가 좀 무심했다. 미안해."

　"네가 여간 힘든 일을 겪었어야지." 콴은 마이클에게 이해한다는 듯 웃어 보였다. "사고뭉치 아버지에, 소송에, 네 엄마 건강 문제까지. 나도 이해해. 하지만 지금은 상황이 나아졌잖아. 할 건 해야지. 난 금요일 밤이 제일 좋아, 토요일 아침에는 일도 수업도 없으니까. 너의 '그 특별하지 않은 사람'이랑 내 사람이랑 같이 어울려도 좋겠지. 언제든 말만 해라." 콴은 그 말을 하면서 오토바이에 시동을 걸고 나서 헬멧을 머리에 썼다.

　사촌이 모퉁이 너머로 사라졌을 때 마이클은 차 문을 열고 조수석에 가방을 던져 넣었다. 마음이 한결 가벼워졌지만 당분간 콴과 더블 데이트를 할 생각은 없었다. 매주 금요일 밤에 다른 여자와 잠자리를 하는 이상은. 특히 다음 주부터 세 번째 금요일까지는. 그때까지는 오롯이 스텔라와 섹스 강습을 위해 보내야 했다. '뜨거운 수업 시간'이란 판타지에서 반대편 역할을 하게 될 줄은 몰랐지만 생각보다 흥분된다는 것은 인정하지 않을 수 없었다.

　뒤죽박죽이 되어버렸지만 그래도 금요일 밤이 기다려졌다.

7

금요일 밤이 다가왔다. 스텔라는 초조한 기색을 숨기지 못하고 손가락으로 식당 테이블을 계속 두드리면서 마이클이 오기를 기다렸다. 약속은 에이전시 앱을 통해 잡았는데, 앱의 최신식 설정 덕분에 마일리지 적립만 안 될 뿐 비행기표를 예약하는 것만큼이나 쉬웠다. 예약을 확인하는 메일이 왔지만 그것은 날짜가 정해졌다는 말에 불과했다. 그녀는 혹시 마이클이 마음을 바꾸진 않았을까 불안했다.

그의 휴대폰 번호를 모르는 것이 아쉬웠지만 그는 고객들에게 자기 번호를 주지 않았다. 그것은 사적인 사이에서나 가능한 일이었다. 특히 고객이 집착하는 경향이 있을 때는 더욱.

집착은 사실상 그녀의 큰 약점이자 그녀의 장애를 규정하는 특징이었다. 그녀는 적당히 관심을 갖는 게 어떤 것인지 알지 못했다. 무관심하거나 집착하거나 둘 중 하나였다. 집착은 결코 그녀를 놓아주지 않았다. 그것은 그녀를 소비하고 그녀의 일부가 되었고, 그녀는 그것을 곁에 두고 이용해 자신의 삶을 일궈나갔다. 일을 하듯이.

마이클의 일도 신중하게 차근차근 밟아야 했다. 그녀에게 그는 모든 면에서 기쁨이었다. 그의 외모도, 인내심도, 친절함도. 그는 착한 사람이었다.

그녀가 그에게 집착하는 것은 시간문제였다.

다행히 오늘까지는 내내 냉정함을 유지할 수 있었지만. 어쩌면 강습은 세 번이 최선인지도 몰랐다. 강습을 마치고 나면 가능한 사람에게 집중할 수 있을 테니까. 가령 필립 제임스라든가.

마이클이 호텔 식당 안으로 들어섰을 때 그녀는 그를 단번에 알아보았다. 오늘 밤 그는 하얀 옥스퍼드 셔츠와 그것에 잘 어울리는 검은색 정장 차림이었다. 타이는 없었다. 열린 셔츠 칼라 사이로 보이는 그의 후골과 섹시한 목 아랫부분이 눈길을 끌었다. 그의 시선이 실내를 훑다가 그녀에게 닿았다.

그녀는 얼른 메뉴판으로 눈을 내리깔았지만 글이 머리에 들어오지 않았고 그가 천천히 자신을 향해 다가오고 있는 걸 의식했다. 정신 똑바로 차려.

"안녕, 스텔라." 그가 맞은편에 앉아 두 손을 탁자 위에서 포갰다.

그의 가슴이 천천히 숨을 들이마시면서 올라갔고, 그의 옅은 체취가 그녀에게 날아왔다. 그녀의 모든 것들이 뒤집어지며 한숨을 내쉬었다. 그녀는 패배를 직감하고 눈을 들어 그와 눈을 마주한 채 셋까지 세고 나서 고개를 돌렸다.

"안녕, 마이클."

"벌써 초조한 거예요?"

그녀는 살짝 소리 내어 웃었다. "토요일부터 쭉 초조했어요."

"그건 그렇고… 저번에 나 나갈 때 누구 전화였어요?"

그녀는 웃음이 나와서 입술을 꾹 다물었다. "우리 엄마. 엄마 이름은 앤이에요. 엄마는 당신이 내 남자 친구인 줄 알아요."

그는 손가락 관절로 웃음기가 어린 입술을 눌렀다. "그렇군요. 그래서 곤란해요?"

"차라리 잘된 것 같아요. 내게 남자 친구가 생긴 줄 알고 더이상 데이트를 주선하지 않을 테니까요."

"아, 엄마가 데이트를 주선하시는군요. 그런 거라면 나도 많이 익숙해요."

"여자 친구가 없다는 말이에요?" 그녀는 질문을 뱉자마자 인상을 썼다. "미안해요. 이미 물어본 건데 깜빡했어요."

그의 사생활을 물어볼 권리가 없었지만 강렬한 호기심이 요동을 쳤다. 그에 관한 것은 무엇이든 다 알고 싶었다. 그에게 여자 친구가 있든 말든, 그 복 많은 여자가 누구든, 스텔라는 그걸 궁금해하는 자신의 배짱이 혐오스러웠다.

"아뇨, 여자 친구 없어요." 그가 당연하다는 듯 말했다.

다행이다.

"어머니께서 어떤 사람을 소개하시는데요?"

그가 못마땅한 표정을 지었다. "의사들이죠, 뭐. 간호사나. 팔로 알토 의료재단의 2층 직원들은 전부 소개하신 것 같아요."

스텔라는 감탄하지 않을 수 없었다. "취향이 확실하시네요."

"그건 아무것도 아니에요. 우리 엄마는 상상을 초월하는 사람이에요."

그녀는 터지는 웃음을 참고 메뉴판에 집중했다. 그의 엄마에 대해 알고 싶다고 하면 뭐라고들 할까? 뭐라고 할지 뻔했다. 미쳤냐고 하겠지. 엄마들은 아들 일이라면 무서운 어미 곰이 된다. 마이클 같은 아들을 두었다면 특히나 더 그럴 것이다.

게다가 스텔라는 의사가 아니었다.

멈춰야 했다. 그녀는 마이클과 데이트를 하는 게 아니었다. 그의 어머니가 그녀를 어떻게 생각하든 무슨 상관인가. 어차피 그의 어머니를 만날 일이 없는데. 당면한 문제로 돌아가야 했다.

"수업 이야기 할까요." 그녀가 활기차게 말했다.

"좋은 생각이에요." 마이클은 편안하게 의자 등받이에 몸을 기댔다.

스텔라는 마이클처럼 긴장을 풀려고 하면서 접힌 종이 세 장을 가방에서 꺼냈다. "시간이 많지 않아서 내 맘대로 수업 계획표를 짜봤어요. 꼭 이대로 하자는 건 아니에요. 보고 고쳤으면 하는 부분은 말해줘요. 내가 쓴 것이 실현 가능한지는 모르겠지만 전체적인 체계를 세우는 데는 도움이 됐어요. 난 예상하지 못한 것들에는 잘 대처하지 못해요."

마이클의 얼굴에 읽을 수 없는 표정이 떠올랐다. "수업 계획표라."

"맞아요." 그녀는 소금 병과 후추 병, 촛불을 옆으로 밀었다. 그리고 탁자 한가운데 종이를 놓고 주름진 부분을 손끝으로 문질러 펴고는 첫 번째 종이를 가리켰다. '수업 1'이라는 제목이 붙어 있었다. "보면서 표시할 수 있게 각 항목 옆에 박스를 넣었어요."

그는 그 종이를 보면서 무슨 말을 하려고 입을 열었다가 숨을 삼키더니 한 손가락을 입술에 댔다. "잠깐만요."

수업 1

☐ 핸드잡 및 시범

☐ 핸드잡 훈련

☐ 실행 평가

☐ 정상위 강의 및 시범

☐ 정상위 훈련

☐ 실행 평가

마이클은 수업 계획표를 다시 처음부터 읽어보았다. 그의 놀란 표정은 서서히 즐거움으로 바뀌었지만, 짜증이 그의 등을 타고 목덜미로 솟구쳐 올라와 즐거움을 밀어냈다. 종이를 마구 구겨 똘똘 뭉쳐버리고 싶은 충동이 와락 치미는 바람에 그는 손가락을 구부려야 했다. 성가셨다. 이건 정말 성가셨다. 이유 따위는 알 수 없었지만.

평소대로라면 '강의'니 '시범'이니 하는 단어들에 흥분해야 마땅했다. '뜨거운 수업 시간'에서 선생님 역할을 하는 것이니까. 그런데 여기에 '뜨거운' 부분이 없는 게 문제였다.

"박스는 누가 표시하죠? 당신? 아니면 나?"

"당신이 원하지 않으면 내가 할게요." 그녀가 협조하겠다는 듯 미소를 지으며 제안했다.

마이클은 한창 섹스하다 말고 안경을 찾아 끼고서 노란색 종이에 메모를 갈겨 쓰는 스텔라의 모습이 떠올랐다. 그러자 섹스 로봇이나 섹스 과학 실험의 피실험자가 된 듯한 기분이 들었다.

"키스가 빠졌어요." 그가 말했다.

"그 과정은 이미 지난 것 같아서."

그의 눈썹이 꿈틀거렸다. "어째서요?"

"그건 내가 습득했다고 당신이 말했잖아요. 그렇다면 그런 데 시간을 낭비하지 않는 게 좋겠죠. 당신이랑 키스를 하면 생각을 제대로 할 수 없는데, 난 정말 잘 배워보고 싶거든요. 게다가 키스는 데이트할 때 하는 것 같아서… 우리는 그건 아니니까. 난 우리 사이가 투명하고 일의 범위를 벗어나지 않았으면 좋겠어요." 그녀는 얼음물을 한 모금 단정하게 마신 뒤 유리잔을 내려놓았다. 그녀의 핑크빛 입술이 물기로 반짝거렸다. 그에게는 키스가 허락되지 않는 입술이었다.

이제 그녀와의 키스는 그의 것이 아니었다. 그는 그녀와 섹스하고 그녀에게 입으로 해달라 시킬 수는 있어도 그 보드라운 입술은 다른 사람의 것이었다. 그 생각에 그는 순간 화가 치밀었지만 감정을 억눌렀다.

"〈프리티 우먼〉을 너무 많이 봤군요. 키스는 아무런 의미가 없어요. 침대에서는 생각을 너무 많이 안 하는 게 상책이에요. 날 믿어요." 그가 말했다.

그녀의 입이 고집스럽게 일자를 그렸다. "생각을 안 하기엔 이건 내게 너무 중요한 일이에요. 당신만 좋다면 키스는 더 이상 하지 않는 게 좋겠어요."

마이클은 짜증이 두 배로 솟구쳐서 핏줄이 불거지기 전에 억지로 손에서 힘을 빼야 했다. 어쩌다가 이런 일에 휘말렸을까? 아, 그래, 에스코트 동료들이 그녀를 이용해먹을까 걱정돼서 그랬지. 멍청한 놈. 제 앞가림도 겨우 하는 주제에 고객 걱정까지 하다니. 이래서 한 고객과 한 번만 만난다는 원칙을 지켰던 건데.

그는 다 집어치울까 하는 유혹이 들었지만 약속은 약속이었다. 그는 한번 한 약속은 반드시 지켰다. 그것이 그가 이 우주에서 균형을 잡는 방식이었다. 약속 위반은 아버지가 그의 몫까지 다 해버려서 그에게 남은 몫은 없었다.

"그러죠." 그가 간신히 말했다. "키스는 없는 걸로."

"다른 건 어때요?" 그녀가 물었다.

그는 억지로 그것을 읽어보고 내용이 비슷하다는 생각이 들었다. 그저 손으로 하는 요령에서 체위 쪽으로 변경이 됐을 뿐이었다.

그래도 재밌다는 생각이 들어서 그는 말했다. "당신이 '후배위'니 '여성 상위'니 하는 말을 쓰지 않은 게 놀랍네요."

그녀의 뺨이 붉게 물들었다. 그녀가 안경을 고쳐 썼다. "난 경험이 부족한 거지 아무것도 모르는 게 아니에요."

"당신의 계획에는 중요한 게 빠졌어요." 그가 손을 내밀었고, 그녀는 지친 동작으로 그의 손바닥에 펜을 놓았다.

그녀는 고개를 옆으로 기울인 채 그가 각 계획표의 맨 위에 '전희'라는 말을 대문자로 쓰는 것을 보았다. 그는 잠시 생각하다가 펜을 힘차게 놀려 그 항목 앞에 박스를 그려 넣었다.

"하지만 왜요? 남자들은 그런 거 필요하지 않던데요."

"당신이 필요하니까요." 그가 딱 잘라 말했다.

그녀는 코를 찡그리고 고개를 저었다. "나 때문에 일부러 그럴 필요 없어요."

그가 실눈을 떴다. "괜히 그러는 게 아니에요. 대부분의 남자들이 전희를 좋아하거든요. 나도 그렇고. 여자를 뜨겁게 만들면 그 만족감이 엄청나죠." 그는 그녀가 준비되지 않은 상태라면 섹스하지 않을 생각이었다. 하늘이 두 쪽 나도.

그녀는 침을 삼키고 메뉴판을 내려다보았다. "그 얘기는 내가 개선의 여지가 없다는 소리네요."

"뭐라구요? 그건 아니에요." 그는 그녀가 왜 그런 말을 했는지 머리를 굴려보았지만 아무런 답도 얻지 못했다.

"당신은 내가 어떻게 반응하는지 본 거예요. 고작 단추 하나에."

"그러고 나서 밤새 나랑 같이 잤잖아요. 거의 다 벗고, 내게 매달려서."

"주문하시겠어요?" 여종업원이 끼어들었다. 눈빛이 흥미롭다는 듯 반짝거리는 것으로 보아 그들의 마지막 대화를 들은 게 분명했다.

스텔라는 손톱으로 메뉴판 끝의 실오라기를 집으면서 메뉴판을 찬찬히 읽었다.

"스페셜 메뉴 둘 주세요." 마이클이 말했다.

"현명한 선택이세요. 그걸로 해드리죠." 종업원은 윙크를 하고 나서 메뉴판을 모아 사라졌다.

"스페셜 메뉴가 뭔데요?" 스텔라가 물었다.

"모르겠어요. 양털 맛이 아니어야 할 텐데."

그녀의 양쪽 입가에 주름이 지면서 괴로운 빛이 떠올랐다. 그녀는 주저하면서 몸을 앞으로 내밀더니 그와 눈을 마주했다. "내가 '매달렸다'는 게 정확히 무슨 소리예요?"

마이클이 씩 웃었다. "당신 껴안고 잠자는 거 좋아하던데요."

"어머."

그녀가 기겁을 하자 마이클은 웃지 않을 수 없었다. "솔직히 나도 좋았어요." 사실이었다. 그리고 좀처럼 없는 일이기도 했다. 그는 고객들이 원한다는 걸 알고 매번 그들을 포옹해주었지만, 한시라도 빨리 헤어져 집에 가서 샤워하고 싶어서 속으로 안달할 때가 많았다. 그런데 스텔라를 안아주었을 때는 전혀 그렇지 않았다. 섹스를 하지 않았기 때문에 씻을 필요도 없었다. 그를 믿고 그의 품에 안긴 그녀의 모습은 그간 그가 외면했던 감정들을 끌어냈다. 그런데 그녀는 이제와서 그것이 달갑지 않은 눈치였다. 그래서 그는 화가 치밀었다.

"그럼 우리 수업은 어떻게 되는 거죠? 내가 설정한 한계선이 그렇게 큰 장애물이 된다면 어떻게 진행해야 할까요? 나는 당신에게 초점을 맞추면 내 문제를 피해 갈 수 있을 거라 생각했어요."

"우린 당신의 문제를 피해 가지 않을 거예요. 정면 돌파할 거지."

그녀는 팔짱을 끼고 손끝으로 팔꿈치를 평소와 다른 리듬으로 톡톡 두드렸다. "어떻게요?"

"당신을… 자유롭게 풀어내야죠." 이 말은 오만한 머저리의 허세처럼 들렸지만, 그가 괜히 평점 5점을 받는 게 아니었다. 열여덟 살을 앞둔 어느 날 총각 딱지를 뗐을 때 처음 밝혀졌듯이 그는 섹스에 천부적 재능을 타고난 데다, 프로의 길에 들어서면서 그의 스킬은 새로운 차원으로 도약한 상태였다.

"그건 가능하지 않을 것 같아요." 그녀는 중고차 판매원을 상대하는 사람처럼 입꼬리를 끌어 올렸다.

"키스하는 거 좋아하는 것 같던데요?" 그의 느낌으론 그녀는 분명 키스를 좋아했다. '동갈방어와 상어'를 극복하고 나서부터 쭉. 그러니 그녀는 희망이 있었다. 여자들은 섹스에 미치지 않으면 무릎이 후들거려 기절하는 여주인공 흉내도 내지 못한다. 그는 일단 그녀에 대해 알아야 했다.

그녀가 전희 박스들 중 하나를 톡톡 두드렸다. "당신이 모든 걸 시도했는데 내가 좋아하지 않으면요? 우리에게 주어진 시간은 상당히 촉박해요."

"그럴 일은 없을 거예요." 그렇게 된다고 해도 그건 그때 가서 해결하면 된다.

침묵이 길게 이어진 뒤 그녀가 말했다. "해봐요, 당신의 방식대로."

{CHAP+ER}

8

호텔 방문이 닫혔을 때 마이클은 발을 움직거려서 신발을 벗은 다음 슬렁슬렁 창문 쪽으로 갔다. 그가 커튼을 걷자 병원 건물과 팔로 알토 의료재단의 멋진 풍경이 보였다. 그는 그것을 보고 엄마와 청구서, 책임, 에스코트 수수료를 떠올렸다. 지금 당장은 생각하고 싶지 않은 것들이었다.

그는 커튼을 다시 휙 치고 돌아섰다. 스텔라는 침대 발치에 서서 그를 외면한 채 접힌 종이들을 손에 들고 만지작거렸다. 그녀가 작성한 수업 계획서였다.

마이클은 그것을 박박 찢어버리는 상상을 했다. 이유를 설명할 수 없었지만 그 계획서가 혐오스러웠다. 하지만 그녀에게 다가가서 상상대로 하지 않고 종이를 뺏어서 침대 옆 탁자 위에 조심스럽게 놓은 뒤 서랍에서 가느다란 은색 펜을 찾아 수업 1 위에 올려놓았다. 오늘 밤 그녀가 박스에 표시를 할 만큼 정신이 맑다면, 자신의 테크닉을 점검하기로 했다. 그는 탁자 전등의 불빛을 낮추었다.

"나는 어떻게… 뭘 해야… 혹시 내가…" 그녀가 자신의 셔츠 칼라를 쥐었다. "옷 벗을까요?"

"글쎄요. 그건 수업 계획서에 없어서." 그는 그 말을 하자마자 주워 담고 싶었다. 그녀의 계획서 때문에 화가 난 건 사실이지만 그렇다고 그녀를 폄하할 필요도 없었다. "미안…"

"당신 말이 맞아요. 그걸 내용에 포함시킬 생각을 못 했네." 그녀는 얼른 그를 지나 탁자로 갔다. 그리고 계획서를 집어 곰곰 생각하다가 몸을 숙여 펜을 집었는데, 그 순간 여자가 일자 치마를 입어야 할 단 한 가지 이유, 멋진 엉덩이의 동그란 곡선이 드러났다.

그것 때문인지 그녀의 둔감한 반응은 한참 뒤에야 부각되었다. 그가 무례하게 비꼰 말을 그녀가 알아듣지 못한 것이다. 책으로 쌓은 지식은 많지만 사람과 어울릴 줄은 모르는 사람인데 내가 너무 몰아붙인 게 아닐까. "당신의 수업 계획서 때문에 내가 기분이 상했다면 어떡할 거예요?" 그가 조용히 물었다.

그녀는 놀란 눈을 하고 어깨 너머로 그를 돌아보았다. "고쳐 써야 할 부분이 있나요? 고쳐볼게요. 얼마든지." 그녀는 수업 계획서로 고개를 다시 돌리고는 손가락으로 한 줄 한 줄 짚어가면서 내용을 훑어보았다.

그의 가슴속에 맺혔던 화가 풀어졌다. 이해하지 못하는 사람에게 화를 낼 수는 없었다.

그녀는 입술 안쪽을 씹고 손가락으로 탁자를 점점 빨리 두드리다가 초조한 표정으로 그를 보았다. "'실행 평가' 옆에 다른 걸 써야 할까요? 이건 나에 대한 평가라는 의미로 적은 거예요. 당신 수업에는 아무 문제가 없어요. 있다고 해도 나는 모를 거예요. 난 평가할 자격이 없거든요…"

그는 그녀가 또 다른 공황 발작을 일으킬까봐 말했다. "혹시나 해서 한 말이에요. 잊어버려요."

그녀는 잠시 혼란스러운 듯했지만 눈을 깜빡거리다가 초조한 표정을 풀고 안도의 한숨을 쉬었다. "아, 알았어요." 그리고 안경을 고쳐 쓰고는 계획서로 돌아가 모든 '실행 평가' 앞에 '스텔라에 대한'이라는 말을 단정하게 써넣었다.

그는 그것을 보고 다시금 깨달았다. 이것은 스텔라가 실력을 쌓도록 돕는 시간이라는 걸. 그래, 그거였어. 그녀는 다른 고객들과 달랐다. 그녀에게 이것은 은밀한 판타지를 실현하는 기회가 아니었다. 그게 뭐 어때서? 그는 그것을 인정하고 그만 생각을 멈춰야 했다.

그녀가 두 번째 종이로 넘어갔을 때 그는 어깨를 움직여 재킷을 벗어 의자 팔걸이에 걸쳐 두고 셔츠 단추를 풀었다. 셔츠 뒷자락을 허리춤에서 빼고 나서 스텔라 옆 침대에 걸터앉았다. 그녀가 그를 흘끔거렸다. 그녀의 시선이 열린 셔츠 사이로 보이는 그의 맨살로 떨어졌다. 필기를 하던 펜이 멈추더니 탁자 위로 딸가닥 떨어졌다.

그는 만족스러운 미소를 지었다. 이제야 좀 병원 같은 느낌이 없어졌네.

그녀는 어깨를 펴고 두 손을 자신의 셔츠 칼라로 올렸다. 단추들이 하나둘 공을 들이는 속도로 풀려나갔고, 하얀 직물이 바닥으로 떨어진 뒤 그녀의 회색 치마가 그 뒤를 따랐다. 그녀가 턱을 굳게 다물고 그의 시선을 받아들였다. 그의 표정까지도.

그는 원래 큰 가슴과 풍만한 엉덩이, 둥근 허벅지의 여자들을 선호했다. 그 말랑한 느낌, 손을 꽉 채우는 충만감이 좋았다. 하지만 스텔라는 그렇지 않았다. 모든 면에서 보통 수준이었다. 살구색 브래지어와 팬티 차림의 아담한 몸은 우아한 어깨와 팔, 가느다란 허리, 허리에서 완만하게 이어지는 둥근 엉덩이, 맵시 좋은 다리와 섬세한 발목으로 이뤄졌다. 그녀는 그가 평소 원하던 스타일은 아니었지만 그 자체로 완벽했다.

"브래지어 벗어요." 목소리가 의도보다 더 거칠게 나왔지만 어쩔 수 없었다. 속옷에 가려진 그녀의 몸도 빨리 보고 싶었다. 그녀는 어떤지 모르지만, 그는 둘이 함께하는 이 시간을 꿈꿔왔으니까.

옆에 늘어져 있던 그녀의 두 손이 주먹을 쥐었다. "필요한 일인가요? 거긴 내 몸 중에 가장 예쁜 곳은 아니에요. 작거든요."

"물론, 필요하죠. 작아도 남자들은 그걸 보고 싶어 해요." 그리고 만지고 싶어 하지. 그는 그것을 너무나 만지고 싶었다.

그녀는 반박하고 싶은 것처럼 인상을 썼다. 하지만 그녀가 손을 뒤로 돌려 브래지어를 풀었을 때 그는 숨을 삼켰다.

마이클은 웃음이 나와 입술을 깨물었다. 정작 본인은 몰랐지만 스텔라는 남자도 아기도 꿈꾸는 그런 젖꼭지를 가지고 있었다. 핑크빛 유륜에서 도드라지게─이론의 여지 없이─

돌출한 젖꼭지는 일주일 내내 하루 종일, 덥든 춥든, 비가 오든 화창하든 변함이 없을 것 같았다. 보수적인 경제학자 스텔라 레인의 젖꼭지는 포르노 스타의 그것이었고, 그는 그것을 입에 넣고 싶었다.

"이제는요?" 그녀가 속삭이듯 물었다.

그는 셔츠를 벗어 침대 저편으로 던져버렸다. "박스에 표시해야 할 것 같은데요."

그녀는 그의 가슴에서 시선을 떼고 그가 뜬금없는 말이라도 한 것처럼 그를 바라보다가 눈을 몇 번 세차게 깜빡거린 뒤 고개를 끄덕이고 말했다. "그렇네요."

그녀가 몸을 숙여 목록의 맨 위 박스에 표시했다. 그리고 안경을 벗었다. 머리끈을 당겨 풀어버리고 머리를 흔들자 머리카락이 그녀의 얼굴을 감쌌다. 그녀의 가녀린 갈색 눈이 그의 눈을 찾다가 옆의 벽에 고정되었다.

그의 폐에서 숨이 훅 빠져나왔다. 내장은 녹아들었지만 다른 한 부분은 단단해졌다. 그녀는 너무 근사했다.

그리고 겁먹고 있었다. 어떻게 그녀의 두려움을 쫓아낼 수 있을까?

"내가 안아줄게요."

그녀는 그와 닿지 않게 조심하면서 가까이 다가왔다.

그는 웃음을 참았다. "당신이 내 무릎에 앉으면 도움이 될 거예요."

그녀는 입술을 깨물면서 그의 위로 올라가 두 다리를 벌리고 그의 골반 위에 올라탔다. 후, 너무 가까웠다. 그녀의 그

부분이 활짝 펼쳐졌다. 그는 즉시 단단해졌지만 자제력을 발휘해 속도를 늦추었다. 지금은 스텔라를 위한 시간이었다. 그는 그녀가 판자처럼 뻣뻣하게 앉아 있을 것 같아서 긴장을 풀어줄 방법을 궁리했다. 그 순간 그녀가 가까이 몸을 붙이더니 뺨을 그의 어깨에 기댔다. 그가 두 팔로 감싸 안자 그녀가 한숨을 훅 토해내고는 축 늘어졌다.

그대로 몇 분쯤 흘렀고, 그는 그 시간에 몸을 맡겼다. 말도 섹스도 하지 않고, 아무것도 안 하고 그저 누군가와 함께 있는 그 시간이 좋았다. 방 안이 너무 고요해서 바깥의 차 소리가 들려왔다. 사람들의 말소리가 그들의 방으로 다가왔다가 사라졌다.

"이번에도 잠드는 거예요?" 그가 물었다.

"아뇨."

"그럼 됐어요." 그는 손끝으로 그녀의 팔을 쓰다듬고는 소름이 쭉 돋는 것을 보고 미소를 지었다. 그녀의 목에 코를 박고 잔잔한 그녀의 살냄새를 들이마신 뒤 턱 바로 밑의 급소에 키스했다. 그녀의 입술이 손짓했지만 그는 그쪽으로 가지 않고 귓불을 빨고 깨물었다. 그녀가 덜덜 떠는 한숨을 토해냈다.

"이게 전희예요?" 거칠어진 그녀의 목소리가 그에게 만족감을 주었다.

"맞아요." 그는 대답을 알면서 그녀의 귀에 대고 물었다. "마음에 들어요?"

그녀는 소름이 돋아 몸을 떨고 나서 그의 품에 더 파고들었다. "네, 기대한 건 아니지만."

"뭘 기대했는데요?"

그녀가 고개를 저었다.

"내가 멈추길 바라거나 특별히 원하는 게 있으면 말해요." 그는 손가락을 그녀의 머리카락 속에 넣고 그녀의 머리를 뒤로 젖혔다. 그리고 턱선을 따라 키스를 퍼붓고 턱을 깨물고 입가에 키스했다.

그녀의 입술이 너무 가까운 곳에서 그를 유혹했다. 그의 몸이 그녀의 입술을 덮고 진한 키스를 하고 싶다고 아우성을 치는 바람에 그는 몸의 요구에 굴복할 뻔했다. 이번 주 내내 꿈꾸던 입술이었다. 그는 파도를 거스르는 기분으로 그녀의 목 아래로 간신히 입술을 내렸다.

"나를 만져요." 그는 그녀의 두 손을 자신의 가슴으로 이끌었다.

스텔라는 손바닥으로 그의 몸을 쓸다가 그의 젖꼭지를 만났고, 그 질감에 홀린 듯 엄지손가락으로 단단한 끝을 문질렀다. 근육이 팽팽해지면서 그가 쾌감에 몸을 떨었다.

"괜찮아요?" 그녀가 물었다.

"나 이런 거 좋아해요. 이것도." 그는 두 손바닥으로 앙증맞은 젖가슴들을 감싸쥐고 젖꼭지를 똑같이 꼬집었다.

그녀가 숨을 삼키고 자기 가슴을 내려다보았다. 그녀의 하얀 피부 위에 닿은 그의 구릿빛 손과 그의 손가락 사이에 사로잡힌 그녀의 음탕한 젖꼭지가 대단히 에로틱한 풍경을 자아냈다. 그가 못 참고 다시 그녀를 꼬집자 그녀가 역시나 숨

95

을 흡 들이켜 그에게 즐거움을 주었다.

"당신이 그렇게 하면 왜 이렇게 기분이 좋죠?" 그는 신기해하는 그녀의 목소리에 씩 웃었다.

"더 좋은 거 해볼까요?" 그녀가 망설이다 고개를 끄덕이자그가 말했다. "나를 향해 무릎을 바닥에 대고 앉아봐요."

그녀는 떨리는 허벅지를 일으켜 그의 무릎에서 일어나서뻣뻣한 몸으로 얕은 숨을 몰아쉬면서 두 손으로 그의 어깨를짚었다. 그가 의도한 대로 새로운 자세를 취하자 그녀의 젖꼭지가 그의 얼굴 높이로 올라왔다. 그녀를 시각적으로 흥분시킬 수 없는 자세였기 때문에 그가 젖꼭지를 잘 공략하면서작업을 하는 것이 관건이었다. 하지만 작업이라는 생각은 전혀 들지 않았다. 머릿속으로 판타지를 떠올리지도 않았고,15초마다 새로운 거짓말로 자신을 속이지도 않았다. 지금 이순간도, 이 여자도, 이 여자에 대한 거부할 수 없는 끌림도 모두 진실이었다.

그는 두 손으로 그녀의 등을 위아래로 쓰다듬었다. 그의손바닥 아래서 그녀의 근육이 긴장을 풀었다. 그가 더 이상참지 못하고 그녀의 젖가슴 아래쪽에 키스했다. 그녀가 손가락을 구부리자 그녀의 손톱이 그의 피부를 파고들었다.

그가 몸을 떼고 물었다. "괜찮아요, 스텔라?"

그녀는 두 번 목을 가다듬었다. "뭘 하려는 건지 말해줘요,제발."

"당신의 예쁜 젖꼭지를 빨고 핥을 거예요."

그녀의 손이 그의 어깨를 움켜쥐었다. "생각보다 더 자세하네요."

"당신이라면 어떻게 말할래요?" 그의 입술이 그녀의 젖가
슴 밑에서 위로, 하얀 피부가 짙은 유륜으로 변하는 곳까지
올라왔다.

"모르겠어요…"

그는 입으로 젖꼭지를 감싸고 세게 빨았다.

"마이클."

그녀의 입에서 튀어나온 그의 이름이 뜬금없지만 섹시하
게도 들렸다. 그는 그녀를 더 바짝 끌어당겨 마음껏 탐닉했
다. 이런 젖꼭지가 눈앞에 있고 그것을 입에 넣고 혀로 굴리
는데 제정신일 남자는 세상에 없다. 하루 종일 이렇게 놀고
싶었다. 그는 한쪽에서 실컷 맛을 보고 나서 핥으면서 다른
쪽으로 이동했다.

스텔라는 무심코 손가락을 그의 머리카락 속으로 넣고 본
능이 시키는 대로 등을 비틀고 활처럼 젖혔다. 미치게 좋았
다. 그녀는 천재적인 지성을 놓아버리고 그의 애무에 빠져들
었다.

그의 입술이 무의식적으로 그녀의 목 위쪽으로 올라가 턱
선을 따라 입을 향해 나아갔다. 마지막 순간 그는 정신을 차
리고 뺨을 그녀의 뺨에 댔다. 이러면 일을 망치게 된다. 그녀
가 키스는 싫다고 말했는데도 계속 이러고 있으니…

그들의 입술이 스쳤다. 그는 전기 충격을 받은 듯 뻣뻣해
졌다. 그녀의 혀가 그의 아랫입술을 건드린 순간, 그의 본능
이 기세를 잡았다. 그는 마치 굶주린 사내처럼 그녀의 입을

덮쳤다.

그녀의 맛, 그녀의 부드러움, 그의 두피를 긁어대는 그녀의 손톱, 키스, 키스, 키스.

"미안해요. 키스는 안 하겠다고 해놓고." 그녀는 그렇게 말하고 나서 다시 그에게 키스했다. "도저히 참을 수가 없어요. 그동안 당신에게 키스하는 생각만 했어요." 그녀의 말이 그의 마음을 파고들었다. 나만 그런 게 아니었어. 마약 같은 키스가 다시 이어졌다. "멈출 수가 없어." 그녀가 웅얼거리면서 또다시 그에게 키스했다.

"그럼 멈추지 마요."

마이클의 혀가 그녀의 혀를 감았을 때 그녀의 몸이 그의 품에서 살짝 늘어졌다. 그녀는 둥글게 부푼 그의 바지 앞섶에 골반을 밀면서 젖꼭지를 그의 가슴에 문질렀다. 그는 터져 나오는 신음을 삼켰다. 여자를 이토록 원한 적은 없었는데… 여자를 이토록 원한 적이 있던가?

그가 몸을 뒤로 빼자 그녀의 입술이 욕망을 담고 소리 없이 살짝 벌어졌다. 그녀는 한참 헤맨 끝에 탁해진 눈을 되살려서 그에게 초점을 맞추었다. 그는 그녀가 몸을 돌려 목록의 다른 박스에 표시할 것으로 생각했지만, 그녀는 두 팔로 그의 목을 감고 몸을 바짝 붙이며 그를 껴안았다. 그리고 입술을 그의 관자놀이에 대고 눌렀다.

소중한 사람이 된 듯한 강렬한 느낌이 그를 휘감았다. 그녀는 돈을 내고 당연한 서비스를 받는다는 식으로 행동하지 않았다. 의미가 있는 사람, 아끼는 사람을 대하듯 행동했다.

정말 그를 아끼는 것처럼.

그는 또 다른 호텔 방, 또 다른 침대에서 또 다른 고객을 안고 있을 뿐이었다. 평범한 금요일 밤에. 이렇게 속을 다 드러내고 벌거벗은 기분은 처음인데 빌어먹을 바지는 여전히 입고 있었다.

그냥 평범한 섹스일 줄 알았다. 어떤 애정도 끼어들 수 없는. 애정을 느끼면 이 일을 계속할 수 없었다. 애정은 에스코트 일을 바람으로 변질시키는데, 그는 바람을 피우고 싶지 않았다. 이제 그만 머릿속에서 이 망상을 떨쳐내고 일에 집중해야 했다.

마이클의 무게가 스텔라의 다리 사이에 자리잡았다. 얼음처럼 차가운 느낌이 배를 파고드는 바람에 그녀는 기겁을 하며 현실로 돌아왔다. 금속. 그의 벨트 버클이었다.

그들은 경로에서 이탈해 있었다. 원래 무얼 할 차례였지? 그녀는 머릿속에 목록을 떠올렸다. 핸드잡. 핸드잡을 배울 시간이었다.

그가 그녀의 입을 놔두고 그녀의 목에 키스를 퍼붓고 있었지만 그녀는 무슨 말을 하려고 했는지 기억나지 않았다. 그의 치아가 그녀의 피부를 긁는 순간 전율이 그녀의 몸을 폭포처럼 덮쳤다. 아플 정도로 단단해진 그녀의 젖꼭지를 따뜻한 손바닥이 쓰다듬었다. 그가 혀로 한쪽 젖꼭지를 지분거리다가 다시 빨아대자 그녀의 발가락이 오그라들었다.

거친 손이 그녀의 배 아래로 내려가서 팬티 허리밴드 밑으로 들어갔다. 영민한 손가락들이 대담한 동작으로 그녀를 쓰다듬었다. 그가 그녀의 그곳, 그의 손길이 꼭 필요했던 곳을 만져주었다. 전에도 남자들이 거기를 만진 적 있었지만 이런 느낌은 처음이었다. 그나마 혼자일 때 비슷한 반응을 보였고 이렇게 강렬하지도 않았다.

"스텔라, 당신 젖었어요." 한 마디 한 마디 말이 나올 때마다 그의 입술이 그녀의 단단한 젖꼭지를 깨물었다. 뜨거운 숨결이 그녀의 굶주린 피부 위로 쏟아졌다. 그가 치아를 다 물어 그녀를 감싸고 살짝 깨물었다.

그녀의 몸이 거세게 수축했다. 그가 한 손가락을 깊이 찔러 넣어 그녀를 채웠을 때 조임이 더욱 거세졌다. 그가 엄지손가락을 느릿느릿 둥글게 돌려 그녀를 마사지하자 그녀는 벌벌 떨기 시작했다. 그는 그녀의 젖꼭지를 뜨거운 입속에 다시 넣었다. 그것으로 충분했다. 그녀는 절정을 향해 빠르고 격렬하게 상승했다.

돌연 지독한 두려움이 그녀를 사로잡았다.

그녀가 그의 손목을 움켜잡았다. "그만, 그만, 나 아직 준비가 안 됐어요."

그가 몸을 뗐을 때 그녀는 발꿈치를 매트리스에 걸고 침대 반대쪽으로 옮겨갔다. 그리고 베개를 가슴에 끌어안고 벌거벗은 몸을 가렸다. 베개의 서늘한 느낌이 그녀의 성적 흥분을 가라앉혔다. 그녀는 숨을 크게 들이마셨다. 임박한 오르가슴이 물러갔다.

마이클은 입을 살짝 벌리고 어리벙벙한 표정으로 그녀를

살폈다. 그녀는 뺨이 화끈거렸다. 수치심이 그녀의 가슴을 짓눌렀다. 그에게 최악의 고객이 되고 말았다는. 그가 한 손을 들었을 때 공포심이 극에 치달아 그녀는 더 멀리 후퇴했다.

그가 손을 내렸다. "스텔라, 진정해요. 만지지… 않을 테니까. 당신이 원하지 않으면 안 할게요."

그녀가 베개를 움켜쥐었다. "알아요. 미안해요. 난 그냥…"

"내가 뭘 잘못했어요?"

"아뇨."

그의 눈썹이 추켜올라가며 명백한 불신을 표시했다.

"난 다른 사람과는 오르가슴을 느껴본 적이 없어요." 그녀가 고백했다.

그는 입술을 벌리고 고개를 젓고는 뭐라 말을 하려다가 다시 고개를 절레절레 저었다. "한 번도… 느낀 적 없다구요?"

그녀는 얼굴이 하도 화끈거려서 안경을 쓰고 있었다면 안경에 부옇게 김이 서렸을 것 같았다. "있어요. 혼자."

"그거 안 좋아해요?" 그가 혼란스러워 물었다.

"아뇨, 좋아해요." 그녀는 숨을 짧게 내쉬고 생각을 정리하면서 조리 있게 설명을 해나갔다. "혼자 느낄 때 더 안심이 돼요. 섹스는 해봤지만… 정말 별로였어요. 남자가 내 위에서 끙끙거리고 땀을 흘리고 들썩거리는 동안 나는 그냥 지켜보기만 했어요. 솔직히 역겨웠어요. 섹스로 누군가와 더 가까워지고 싶었는데, 오히려 더 멀게 느껴졌어요. 당신과는 그러고 싶지 않아요."

"난 그들과는 전혀 달라요. 난 당신과 함께 있고 같이 즐겼어요."

그녀가 발끈해 말했다. "내가 돈을 줬으니까 그렇게 말하는 거잖아요. 내가 그걸 바라고 돈을 준 거라고 생각하고. 하지만 난 그런 거 바라지 않아요."

"내가 당신을 역겨워하는 것처럼 보여요?" 그가 골반 근처에서 한 손을 휘둘렀다. 그의 바지 앞섶이 불룩하고 팽팽하게 솟아 있었다.

그녀는 입을 꾹 다물고 침묵했다. 지금 말을 하면 십중팔구 말실수를 할 게 분명했다. 그는 노련한 에스코트였다. 어쩌면 그의 몸이 공연하는 돌고래처럼 명령에 따른 것일지도 모른다.

"나를 거짓말쟁이 취급하네." 그의 눈에 호전적인 빛이 번뜩였다. 그는 그녀를 향해 주름진 이불 위를 기어갔다.

그녀가 반사적으로 물러나다 바닥으로 떨어졌다.

그가 매트리스 너머로 머리를 문지르는 그녀를 내려다보았다. "괜찮아요?"

그녀는 창피하고 목이 메어서 "네" 하는 말만 간신히 끌어냈다.

그는 우스꽝스럽게 바닥에 널부러진 그녀를 한참 감상했다. "오늘 밤은 그만하죠."

그녀는 벽에 등을 기대고 두 다리를 가슴으로 끌어당겨 옹크렸다. 수업 계획서의 박스에 표시하지 못한 것이 마음에 걸렸지만 머릿속에서 뒤죽박죽 충돌하는 감정들을 이해하고 정리해야 했다. 그래야 앞으로 나아갈 수 있었다. "그래도 될까요?"

그는 고개를 끄덕였다. 그리고 말없이 일어서서 셔츠를 걸친 뒤 단추를 채웠다. 그녀가 항의하고 싶은 마음을 삼키는 동안 그는 그녀가 그토록 넋 놓고 감탄했던 그의 맨살과 근육을 가렸다.

그가 신발을 신고 재킷을 걸쳤을 때 그녀는 뭔가 생각이 나 벌떡 일어나서 가방에서 태블릿을 꺼냈다. "잠깐만요." 한 팔로 베개를 들고 앞을 가린 채 태블릿을 조작하려니 어려웠지만 결국 페이지를 불러낸 뒤 그에게 태블릿을 건넸다.

"이게 뭐죠?"

"추가 전화번호 볼 수 있게 서명해줄래요? 주중에도 필요할 때 서로 연락할 수 있으면 좋을 것 같아요. 편의상." 그가 약속을 취소할 때라든가. "익명으로 문자 메시지를 주고받는 프로그램을 개발해달라고 에이전시 고객 지원실에 말해뒀어요. 하지만 그때까지는…"

그는 환한 태블릿을 살펴보다가 입가에 슬며시 재밌네 하는 미소를 띠웠다. "내게 알려준 당신 번호 진짜였군요. 이러니 내 번호를 달라고 하지 않는 게 더 이상한 거지."

"이게 당신한테 낫잖아요?" 그녀에게는 이편이 훨씬 나았다.

수업이 끝난 뒤 그녀가 줄기차게 전화를 해대고 그는 매번 전화를 끊는 상황은 두 사람 모두 원하지 않았다. 그녀는 자기가 그렇게 매달릴 일은 없을 거라고 자신했다. 이제까지 누구에게도 그렇게까지 집착한 적은 없었다.

그것은 그녀답지 않았다. 아직까지는.

마이클이 속을 알 수 없는 표정으로 말했다. "이게 더 낫죠. 고마워요."

그는 재킷 주머니에서 휴대폰을 꺼낸 뒤 두 기계의 화면을 두드렸다. 잠시 후 그녀의 가방에서 진동 소리가 들려왔다.

"됐어요." 그가 웃는 얼굴로 말했다.

"완벽해요. 고마워요." 그녀가 입가에 미소를 끌어내며 대답했다.

그가 문 쪽으로 한 발짝 떼고 나서 걸음을 멈추었다. "다음 금요일에는 새로운 걸 시도해보죠. 우리 밖에서 만나요."

그녀는 가슴이 덜컥 내려앉았다. "밖에서요?"

"춤추러 갈까요? 술 한잔 어때요, 클럽에서? 샌프란시스코에 새 클럽이 생겼대요…"

"난 춤 안 춰요." 그녀는 술도 마시지 않았다. 클럽에 간 적도 없지만 거긴 보나마나 별로일 것이다.

"내가 가르쳐줄게요. 그 뒤에 수업하면 도움이 될 거예요. 날 믿어요."

믿으라고.

그가 그녀에게 믿으라고 말한 것이 이번이 두 번째였다. 춤을 추고 술을 마시는 것들이 얼마나 어려운 일인지 그에게 말한다면, 그는 나를 어떻게 생각할까? 외출은 즐거워야 한다. 그런데 그녀에게 외출은 일이었다… 고된 일. 그녀는 필요하면 사람들과 의사소통을 할 수 있었지만 반드시 대가가 따랐다. 그리고 가끔씩 다른 사람들보다 더 큰 대가를 치르곤 했다.

이번에는 대가를 치른 보람이 있을까?

"어떻게 수업에 도움이 된다는 거예요?" 그녀가 물었다.

"당신은 생각이 너무 많아요. 당신이 생각을 내려놓고 긴장을 푸는 데 도움이 될 거예요. 그리고 나 춤 꽤 잘 춰요. 재밌을 거예요. 해볼 거죠?"

그녀는 '생각을 내려놓는 것도 괜찮겠네' 하고 생각했다. 생각을 내려놓는 게 뭔지는 모르겠지만. 그리고 수업 계획서의 박스에 표시를 하면 될 것이다. 하지만 그녀의 마음을 움직인 것은 그것이 전부가 아니었다.

결정적으로 그녀의 마음을 움직인 것은 마이클의 반짝거리는 눈빛이었다. 그가 가고 싶어 하니까. 그녀가 같이 가주기를 바라니까. 데이트를 하듯이. 물론 진짜 데이트는 아니었다. 그녀는 그것이 데이트가 아니라는 걸 알고 있었다.

"춤을 추겠다고는 약속 못 해요."

"간다는 거죠?" 그가 고개를 갸웃거리며 물었다.

그녀는 턱을 치켜들고 고개를 끄덕였다.

그가 치아가 보이도록 씩 웃었다. "됐다. 내가 계획을 세우고 연락할게요. 기대해도 좋아요." 그는 몸을 숙여 그녀의 뺨에 가볍게 키스하고 방을 나갔다.

스텔라는 문을 잠근 뒤 어지러워 침대에 쓰러졌다. 이건 단순한 섹스 수업이어야 한다. 그런데 왜 점점 복잡해지는 걸까? 왜 몸이 나를 배신하는 걸까? 왜 마이클을 기쁘게 해

주려고 클럽까지 가려는 걸까? 나는 어떤 사람일까? 이제는
그것도 확실하지 않았다.

"디저트부터 먹다니 정말 말도 안 돼." 스텔라가 말했다.

스텔라는 고리타분하게 들릴 걸 알면서도 초조한 마음에 말을 쏟아냈다. 클럽에 간다는 불안감은 이번 주 내내 계속되다가 지금은 눈덩이처럼 불어나 그녀를 압박했다. 그 문제의 사건은 이제 몇 시간 앞으로 다가와 있었다.

그것도 모자라 지금 마이클은 그녀의 손을 잡고 있었다.

그녀는 손바닥에 하도 땀이 나서 그가 세상에서 가장 자연스러운 일인 양 행동하면서 그녀의 손을 잡고 있는 게 그저 신기했다. 차라리 전희가 더 쉬울 것 같았다. 마지막에 스스로 파투 내기 전까지는 그럭저럭 해냈으니까. 그것도 벌거벗고. 접촉을 꺼리는 것은 그녀의 타고난 성향이라 어쩔 수 없었다. 그래도 마이클이 만지는 것은 좋았다.

스텔라와 마이클이 손을 잡고 분주한 샌프란시스코 거리를 걸어갈 때 행인들이 두 사람을 보고 미소를 지었다. 베레모를 쓴 어떤 나이 든 남자는 그녀에게 윙크를 했다.

그들은 그녀와 마이클을 커플로 생각했다.

스텔라는 웃음이 나올 뻔했지만 사람들을 속이는 것 같아

웃을 수는 없었다. 파티에 가는 듯한 짧은 원피스 차림의 여자들이 시끌벅적하게 우르르 지나가면서 마이클을 돌아보더니 손으로 입을 가리고 깔깔대며 자기들끼리 소곤거렸다. 스텔라는 대놓고 부러워하는 여자들의 시선이 기분 좋으면서도 자격 없다는 생각이 들었다. 연회색 정장과 검은색 옥스퍼드 셔츠 차림의 그는 오늘 밤 유달리 근사해 보였다.

"여기야." 마이클은 잡은 손을 놓고 그녀를 위해 문을 열어 주었고, 그녀는 예스러운 아이스크림 가게 안으로 들어갔다. 바닥은 검은색과 흰색 타일이 깔린 체스판 모양이었다. 핑크색 상들리에가 아이스크림과 토핑으로 가득한 냉장고를 은은히 비추었다. "무슨 맛 할래?"

그녀는 자신의 등허리 아래쪽에 놓인 그의 손이 신경 쓰여 아이스크림이고 뭐고 제대로 생각을 할 수가 없었다. 이 남자 알고 이러는 걸까? 그녀가 알기에 이런 것은 남자들이 자기 여자 친구에게 하는 행동이었다. 스텔라는 여자 친구가 아니었다.

"민트 초콜릿 칩." 그녀가 말했다.

"정말? 그거 나도 좋아하는 건데. 그럼 나는 다른 거 할게. 우리 새로운 거 먹어봐야지." 그는 아이스크림 맛을 고르면서 천천히 그녀의 허리를 쓰다듬었고, 그녀의 몸은 그 손길을 의식하고 달아올랐다.

"잠깐만. '우리'라니 무슨 뜻이야?"

그의 입꼬리가 올라가며 장난스러운 미소를 지었다. "나랑 안 나눠 먹을 거야?"

카운터 뒤에 서 있는 대학생 또래의 여자가 강아지를 걷어 찬 인간 보듯 스텔라를 바라보았다.

"아니, 난 싫은데." 그건 사절이다. 이미 진한 키스를 나눈 사이라 병균이 옮는 걱정 따위는 하지 않았다. 하지만 그녀 는 아이스크림 맛에 대한 자세한 분석 결과를 가지고 있었 고, 지금 있는 것들 중에서는 이것이 최선이라는 생각에 내 린 결정이었다. "난 내가 뭘 좋아하는지 잘 알아."

"그건 두고 봐야지." 그가 진열창을 톡톡 두드렸다. "여자 분은 민트 초콜릿 칩, 나는 녹차로 할게요."

스텔라가 돈을 내려고 몸에 붙는 사파이어 빛깔의 시스 드 레스 가슴 안쪽에서 신용카드를 꺼내려는데 마이클이 먼저 지갑에서 지폐를 꺼냈다. 같이 창가의 검은색 철제 탁자에 앉았을 때, 그는 그의 아이스크림을 숟가락으로 퍼서 맛을 보았다. 그리고 천천히 함박웃음을 지으면서 깨끗한 숟가락 을 입에서 빼내 한 숟가락 더 펐다.

"아, 말도 안 돼." 스텔라가 말했다. "하겐다즈 광고 오디션 보는 사람 같잖아. 아이스크림을 먹고 그렇게 웃는 사람이 어딨어."

그가 소리 내어 웃었다. "난 정말 맛있어서 그런 건데." 그 가 있는 대로 활짝 웃었다. 어쩜 좋아, 이 남자 보조개도 있 네?

"도저히 맛보지 않을 수 없게 만드네." 그녀가 숟가락을 그 의 컵 쪽으로 가져갔다.

"아니, 아니, 아니." 그는 그녀가 숟가락으로 떠먹게 두지 않고 자기 숟가락으로 퍼서 그녀의 입술에 댔다. 그녀의 시선이 그의 눈으로 날아갔다. 머릿속에선 생각들이 충돌했다.

이건 안 될 일이야. 너무 친밀해. 선을 넘는 행동이라고. 이러면 너무 데이트 같아. 이건 데이트가 아닌데.

그냥 아이스크림이잖아. 그냥 숟가락이라고. 응하지 않으면 그는 거절당한 줄 알 거야. 그녀는 어떤 일이 있어도 그에게 상처를 주고 싶지 않았다. 아무리 사소한 일이라도.

그녀는 입술을 벌리고 아이스크림을 받아먹었다. 달콤한 녹차 맛이 혀에서 녹는 순간 심장이 핀볼처럼 이리저리 충돌했다. 그는 반응이 궁금해 기대하는 눈으로 그녀를 쳐다보았다.

"음, 괜찮네." 그녀는 애써 덤덤한 척했다. 이건 아무것도 아니다. 이건 데이트가 아니다. 나는 그의 고객들 중 하나일 뿐이다. 머리를 냉철하게 유지해. 그녀는 숟가락을 자기 아이스크림에 꽂았다.

"내가 뭐랬어."

"그래도 난 내 것이 제일 좋아." 그녀는 민트 초콜릿 칩을 잔뜩 퍼서 입에 넣었다. 바닐라와 민트 맛이 어우러져 입안에서 폭발했다. 초콜릿 조각들이 치아 사이에서 부서졌다. 완벽해.

"나도 맛 좀 볼게."

그녀는 자기 컵을 그에게 내밀었지만 그는 자기 숟가락으로 그것을 뜨지 않았다. 대신 손가락으로 그녀의 턱선을 쓰다듬으면서 그녀의 고개를 뒤로 젖히고는 입술로 그녀의 입

술을 덮었다. 그의 혀가 그녀의 입속으로 침투했다. 그의 짭
쪼름한 맛이 아이스크림의 맛과 섞였다. 그녀는 창피한 것인
지, 충격을 받은 것인지, 성적으로 흥분한 것인지 알 수 없었
다. 아니면 셋 다거나.

그는 그녀의 아랫입술을 한참 핥더니 물러나서 활짝 웃었
다. 그의 짙은 색 눈동자는 강렬하고 끈적했다.

"어떻게 이런 짓을 하는지 믿을 수가 없네." 그녀는 당황해
서 자기 아이스크림을 숟가락으로 뜨려 했는데 하얀 플라스
틱 숟가락이 탁자 위로 달아났다.

그녀는 그것을 집으려 했지만 그가 그녀의 손을 감싸쥐었
다. 그가 번개처럼 다시 그녀에게 키스했다. 이번에는 입술
을 닫은 착한 키스였지만 그녀는 여전히 창피했다. 그런데
너무 맛있어서 거부할 수 없었다. 아이스크림 가게가 희미해
지고 사람들이 사라졌다. 오직 그녀와 마이클, 아이스크림
맛, 그들의 서서히 달아오르는 입술만이 존재했다.

스텔라의 벌어진 입에서 천천히 혀를 뺐을 때, 마이클은
입속에 감도는 차갑고 매끄러운 민트 초콜릿의 달콤함에 머
릿속이 하얘졌다. 그녀를 유혹하고 있다는 것조차 잊어버렸
다. 오직 그녀의 맛과 그녀의 뜨거운 숨결뿐. 그녀를 먹어버
리고 싶었다.

그녀는 알까? 자기가 흥얼거리면서 내게 키스하고 있다는
걸? 서늘한 손가락을 내 셔츠 소매 속에 넣고 내 손목을 만지
고 있다는 걸?

그는 손을 그녀의 맨살을 따라 짧은 드레스 밑단 밑으로 넣어 다시 그녀를 만지고 싶었다. 하지만 저번에 그랬을 때 그녀는 겁을 먹었다.

그가 예전의 개자식들처럼 될까봐 두려웠을 것이다.

고객들은 이렇게까지 그를 신경 쓰지 않는다. 그녀는 왜 이러는 걸까? 이러지 않았으면 싶었다. 머릿속이 뒤죽박죽이 되어가고 있었다.

"살살들 해요." 어떤 웃는 목소리가 끼어들었다. "여기 공공장소야."

스텔라는 얼른 떨어져서 떨리는 손가락으로 빨개진 입술을 만졌다. 오늘 그녀는 안경 대신 콘택트렌즈를 끼고 머리는 구불거리게 늘어뜨린 모습으로 나타나 그를 깜짝 놀라게 만들었다. 화장도 했다. 그가 키스로 그녀의 립글로스를 다 빨아먹긴 했지만. 그래도 예뻤다. 꿈인가 싶을 정도로 너무나 아름다웠다.

옆자리의 오지랖꾼들이 박수를 치고 함성을 터뜨렸을 때, 마이클의 예상과 다르게 그녀는 당황하지도 않았고 창피해하지도 않았다. 그저 부끄러운 듯 고개를 움츠리고 그들을 따라 웃음을 터뜨렸다. 하지만 그녀의 옅은 미소와 초롱초롱한 눈빛은 오롯이 그를 위한 것이어서 그는 혼자 군대를 격파한 장수가 된 기분이었다. 그녀가 바라보고 미소를 짓는 상대는 다른 누구도 아닌 마이클이었다.

그녀를 달래 불안감을 잠재우려는 그의 계획이 통하고 있었다. 이대로라면 오늘 밤 그녀를 집에 데려다줄 때쯤 그녀는 수업 계획서에 표시할 준비가 돼 있을 것이다. 처음부터 이렇게 했어야 했다. 누군가의 팬티를 벗기려면 침실로 직행해서는 안 된다. 그래서 유혹과 로맨스, 손잡기, 춤추기 같은 것들이 있고, 이런 아이스크림 키스도 있는 것이다.

문제는 그도 자유로울 수 없다는 점이었다. 그녀와 시간을 보낼수록 그는 그녀에게 강하게 끌렸다. 육체만 끌리는 게 아니었다. 앞으로 남은 두 번의 수업에서 그녀가 모든 박스를 표시하지 못한다면 수업 기간을 연장해야 한다는 의무감마저 느꼈다. 그러면 안 되는데도. 그러다간 머저리처럼 그녀에게 빠질 걸 알면서도.

그는 동화 같은 결말이 가능하다고 생각한 적은 한 번도 없었다. 두 사람은 교육과 문화 수준도 전혀 다를 뿐 아니라 스텔라는 부자였다. 그녀가 그의 아버지에 대해 안다면, 그의 아버지가 돈을 뜯어내려고 어떤 짓을 했는지 알게 된다면, 절대 마이클을 믿지 못할 것이다. '사과는 나무에서 멀리 떨어지지 않는다, 그 아버지에 그 아들, 피는 물보다 진하다'는 말이 괜히 있을까. 그는 그러지 않으려고 싸웠고 그런 아버지를 혐오했지만 그의 몸에는 똑같은 몹쓸 피가 흘렀다. 그는 시한폭탄이었다. 인내심이 바닥나 그가 폭발했을 때 스텔라가 옆에 있지 않기를 바랄 뿐이었다. 주변의 누구에게도 상처를 주고 싶지 않았다.

섹스가 유일한 돌파구였다. 수업 계획표에 표시를 하고 수업을 마친 뒤 다른 곳으로 떠나야 했다. 하지만 그녀를 더 잘 알고 나니 그녀에게 섹스 비법보다 더 많은 걸 주고 싶었다.

그녀에게 인생 최고의 섹스를 선사하고 싶었다.

오늘 밤 그녀에게 불꽃놀이를 보여줄 생각이었다.

10

스텔라는 퓨전 레스토랑에서 밥을 먹은 뒤 마이클과 함께 거리를 걸었다. 화려한 백화점 건물과 대형 은행 간판이 내걸린 고층 건물들이 줄줄이 이어졌다. 행인들이 보도를 꽉 채우다 못해 차도로 넘쳐났고—관광객들도 있었고 바람막이 점퍼 차림의 주민들도 있었고 잘 차려입고 파티에 가는 젊은이들도 있었다—차들은 느릿느릿 기어갔다.

이곳은 그녀가 늘 멀리했던 곳, 밤을 맞이한 베이 지역이었지만, 놀랍게도 그녀는 즐거운 시간을 보내고 있었다. 마이클은 완벽한 에스코트였다. 침대에서나 침대 밖에서나 훌륭한. 그가 남들 앞에서 키스했을 때는 창피하기는커녕 좋기만 했다. 마이클 같은 남자한테 키스 받고 사람들이 그것을 바라보고 감탄하고 몹시 샘을 내는데 싫어할 사람이 있을까? 그는 틈만 나면 그녀의 손을 잡고 무슨 말이든 잘 받아주었다. 그녀는 생소한 것을 좋아하지 않았지만 마이클이 옆에 있어서 든든했다. 그와 나란히 걸으니 방관자가 아니라 이 부산한 샌프란시스코 밤거리의 일부가 되었다. 군중 속에 있는데도 외롭지 않고 색다르고 멋진 기분이 들었다.

아슬아슬하게 차려입은 여자들과 정장 차림의 남자들이 빨간 벨벳 줄을 따라 길게 늘어서 있었다. 문지기가 냉정하게 평가하는 눈으로 스텔라의 몸과 얼굴을 훑어보았을 때 그녀는 마이클 쪽으로 몸을 기울였다.

"여기가 그 클럽이야?" 그녀는 물었다. 불안감이 다시 슬며시 고개를 들었다.

그는 한 팔을 그녀에게 감고 고개를 끄덕이고는 문지기에게 말했다. "우리는 목록에 있을 거예요. 이름이…"

짧게 깎은 문지기의 머리가 출입구 쪽을 휙 가리켰다. "들어가세요."

마이클은 그녀의 관자놀이에 스치듯 키스한 뒤 그녀의 손을 당겨 자기 팔에 끼고는 '화씨 212'의 앞문을 향해 걸어갔다. 세 번째 문지기가 그들을 위해 문을 잡아주었다. 그들이 지나갈 때 그가 마이클에게 고개를 끄덕였다.

"당신이 장사에 도움이 된다고 생각하나봐, 우릴 들여보낸걸 보면." 마이클이 그녀의 귀에 대고 속삭였다.

그녀는 뺨이 화끈거렸다. 그의 말은 귀담아듣지 않기로 했다. 오늘은 머리도 했고 화장도 했다. 이것은 진짜 그녀가 아니었다.

꽤 많은 사람들이 클럽 내부를 돌아다니고 있었다. 그녀는 얼른 주먹을 쥐고 마음을 다잡았다. 전에도 자선 만찬과 직장 행사에 간 적이 있었으니 이번에도 잘 넘길 수 있을 거라고. 그와 나누는 대화 소리가 낮은 전자 음악과 섞여 그녀의 귀에 들려왔다. 다행히 지나치게 요란하지 않아서 생각은 할 수 있었다.

그곳은 쇠기둥과 각진 목서리가 드러난 현대적 미니멀리즘 스타일의 탁 트인 공간이었다. 뒤편에는 커다란 바가 자리하고 있었고, 근처 벽에 마련된 무대에서는 DJ가 음악을 틀었다. 덮개를 씌운 부스 형태의 좌석들이 드문드문 흩어져 있었는데, 부스 안에는 낮은 금속 테이블이 마련돼 있었다. 부스는 모두 네 개였지만 자리가 찬 데는 두 곳뿐이었다.

"저기 테이블에 앉자." 그녀가 단호하고 차분하게 말했다. 목소리에 자신감이 흘렀고 들썩거리던 마음도 진정이 됐다. 잘하고 있어.

"저긴 무료가 아니야."

그녀는 드레스 가슴 안쪽에서 신용카드를 꺼내 마이클에게 건네고는 그가 놀라 웃는 얼굴로 그녀를 빤히 보자 웃음을 터뜨렸다. "따로 둘 데가 없어서."

그는 두 손을 그녀의 등 뒤로 돌려 그녀를 가까이 끌어당겼다. "거기 안에 그거 말고 또 뭐 있어?" 그는 살짝 드러난 그녀의 가슴골을 쳐다보며 물었다.

"운전 면허증."

"나 주머니 있어. 당신 카드랑 핸드폰 나한테 맡겨도 돼."

"그건 생각 못 했네. 핸드폰은 넣을 데가 없어서 집에 두고 왔어." 그런 방법이 있었구나… 여자들이 남자 친구를 두는 이유를 알 것 같았다.

물론 그는 그녀의 남자 친구가 아니었지만.

마이클의 손끝이 그녀의 드레스 안으로 들어가서 젖꼭지

를 스친 순간, 그녀의 피가 질주하고 가슴은 부풀어올랐다. 그가 가슴 안에서 운전 면허증을 찾아 꺼냈다. 반짝거리는 눈빛을 보면 일부러 그런 건 아닌 것 같았다.

그는 부드러워진 표정으로 운전 면허증에 있는 그녀의 사진을 엄지손가락으로 쓸었다. 옛날 사진 속의 그녀는 어리고 몹시 수줍어 보였는데 그 시절의 그녀를 정확히 표현하고 있었다. 그녀는 그때에 비해 지금은 세련미가 생겼다고 생각하고 싶었다. 지금 내가 어디 있는지를 보면 알 수 있잖아.

"박사 학위 딴 직후에 찍은 거야."

"몇 살 때야?"

"스물다섯."

그의 입꼬리가 씩 올라갔다. "열여덟 살 같다. 지금도 갓 성년이 된 것 같지만."

"내가 확실히 성년이라는 걸 술로 증명할게."

그녀는 성공과 권력에 흠뻑 취한 기분으로 빈 테이블로 가서 앉은 다음 눈으로 종업원을 찾았다. 마이클은 한 손을 바지 주머니에 찔러 넣고 그녀를 향해 여유롭게 걸어갔는데 걸음새가 모델이라 해도 손색이 없었지만 그의 양복이 유달리 멋졌다. 값비싼 맞춤 양복처럼 보였고 이제까지 본 남자들은 갖지 못한 세련된 멋이 있었다.

그는 그녀의 옆에 다리를 쭉 펴고 앉았다. 그리고 서로의 허벅지가 닿을 만큼 붙어 앉아 한 팔을 그녀의 뒤쪽 등받이에 걸쳤다. 그녀는 그것이 좋았다. 많이. 그가 그녀에게 '넌 내 거' 하고 선언하는 것 같았다.

"이 양복 어디 브랜드야? 멋져." 그녀는 서슴없이 재킷의 깃과 빳빳한 어깨를 쓰다듬었다.

그는 그녀와 눈을 맞추고 천천히 아름다운 미소를 지었다. "맞춘 거야."

"테일러에게 내가 칭찬하더라고 전해줘." 그녀는 안쪽을 확인했다. 놀랍게도 고급 실크 안감 밑으로 솔기 하나 허술한 데가 전혀 없었다. 뛰어난 장인의 솜씨였다.

"그렇게 전해줄게."

"나도 거기 가볼까봐. 거기 여자 옷도 해? 많이 바쁜가?" 그녀는 말을 하면서 자기도 모르게 손바닥으로 그의 가슴을 쓸었다. 빳빳한 면 셔츠 밑에 있는 그의 단단한 몸이 사랑스러웠다.

"아주 많이 바빠."

그녀는 실망해 한숨을 쉬었다. "내 테일러도 괜찮긴 한데, 나를 미쳤다고 생각하거든. 그리고 자꾸 바늘로 찔러대서. 매번 실수로 그러는 건지 의심스러워."

그의 근육이 그녀의 손 밑에서 긴장을 했다. 그가 똑바로 일어나 앉더니 어쩐지 발끈한 듯한 목소리로 물었다. "그 여자가 일부러 당신을 찌른다는 거야?"

화가 난 걸까… 나를 대신해서? 그 생각에 그녀는 온몸이 따스해지고 옹졸한 테일러에게 품었던 섭섭한 마음도 사그라들었다.

"그 여자의 입장을 대변하자면, 내가 많이 까다로워. 그 여자는 나를 디바 고객이라 불러." 스텔라가 말했다.

"그게 변명이 되진 않지. 핀은 더 신중하게 다뤄야 해. 그렇게 어려운 일도 아니야. 나는 열 살 때…" 그는 입을 꾹 다물었다가 한 손으로 머리카락을 쓸어 넘겼다. "당신 어떤 점에서 까다로워?"

"오, 그게, 나는…" 그녀는 손가락을 까딱거리지 않으려고 두 손을 모아 손깍지를 꼈다. "피부에 닿는 느낌을 특히 따져. 라벨이라든가, 가렵고 뭉툭한 솔기, 실밥, 옷감이 너무 조인다거나, 너무 느슨한 부위 등등. 난 디바가 아니야. 그냥…"

"디바." 그가 놀리듯 킥킥거리면서 말했다.

그녀는 그에게 코를 찡그렸다. "됐어."

짧은 검은색 치마와 클럽 로고가 새겨진 딱 붙는 흰색 상의 차림의 여종업원이 테이블로 다가왔다.

마이클은 종업원에게 스텔라의 신용카드를 건넸다. "오늘 밤 이 자리는 우리가 쓸게요. 나는 물 한 잔 줘요. 스텔라, 당신은?"

이 남자도 술을 안 마시네? 그녀는 혼자 뭘 시켜야 할지 알 수 없었다. "달콤한 걸로 하나 주세요."

종업원은 한쪽 눈썹을 추켜올렸지만 직업 정신을 발휘해 고개를 끄덕였다. "금방 가져오죠."

종업원이 사라졌을 때 마이클이 설명했다. "나 운전해야 해서."

스텔라는 미소를 지었다. "그 책임감 마음에 들어."

"마이클은 늘 책임감이 강하죠. 그렇지, 응?" 모르는 사람이 난데없이 나타났다. 스텔라는 소파 반대편에 자리 잡는 낯선 사람을 멍하니 쳐다보았다. 우람한 어깨와 딱 붙는 검은색 티셔츠, 짧게 친 스포츠 머리의 남자였다. 스텔라는 무례를 범하고 싶지 않았지만 그 남자의 근육이 발달한 팔과 목, 그것을 장식한 복잡한 문신을 빤히 바라보았다. 이렇게 많은 문신을 가까이에서 본 것은 처음이었다.

마이클이 앉은 채 몸을 내밀었다. "콴…"

낯선 남자가 마이클에게 인상을 구겼다. "그래, 알아들었어. 휴대폰을 잃어버렸든가 사정이 있었겠지." 그는 주의를 스텔라에게 돌리고 말했다. "난 콴이에요. 마이클의 최애 사촌이자 절친."

사촌. 절친. 그녀는 신경이 펄떡거리며 곤두섰다. 테이블 위로 손을 내밀었다. "스텔라 레인이에요. 만나서 반가워요."

그는 즐거운 표정으로 그녀를 빤히 보다가 악수하고 나서 몸을 쭉 뻗고 소파에 등을 기댔다. "그럼 그렇지, 여자 친구가 있었구만. 어디 보자, 이분 의사 같은데."

그녀가 두 가지 모두 아니라고 그의 말을 고쳐주려 입을 열었을 때 마이클이 한 팔을 그녀에게 두르고는 자기 쪽으로 끌어당겼다. "스텔라는 계량 경제학자야."

그녀는 혼란스러워 그를 올려다보았다. 그는 사촌이 에스코트 일을 알게 될까봐 걱정하는 것 같았다. 그녀는 속으로 '나를 뭘로 보고' 하고 생각했다. 그녀가 아무리 사회성이 떨어진다 해도 그 정도로 형편 없지는 않았다.

콴이 느닷없이 반색하면서 그녀를 향해 몸을 기울였다.

"그거 경제학이랑 관련 있는 거죠, 그쵸?"

"네."

"제니랑 아직 안 만났나?" 콴이 마이클에게 물었다.

제니가 누구지?

하지만 마이클은 그 질문을 듣지 못한 것 같았다. 그의 관심은 바에 앉은 아담한 금발 여인에게 집중돼 있었다. 그 여자가 빈 옆자리를 톡톡 두드렸고, 마이클은 숨죽여 욕을 중얼거리고는 일어섰다. "금방 다녀올게."

스텔라는 바로 성큼성큼 걸어가는 마이클을 바라보면서 몸이 차갑게 식었다. 그는 시키는 대로 바 스툴에 앉았고, 금발 여인은 손가락으로 그의 팔을 쓰다듬었다. 그들은 이야기를 나누었지만 무슨 말을 하는지는 음악 소리와 점점 늘어나는 사람들의 소음에 가려 들리지 않았다.

사람들이 언제 이렇게 많아졌지? 그녀가 들어왔을 때보다 두 배로 불어나 있었고, 더 많은 인파가 클럽 안으로 꾸역꾸역 밀려들었다.

"저, 저 사람이 제니예요?" 그녀가 물었다.

"저 사람이 누군진 모르겠지만 제니는 아니에요." 콴은 스텔라의 얼굴을 쳐다본 뒤 슬며시 미소를 지었다. "저 여자랑 별로 얘기하고 싶지 않나본데요? 걱정할 거 없어요."

하지만 그녀는 걱정을 하지 않을 수 없었다. 마이클이 뭐라 얘기하자 금발 여인이 웃음을 터뜨리더니 그에게 몸을 바짝 붙였다. 질투가 날 정도로 탐스러운 가슴이 그의 팔에 눌렸다. 그다음에 벌어진 광경은 바에 모여 선 사람들에 가려

보이지 않았다.

"여기 원래 이렇게 사람이 많아요?" 스텔라가 물었다.

"아뇨." 콴은 짧은 머리를 문지르고 목을 이리저리 돌려 늘렸다. "오늘 밤은 유명한 DJ가 음악을 틀어서 평소보다 사람이 더 많은 거예요. 여기 음향 시설이 정말 끝내주거든요. 정신줄 놓을 각오해요."

그녀는 목에 뭐가 걸린 것 같아 침을 삼켰다. 불길한 예감이 고개를 들었다. 정신줄 놓는 게 언제부터 좋은 게 됐지? 이제 클럽 안은 수백 명의 형체들로 가득했다. 그녀가 상상한 이상이었다.

신경을 긁는 전자음이 천장에 설치된 스피커에서 폭발했다. 스텔라는 어찌나 기겁을 했는지 가슴이 다 아렸다. 붉은 빛이 번쩍번쩍 터져 나오고 섬광이 벽 위에서 춤추기 시작했다. 군중이 환호성을 내지르는 동안 스텔라는 숨을 쉬려 노력해야 했다. 레이저와 연기. 전자음이 잦아들고 짧은 오케스트라 소리가 실내에 조용히 감돌았다. 그녀가 한숨을 돌리려는 순간 뒤쪽에서 비트가 시작되더니 점차 속도를 내며 기세를 올렸다.

"너무 겁내지 말아요." 콴이 소리쳤다. "진짜 불은 아니니까. 그냥 LED 불빛과 프로젝터예요."

종업원이 난데없이 나타나 테이블 위에 음료수를 내려놓았다. 여자가 뭐라 말을 했지만 스텔라는 듣지 못했다. 불빛이 두 번 깜빡거리는 사이 종업원은 움직이는 형체들의 인파 속으로 사라졌다. 음악이 절정을 향해 치달았고, 사람들도 그에 따라 동요했다.

스텔라는 음료수를 집어 크게 한 모금 들이켰다. 레몬, 체리, 아마레토. 차라리 보드카였으면 싶었다. 에탄올 백 퍼센트면 더 좋겠지. 그편이 효과가 더 빠를 테니까.

콴이 그녀에게 흥미롭다는 표정을 지었다. "목말라요?"

그녀가 고개를 끄덕였다.

요란한 디지털음이 비명을 질러대고 침묵이 5초 동안 이어진 뒤 스피커에서 멜로디가 폭포처럼 쏟아졌다. 베이스음이 경고 없이 아드레날린을 자극하는 속도로 미친 듯이 다시 시작됐다. 군중이 과격해졌다.

그녀의 심장이 정신없이 날뛰었고, 두려움이 그녀를 삼킬 듯 위협을 가했다. 지나친 소음. 지나친 광기. 그녀는 감정을 억눌러 안쪽 깊숙이 묻어버리고 천천히 숨을 쉬려 애썼다. 겉으로는 차분해 보였으므로 잘 해내고 있었다. 음악은 달려가는데 시간은 기어갔다.

형체들이 움직였을 때 바의 광경이 그녀의 눈에 확연히 들어왔다. 금발 여인이 마이클에게 몸을 기대어 그의 셔츠 깃을 만지작거렸다.

그 여자의 입술이 그의 입술을 덮쳤다.

스텔라는 따귀를 얻어맞은 듯 움찔했다. 그가 그 여자를 밀어내기를 기다렸다. 그렇게 영원 같은 시간을 기다리는데 군중이 다시 움직이며 그녀의 시야를 가려버렸다.

신물과 아마레토가 목구멍 위로 솟구쳤다.

토할 곳을 찾아야 했다. 그녀는 군중 속으로 뚫고 들어가

빠른 템포에 맞춰 흔들리는 형체들을 헤치고 나아갔다. 음악 소리가 그녀를 후려쳤다. 불빛이 번쩍거렸다. 독한 체취, 향수 냄새, 술 냄새가 나는 입김. 딱딱한 팔다리와 뾰족한 관절.

마이클은 아직 그 여자와 키스하고 있을까?

그녀의 눈에 눈물이 차올랐다. 형체들이 철창처럼 그녀를 에워쌌다. 움직일 수 없었다. 도와달라 소리칠 수도 없었다.

한 손이 그녀를 감쌌다.

마이클?

아니, 콴이었다.

그가 사람들을 옆으로 밀어냈다. 그 바람에 음료수가 쏟아진 어떤 여자가 그에게 욕을 했다. 어떤 남자는 그를 뒤로 밀쳤다. 콴은 그 남자를 팔꿈치로 치면서 밀고 지나갔다. 그 와중에도 그녀의 손을 단단히 잡고 놓지 않았다. 그는 그녀를 데리고 군중을 뚫고 나가서 문을 열었다. 시원하고 향긋한 공기가 그녀의 얼굴에 쏟아졌다.

문이 딸깍 닫히는 순간 음악 소리가 끊겼다. 누군가 숨을 헐떡였다. 번쩍거리는 섬광이 사라졌다. 그녀는 눈을 가리고 차가운 시멘트 바닥에 주저앉았다. 다리가 후들거려 몸무게를 지탱하지 못했다.

"고마워요." 그녀는 간신히 말했다.

"괜찮아요?"

"토할 것 같아요." 그녀는 손톱으로 보도를 긁어대면서 토할 데를 찾았다. 공기를 폐 속으로 충분히 끌어들일 수가 없었다.

"진정해요, 진정해. 천천히 숨을 쉬어봐요." 그는 그녀를 만지려는 듯 움직였지만 그녀가 움찔하며 피하자 멈추었다. "똑바로 일어나 앉아봐요. 그렇게. 코로 들이마시고 입으로 내쉬어요."

누가 저렇게 헐떡거리는 거지? 헐떡거리는 소리 때문에 미칠 것 같았다.

"잠깐 있어요. 가서 마이클을 데려올게요."

"그러지 마요." 스텔라는 콴의 손목을 잡았다. "나 괜찮아요." 그녀는 건물 벽에 기대고는 얼굴을 돌려 벽에 댔다. 열이 오른 이마에 차가운 느낌이 기분 좋게 닿았고, 덕분에 그 여자와 함께 있는 마이클, 그 여자와 키스하는 마이클의 생각에서 벗어날 수 있었다.

입이 벽에 거의 닿고 헐떡이는 소리가 더 커졌을 때, 그녀는 그것이 자기한테서 나는 소리라는 것을 깨달았다.

그녀는 이를 악물고 주먹을 쥐고 온몸의 근육에 힘을 주었다. 헐떡임이 멈추었다.

"뭐 필요한 거 있어요?" 콴이 물었다.

"괜찮아요. 그냥 과민반응한 것뿐이에요." 그녀는 기분이 한결 나아진 것 같았다. 관자놀이가 욱신거리긴 했지만.

콴이 고개를 옆으로 기울였다. "내 남동생도 딱 이렇게 과민반응을 일으키곤 해요. 자폐증이거든요."

그 말에 그녀는 가슴이 졸아붙었다. 과민반응이라는 말은 쓰지 말걸. 대부분의 사람들은 그런 말은 사용하지 않는다.

왜 쓰겠나? 스텔라는 콴이 눈을 가늘게 뜨는 모습에서 그가 머릿속으로 연관을 짓고 의문을 품는 것이 보이는 듯했다.

그녀는 숨을 죽이고 그가 묻지 않기만을 바랐다. 진실을 밝히지 않을 수는 있어도 거짓말하는 법은 알지 못했다.

"당신도?"

그녀는 어깨가 축 처지고 목구멍은 수치심으로 화끈거렸다. 그녀는 간신히 고개를 끄덕였다.

"마이클은 모르고 있군요? 안다면 절대 이런 데 데려오지 않았을 거예요. 걔한테 말해요."

그녀가 할 수 있는 것은 그저 고개를 젓는 것뿐이었다. 사람들은 그녀의 장애를 알게 되면 그녀 옆에서 살얼음판을 걷듯 행동했다. 그것은 관계에 긴장감을 주어 결국 그들이 떠날 구실이 되었다. 언제부턴가 그녀는 사람들에게 그 사실을 말하지 않았다. 사람들이 저절로 눈치채는 건 어쩔 수 없지만.

"백 달러만 빌려줄래요? 집에 가고 싶어요." 그녀의 신용카드는 클럽 안에 있었다.

"가려고요? 마이클이 당신을 찾고 있을지 몰라요."

과연 그럴까. 계속 바쁘던데.

그녀는 두 발로 서려고 몸을 일으켰다. 몸과 마음이 분리된 듯한 신기한 느낌이 들었다. 머리는 이렇게 피곤하고 공허한데 어떻게 팔다리는 여전히 명령을 따르는 거지? "꼭 갚을게요, 약속해요."

"그 여자가 마이클한테 키스한 것 때문에 그래요? 마이클

127

이 그 여자를 떼내려 한 걸 당신이 봤어야 하는데. 그놈은 여자들에게 모질게 하지를 못해요."

희망이 반짝거렸다. 찬란하게. 바보같이. "정말요?"

문이 열리고, 빠른 테크노 비트가 통로 쪽에서 흘러나왔다.

"여기 있었네." 마이클이 밖으로 걸어 나왔고, 문이 그의 뒤에서 닫히면서 음악 소리를 침묵시켰다. 그의 시선이 그녀에게서 콴에게로 뛰었다가 다시 돌아갔다. "무슨 일이야? 괜찮아?"

"바람 좀 쐬고 싶어서."

콴이 말을 하고 싶은 것처럼 이마를 들썩였고, 스텔라는 숨을 죽였다.

그에게 말하지 말아요. 그에게 말하지 말아요. 그에게 말하지 말아요.

그럼 그는 변할 것이다. 모든 게 변할 것이다. 그건 싫었다. 아직은.

"나한테 택시비를 빌려달라고 하던 중이야. 네가 그 금발이랑 달라붙어 있는 걸 봤으니 당연히 도망가고 싶지." 콴이 말했다.

그의 말에 그녀는 속이 후련한 것 같기도 하고 더 갑갑한 것 같기도 했다. 감정적이고 소유욕이 강한 사람처럼 되어버렸다. 그런 사람은 되고 싶지 않았다.

"가려고 했다고? 그냥 그렇게?" 마이클이 믿을 수 없다는 듯 물었다.

그녀는 보도를 내려다보았다. "난 당신이랑 그 여자가…
당신이…"

"아니야. 당신이 여기 있는데? 날 좀 믿어봐, 응? 세상에,
스텔라."

그는 그녀의 허리를 잡고 끌어당겼다. 그의 냄새, 그의 두
팔이 그녀를 단단히 에워쌌다. 그의 굳건한 존재감. 천국이
다. 그녀는 눈을 꽉 감고 그에게 몸을 기댔다.

"안으로 다시 들어갈까?" 그가 물었다.

"아니." 아드레날린이 그녀의 몸을 휘저으며 그의 품에서
늘어졌던 몸을 팽팽히 긴장시켰다.

그녀는 잠시 생각한 뒤 덧붙였다. "부탁해."

"그럼 집으로 가자."

두 사람은 스텔라의 하얀색 '테슬라 모델 S'를 세워둔 곳을 향해 몇 구역을 걸어갔다. 스텔라는 내내 말이 없었다. 마이클은 그녀가 몇 번 관자놀이를 문지르는 걸 보고 머리가 아프냐고 물었지만 그녀는 알아들을 수 없는 말만 웅얼거렸다. 그녀가 자기를 두고 딴짓을 한 그에게 화가 나서 말없이 아픈 척하는 게 아닐까 의심할 만도 했지만 그것은 그녀답지 않았다.

아니, 한마디 말도 없이 그를 버리고 갈 수 있는 것이 그녀였다. 스텔라가 클럽에서 그를 버리고 가려 했다는 말을 콴에게 들었을 때 마이클은 뒤통수를 맞은 기분이었다. 아버지가 그를 버리고 떠났을 때처럼. 마이클의 아버지는 그에게 엄청난 뒤치다꺼리를 떠안기고 떠났지만, 스텔라가 떠났다면 그에게 그녀의 자동차와 신용카드를 남겼을 것이다. 이런 사람이 세상에 또 있을까?

내게 그런 대접은 과분하지. 그땐 부당했지만 지금은 과분했다.

오늘 밤 그는 스텔라 앞에서 진상을 부리는 예전 고객을 막아내느라 진땀을 뺐다. 앨리자, 그녀야말로 진정한 디바였다. 드라마라면 장르를 막론하고 사족을 못 쓰는 여자. 결국 백만장자 남편과 이혼하는 데 성공한 그녀는—남편 재산의 절반을 차지했다—마이클을 다시 만나려 했다. 마이클은 그녀의 침실로 돌아가느니 쪼개진 유목을 타고 헤쳐 나가겠다는 뜻을 비쳤지만 그녀는 들으려 하지 않고 그에게 엄청난 액수를 제시하면서 붙잡고 늘어지다가 그의 입술을 덮쳤다.

그에게 앨리자는 언제까지나 계피 껌과 담배, 위스키 맛에 불과했다.

하지만 스텔라는 전혀 달랐다… 민트 초콜릿 칩 아이스크림.

그들은 차에 올랐다. 그녀는 시트 워머를 작동하고 의자 등받이에 몸을 기대고는 창밖을 내다보며 아무 생각 없이 손가락으로 자기 무릎을 톡톡 두드렸다. 그가 침묵을 깨려고 라디오를 틀었지만 그녀가 바로 꺼버렸다. 그녀의 손가락이 다시 톡톡거렸다. 그것은 최면 효과도 있었지만 조금 신경에 거슬리기도 했다.

그는 그녀를 날카롭게 쳐다보았지만 그녀는 알아채지 못했다.

그는 차를 몰아 시내를 빠져나갔다. 교통 흐름이 원활한 101S에 들어섰을 때 그가 침묵을 깨고 말했다. "손가락으로 톡톡 두드리는 거, 무슨 곡 연주하는 거야? 피아노 같은?"

그녀는 손가락으로 두드리는 것을 멈추고 손을 깔고 앉았다. "드뷔시의 〈아라베스크〉. 셋잇단음표하고 8분 음표의 조합을 정말 좋아해."

"그럼 연주도 하겠네?" 시내의 팔로 알토에 위치한 그녀의 집으로 그녀를 데리러 갔을 때 그는 텅 빈 거실을 장악한 검은색 그랜드 피아노에 주목하지 않을 수 없었다. 똑똑하고 성공한 데다 아름다운 그녀가 예술적 재능까지 겸비했다면, 그녀는 명실공히 그가 꿈에 그리던 여인의 현신이었다. 너무 높아 감히 올라갈 엄두가 나지 않는 나무.

아버지가 저질러놓은 난장판이 두 사람의 사이를 갈라놓지 않았더라도, 그는 스텔라 같은 여자가 바랄 만한 것을 전혀 가지고 있지 않았다. 그에게는 타고난 얼굴과 몸이 있었지만, 이것들은 돈만 들이면 누구나 가질 수 있었다. 예전의 나였다면 혹시 가능했을까. 자유롭게 자기 열정을 추구하던 예전의 그 남자라면, 스텔라의 마음을 얻을 수 있었을지 모른다. 하지만 그 남자에게 많은 일들이 벌어졌고, 마이클은 더 이상 그 남자를 기억하지 못했다.

"응." 스텔라가 말했다. "난 말보다 피아노를 먼저 배웠어."

그는 눈썹을 추켜올렸다. 꿈에 그리던 여인이 모차르트였다니.

"좋기만 한 건 아니야." 그녀는 입꼬리를 삐딱하게 올렸다. "난 말하는 걸 늦게 배웠어."

"잘 상상이 안 되네. 내 눈에 당신은 완벽하게만 보여서."

그녀는 고개를 숙이고 무거운 한숨을 내쉬었지만, 그가 그녀에게 왜 그러냐고 물으려는데 앞에 느릿느릿 가던 미니밴이 그의 시선을 끌었다. 그는 차선을 바꾸고 소리 없이 가속

페달을 밟아 미니밴을 추월했다. 물 흐르듯 매끄럽게. 그는 빠른 차들을 좋아했다.

하지만 자동차를 생각하면 그는 늘 자기 차가 떠올랐다. 잘빠진 검은색 BMW M3. 그리고 그걸 어떻게 손에 넣었는지도.

"그 여자, 정신 나간 내 옛날 고객이야." 그가 말했다.

그는 옆얼굴에 쏟아지는 스텔라의 시선을 느꼈다. "아까 클럽에 있던 그 여자."

"그렇구나."

그녀는 콧대를 향해 손을 들어 올렸다. 하지만 고쳐 쓸 안경이 없어서 대신 목을 움켜잡았다. "그 여자랑 키스할 때 좋았어?"

"그 여자랑 키스 안 했어. 그 여자가 나한테 한 거지. 하지만 아니, 안 좋았어."

"내 질문에 하나만 솔직히 대답해줄래?"

상황이 점점 흥미롭게 흘러갔다. "그럴게."

"혹시 나랑 있을 때 다른 사람처럼 행동하는 거야?"

"나중에 우연히 마주쳤을 때 내가 당신에게 추태 부릴까봐 그래?" 그녀가 더 이상 그의 고객이 아니라면 그녀는 분명 다른 남자와 함께 있을 것이다. 그는 입맛이 써서 입술을 뒤틀었다. "아니."

"내 비위 맞추느라 거짓말하는 건 아니고?"

"스텔라, 난 당신한테 거짓말한 적 없어. 내 말을 믿을지 말지는 당신이 결정해."

이후 그들은 아무 말도 하지 않았다. 그는 진입로로 들어가서 멋지게 개조된 그녀의 단층집으로 향했다. 로즈마리 생울타리와 지붕에 태양열 패널이 있는 집이었다. 그는 병원처럼 깨끗한 두 칸짜리 차고에 차를 세웠다. 그가 시동을 끄자마자 그녀는 눈꺼풀을 꿈틀대다 눈을 떴다.

"집에 왔어."

그녀는 한 손으로 자는 동안 엉겨붙은 머리카락을 쓸었다. "너무 피곤해서 차에서 내릴 수가 없어."

"내가 안고 가면 돼."

그녀는 그가 농담을 하는 줄 알고 그에게 나른한 미소를 지었다.

"정말인데." 그는 그녀를 침대로 안고 갈 생각을 하는 순간 마음이 흔들렸다. 그녀를 안고 싶었고, 어떻게든 꼬여버린 상황을 풀고 수업 계획서에 표시도 하고 싶었다. 이렇게 섹스를 하지 않고 질질 끈 것은 3년 만에 처음인 데다 드레스 차림의 스텔라를 보니 아랫도리가 아우성을 쳤다.

"바보 같은 소리." 그녀는 문을 열고 나서 자기가 보기에도 휘청거리는 몸짓으로 일어섰다.

하지만 그가 차를 잠그고 집 현관문에서 그녀를 마주했을 때 그녀의 눈은 차분했다. "오늘 밤은 기운이 없어서 수업을 못 하겠어."

"꼭 수업이라고 생각 안 해도 돼." 그가 손끝으로 그녀의 팔을 쓰다듬었다. 그녀의 피부에 소름이 주르륵 돋았다. 그녀의 눈꺼풀은 무거웠고 눈빛은 관능적이었다. 아름다운 스텔

라. "내가 기분 좋게 만들어줄게." 그가 그녀의 손바닥을 어루만지자 그녀의 손가락이 펴지면서 더 만져달라는 신호를 보냈다. "오늘 밤 비용을 이미 치렀잖아, 스텔라."

그녀의 손이 닫혔다. 그녀는 문 쪽으로 고개를 돌렸다. "당신이랑 그 얘길 해야겠어. 들어와."

스텔라는 신발을 외투 옷장 안의 제자리에 놓아두고 아끼는 스타인웨이 피아노를 지나 주방으로 들어갔다. 서늘하고 단단한 나무 바닥이 아픈 발바닥에 닿으니 느낌이 좋았다. 마이클은 조용히 그녀를 따라갔다. 그녀는 이제 그가 집 안이 텅 빈 것을 알았겠구나 생각했다.

식탁 중앙에는 아무런 장식물도 없었다. 기교적으로 배치된 식기 세트 같은 것도 없었다… 어떤 목재인지 모르나 촉감이 매끄러운 식탁만 덩그러니 있었다. 그녀는 고운 표면을 손가락으로 쓸면서 평소 앉는 식탁 반대편 끝자리로 갔다. 집 안의 의자는 식탁 주변에 있는 것들이 전부였다.

"이사 온 지 얼마 안 됐구나?" 그가 물었다.

그녀는 그에게 의자를 하나 빼주고는 어색한 듯 팔꿈치를 문질렀다. "딱히 그런 건 아니야."

그는 앉지 않고 두 손을 주머니에 찔러 넣은 채 부엌으로 들어가서 가스레인지며 스테인리스 냉장고 등 휑한 공간에 있는 것들을 둘러보았다. 그녀는 동굴처럼 썰렁한 잿빛 부엌을 좋아하지 않았다. 평소에는 그랬는데.

마이클이 있으니 부엌이 다른 공간이 되었다. 친밀하고 다정한 분위기가 감돌았고 낮게 매달린 조명은 에너지 효율이 좋은 LED라기보다 별빛처럼 반짝였다. 외로움이 느껴지지 않았다.

"딱히 그런 건 아니라니, 무슨 소리야? 한 달 전? 두 달 전?" 그는 장난스럽게 씩 웃으면서 그녀에게 물었다. "1년?"

"5년 됐어."

그의 얼굴이 멍해졌다. 그는 그녀의 집을 달라진 시선으로 둘러보았다. "이렇게 텅 빈 걸 좋아하나봐?"

그녀가 어깨를 으쓱거렸다. "대부분 사무실에서 시간을 보내서 상관없어. 집엔 침대 하나, 멋진 텔레비전 하나, 초고속 인터넷뿐이야."

그는 고개를 절레절레 젓고는 큭큭 웃었다. "딱 필요한 것뿐이네."

"많이 이상해?" 말을 늦게 배운 거나 클럽에서 과민반응한 것처럼?

"아니, 오히려 마음에 드는데." 그가 미소를 지으며 말했다. "미술 작품 하나 걸어도 좋겠다. 소파를 한두 개 놓든가. 커피 테이블 하나 정도. 그 외에는 더 필요 없겠어."

그녀는 왈칵 목이 메었다. 그가 그녀의 부엌에, 그녀의 집안에 서 있으니 세상 어느 것도 부럽지 않았다. 그런데 그와 함께하는 시간이 끝나가고 있었다.

그녀는 그것을 감당할 자신이 없었다.

"우리 앉아서 얘기할까?" 그녀가 물었다.

그는 진지하게 고개를 끄덕이며 중앙을 차지한 커다란 식탁을 돌아 그녀가 꺼내준 의자에 앉았다. 그가 가까이에서 그녀를 자석처럼 끌어당겨서 그녀는 얼른 자리에 앉았다. 까딱하다가는 그에게 정신이 팔려서 그를 만지게 될 것 같았다. 정신을 집중해야 했다. 그가 그녀의 새 계획에 동의하도록 잘 설득해야 했다.

그녀는 초조한 손을 식탁 위에 놓았다. 손가락이 즉시 톡톡거리기 시작했다.

따스한 손이 그녀의 손을 덮고 꼭 쥐었다. "나랑 있을 땐 긴장할 필요 없어. 알지?"

그가 손을 치우지 않자 그녀는 그가 주는 느낌을 곰곰이 생각했다. 평소 같으면 뜻하지 않은 접촉이라 분명 움츠러들었을 텐데, 지금은 마이클의 온기와 거친 피부 감촉, 그의 무게감만이 느껴졌다. 신기하게도 그녀의 몸이 그를 받아들였다. 마이클이기에 가능했다.

그녀는 결심을 굳히고 용기를 끌어모아 승부수를 던졌다. "새로운 제안을 할까 해."

그가 신중하게 고개를 기울였다. "다음 주 금요일 이후로도 수업을 연장하고 싶은 거야?"

"수업은 더 이상 하고 싶지 않아. 오늘 밤 같이 시간을 보내고 나니까—좋은 부분도 있었고… 별로 좋지 않은 부분도 있었는데—몇 가지 깨달은 게 있어. 나는 섹스에는 서투르고 관계에는 더 서툴러. 차라리 관계를 개선하는 데 시간을 쏟는 게 낫겠어. 오늘 이전에는 누군가와 아이스크림을 나눠 먹거나 손을 잡고 거리를 걸은 적이 없었어. 저녁을 먹으면

137

서 대화를 하면 길고 고통스러운 침묵이 무겁게 내려앉거나 본의 아니게 사람들에게 상처를 줘서 그들을 밀어내는 당혹스러운 일들이 벌어졌지."

그가 엄지손가락으로 그녀의 손가락 관절을 쓰다듬다가 흔들림 없는 눈빛으로 그녀를 바라보았다. "관계에 문제가 있어 보이진 않았어. 당신이 나를 버리고 가려고 했을 때만 빼고. 내가 그 여자한테 정말 키스했다면 당연한 거지만. 오늘 밤 당신 잘했어."

"그건 당신과 같이 있었기 때문이야."

그는 잠시 곰곰 생각에 잠겼다. "그건 아마도 당신이 나랑 같이 있을 땐 주도권을 쥐고 있다고 느끼기 때문일 거야. 나한테 비용을 지불했기 때문에 압박이 덜해서 긴장을 풀 수 있는 거지."

"그건 아니야. 내가 당신과 같이 있을 때 긴장하지 않는 건 당신이 나를 대하는 방식 때문이야. 당신이기 때문에 가능한 거야." 그녀는 확신을 가지고 말했다.

그의 눈썹이 한데 몰렸다. 그는 가만히 숨만 몇 번 쉬었다. "스텔라, 나한테 그런 말 하면 안 돼."

"왜? 사실인데."

그의 얼굴에 동요가 일었지만 금세 사라져 읽을 수는 없었다. 그는 고개를 흔들고 마른침을 삼키고는 웃음기가 비친 얼굴로 그녀의 손을 놓고 턱을 문질렀다. 그리고 목을 가다듬었지만 여전히 거친 목소리가 나왔다. "새 제안이라는 거 말해봐."

그녀는 그의 손길과 온기가 아쉬워 손등을 내려다보았다. "관계를 어떻게 맺는 건지 당신이 가르쳐줬으면 좋겠어. 섹스 부분은 빼고, 함께하는 것에 대해서. 오늘 밤처럼. 말하고, 함께 나누고, 손을 잡는 것. 새로운 것들은 두렵지만 당신과 함께라면 감당하고 즐길 수도 있을 것 같아. 당신을 내 전담 남자 친구로 고용하고 싶어."

그는 입술을 벌린 채 한참 동안 말을 하지 않았다. "무슨 소리야, '섹스 부분은 뺀다'는 게?"

"섹스는 빼고 싶어. 클럽의 그 여자처럼 당신에게 성적 친밀감을 강요하고 싶지 않아. 능숙하게 관계를 맺고 남자가 섹스 측면에서 내게 불만만 갖지 않으면 그것으로 충분해."

"누가 뭘 강요했다는 거야?" 그가 실눈을 뜨고 물었다. "지금까지 내가 당신과 한 모든 건 자발적인 거였어."

그녀는 인상을 쓰고 싶은 걸 참고 손가락을 톡톡거리는 걸 막으려고 손깍지를 꼈다. "다음번에 남자가 내게 키스할 때는 원해서 해야 해." 돈을 받지 않아도. 마이클이 옛 고객과 함께 있는 걸 본 이후 둘이 함께한 모든 것들이 그녀에게 씁쓸한 뒷맛을 남겼다. 에스코트를 고용해 섹스를 배우겠다는 그녀의 논리는 지나치게 단순한 생각이었다. "원래 같은 고객과 만남을 반복하지 않는다는 거 알아. 그런데 내 새 제안은 직접 만나는 시간이 더 필요해. 그래서 당신에게 5만 달러에 5개월 만남을 제안하고 싶어. 3개월에서 6개월 정도? 비용은 같고. 그 정도면 관계를 훈련하는 데 충분한 시간이잖아? 물론 모든 건 조정 가능해. 이런 종류의 일에 업계 기준이 어떤지 잘 모르지만."

"5만 달러라…" 그는 귀가 의심스럽다는 듯 고개를 절레절레 저었다. "스텔라, 난 그렇게는 못…"

"거절하기 전에 한번 생각해봐." 그녀는 두근거리는 가슴으로 말했다. "부탁이야."

그는 식탁을 밀면서 벌떡 일어섰다. "시간이 필요해."

"당연해." 그녀는 일어서서 숨을 죽였다. 초조했고 무얼 해야 할지 알 수 없었다. "얼마든지."

그는 한 손으로 그녀의 위팔을 감싸고 그녀를 향해 반 걸음 다가갔고, 몸을 조금 숙이다가 동작을 멈추었다. 그녀의 입술에 시선을 고정하고 손끝으로 그녀의 입술선을 쓸면서 떨리는 마음을 전했다. "다음 주 금요일까지 알려줄게. 괜찮지?"

"좋아."

그는 그녀에게 키스하는 상상을 하듯 아랫입술을 깨물었고, 그녀의 입술은 그에 반응하듯 얼얼해졌다. "잘 자, 스텔라."

"잘 가, 마이클."

그녀는 멍하니 숨을 몰아쉬며 그가 나가는 모습을 바라보았다.

12

잽, 잽, 강타. 잽, 잽, 강타. 강타, 강타, 강타.

땀방울이 눈 안으로 들어와 따가웠다. 마이클은 팔뚝으로 얼굴을 닦고 나서 샌드백에 다시 주먹을 꽂았다. 생각이 머릿속으로 다시금 기어들 때마다 더 세게 주먹을 날렸다. 염병할 생각들이 너무 많았다. 염병할 감정들도 너무 많고.

잽, 피하고, 훅. 잽, 강타.

팔이 아팠다. 고통이라면 환영이다. 고통이 두뇌 안의 모든 걸 태워버렸다. 남은 것은 샌드백의 거센 반동과 팔다리를 따라 퍼지는 거친 충격뿐이었다.

잽, 잽, 잽, 강타, 강타. 더 세게. 줄이 끊어질 만큼 샌드백을 세게 칠 수 있을까? 어쩌면. 강타, 강타, 강타, 강타…

문을 두드리는 요란한 소리에 그는 주먹을 날리다가 멈추고 현관문을 노려보았다. 왈칵 솟구친 짜증은 순식간에 걱정으로 바뀌었다. 젠장, 집주인인가?

그는 수건을 목에 걸고 문을 열러 갔다.

"뭐 하냐, 인마?" 콴이 그를 지나 안으로 들어와서 여섯 개짜리 맥주병 팩을 커피 탁자 위에 놓고는 오토바이 재킷을 소파에 던졌다. 그리고 마이클을 보지도 않고 부엌으로 걸어 가서 냉장고 안을 뒤지기 시작했다. "뭐 먹을 거 없어?"

"식당에서 일하는 사람은 너잖아?" 마이클이 샌드백으로 돌아가면서 말했다.

샌드백은 그가 날린 펀치의 여파로 이리저리 흔들리고 있었다. 그는 샌드백을 세우고 나서 빛바랜 가죽에 주먹을 꽂았다. 그가 샌드백을 다시 두들겨 패는 동안 전자레인지가 윙 돌아가는 소리가 들려왔다.

"남은 거 내가 먹는다." 콴이 소리쳤다.

마이클은 들은 체도 안 하고 계속 펀치를 날렸다.

전자레인지가 삑삑거린 뒤 콴이 김이 나는 그릇을 소파로 가져와서 마이클의 저녁밥을 먹기 시작했다. 먹는 소리가 요란했다.

마이클은 후르륵 쩝쩝거리는 소리를 더는 참을 수가 없어서 때리던 것을 멈추고 말했다. "사람답게 식탁에서 좀 먹어라."

콴이 어깨를 으쓱거렸다. "난 소파가 더 좋아." 그러고는 포크에 국수를 잔뜩 말아서 입에 넣고 쩝쩝 씹으면서 '내가 뭐?' 하는 식으로 마이클에게 눈썹을 추켜올렸다.

마이클은 이를 악물고 다시 리듬을 찾으려 했다.

"너 요새 샌드백 엄청 치더라. 팔이 더 두꺼워졌어. 꼭 자몽 같다."

마이클이 샌드백을 잡고 물었다. "왜 왔어?"

"나한테 사과할 거야 말 거야? 너처럼 개똥같은 사촌은 없을 거다, 마이클. 이건 진실이야."

마이클은 눈을 꽉 감고 한숨을 내쉬었다. "미안하다."

"오냐. 하지만 다시 제대로 말해봐."

마이클은 샌드백을 밀어버리고 사촌 옆에 털썩 앉았다. "정말 미안해. 너무 복잡해서 더 말하긴 좀 그런데, 내가…" 그는 팔꿈치를 무릎에 대고 보호붕대를 두른 손으로 얼굴을 가렸다. "미안하게 됐다."

"대체 왜 여자 친구가 없다고 거짓말을 했는지 통 알 수가 없네. 특별한 사람이 없기는, 개뿔. 여자가 우리 가족을 싫어할까봐 겁난 거야 뭐야?" 콴이 실실 웃으면서 물었다.

마이클은 콴의 머리카락을 쥐어뜯고 싶은 걸 꾹 참았다. "그 얘긴 하기 싫어."

"집어쳐, 마이클." 콴은 그릇을 커피 테이블 위 맥주 옆에 내려놓고 재킷을 집어 들었다. "그럼 나 갈 거야." 그는 문으로 가서 문고리를 잡았다.

"오늘 일진이 지랄 같아서 그래. 됐냐?" 그는 손에서 보호붕대를 풀기 시작했다. "매일매일이 지랄 같은데 오늘은 특히 더 그래. 아깐 엄마가 죽은 줄 알았어. 집에 갔는데 엄마가 의자에 앉아 축 늘어져서 숨을 안 쉬는 것 같더라고. 정말 간 떨어지는 줄 알았어."

콴이 걱정하는 얼굴로 돌아섰다. "이모 괜찮으셔? 왜 진작 말을 안 했어? 저번에도 두 번이나 욕실에서 숨을 안 쉰 채 발견되셨잖아? 지금 병원에 계셔?"

마이클은 다른 쪽 보호붕대도 마저 풀었다. 걱정과 안도

143

감, 당혹감이 한꺼번에 되살아났다. "괜찮으셔. 그냥 잠이 드신 거였어. 내가 기겁을 하니까 깨어나서 나한테 소리를 지르더라."

콴의 표정이 안도감에서 즐거움으로 바뀌었다. "마마보이가 따로 없네. 그거 너도 알지?"

"자기는 아닌 것처럼 말하네."

"우리 모친한테 그 말 좀 해주라. 우리 모친 성질 좀 덜 부리게."

마이클은 권투 보호붕대를 다시 둘둘 감으면서 눈알을 굴렸다. "그러고 나서 어떤 사람이 와서 아버지를 찾았어. 아버지를 돕고 싶다면서. 예전에 왔던 사람인지, 국세청 사람인지, 전혀 다른 사람인지 모르겠어. '네, 내가 그 사람 아들인데요' 하고 나서 사람들 얼굴을 보면 늘 재밌어. 나를 쭉 훑어보고 나서 추측을 하는 게 눈에 보이거든. 그다음에 아버지가 어디 있는지, 살아 있는지 전혀 모르겠다고 말하면 의심하거나 동정하는 반응이 돌아와. 게다가 엄마는 아버지가 얼마나 개짓거리를 벌였는지 옛날이야기를 하루 종일 늘어놓지 뭐냐."

"이모가 속마음 털어놓을 사람이 너밖에 없잖아. 우리 엄마한테는 그런 얘기 입도 벙긋 안 해. 전혀." 콴이 손가락 두 개를 교차시켰다. "말하시게 그냥 둬."

"응, 나도 알아." 마이클은 엄마가 그렇게라도 말을 해야 좋다는 걸 알고 있었고 잘 대처했다. 하지만 최근 들어 그것을 받아주는 게 힘에 부쳤다. 원래 이기적인 개자식이 어디

가겠나.

그 아버지에 그 아들이지.

그는 스텔라의 제안을 받아들이고 싶었지만 본능이 그래서는 안 된다고 말렸다. 그녀는 전문직 거물이나 노벨상 수상자처럼 그녀와 격이 맞고 그녀가 돈을 주지 않아도 함께할 수 있는 사람들과 만나야 한다고.

나 같은 놈이 아니라. 마이클은 두 사람의 방정식에서 돈을 뺄 수 있다면 무슨 짓이든 할 수 있을 것 같았지만, 날아오는 청구서는 끝이 없었다. 그것은 부질없는 바람이었다.

"나 갈까, 아니면 있을까?" 콴이 문간에 서서 물었다.

마이클은 마분지 포장지에서 맥주를 두 병 꺼내 하나로 다른 것의 뚜껑을 따서 커피 테이블 위에 놓았다. "있어."

콴은 맥주를 집어 들고 마이클 옆 소파에 앉았다. 한 모금 쭉 들이켜고 나서 내려놓고는 아까 먹던 것을 집었다. 이번에는 요란하게 소리를 내지 않았다.

마이클은 탁자 끝에 대고 맥주 뚜껑을 딴 다음 텔레비전을 켜고 맥주를 마시며 무심히 채널을 돌렸다.

"근데 그 여자는…" 콴이 말했다. "사귄 지 얼마나 됐냐?"

마이클은 맥주를 쭉 들이켰다. 맨정신으로는 할 수 없는 얘기였다. "스텔라는 아직 '내 여자'가 아니야. 만난 지 몇 주밖에 안 됐어."

"어쨌든, 넌 여자를 끌어당기는 자석 같은 놈이야. 원하는 여자는 다 차지한다니까."

마이클은 코웃음을 치고 맥주를 더 마셨다. "섹스 잘한다

145

고 날 원하는 여자는 나도 필요 없어."

그는 진심으로 자기를 좋아하는 여자를 원했다.

"개소리 그만해." 콴이 빈 그릇을 내려놓고 맥주를 집어 들이켰다. "그 금발이 네 얼굴에 달라붙으니까 그 여자 거의 울던데. 너한테 푹 빠졌어."

사촌의 말에 마이클의 심장이 온갖 극적인 체조 자세를 취했다. 그는 맥주병을 들여다보며 속으로 자기 자신에게 호된 채찍질을 가했다. 생각지 못한 상황이었다. 성급하게 결론 내려서는 안 되겠지만. "잘됐네."

"잘됐다고?" 콴이 한쪽 눈썹을 추켜올렸다. "너 무슨 중학생이냐. '와, 대박, 말해줘서 고마워, 난 돌머리라 몰랐어' 이렇게 나와야지. 섹스 테크닉 필요해? 내가 좀 알잖아."

마이클은 터져 나오는 웃음을 참지 못했다. "아니, 섹스 테크닉은 됐어. 고맙다. 너야말로 요령 필요하면 말해…"

콴은 맥주병 옆면에 볼록하게 새겨진 글자들을 만지작거렸다. 뭔가 할 말이 있는데 방법을 찾는 것처럼. 그러다가 진지한 눈빛으로 마이클의 시선을 붙잡고는 물었다. "그 여자, 우리 카이랑 비슷하다는 생각 안 해봤어?"

마이클은 슬며시 미소를 지었다. "응, 좀 그렇긴 해." 스텔라는 카이처럼 사교술이 서툰 면이 있었지만 표현력이 훨씬 좋고 민감했다. "그건 왜 물어?"

콴은 양쪽 눈썹을 추켜올리고 맥주를 마셨다. "이유는 무슨." 그리고 잠시 생각하다가 맥주병으로 마이클을 가리켰다. "그럼 둘이 아직… 그런 거야?"

마이클이 맥주를 길게 들이켰다. "아직."

"정말?" 콴이 인상을 썼다. "그 여자 처녀야? 망할, 결혼할 때까지 아껴두는 건가? 우리 엄마처럼 느려터진 건 너나 해라."

마이클은 어깨를 으쓱거렸다. "그녀가 천천히 하길 원해서. 난 상관없어. 나도 그런 게 좋고." 스텔라가 보인 신선한 반응들은 매번 그에게 특별하게 다가왔다. 예전 이베이 광고처럼. '이왕이면 이깁시다.' 그동안 너무 쉽게 이겨왔던 것일 수도 있었다.

"거짓말도 정도껏 해. 자위를 하루에 열 번은 했을 거면서."

"안 했다고는 안 했어."

콴이 소파 앞으로 몸을 내밀었다. "이런, 망할. 나 지금 네가 사정한 방석에 앉아 있는 거냐?"

"정말 알고 싶어?" 마이클이 실실 웃으며 물었다.

"이 역겨운 놈." 콴은 일어서서 커피 탁자에 걸터앉아 오물이 묻은 것처럼 몸을 털었다.

마이클이 웃음을 터뜨렸고, 두 남자는 잠시 자기 맥주병을 응시했다.

마이클이 못 참고 물었다. "스텔라 어떻게 생각해? 마음에 들어?" 그는 어떤 대답이 나올지 몰라 각오했다. 그에게 사촌의 의견은 중요했다.

정말 멍청한 짓일까? 스텔라의 제안을 받아들인다고 해도 그는 그녀의 연애 훈련 상대에 불과했다. 그들의 관계 훈련은 그녀가 더 나은 상대와 진짜 관계를 맺을 자신감을 얻자마자 끝날 것이다.

"응, 귀엽더라. 네가 전에 빠졌던 여자들보다 훨씬 더 착하고. 너네 엄마가 보시면 아주 흡족해하실 거야."

마이클은 맥주병을 마저 비웠다. 어림없는 개소리. 두 사람은 만난 적도 없지만 앞으로도 그럴 일은 없을 것이다.

"그 여자 성이 뭐야? 스텔라 뭐야?" 콴이 전화기를 꺼내면서 물었다.

"왜?"

"링크드인에 등록됐는지 보려고. 난 내 누이가 만나는 남자는 항상 확인해봐. 넌 안 궁금해?"

궁금하고 말고. "레인이야, 스텔라 레인."

끊임없이 웅웅거리는 소리에 스텔라는 마이클이 등장하는 뜨거운 꿈에서 깨어났다. 지난주 내내 그에 대한 생각은 한 번도 멈춘 적이 없었다.

회사에서도 데이터에 집중하려 했지만 단어와 숫자가 매혹적인 신체 일부분으로 변해버렸다. 그의 손과 입, 미소, 눈, 웃음, 그의 모습이 눈앞에 아른거렸다.

잠을 잘 때는 마이클이 나오는 꿈을 꾸었는데, 꿈이 어찌나 강렬한지 한밤중 엉뚱한 시각에 관능에 들떠 잠에서 깨곤 했다.

지난 금요일 그녀가 선을 넘은 건 분명했다. 그 점에 대해선 의문의 여지가 없었다.

스텔라는 누가 봐도 마이클에게 중독된 상태였다.

그리고 앞으로 다시는 만나지 못할 가능성도 있었다.

오늘은 금요일이었는데, 아직까지 그에게서는 문자 메시지도 전화도 없었다. 무소식은 거절을 의미하는 걸까? 가슴이 내려앉고 팔다리는 슬픔으로 무거웠다.

지긋지긋한 웅웅 소리가 계속 그녀의 주의를 끌었다. 그녀는 침대 옆 탁자를 더듬어 휴대폰을 찾았다. 실눈을 뜨고 휴대폰 화면을 보니 가사도우미였다.

그녀는 꿈속에서 나눈 화끈한 섹스의 여파를 떨쳐내려고 목청을 가다듬었다. "여보세요?"

"레인 씨, 오늘은 출근을 못 하겠어요. 우리 딸이 아픈데 어린이집에서 딸애를 받아주지 않아서요."

"아, 괜찮아요. 전화 줘서 고마워요. 따님 얼른 낫길 바랄게요."

"다음 주에 가도 되나요?"

"네, 그러세요." 그녀는 시계를 보고 하마터면 가슴이 멎을 뻔했다. 8시가 다 되어가고 있었다. 평소에는 일어나 있을 시간이었다.

통화 종료 버튼을 누르려는데 가사도우미의 목소리가 들렸다. "아 참, 레인 씨, 옷들은 직접 드라이클리닝 맡기셔야 할 거예요. 제가 못 하니까요."

"아, 알겠어요. 알려줘서 고마워요."

"별말씀을. 끊을게요."

스텔라는 드라이클리닝은 그냥 건너뛸까 생각했다. 어느 가게로 가야 할지 모르는 데다 일거리를 추가해서 아침 일상을 망치고 싶지도 않았다. 그것은… 성가시고 불안을 야기했다. 새로운 곳. 새로운 사람들. 게다가 클럽에서 곤욕을 치르고 난 뒤로 새로운 것들에 대한 인내심은 내내 낮은 수준을 벗어나지 못했다.

하지만 옷장에 걸린 치마와 셔츠가 많지 않다는 데 생각이 미치자 마지못해 옐프 앱을 이용해 인근의 세탁소를 찾았다. 거리는 조금 멀었지만 상위에 오른 한 곳을 선택했다.

그녀는 평소의 아침 일상을 제치고 시간에 쫓겨―그녀의 상사는 그녀가 사무실에 가장 먼저 출근하지 않으면 경찰에 전화를 할지 몰랐다―차를 몰고 동쪽 엘 카미노 릴을 내려갔고, 팔로 알토를 벗어나 마운틴 뷰로 들어갔다. 5분 뒤 그녀는 직사각형 모양의 작은 쇼핑몰에 딸린 주차장으로 들어갔다. 관리가 잘된 목재 지붕널로 단장한 건물이었는데, 앞쪽 보도를 따라 오크 나무가 조성돼 있었다. 예스러운 간판이 걸린 커피숍과 무술 도장, 샌드위치 가게, 그리고 '파리 드라이클리닝 앤 테일러스'라는 곳이 있었다.

그녀는 가방을 들고 옷가지가 든 백을 어깨에 둘러메고는 세탁소를 향해 아스팔트 위를 또각또각 걸어갔다. 가게 문 앞에 등이 고부라지고 볼이 볼록하며 입이 쏙 들어간 왜소한 할머니가 서 있었다. 페이즐리 무늬의 스카프를 대각선으로 접어 머리에 쓰고 끝을 턱 밑에 묶고 있었다. 스텔라가 이제껏 본 노인 중에 가장 귀여웠다. 할머니는 마디가 굵은 두 손에 거대한 정원 가위를 들고 가게 앞 오크 나무에 서투르게 휘둘렀다.

스텔라가 당혹스럽고 놀라운 광경에 멈춰 서자 할머니는 자기 다리를 벨 것처럼 아슬아슬한 동작으로 가위를 휙 돌리더니 가위 손잡이를 스텔라에게 내밀었다. 그러고는 스텔라와 나무를 차례로 가리켰다.

스텔라는 어깨 너머로 뒤를 돌아보았지만 추측한 대로 할머니가 찍은 대상은 스텔라가 맞았다. "저는 이런 거 잘…"

할머니가 낮은 가지를 가리켰다. "잘라."

스텔라는 주차장을 훑어보았지만 아무도 없었다. 그래서 보도로 올라서서 거대하고 몹시 무거워 보이는 가위를 할머니에게 넘겨받았다. 소송당하기 딱 좋은 상황이었다. "조경회사에 전화를 거시는 게 좋겠어요. 거기서 사람을 보내줄 거예요…"

할머니는 고개를 저었다. 또다시 스텔라의 가슴과 나무를 차례로 가리켰다. "잘라."

"이걸 자르라고요?" 스텔라는 가위 끝으로 낮은 나뭇가지를 가리켰다.

"으응." 할머니가 열렬히 고개를 끄덕거렸다. 주름진 얼굴 안에서 까만 눈망울이 반짝거렸다.

스텔라에게 다른 선택지는 없어 보였다. 그녀가 안 하면 할머니가 직접 하다가 크게 다칠 수도 있었다. 할머니가 허리를 삐끗하지 않고 가위를 들고 있는 것만도 용했다.

스텔라는 어깨에 가방을 둘러메고 두 손에는 거대한 가위를 든 채 하이힐 신은 발로 비척대면서 나뭇가지를 자를 수 있을 만큼 가로수 아래로 들어가려 했다.

"아냐, 아냐, 아냐, 아냐."

스텔라는 한 발을 뗀 채 얼어붙었다. 심장이 콩닥콩닥 뛰었다.

할머니는 여전히 가로수 쪽을 가리켰다. 자세히 보니 그것은 전혀 가로수가 아니었다. 보기에는… 약초를 심은 정원 같았다.

스텔라는 휘청거리면서 식물들 사이 흙 속에 발을 디뎠다.

"으응." 할머니가 중얼거리고는 다시 나뭇가지를 가리켰다. "당신, 잘라."

기적인 건지, 아니면 아드레날린이 끌어낸 초능력 덕분인지 스텔라는 가위를 머리 위로 들어 올려 작은 나뭇가지 밑동에 끼워 넣고 나뭇가지를 뚝 잘랐다. 나뭇가지가 쓰러진 새처럼 시멘트 보도로 떨어졌다. 할머니가 한 손으로 무릎을 짚고 그것을 주우려는 동작을 취하자 스텔라는 서둘러 그것을 주웠다.

할머니가 웃는 얼굴로 그것을 받아 들고 스텔라의 어깨를 다독거렸다. 그리고 스텔라의 빨래 가방을 보고는 입구를 당겨 열고 안을 들여다보더니 손을 가방끈에 대고 스텔라를 세탁소 앞문으로 이끌었다. 할머니가 놀라운 힘으로 유리문을 밀어 열었다. 스텔라가 안으로 들어섰을 때 할머니는 가위를 낚아채 아무도 못 보게 하려는 것처럼 등 뒤로 숨기고는 빈 카운터 뒤쪽 문을 통해 사라졌다.

스텔라는 가게 안을 둘러보았다. 유리 진열창 안쪽에 목이 없는 마네킹 두 개가 정교하게 제작된 검은색 턱시도와 몸에 딱 붙는 레이스 웨딩 드레스를 각각 입고 있었다. 가게 내부는 차분한 청회색 벽과 부들거리며 늘어진 흰색 커튼, 환한 자연광으로 장식돼 있었다.

인접한 방에서 가봉이 진행 중이었다. 점잖아 보이는 중년 여성이 하얀 민소매 점프수트 차림으로 입식 거울 앞에 놓인 단상 위에 서 있었다.

스텔라는 놀라 말문이 막혔다.

그 여자의 발치에 마이클이 쪼그리고 앉아 있었다.

헐렁한 청바지와 이두박근을 팽팽히 감싼 하얀색 민무늬 티셔츠 차림의 그는 건강하고 아름답고 지극히 편안해 보였다. 목 뒤에 건 줄자가 가슴께에 늘어졌고, 조각 같은 팔목에는 수십 개의 핀들이 꽂힌 작은 바늘꽂이를 차고 있었다. 오른쪽 귀 뒤에 끼운 것은 파란색 초크 연필이었다.

"이 옷에 어떤 굽의 신발을 신으실 거예요?" 그가 물었다.

"이거 신으려구요." 여자가 바짓가랑이를 올려 평범한 하얀색 통굽 구두를 보여주었다.

"오픈토를 신으세요, 마지. 굽이 2.5센티미터 더 높은 걸로."

마지가 입술을 꼭 다물고 발꿈치를 들어 이리저리 몸을 돌렸다. 잠시 후 그녀가 고개를 끄덕였다. "당신 말이 맞네요. 그런 신발 있어요."

"그럼 바짓단을 2.5센티미터 추가할게요. 허리 쪽 느낌은 어때요?"

"너무 편한데요."

"이 옷 입고 배불리 드시라고 그랬죠."

"내 테일러는 안 따지는 게 없다니까." 그녀는 한 바퀴 돌아보고 나서 거울 속으로 핀이 꽂힌 허리선을 살폈다.

마이클은 못 말린다는 미소를 지었다. "립스틱 명심하시구요."

"네, 네. 내가 그걸 어떻게 잊겠어요? 소방차 빨강. 다음 주 금요일까지 완성된다고 했죠?"

"네, 그때까지 완성될 거예요."

"됐네요."

여자는 탈의실로 들어갔고, 마이클은 의자 등받이에 걸쳐진 꽃무늬 옷을 집어 들었다. 그리고 핀을 조정하고 나서 옷감에 표시를 하려고 귀에 낀 초크 연필을 뺐다. 눈빛은 또렷하고 두 손은 능숙했다.

스텔라의 머릿속에서 퍼즐 조각들이 제자리에 맞춰졌다. 이것이 마이클의 평소 모습이었다. 에스코트 일을 하지 않을 때 그가 하는 일. 마이클은 테일러였다.

마이클은 옷을 털고 나서 팔에 걸친 다음 핀이 꽂힌 옷감을 집으려고 돌아섰다.

그는 스텔라를 얼핏 보고 말했다. "잠깐 기다리세요, 제가…" 그의 눈이 스텔라의 눈과 마주치는 순간, 그의 표정이 탁 풀렸다.

그가 얼어붙었다.

그녀도 얼어붙었다.

"당신이 어떻게…?"

그는 끝내지 못한 질문의 대답을 얻으려는 것처럼 정문 유리창 밖을 내다보았다.

그녀는 가슴이 두근거렸다. 스토커로 오해받기 딱 좋은 상황이었다. 그건 아니야. 그건 아니라고. 그에게 중독됐다는 건 오늘에야 깨달았고 미치광이처럼 그를 스토킹할 시간도 없었다. 그를 독차지할 수 있다면 어떤 대가든 치렀겠지만.

그녀는 한 걸음 물러섰다. "갈게."

그가 재빨리 방을 건너와 그녀를 붙잡았다. "스텔라…"

그의 손길에 그녀의 팔이 펄쩍 뛰었다. 그녀는 울고 싶었다. "난 옷을 드라이 맡기러 온 거야. 당신이 여기서 일하는 줄 몰랐어. 나, 나 스토킹하는 거 아니야. 그렇게 보인다는 거 알지만."

그의 표정이 부드러워졌다. "드라이 맡기러 온 것처럼 보여." 그는 그녀의 어깨에서 옷 가방을 들어 올렸다. "내가 처리할게."

그는 가방을 카운터로 가져가서 셔츠의 개수를 능숙하게 세기 시작했다. 하지만 뺨은 유달리 핑크빛이었다.

"어색하지?" 그녀는 그를 불편하게 만드는 게 싫어서 물었다.

"조금. 믿을지 모르겠지만, 여기서 고객과 마주친 건 처음이야. 셔츠 일곱 벌이네. 그럼 치마도 일곱 벌이겠군." 그는 그것들을 분리해 쌓아놓고 그녀의 얼굴을 살폈다. "매일 일해?"

그녀가 부자연스럽게 고개를 끄덕였다. "주말에는 사무실

155

에 있는 게 더 좋아서."

그의 입꼬리가 올라갔다. "그렇겠지." 그의 말에는 판단이
나 질책, 충고가 아니라 그녀의 건강과 사교 생활을 걱정하
는 마음이 담겨 있었다. 그는 그녀에게 문제가 있다고 생각
하지 않았다. 스텔라는 카운터 너머로 몸을 던져 그의 품에
안기고 싶었다.

그는 빨랫감을 담아온 가방을 옆으로 밀치다가 가방 안에
뭔가 들어 있는 것을 발견했다. 가방을 거꾸로 뒤집자 파란
색 드레스가 툭 떨어졌다.

그의 눈이 그녀의 눈으로 휙 올라갔다가 흐려졌다.

스텔라는 아이스크림에 얽힌 추억이 눈앞에 아른거려서
카운터를 움켜쥐었다. 차갑고 실크처럼 매끄러운 입술, 민트
초콜릿 칩, 그의 입의 맛. 사람들이 가득한 실내에서 여유롭
게 나눈 키스.

"세탁할 때 특별히 바라는 점 있어?" 그가 거칠한 목소리
로 물었다.

그녀는 눈을 깜빡여 추억들을 떨쳐내면서 힘들게 현재로
돌아왔다. "풀은 먹이지 말아줘. 닿는 느낌을 안 좋아하거든,
내…"

"피부에." 그가 엄지손가락으로 그녀의 손등을 쓸면서 대
신 말했다.

그녀는 고개를 끄덕이고 할 말을 찾았다. 그녀의 시선이
파란색 파티 드레스에 닿았다. "색깔이랑 옷감이 마음에 들
어서 샀어." 바삭한 실크의 질감과 형태감이 마이클의 근사

한 양복과 멋지게 어울렸을 것이다… "그 양복." 그녀가 속삭였다. "당신이 만든 거야?"

그의 속눈썹이 아래를 향했고, 소년 같은 함박미소가 그의 얼굴을 뒤덮었다. "맞아."

그녀의 입이 딱 벌어졌다. 그런 재주가 있으면서 대체 왜 에스코트 일을 하는 거지?

"할아버지가 테일러셨어. 그 피를 물려받았나봐. 옷 만드는 거 좋아해."

"내 옷도 만들어줄래?"

"오랫동안 가만히 서 있어야 해. 섹시하지 않은 일이지. 정말 그러고 싶어?" 말투는 담담했지만 눈빛은 그렇지 않았다. 잠시 후 스텔라는 그의 눈에서 그의 여린 마음을 읽었다.

혹시 마이클은 사람들이 그의 몸에만 관심이 있을 거라 생각한 걸까?

"내 옷 맞춤옷이야. 기억나? 그거 어떤 건지 알아. 내겐 중요한 일이야. 당신은 재능이 있어. 당신이 디자인해줬으면 좋겠어."

"그랬지. 깜빡했어." 소년 같은 미소가 다시 반짝 피어올랐다. 그런 그가 수줍어하는 듯 보여서 그녀는 그를 영원히 안아주고 싶었다.

"연락 기다렸어." 그녀가 소근거렸다.

그의 얼굴에서 미소가 사라지고 심각한 표정이 떠올랐다. "생각할 시간이 필요해서."

"내 제안 받아줄 거야?" 제발 아니라는 말은 하지 말아줘.

"정말 해보고 싶어?"

"물론이야." 그녀는 마음을 바꿀 이유가 하나도 없었다.

"섹스 없이?"

그녀는 숨을 들이마신 뒤 고개를 끄덕였다. "응."

그는 몸을 내밀고 낮은 목소리로 물었다. "그럼 다음번 남자는 정말 원해서 당신에게 키스하거나 당신을 만질 거라고 확신할 수 있으니까?"

"으…응." 그녀는 그의 대답을 듣고 싶어 몸을 앞으로 내밀었다. 숨조차 쉬기 두려웠다.

"할게."

그녀는 안도감에 기운이 탁 풀려서 미소를 지었다. "고마워…"

그는 한 손으로 그녀의 턱을 잡아 얼굴을 들어 올리고 키스했다. 전기 충격 같은 관능이 그녀를 때렸다. 카운터가 없었다면 그대로 쓰러졌을 것이다. 그녀가 웅얼거리자 그는 그녀가 원하는 대로 혀로 그녀의 입을 취하고 키스의 농도를 높였다…

카운터 뒤 문이 벌컥 열리더니 누군가 이쪽으로 나왔다.

그들은 나쁜 짓을 하다가 걸린 십 대 아이들처럼 후다닥 떨어졌다. 마이클은 헛기침을 하고 카운터 위의 옷가지를 가지고 부산을 떨었고, 스텔라는 입을 다물고 피부에 남은 마이클의 촉감을 즐기면서 손등으로 물기를 닦았다.

표정으로 보아 중년 부인은 모든 걸 본 모양이었다… 그리고 이 상황이 흥미로운 것 같았다. 머리에는 중력을 이기는 각도로 동그란 안경을 올리고 있었고, 검은 머리를 한데 묶었지만 머리카락이 몇 가닥 어지럽게 비져나와 있었다. 하운드투스 스웨터와 초록색 민무늬 바지를 입고 목에는 마이클처럼 줄자를 감고 있었다.

그녀가 해체된 옷을 내밀고는 한쪽 솔기를 가리켰다. 두 사람은 독특한 어조의 언어로 빠르게 말을 주고받았는데, 베트남 말이 분명했다.

마이클이 옷 위로 몸을 숙이고 섹시하게 골똘히 생각에 잠겨 있는 동안 중년 부인이 스텔라에게 슬쩍 한눈을 팔면서 미소를 짓더니 마이클의 팔을 톡톡 두드렸다. "얘가 어릴 땐 내가 얘를 가르쳤는데, 이젠 얘가 나한테 가르쳐주네."

스텔라는 억지로 미소를 끌어냈다. 그럼 키스하다가 그의 어머니에게 들킨 거야? 그녀는 두 사람을 살펴보며 닮은 점을 찾아보았지만 두드러지게 비슷한 점은 없었다. 마이클의 이목구비는 동양인의 느낌과 서양인의 선 사이에서 멋진 균형을 이루고 있었다. 넓은 어깨와 건장하고 활력 있는 그의 몸은 아담한 여자 옆에서 탑처럼 보였다.

스텔라는 안경을 밀어 올린 뒤 두 손으로 치마를 쓸면서 흰 실험 가운과 청진기라도 있으면 좋겠다고 생각했다.

열린 뒷문 저편은 작업 중인 옷들이 걸려 있고 다양한 재봉틀이 흩어진 널찍한 작업장이었다. 방 왼쪽 구석을 장악한 자동 원형 행거에는 비닐에 싸인 옷들이 걸려 있었고, 갖가지 색깔의 수많은 실패들이 벽을 따라 줄줄이 이어졌다. 아까 그 작은 할머니가 오른쪽 구석에 놓인 해진 소파에 앉아 소리를 죽인 구닥다리 텔레비전을 보고 있었다.

"무슨 일 해요? 혹시 의사?" 그의 엄마가 바람을 숨기지 못하고 물었다.

"아뇨, 전 계량 경제학자예요." 스텔라는 손깍지를 끼고 자기 신발코를 내려다보며 실망한 반응을 기다렸다.

"경제학 말인가요?"

스텔라의 시선은 놀라 다시 위로 올라갔다. "네, 그렇긴 한데, 수학에 더 가까워요."

"네 여자 친구가 제니를 만난 적 있니?" 그의 엄마가 마이클에게 물었다.

마이클은 걱정하는 표정으로 옷에서 고개를 들었다. "엄마, 그런 거 아니에요. 이 사람은 제니를 만난 적 없고, 또 내…" 그는 말을 멈추었다. 그의 시선이 엄마한테서 스텔라에게로 날아갔다.

그는 딜레마에 빠진 것 같았다. 이제 남들 앞에서 서로를 뭐라고 불러야 할까?

"아니라니, 뭐가?" 그의 엄마가 혼란스러워 물었다.

그는 헛기침을 하면서 손에 든 옷에 시선을 집중했다. "제니를 만난 적 없다구요."

별안간 따뜻한 느낌이 파도처럼 일어나 스텔라의 몸을 때렸다. 그가 어머니의 말을 정정하지 않았다. 그럼 이제 남들 앞에서 남자 친구 여자 친구 하는 건가?

간절한 열망이 놀라운 기세로 스텔라를 장악했다.

"제니는 누구?" 스텔라는 간신히 물었다. 예전에 들은 적 있는 이름이다.

"제니는 애 여동생이에요." 마이클의 엄마는 생각하는 눈빛을 띠다가 반색하면서 말했다. "오늘 밤 우리 집에 저녁 먹으러 와요. 와서 우리 제니한테 경제학 이야기 좀 해줘요, 응? 제니는 스탠포드에서 경제학을 공부하고 있는데 일자리를 알아보는 중이에요. 애 다른 누이들도 아가씨를 만나보고 싶어 할 거야. 우린 애한테 새 여자 친구가 생겼는지 몰랐지 뭐예요."

그 말이 마이클의 여자 친구로 불려서 기뻐하던 그녀의 마음에 찬물을 끼얹었다. 집. 저녁. 누이들. 그 단어들이 그녀의 머릿속에서 아우성을 쳐댔다.

"그냥 와요, 응? 따로 계획이 있어도 어차피 저녁은 먹어야 하잖아. 마이클이 번을 만들어줄 거야. 얘가 만든 번은 맛이 기가 막혀… 깜빡하고 안 물어봤네. 이름이 뭐죠?"

그녀는 멍해져서 말했다. "스텔라, 스텔라 레인이에요."

"나는 그냥 '메(베트남어로 엄마라는 뜻—옮긴이)'라고 부르면 돼요." 마치 '메에'처럼 들렸지만 발음이 중간에 특이한 톤으로 살짝 꺼지는 느낌이었다.

"메?" 스텔라가 따라했다.

그의 엄마가 맞다는 뜻으로 미소를 지었다. "아무것도 먹지 말고 와요, 응? 먹을 거 많아." 그 말을 하면서 볼일을 다 봤다는 듯 두 손을 비비고는 세탁 영수증을 써서 스텔라에게 건넸다. "이건 화요일 아침에 준비돼요."

스텔라는 공황 상태로 영수증을 가방 안에 쑤셔넣고 조용히 고맙다고 인사를 한 뒤 세워둔 차를 향해 걸어갔다. 도중에 할머니의 텃밭을 지났다. 그렇다면 아까 그 할머니는 그의 할머니였다. 운전석에 앉았을 때 그의 엄마가 한 말이 머릿속에서 재생되었다.

집. 저녁. 누이들.

가게 앞문이 휙 열리더니 마이클이 차로 뛰어왔다. 그녀는 창문을 열었고, 그는 두 손을 차 옆구리에 댔다. "원하지 않으면 안 와도 돼." 그는 미간을 찌푸린 채 망설였다. "그래도 혹시…"

"혹시 뭐?" 그녀가 물었다. 자기 목소리가 남의 말처럼 들렸다.

"연습이라 생각하고 해보는 것도 좋겠지."

"당신 가족이랑 같이 연습을 해보라고?" 그가 본인의 삶에 중요한 사람들을 동원할 만큼 그녀를 믿는다는 사실에 알 수 없는 감동이 밀려와 그녀의 방어막을 허물었다. 방금 전 느꼈던 열망이 되살아났다.

"친절하게 행동할 거지?" 그가 살피는 눈으로 물었다.

"응, 물론이지." 그녀는 항상 사람들에게 친절하려고 애썼다.

"우리의 거래도 비밀로 할 거지? 가족들은 몰라, 내가… 무슨 일을 하는지."

그녀는 고개를 끄덕였다. 그건 두말할 필요도 없었다.

"그럼 나도 좋아. 당신이 원한다면. 하고 싶어?"

"응, 하고 싶어." 하지만 연습을 하고 싶은 것은 아니었다.

"그럼 해보자." 그의 눈이 그녀의 입술로 떨어졌다. "가까이 와."

그녀는 그를 향해 몸을 기울였지만 가게 앞문을 흘끔거렸다. "어머니가 보고 계실지도…"

그가 그녀의 입에 살짝 키스했다. 딱 한 번. 그러고는 몸을 뗐다. "저녁에 봐."

13

마이클이 가게 안으로 돌아왔을 때 그의 엄마는 팔짱을 낀 채 그를 지켜보고 있었다. 가게 진열창을 통해 스텔라의 하얀 테슬라가 주차장을 빠져나가는 것이 훤히 보였다. 엄마는 그들이 키스하는 것을 본 게 분명했다. 같은 이유로 마이클은 스텔라의 눈이 풀어질 때까지 키스하고 싶은 걸 참고 짧은 입맞춤에서 끝낼 수밖에 없었다.

마이클은 스텔라에게 꽁꽁 결박된 기분이었다. 생각은 고사하고 아무것도 눈에 들어오지 않았다. 가게에서 무방비 상태로 그녀와 마주치고 말았다. 그 바람에 똑바로 살자, 그녀의 제안을 거절하자고 마음먹고도 얼결에 받아들였던 것이다. 그녀는 그를 놀리지도 비웃지도 않았다. 오히려 그가 하는 일을, 그를, 그의 본모습을 높이 평가했다. 아무도 진짜 그를 원하지 않았지만, 스텔라는 그렇지 않았다. 약점이 드러난 순간에 그는 앞뒤 안 가리고 자제심을 내던졌다. 그가 수락한 이유는 그냥 그녀와 같이 있고 싶었기 때문이었다.

모든 것이 멋대로 굴러가고 있었다. 경계선이 불분명해졌다. 어디까지가 일이고 어디까지가 사생활인지 잘 구분되지 않았다. 꼭 구분해야 하는지도 알 수 없었다. 어머니는 스텔라를 진짜 여자 친구라고 생각했고 그도 그것이 편해서 차라리 잘됐다 싶기도 했다. 하지만 제안을 받아들인 것은 큰 실수였다. 벌써부터 후회가 됐고 이유는 확실히 알 수 없었지만 뭔가 잘못됐다는 느낌이 들었다. 그렇다고 되돌릴 수도 없었다. 딱 한 달이다. 그는 프로였다. 한 달 정도는 감당할 수 있었다.

"스테엘라." 그의 엄마가 시험 삼아 그 이름을 발음했다.

마이클은 스텔라의 옷들을 챙겨 작업장으로 들어갔다.

어머니가 곧바로 따라왔다. "네가 3년 전에 사귀었던 스트리퍼보다 아까 그 여자가 훨씬 낫다."

"댄서였어요." 그래요, 맞아요. 스트리퍼 일도 했었죠. 당시에 그는 어렸었고 그 여자는 근사한 육체로 봉춤을 추곤 했다.

"그 여자가 컵 안에 더러운 속옷을 보란 듯이 남기고 가서 내가 갔을 때 그걸 봤잖니."

마이클은 뒷목을 문질렀다. 에스코트 일을 3년이나 했지만 여자들 사이에 일어나는 이상한 파워 게임을 그는 이해할 수 없었다. "그 여자랑은 헤어졌어요."

그때는 섹스만이 전부이던 시절이었다. 마이클은 바람둥이인 아버지처럼 살았다. 약속을 해놓고 사람들에게 상처를 주기보다 매사 마음을 주지 않으면서 이십 대 초반을 보냈다. 솔직히 신나는 삶이었다. 상대가 관심만 보이면 미친놈처럼 닥치는 대로 후리고 다녔다. 그 시절을 돌아보면 갖가지 색깔의 여자 속옷들만 기억났다.

재앙이 덮치고 돈이 궁해졌을 때 그는 생각했다. 어차피 하는 거 돈 받고 할까? 그때까지 그에게 조건 만남을 제안한 부유한 연상의 여자들이 많았다. 그는 수락만 하면 됐다. 게다가 그것은 아버지에게, 재앙의 원흉에게 한 방 먹이는 완벽한 복수였다.

"스텔라가 타는 차 비싼 거더라." 그의 엄마가 말했다.

마이클은 어깨를 으쓱거린 뒤 스텔라의 옷들을 드라이 보낼 다른 옷들에 추가하고 나서 재봉틀 앞에 앉았다.

그의 엄마가 베트남어로 말했다. "걔가 널 많이 좋아하더라. 딱 보니까 알겠더라고."

"누가 걜 좋아한다고?" 느과이(외할머니를 뜻하는 베트남어 ─ 옮긴이)가 텔레비전 앞에서 백만 번쯤 본 〈신조영웅문〉을 한창 보다가 빽 소리쳤다. 유덕화가 주연으로 나오고 독수리 복장을 한 남자가 쿵후를 하는 옛날 영화였다.

"손님 얘기예요." 그의 엄마가 대답했다.

"그 회색 치마 입은 손님?"

"그 여자 보셨어요?"

"으음, 처음부터 내가 눈여겨봤지. 좋은 여자더라. 마이클에게 그 여자랑 결혼하라고 해."

"나 어디 안 갔어요." 마이클이 말했다. "그리고 누구와도 결혼 안 할 거예요." 에스코트 일을 해야 하는 이상 불가능했다. 그는 어린 시절 가정을 버린 아버지와 울다 지쳐 잠이 든 어머니, 가슴이 무너지면서도 마이클과 딸들을 위해 강인하게 버티면서 하루도 거르지 않고 일을 했던 어머니를 기억했다. 마이클은 바람을 피워서 여자에게 상처를 주고 싶지 않았다. 절대.

어차피 스텔라가 나와 결혼하고 싶어 할 리 없잖아. 내가 왜 이런 생각을 하고 있지? 고작 세 번 데이트 한 것뿐인데. 아니, 그건 데이트도 아니었다. 약속이었지. 우리는 관계 훈련을 하는 중이다. 이건 진짜가 아니다.

"결혼도 안 할 거면서 남의 집 딸한테 그렇게 키스하라고 내가 가르쳤단 말이니?" 그의 엄마가 물었다.

그는 화가 나 천장을 올려다보았다. "아뇨."

"네 짝으로 괜찮은 여자였어, 마이클."

말도 안 돼. 내가 무슨 희귀한 상품이라도 된다는 건가.

느과이가 "음음음음" 하면서 동의했다. "게다가 예뻤어."

마이클은 미소를 지었다. 스텔라는 예쁜데 정작 본인은 그걸 몰랐다. 게다가 똑똑하고 착하고 다정하고 용감했다. 그리고 또…

그의 엄마가 웃음을 터뜨리고는 마이클을 가리켰다. "네 얼굴 좀 봐라. 걔 안 좋아한다는 말은 하지도 마. 얼굴에 딱 쓰여 있어. 네 여자 취향이 드디어 높아져서 다행이로구나. 이번엔 잘해봐."

느과이가 "음음음음" 하고 말했다.

마이클의 미소가 얼어붙었다. 두 사람 말이 맞았다. 그는 진심으로 스텔라를 좋아하면서도 그게 사실이 아니기를 바랐다. 그녀와 잘될 가능성이 없다는 것을 알고 있었다.

스텔라는 마이클에게 받은 문자 메시지의 주소지 앞에 차를 세웠다. 꽃과 초콜릿을 가져왔는데 잘못 가져온 건 아닐까 걱정이 됐다. 구글에 베트남 에티켓에 관해 검색한 바로는 뭐든 가져가야 하는데 선물로 추천하는 것들은 차부터 술까지 워낙 다양해서 혼란스럽기만 했다. 그나마 먹을 것이 최고라는 게 공통된 의견인 듯했다. 그런 이유로 조수석에는 고디바 초콜릿이 놓여 있었다.

그 사람들이 초콜릿을 안 좋아하면 어쩌지?

그녀는 마이클에게 물어보고 싶었지만 그녀가 얼마나 예민한지, 새로운 사람들을 만나는 것이 그녀에게 얼마나 큰일인지 알려줄 필요는 없었다. 하지만 이들은 그냥 아무나가 아니었다. 마이클의 가족이었고 중요한 사람들이었다. 그녀는 그들에게 좋은 인상을 남기고 싶었다.

그래서 그녀는 대화할 거리들을 준비하느라 마지막까지 골머리를 앓았다. 사람들을 즉흥적으로 대하다가 곧잘 곤란해지곤 했는데 이번에는 그런 상황을 최소화하고 싶었다. 무슨 일을 하냐고 누가 물으면 즉시 그것을 설명하고 관련된 질문에도 대답할 자신이 있었다. 취미와 관심사에 대한 질문에도 대했다. 마이클을 어떻게 만났느냐고 물으면, 그에게 설명을 맡길 생각이었다. 거짓말에는 서툴렀다.

그녀는 속이 울렁거리는 것을 참으면서 사람들과 어울리기 전에 늘 점검하는 것들을 되뇌였다. 말하기 전에 생각한다. (무엇이든, 모든 것이 누군가에게 상처를 줄 수 있다. 의심스러우면 말하지 않는다.) 친절하게 대하고 두 손은 깔고 앉아 톡톡

거리는 것을 막는다. 좋은 기분을 유지하고 눈을 맞추고 웃는다. (무서울 수 있으니 치아는 보이지 않는다.) 일 생각은 하지 않는다. 일 이야기도 꺼내지 않는다. (아무도 일 이야기를 듣고 싶어 하지 않는다.) '부탁합니다'와 '고맙습니다'라고 말하고 감정을 담아 사과한다.

그녀는 거베라 데이지 꽃다발과 다크 초콜릿 캔디를 집어 들고 차에서 내려 이스트 팔로 알토의 이층집을 바라보았다. 그녀가 5년 전 처음 이곳으로 이사했을 때만 해도 이 지역은 빈민가였다. 실리콘밸리가 확장과 성공을 거듭하면서 이스트 팔로 알토의 땅값은 치솟았다. 현재 이 일대의 주택들은 모두 백만 달러를 호가하는 부동산이 되었다. 진입로의 시멘트가 갈라진 이 작고 소박한 회색 집도 마찬가지였다. 들쭉 날쭉한 정원수들은 가까이에서 보니 무릎 높이로 무성하게 자라난 허브들이었다.

파리와 나방이 환한 현관등 주위를 맴돌았다. 현관문을 향해 걸어갈 때 그녀는 식물의 간질간질한 윗부분을 손바닥으로 쓸면서 그 신선한 향기를 음미했다. 이 집 할머니의 부지런한 손길이 느껴져 기분이 좋았다.

그녀는 현관벨을 누르고 기다렸다. 아무도 나오지 않았다. 속이 울렁거렸다.

그녀는 문을 두드렸다.

잠잠했다.

그녀는 더 세게 문을 두드렸다.

여전히 잠잠했다.

그녀는 휴대폰에서 주소를 확인했다. 여기가 맞았다. 마이클의 BMW도 진입로에 주차돼 있었다. 이제 어떡하지. 고민의 소용돌이에 휘말리기 직전에 문이 열렸다. 마이클이 그녀에게 미소를 지었다. "딱 맞춰 왔네."

그녀는 가져온 물건을 더 힘주어 잡았다. 가슴속의 자신감이 녹아 없어졌다. "뭘 좀 가져왔는데 잘한 건지 모르겠어."

그는 이상하다는 표정으로 꽃다발과 초콜릿을 받아 들었다. "그냥 와도 되는데."

공포감이 솟구쳤다. "어, 그럼 도로 가져다 놓을게. 다른데 놓으면 될 거야…"

그는 물건들을 탁자 위에 놓아두고 엄지손가락으로 그녀의 뺨을 쓸었다. "엄마가 좋아하시겠다. 고마워."

그녀는 길게 숨을 내쉬었다. "이제 어떡해?"

그의 입꼬리가 씩 올라갔다. "이럴 땐 대부분 포옹을 하던데."

"아하." 그녀는 두 손을 어색하게 내밀고 그에게 다가갔다. 하는 일마다 서투르다는 느낌을 지울 수 없었다.

그가 두 팔로 그녀를 감싸고 끌어당기기 전에 그의 체취와 온기, 듬직함이 그녀를 감쌌다. 이건 언제나 좋았다.

그가 부드러운 눈빛으로 몸을 뗐다. "준비됐지?"

그녀가 고개를 끄덕이자 그는 그녀를 대리석 타일이 깔린 현관으로 안내했다. 식당을 지나 거실과 열린 구조로 연결되는 부엌으로 들어갔다. 상자 같은 거대한 텔레비전이 그녀의 눈길을 끌었다. 중국 전통 악극의 의상을 차려입은 남자와 여자가 비슷한 곡조의 노래를 번갈아 불렀다. 열정이 넘치는 노래가 반복된 뒤 마이클의 할머니가 박수를 쳤다. 할머니 옆에는 그의 어머니가 앉아서 망고 껍질을 벗기다 말고 감상을 이야기하고 있었다.

마이클의 어머니는 스텔라와 마이클을 발견하고 감자 칼을 쥔 채 손을 흔들었다. "어서 와요. 곧 밥 먹을 거야."

스텔라는 미소를 끌어내고 손을 흔들었다. 저녁 내내 머리에 쥐가 나도록 사교의 기술을 발휘할 각오를 다지면서 그들에게 다가가 물었다. "제가 좀 도와드릴까요?"

마이클의 엄마는 함박웃음을 짓고는 감자 칼과 망고 껍질을 모아놓은 접시를 왼쪽의 빈 의자 위에 내려놓았다. 스텔라가 소매 단추를 풀 때 마이클은 그녀에게 활짝 웃어 보인 뒤 가스 밸브를 열었다.

그녀는 부엌 개수대에서 손을 씻으면서 마이클이 커다란 웍을 불에 올리고 그 안에 기름을 두르고 재료를 넣는 것을 보았다. 거침이 없으면서도 요리 좀 할 줄 아는 사람의 능숙한 손길이었다. 그녀가 그의 엄마 옆에 앉을 때쯤 소고기 굽는 냄새와 마늘, 레몬그라스, 피시 소스 냄새가 진동했다. 그는 소매를 팔꿈치까지 걷어부치고 있었는데, 그녀는 웍에 든 것들을 섞는 그의 조각 같은 팔뚝에 감탄하지 않을 수 없었다.

그녀가 간신히 망고로 주의를 돌리고 그의 엄마가 건넨 커다란 과일의 껍질을 벗기기 시작했을 때, 다른 방에서 들리는 피아노를 뚱땅거리는 소리가 그녀의 관심을 끌었다. 〈엘리제를 위하여〉의 도입부가 가늘게 떨리는 텔레비전의 노랫소리와 충돌했다. 스텔라는 소리들이 사방에서 머리를 쑤셔대는 것 같아서 눈을 깜빡이며 정신을 차리려고 노력했다.

"제니가 치는 소리예요." 그의 엄마가 말했다. "잘하죠, 응?"

스텔라는 산만해진 상태로 고개를 끄덕였다. "잘하네요. 피아노는 조율이 필요하겠어요. 특히 베이스 A." 어긋난 음이 울릴 때마다 그녀는 속으로 인상을 썼다. "조율은 하셔야겠어요. 조율을 하지 않고 오래 놔두면 피아노가 망가져요."

그의 엄마가 흥미를 느끼고 눈썹을 추켜올렸다. "피아노 조율할 줄 알아요?"

"아뇨." 그녀가 소리 내어 웃었다. 집에 있는 스타인웨이 피아노를 직접 조율하는 모습을 상상하니 웃겼다. 섣불리 손을 댔다가는 피아노를 망가뜨릴 게 분명했다. "직접 피아노를 조율하시면 안 돼요."

"마이클의 아버지가 우리 집 피아노를 조율하곤 했었죠." 그의 엄마가 인상을 쓰며 말하고는 껍질을 벗긴 망고에서 커다란 씨를 발라내는 데 집중했다. "그이가 솜씨는 좋았지. 할 줄 아는데 돈을 낭비해서야 되겠냐면서."

"아버님은 어디 계세요? 언제 조율하실 수 있는데요?"

그의 엄마는 웃고 있지만 긴장한 얼굴로 탁자에서 벌떡 일어섰다. "먹을 걸 좀 가져올게요. 따끈하게 데워서."

마이클의 엄마가 냉장고를 뒤적이는 동안 할머니가 망고 조각들이 담긴 그릇을 가리켰다. 스텔라는 그릇에서 작은 조각을 하나 집어 먹었다. 과일의 달콤하고 상큼한 맛이 느껴졌다.

스텔라는 속이 풀리는 것 같아 한숨을 내쉬었다. 할머니와 같이 앉아 있으니 참 좋았다. 언어 장벽 때문에 대화는 거의 불가능했지만 그래도 아무 상관 없었다. 〈엘리제를 위하여〉가 끝났다. 들리는 소리가 두 개에서 한 개로 줄어들자 곤두섰던 신경이 조금은 누그러졌다.

청바지와 티셔츠 차림에 긴 머리를 대충 넘겨 묶은 여동생이 부엌으로 불쑥 들어와서 중앙의 아일랜드 식탁 위 소쿠리에서 숙주나물을 하나 집어 입에 넣었다. 그녀가 스텔라를 발견하고 손을 흔들었다. "스텔라 맞죠? 난 제니예요." 그러고는 소쿠리에서 숙주나물을 하나 더 뽑았지만 어머니가 손등을 탁 때리자 얼른 손을 뺐다. 제니의 엄마는 전자레인지에 용기를 하나 넣고 나서 베트남 말을 속사포로 쏘아대며 딸을 탁자 쪽으로 몰아냈다.

제니는 상냥하게 웃으며 스텔라의 맞은편에 앉았다. 마이클과 닮은 미소였지만 한쪽 입꼬리가 더 높았다. "베트남 오페라 재밌어요?"

스텔라는 모호하게 어깨를 들었다가 내렸다.

제니가 웃음을 터뜨리고는 커다란 망고 조각을 먹었다. "그렇게나 재밌어요?"

스텔라가 대답을 궁리하는데 마이클의 엄마가 탁자에 플라스틱 용기를 내려놓고 뚜껑을 열었다. 안에 든 연초록색 스펀지 케이크에서 김이 피어올랐다. "먹을래요? 반보. 아주 맛있어요."

스텔라는 껍질 까는 칼을 내려놓고 그릇으로 손을 내밀었다가 그것이 싸구려 플라스틱 용기라는 것을 발견했다. 음식 포장 용기처럼 보였다. "이런 용기는 전자레인지에 돌리시면 안 돼요. 이미 음식에 BPA(강한 세제나 고온에서 내분비교란 물질로 작용한다고 알려진 플라스틱의 일종—옮긴이)가 들어갔을 거예요." 스텔라가 알기로 BPA는 독이나 다름없었다.

그의 엄마는 그릇을 당겨 빵의 냄새를 맡아보았다. "아뇨, 괜찮은데요. BPA 없어요."

"유리나 파이렉스가 더 비싸긴 하지만 더 안전해요." 스텔라가 말했다. 어째서 아무도 마이클의 엄마에게 이런 걸 말해주지 않지? 그녀가 아프기를 바라지 않고서야.

"늘 이걸 사용하는데 아무 문제 없어요." 그의 엄마는 눈을 빠르게 깜빡거리면서 용기 뚜껑을 가슴에 댔다.

"효과가 금방 나타나진 않아요. 오랜 시간을 두고 반복적으로 노출돼야 나타나죠. 비싸더라도 다른…"

제니가 엄마한테서 플라스틱 그릇을 뺏더니 오염된 초록색 빵 조각을 입안에 넣었다. "이건 내가 제일 좋아하는 거예요. 사족을 못 쓰죠." 제니는 스텔라를 쏘아보며 두 번째 조각을 먹었다.

마이클이 탁자로 다가와서 여동생이 세 번째 조각을 먹기 전에 그릇을 빼앗았다. "사실이에요, 메. 이런 용기는 정말 해로워요. 미처 생각을 못 했네. 이런 거 쓰면 안 돼요."

그가 그것을 쓰레기통에 던졌을 때 그의 엄마가 베트남어로 반발했다. 화난 걸까? 내가 해로운 걸 못 먹게 했다고?

제니는 탁자에서 벌떡 일어나 부엌을 나갔고 동시에 젊은 여자 둘이 안으로 들어왔다. 둘 다 긴 갈색 머리, 밝은 올리브 빛 피부, 날씬한 몸매, 긴 다리의 이십 대였다.

스텔라는 괜한 질문이 사람들의 기분을 상하게 만든다는 걸 혹독한 방식으로 숱하게 습득했기 때문에 그들이 쌍둥이냐고 묻고 싶었지만 꾹 참았다.

"이 뚱땡이야, 왜 네 마음대로 그걸 입고 가서 그 위에 와인을 왕창 쏟고 난리야? 그것도 내 남친이랑 서로 주물럭거리면서!" 한 여자가 소리쳤다.

스텔라는 움찔했다. 그렇지 않아도 예민해진 심장이 움츠러들었다. 그녀는 싸우는 걸 제일 싫어했다. 사람들이 싸우면 그녀는 언제나 그들에게 공격을 받는 듯한 느낌이 들었다. 그냥 구경만 해도 마찬가지였다.

"너희 둘이 끝났다며. 그리고 난 그 남자에게 관심 있었어. 애초에 옷이 잘 맞았으면 와인을 왕창 쏟지도 않았겠지. 그러니 대체 누가 뚱땡이겠냐?" 두 번째 여자가 악을 쓰며 맞받아쳤다.

할머니가 검은색 리모컨을 집어 실눈을 뜨고 버튼을 쳐다보았다. 초록빛 세로줄이 화면에 생겼고, 음량이 높아졌다. 정신을 산만하게 만들던 음악 소리가 이제 불쾌감을 유발했다.

"더는 못 참아. 내가 준 청바지 몽땅 내놔." 첫 번째 여자가 텔레비전 소리보다 더 크게 빽 고함을 질렀다.

"얼마든지 가져가. 네가 이기적인 년이라는 것만 증명될 테니까."

할머니가 웅얼거리고는 음량을 더 높였다.

스텔라는 벌벌 떨리는 손으로 칼을 내려놓고 숨을 천천히 쉬려 애썼다. 상황이 점점 더 감당할 수 없게 치달았다.

또 다른 젊은 여자 둘이 부엌으로 들어왔다. 한쪽이 키가 더 작고 피부색이 더 짙었는데 스텔라 또래로 보였다. 다른 한 명은 고등학생처럼 어렸다. 모두 그의 누이들인 것 같았다. 하나, 둘, 셋, 넷, 모두 다섯 명이었다.

키가 작은 여자가 한 손가락으로 쌍둥이 쪽을 딱 가리켰다. "너희 둘 그만 싸워, 당장."

그들이 코웃음을 치더니 거의 같은 동작으로 가슴에 팔짱을 꼈다.

"언니는 엄마 문제를 우리한테 떠넘기고 이 집에서 나간 순간부터 우리한테 이래라저래라 할 권리 없어." 누이 1이 말했다.

키 작은 누이가 탱크처럼 앞으로 돌진했다. "엄마가 안정을 찾았으니 나도 내 인생 살아야 하잖아. 넌 한 번이라도 다른 사람 생각도 하면서 살아봐."

"이젠 우리를 이기적인 인간 취급하네?" 누이 2가 따졌다. "언니 넌 직장 파티다 뭐다 잘만 놀러 다니면서, 우리는 엄마가 화학요법을 받고 토할 때 엄마 머리나 잡아주고 있으라는 거야?"

"엄마 이제 화학요법 안 받잖아… 아니야?" 키 작은 누이가 마이클을 바라보며 확인하듯 물었다.

그의 엄마가 할머니한테서 리모컨을 빼앗아 음량을 최대치로 높이고 나서 쿵쾅거리면서 개수대 옆으로 갔다. 스텔라는 축축해진 손을 탁자를 덮은 유리판에 댔다. 언젠가는 멈출 거야. 견뎌내야 해.

"그랬었지. 그런데 경과가 좋지 않았어. 그래서 신약 치료로 바꿨어." 마이클이 말해주었다.

"왜 나한테 아무도 말을 안 해줘?"

"넌 중요한 용무로 눈 튀어나오게 바쁘신 몸이니까 그렇지 왜겠냐? 네가 스트레스 받을까봐 너보다 엄마가 더 신경 쓴다고." 쌍둥이 중 하나가 말했다.

"이렇게 알게 하는 게 더 스트레스 주는 거야."

"아유, 슬퍼라, 앤지." 다른 쌍둥이가 말했다.

물어뜯는 말싸움이 계속되는 동안 삑삑 소리가 요란하게 울리자 그의 엄마가 전자레인지에서 하얀 소쿠리를 꺼냈다. 그리고 집게로 김이 나는 쌀국수를 집어 커다란 그릇에 담았다. 마이클이 볶은 소고기와 갖가지 채소가 담긴 그릇이었다.

그의 엄마가 점잖게 웃는 얼굴로 그 그릇을 스텔라 앞에 놓았다. "마이클이 만든 쌀국수예요. 맛있을 거야."

스텔라의 턱이 까닥 움직였다. 그녀는 급히 고개를 끄덕였다. "고맙습니다…" 의구심이 고개를 들었다. 그녀는 소쿠리를 흘끔거린 뒤 그릇을 밀어버렸다. "이 소쿠리는 플라스틱으로 만든 거네요. 이건 아무도 먹으면 안 돼요."

그의 엄마가 얼어붙었다. 그리고 벌게지는 얼굴로 처음에는 스텔라를, 그다음엔 그릇을 쳐다보았다. "국수 새로 해줄게요."

마이클이 엄마가 그릇을 집기 전에 먼저 낚아챘다. "내가 할게요. 앉아요, 메."

해로운 음식을 버리는 그의 얼굴이 딱딱해서 스텔라는 자기가 말실수를 했구나 싶어 가슴이 철렁했지만 이 상황을 어떻게 헤쳐 나가야 할지 막막했다.

그의 엄마는 앉아서 마이클의 누이들을 쳐다보았다. 그들은 냉장고 옆에 사각형으로 늘어선 채 말싸움을 계속했다. 그의 엄마는 한숨을 내쉬면서 껍질깎이를 집어 들고 깎다가 만 마지막 망고를 다시 깎기 시작했다.

스텔라는 자기 일감만 쳐다보았다. 시간이 갈수록 신경이 점점 더 곤두섰다. 그의 엄마와 대화가 뚝 끊긴 썰렁한 분위기가 너무 거북해서 어떻게든 침묵을 깨고 싶었다. 이것이 과연 침묵인지는 모르겠지만. 그의 엄마와 달리 그의 누이들은 말을 하고 있었고 텔레비전도 고성을 멈추지 않았다. 피아노 소리가 다시 시작됐을 때 그녀의 신경이 폭발하고 말았다. 어긋난 A 음이 울렸다. 한 번, 두 번, 세 번, 네 번. 이것보다 거슬리는 소리가 또 있을까?

"진짜 피아노 조율하셔야겠어요." 그녀가 말했다. "아버님 어디 계시다고요?"

그의 엄마가 대꾸 없이 망고 껍질만 벗기자 스텔라는 그의 엄마가 말을 못 들었구나 생각했다.

그래서 다시 물었다. "아버님 어디 계시냐구요?"

"떠났어." 그의 엄마가 마지못해 말했다.

"그 말씀은… 돌아가셨다는 건가요?" 위로를 해야 할까? 그녀는 무슨 말을 해야 할지 난감했다.

그의 엄마는 망고에서 눈을 떼지 않고 한숨을 쉬었다. "그거야 나도 모르지."

그 대답에 스텔라는 그만 도를 넘고 인상을 쓴 채 물었다. "이혼하셨나봐요?"

"찾을 수도 없는데 어떻게 이혼을 해."

스텔라는 당황해서 마이클의 엄마를 쳐다보았다. "무슨 말이에요, 찾을 수가 없다뇨? 사고를 당하신 건가요, 아니면…"

커다란 손이 그녀의 어깨를 꽉 쥐었다. 마이클이었다. "국수 거의 다 됐어. 땅콩 먹을래?"

그녀는 방해를 받고 눈을 깜빡였다. "응, 나 알레르기 없어." 그가 고개를 끄덕이고 부엌으로 갔을 때 그녀는 그의 엄마에게 다시 집중했다. "사라진 지 얼마나 됐어요? 실종 신고는 하셨나요…"

"스텔라." 마이클의 목소리가 허공을 갈랐는데, 놀랍게도 나무라는 투였다.

그의 누이들은 말싸움을 멈추었고 모든 시선이 스텔라를 향해 있었다. 그녀의 심장이 텔레비전과 피아노 소리보다 더 크게 요동쳤다. 내가 무슨 짓을 한 걸까?

"우린 아버지 얘기 안 해." 그가 말했다.

그녀는 이해가 되지 않았다. "하지만 만약 그분이 부상을 당했거나 다쳤으면 어떡해? 아니면…"

"인정머리 없는 인간은 상처도 안 받아." 그의 엄마가 끼어들었다. "그 인간은 다른 여자랑 살겠다고 우리를 모두 버렸어. 이혼을 하고 싶어도 서류를 어디로 보내야 할지 알 수가 있어야지. 그 인간 전화번호도 바꿔버렸어." 그의 엄마가 의자를 밀면서 벌떡 일어섰다. "메 피곤하다. 너희들끼리 먹어, 알았지? 마이클 여자 친구가 집에 있는 걸 먹지 못하거든 뭐라도 사다줘."

그의 엄마가 나가고 피아노 소리도 뚝 끊겼다. 할머니도 오페라를 끄고 방을 나가서 지직거리는 텔레비전 소리만 날 뿐 고요했다. 별안간 찾아온 적막이 반가우면서도 어쩐지 불길하게 느껴졌다. 피가 달음질치고 머리는 쿵쿵 울렸다. 그녀는 달리기를 한 것처럼 얕은 숨을 몰아쉬었다.

제니가 서둘러 부엌으로 들어왔다. "무슨 일 있었어? 엄마 왜 울어?"

아무도 대답하지 않았지만 일곱 쌍의 눈이 스텔라를 비난했다. 차라리 아까처럼 정신없이 시끄러운 게 훨씬, 훨씬 더 나았다.

그녀가 마이클의 어머니를 울게 만든 것이다.

스텔라의 얼굴은 수치심과 죄책감으로 뜨거워졌다. 그녀는 벌떡 일어섰다. "정말 미안해요. 그만 가볼게요."

그녀는 고개를 푹 숙이고 가방을 챙겨 그대로 달아났다.

마이클은 스텔라가 달려 나간 문간을 바라보았다. 슬로모션으로 자동차 사고 장면을 목격한 기분이었다. 혼탁하고 고약한 감정들이 그의 혈관을 흘러 다녔다. 분노, 공포, 수치, 불신, 충격. 이게 무슨 날벼락인지. 이제 어떡하지? 그의 본능은 그녀를 따라 나가보라고 그를 재촉했다.

"가서 엄마 좀 살펴봐." 제니가 말했다.

맞는 말이었다. 그의 가짜 여자 친구가 방금 엄마를 울렸다. 이렇게 착한 아들이 있을까. 그는 말없이 어머니를 살피러 갔다. 무거운 발걸음과 더 무거운 가슴을 안고 계단을 올라 카펫이 깔린 복도를 걸어가서 어머니의 침실 밖에서 멈춰섰다. 빠끔 열린 문 너머로 안이 보였다. 엄마가 침대에 걸터앉아 있었다. 얼굴을 보지 않아도 울고 있다는 건 분명했다. 엄마의 축 처진 자세와 떨군 고개가 말해주었다.

그 광경에 그는 가슴이 무너졌다. 아무도 그의 엄마를 가슴 아프게 할 순 없다. 그의 아버지도, 지난 여친들도, 그것이 스텔라라고 해도. "메?"

그의 엄마는 아들이 침대로 다가오는데도 알은체를 하지 않았다.

"스텔라가 한 말, 모두 미안해요." 그는 목소리를 낮추려 했지만 본의 아니게 부자연스럽고 크게 나왔다. "피아노도, 음식도, 아빠도…"

스텔라가 뭘 어떻게 한 건지 그는 이해가 안 갔다. 하지만 스텔라는 불과 몇 분 만에 민감한 그의 가정사를—그들의 넉넉하지 않은 형편, 어머니의 낮은 교육 수준, 개차반 아버지까지—모조리 간파하고 정곡을 찌른 것이다. 우연히. 그 것만은 분명했다.

맙소사, 스텔라는 사람들과 원만하지 않았다. 오늘 밤 일을 겪고 나니 생각보다 증상이 심각했다. 단둘이 있을 땐 이렇게까지 심각하지 않았는데.

엄마가 그의 손을 잡았다. "네 아빠 괜찮은 걸까?"

"괜찮고말고요." 최근 얻은 아내를 옆에 끼고 카리브해의 요트에서 늘어져 있는 아버지의 모습이 떠올라 그는 입술이 뒤틀렸다.

"네 대신 아버지에게 이메일 좀 보내줄래?"

"싫어요." 그는 두 번 다시 아버지와 말을 섞을 생각이 없었다.

그의 엄마는 떨리는 숨을 내쉬고 얼굴을 가렸다. "스텔라 말이 맞아. 그이가 다칠 수도 있어. 워낙 못된 인간이라 아무도, 새로 얻은 여자조차 도와주지 않겠지. 여자는 돈이 있을 때까지만 붙어 있을 거야."

그는 익숙한 분노가 근육을 들쑤셔서 주먹을 꽉 쥐었다. "그 정도 돈이면 한참 버티겠네요."

"돈 씀씀이를 보면 오래 못 간다. 그이는 자기가 거물이라고 생각해. 도무지 만족할 줄 모르는 사람이야. 기억하니?"

두 번 다시 당할 순 없었다.

마이클은 어머니가 천 번쯤 했던 이야기를 또다시 읊조리기 시작하자 이를 악물었다. 그리고 옆에 앉아 어머니가 말을 멈추면 적당히 추임새를 넣기 위해 대충 한 귀로 흘려들었다.

'여자를 이용한다'느니 '나쁜 사람'이라느니 '거짓말쟁이' 같은 말들이 나왔고, 그는 그 말들이 자신에게도 딱 들어맞는다는 걸 인정할 수밖에 없었다. 그가 한 그 모든 거짓말들. 청구서를 지불하기 위해 그가 한 일들. 심지어 스텔라에게 돈도 받았다, 다른 남자들 같으면 그냥 할 일을 한 대가로…

섬뜩한 공포가 그를 파고들었다. 그래서 스텔라의 제안을 받아들이기가 그토록 찜찜했던 것이다. 잘못된 일이니까. 그는 그녀를 이용하고 있었다. 무슨 남자가 공짜로 배울 수 있는 걸 가르쳐주면서 순진한 여자한테 돈을 받는단 말인가?

그는 결국 마지막 선을 넘어 아버지처럼 된 것이다. 그건 옳지 않은 짓이었다. 그답지 않았다. 그는 더 나은 인간이었다.

그들의 거래를 당장 끝내야 옳았다. 그녀는 어디 있을까? 망할, 혹시 밖에서 그를 기다리고 있을까?

어머니의 이야기가 반도 끝나지 않았는데 그는 벌떡 일어섰다. "가봐야겠어요, 메. 미안해요… 오늘 일은. 모두 다."

"미안해할 필요 없어. 네가 그 앨 사랑한다면, 우리도 그 앨 사랑하는 법을 배워야지."

그 말에 그의 이마에 땀이 솟았다. "사랑하지 않아요." 그렇다면 더더욱 그의 행동은 용서받지 못할 짓이 아닐까?

그의 엄마가 손으로 그의 항의를 물리쳤다. "그 앨 다시 데려와. 그 애가 오면 메는 전자레인지에 플라스틱을 넣지 않을게."

"다른 날에도 그걸 전자레인지에 넣으면 안 돼요."

"그래, 그래." 엄마가 말했다. 누가 뭐라고 하든 계속 나 하고 싶은 대로 할 거야, 하는 말투였다. 마이클은 엄마의 플라스틱 그릇을 모두 내버리고 안전한 것들로 교체하기로 다짐했다. 스텔라와 이야기하고 나서 곧바로.

"잘 자요, 메."

"운전 조심해라."

그는 기록적인 속도로 집을 뛰쳐나왔지만 밖으로 나오자마자 급히 멈춰 섰다.

그녀가 가버리고 없었다.

그는 포치의 나무 기둥 하나를 붙잡았다. 심장 박동은 느려지고 머릿속이 멍해져서 숨을 크게 들이쉬었다. 서늘한 공기와 웅웅거리는 벌레 소리, 멀리서 자동차의 엔진 소리가 들려왔다.

차라리 그녀가 없는 것이 더 나을지도 몰랐다. 그럴싸한 이별의 말을 지어내려면 그에게도 시간이 필요했다. 짧지만 친절한 말. 문제는 그녀가 아니라 그였다. 그리고⋯

그가 무슨 말을 하든 그녀는 울음을 터뜨릴 것이다. 생각만 해도 속이 답답해졌다. 그녀는 자기 잘못이라고 생각할 것이다. 자기가 침대에서든 밖에서든 서툴러서 그렇다고. 오늘 밤에 일어난 뜻밖의 불상사도 자기 때문이라고.

그는 차에 올라타 시동을 걸고 나서 두 손을 운전대에 얹고 앉아 있었다. 어디로 가야 할지 알 수 없었다. 그녀의 집? 아니면 내 집? 둘이 이야기를 해야 한다는 건 분명했지만 어머니의 눈물에다 그녀의 눈물까지 견딜 자신은 없었다.

조수석에 놓인 새 콘돔 케이스가 눈에 띄었다. 지난 3년 동안 사들인 콘돔은 수없이 많았지만 이것만큼 어서 개봉하고 싶어 기대했던 콘돔은 없었다. 스텔라는 달랐으니까. 이제 또다시 금요일마다 수많은 여자들에게 이 안의 내용물을 사용해 단순한 서비스를 제공한 대가로 상당한 돈을 챙기게 될 것이다. 그렇다고 누군가에게 상처를 주거나 사람을 이용해 먹은 것은 아니다. 그의 아버지가 한 짓보다는 나았다. 그렇게 예전처럼 살아가면 그만이었다. 그런데 이제 다른 여자들과는 스텔라와 한 것을 하고 싶지 않다는 게 문제였다.

그는 콘돔 케이스를 안 보이게 바닥으로 치워버리고는 자신의 아파트로 향했다. 내일은 올바른 일을 하자고 다짐하면서.

14

스텔라는 머릿속에 안개가 낀 듯 멍한 상태로 잠자기 전할 일을 마쳤다. 베개에 머리를 뉘이고 나서야 울음이 터졌다.

다 끝나버렸다. 가족들에게 잘해달라고 그가 부탁했는데 그의 엄마를 울리고 말았으니. 이런 것은 수습이 불가능하다.

마이클에게 사실대로 말하라고 그녀의 본능이 재촉했다. 얼마나 심각한지는 모르겠지만 이제 그도 그녀에게 문제가 있다는 걸 알고 있을 거라고. 그녀가 냄새와 소리와 감촉에 예민하고, 일에 집착하고, 매일 하는 일은 꼭 해야 하고, 대인관계에 서투르다는 걸 알고 있을 거라고. 그것에 붙은 꼬리표, 병명만 모를 뿐.

그래도 동정이 혐오보다는 낫지 않을까? 지금 그는 그녀를 무정하고 무례하지만 괴벽이 있는 보통 사람으로 알고 있다. 병명을 알고 나면 이해심은 늘겠지만 더 이상 그녀를 그의 키스를 좋아하는 서투른 계량 경제학자 스텔라 레인으로 보지는 않을 것이다. 그에게 그녀는 자폐증이 있는 여자가 될 것이다. 격이… 떨어진.

다른 사람들이야 어떻게 생각하든 아무 상관 없었다.

마이클에게는 인정받고 싶었다. 그녀에게 장애가 있다는 것은 사실이지만 그것이 그녀를 규정하진 못했다. 그녀는 스텔라였다. 독특한 개성을 가진 한 사람.

하지만 이 상황을 반전시킬 방법이 없었다. 그를 지킬 방법이 없었다.

그래도 그의 엄마에게 사과는 해야 했다. 이제까지 누구를 울린 적은 없었는데 자괴감마저 들었다. 그의 아버지가 그런 사람이라면, 그의 엄마가 이야기를 피할 만도 했다. 그의 엄마에게 상처를 주고 모든 걸 망치기 전에 알았더라면 좋았겠지만, 이제 그녀가 통제할 수 있는 것은 앞으로의 행동이지 과거가 아니었다.

밤이 깊어가는 동안 그녀는 머릿속에서 사과의 말을 쓰고 고치고 외우기를 반복했다. 태양이 떠올랐을 때 그녀는 침대에서 간신히 몸을 일으켰다. 오늘의 전투를 치를 준비가 돼 있었다.

그녀는 차를 몰고 전날 갔던 쇼핑몰로 가서 '파리 드라이 클리닝 앤 테일러스' 앞에 차를 세웠다. 가게 문을 열자마자 사과를 하고 떠날 생각이었다.

밤새 한숨도 못 자서 머릿속이 흐릿했고 그칠 줄 모르는 불안감 때문에 심장이 아팠다. 손가락은 하도 오랫동안 운전대를 움켜쥔 바람에 관절이 그대로 굳은 것 같았다. 힘에 부쳤다. 어서 끝내고 사무실에 가서 일에 파묻히고 싶었다.

9시 5분 전 '영업 종료'의 불빛이 꺼지고 '영업 중'에 불빛이 켜졌다. 스텔라는 크게 숨을 들이마시면서 두 번째 초콜릿 상자와 연홍색 장미 꽃다발을 집어 들고 차에서 내렸다. 가게 안 카운터 뒤에 제니가 앉아 있었다.

제니는 무릎에 놓은 교과서에서 눈을 들고는 놀란 얼굴로 눈을 깜빡거렸다. 긴장한 입매로 보아 반가운 기색은 아니었다.

"오빠 만나러 온 거 아니에요." 그를 만나는 게 무슨 소용일까? 어차피 끝난 사이인데. 그녀는 꽃다발과 초콜릿을 내밀었다. "어머니께 드리려고 가져왔어요. 어머니 안에 계세요?"

제니의 표정이 부드러워졌다. "네, 계세요."

"어머니와 이야기 좀 나눠도 될까요?"

"뒤쪽에서 일하고 계세요. 제가 안내할게요."

스텔라는 제니를 따라 뒷방으로 가서 초록색 공업용 재봉틀 앞에 멈춰 섰다. 마이클의 엄마는 코끝에 안경을 걸친 채 민첩하고 능숙한 동작으로 재봉틀 노루발 밑으로 부지런히 옷감을 밀어 넣고 있었다.

스텔라의 근육이 팽팽히 긴장하고 심장은 날뛰었다. 감행할 시간이었다. 제발 망치지 말자. 맞는 말만 하자.

제니가 베트남어로 뭐라 말하자 마이클의 어머니가 고개를 들었다. 그녀의 시선이 제니에게서 스텔라에게 날아갔다.

스텔라는 마른침을 삼키고 말문을 열었다. "어젯밤 일 사과드리려고 왔어요. 제가 무례했어요. 저는 사람들과 잘…

188

어울리지를 못해요. 집에 초대해주셔서 고마웠습니다." 스텔라는 꽃다발과 초콜릿을 내밀었다. "이거 가져왔어요. 초콜릿 좋아하시면 좋겠어요."

그의 엄마보다 제니가 먼저 초콜릿 상자를 낚아챘다. "나는 좋아해요."

마이클의 엄마는 꽃다발을 받고 한숨을 쉬었다. "어젯밤에 만들어둔 음식이 많이 남았어요. 우리 집에 다시 들러요."

스텔라는 자기 발을 내려다보았다. 마이클은 오늘 밤 자기 엄마 집에서 그녀를 본다면 기절을 할지도 모른다. "그만 가볼게요. 어젯밤 일은 정말 죄송했어요. 그리고 고마웠습니다."

나가려고 돌아섰을 때 스텔라는 소파에 앉아 있는 마이클의 할머니를 보았다. 자그마한 할머니가 스텔라에게 고개를 끄덕였고, 스텔라는 무릎을 굽히는 것도 같고 고개를 숙이는 것도 같은 어정쩡한 동작을 취하고 나서 그곳을 나왔다.

마이클은 도장 안으로 들어가서 파란 매트가 깔린 바닥 위 다른 두 가방 옆에 더플백을 던졌다.

가운데 있던 선수들이 양편으로 쫙 갈라져 다섯 걸음씩 뒤로 물러서서 왼손으로 목검을 바꿔 들고 고개를 숙였다.

"고양이가 들어왔네." 오른쪽의 선수가 말했다. 콴이었다. 사촌의 얼굴은 호면에 가려져 있었지만 마이클은 목소리와 검은색 도복 위에 새겨진 이름으로 콴이라는 걸 알 수 있었다. 그리고 콴은 키가 그의 남동생보다 살짝 작았다.

카이는 장갑 낀 손을 마이클에게 흔들고 나서 연속 동작인 양 자연스럽게 대련 자세에서 거울 속 자기 자신을 상대로 한 타법 연습에 돌입했다. 빠른 머리치기 열 번, 손목치기 열 번, 가슴치기 열 번. 그것을 다 하더니 처음부터 다시 반복했다. 머리치기 열 번 추가… 카이는 운동을 할 때 운동만 했다. 쉬는 시간은 없었다. 하나에 집중하는 것만큼은 특출났다. 마이클은 카이를 보고 스텔라가 생각나서 무거운 한숨을 내쉬었다.

"너 원래 토요일엔 안 나오잖아. 웬일이야?" 콴이 물었다.

"대련이나 좀 할까 하고." 마이클이 한쪽 귀를 잡아당기면서 말했다. 금요일 밤에 일을 치르고 나면 사람들과 부대끼기 싫어서 토요일은 달리기와 웨이트 운동을 하면서 혼자 보내곤 했는데, 오늘은 그러고 싶지 않았다. 혼자 있다가는 내내 스텔라 생각만 할 게 분명했다. 어젯밤부터 지금까지도 고민이 끊이지 않았지만 그녀에게 상처를 주지 않고 관계를 끝낼 묘안이 없었다. 그래도 끝내야 했다. 그것도 조만간. 대련을 마치고 나서 그녀에게 전화를 걸어 약속을 잡아야 했다. 얼굴을 마주하는 것이 최선이었다.

"그럼 장비 차." 콴이 말했다. "한 시간 뒤 수업 시작한다. 오늘은 사범님이 안 계셔서 찌질이가 수업 진행한다. 꼬맹이들은 너희들끼리 해."

승부욕을 분출하기에 완벽한 상황이었다. 아이들이 목검을 휘두르니 무서웠다. 작은 아이들이 덜 위험할 거라 생각하기 쉽지만 실제로는 가장 위험하다. 아이들은 폭풍처럼 도장 안을 휘저으며 본의 아니게 검도복 밑을 치거나 고환을 찔러댔다. 그것밖에 할 줄 아는 게 없었다. 그 모습이 사람들 속에 있는 스텔라와 비슷했다.

카이와도 비슷했다.

마이클은 장비를 착용하는 동안 카이한테서 시선을 떼지 못했다. 카이는 기계적으로 한 번에 열 번씩 치기 연습을 했다. 항상 같은 횟수였고 동일한 순서였다. 마이클은 스텔라가 검도를 한다면 저렇게 하겠구나 생각했다. 어젯밤 일로 인해 스텔라와 카이 사이의 유사성이 더 크게 부각됐다. 카이도 예민한 화제에서 본의 아니게 실수를 저질렀다. 환장하게 솔직하고 이상한 방식으로 창의적이었다. 그리고 또…

마이클은 문득 의심이 들어 콴에게 시선을 돌렸다. "너 스텔라가 카이랑 비슷하지 않냐고 저번에 나한테 물었잖아."

콴은 머리 뒤쪽의 끈을 풀고 호면을 벗었다. 짙은 색 눈동자가 마이클을 빤히 쳐다보았다. "응, 그랬었지."

"스텔라한테 뭐 들은 얘기 있어? 내가 알아야 할 얘기라든가?" 클럽에 간 날이 생각났다. 그가 클럽 바깥으로 나갔을 때 두 사람은 무슨 이야기를 나누다가 멈춘 것 같았다.

"과민반응에 인한 과호흡이 가라앉았을 때, 응, 했지. 나한테 무슨 말을 하긴 했어." 콴이 말했다.

"스텔라가 과호흡 증상이 왔었다고?" 그는 자기도 모르게 물었다. 가슴이 철렁하고 식은땀이 났다. 그것도 모르고 그녀가 힘들 때 곁에 없었다니 난 대체 왜 이 모양일까? 그녀 옆에는 내가 있어야 했어. 콴이 아니라.

"사람이 너무 많았어, 마이클. 소음도 너무 심하고, 불빛도 너무 현란했어. 그 여자를 거기 데려가면 안 되는 거였어."

그 순간 모든 조각이 맞춰졌다. "자폐증이구나."

"실망했냐?" 콴이 고개를 기울이며 물었다.

"아니." 목소리가 거칠게 나왔다. 그는 목청을 가다듬고 나서 말을 이었다. "본인이 나한테 말을 해줬으면 좋았을걸." 왜 그녀는 말을 하지 않았을까? 왜 그가 클럽에 가자고 주장했을 때 거절하지 않았을까? 어떤 일을 겪게 될지 알았을 텐데.

어젯밤도 마찬가지였다. 아주 생지옥이었을 것이다. 텔레비전은 꽝꽝거리고, 피아노 소리에, 누이들은 고함을 지르고, 모든 것이 생소하고…

"그 여자는 네가 자기를 좋아해주기를 바라는 거 같았어."

그 말에 마이클은 배를 걷어차인 것 같았다. 그는 그녀를 진심으로 좋아했고, 새로운 사실을 알게 된 지금에도 여전히 그녀를 좋아했다. 그녀는 여전히 똑같은 사람이었다. 그가 그녀를 더 잘 알게 됐다는 것만 달라졌을 뿐.

의식의 차원에선 이제야 드러난 사실이지만, 그의 무의식은 짐작하던 바였다. 그는 카이와 함께 성장했기 때문에 그녀를 어떻게 대해야 할지 알고 있었다. 깊게 생각할 필요도 없었다. 어쩌면 그래서 그녀가 다른 사람과는 못 하는데 그와 함께 있을 때 긴장을 풀 수 있는지도 몰랐다…

이상한 느낌이 그를 덮쳤다. 온몸의 근육이 긴장하고 머리카락이 곤두섰다. 그렇다면 관계를 끝낼 필요가 없었다.

그녀의 제안을 받아들이는 것은 그녀를 이용하는 게 아니었다. 그녀는 자폐증이기 때문에 진지한 관계를 맺기 전에 관계 훈련을 하는 것이 정말 필요할지도 몰랐다. 그녀의 훈련 상대로 그는 적임자였다. 그라면 그녀를 도울 수 있었다.

5만 달러를 모두 받아야 할까. 생각해보니 한 푼도 받을 필요가 없었다. 그에게는 신용카드가 있었다. 다음 달 모자란 돈은 그걸로 변통하면 된다. 경제적인 동기 없이 그녀를 도와준다면 그는 아버지와 다르다는 걸 증명하게 될 것이다.

그는 도복을 홱 벗어서 바닥에 아무렇게나 팽개쳤다. "대신 좀 치워주라. 가봐야 할 데가 있어."

스텔라는 삑삑대는 전화벨 소리에 데이터의 세상에서 현실로 끌려나왔다. 사무실이 모습을 드러냈다. 책상, 명령 프롬프트, 그녀가 짜놓은 영리한 코드, 창문, 그것들을 둘러싼 어둠.

휴대폰의 알림이 울렸다. 저녁 시간이었다.

그녀는 책상 서랍을 열고 단백질 바를 꺼냈다. 그녀가 저녁을 단백질 바 하나로 때우는 걸 어머니가 보았다면 화를 냈겠지만 그녀는 개의치 않았다. 그냥 일만 하고 싶었다.

그녀는 단백질 바를 종이 씹듯 아무 생각 없이 씹으면서 알고리즘을 조금 조정하고 다듬었다. 괜찮았다. 최고 솜씨를 발휘한 것도 같았다.

휴대폰이 진동하더니 화면이 밝아지면서 마이클의 메시지가 떴다. 토요일 오후 6시인데 3층 불 켜진 곳이 당신 사무실이야?

그녀는 단백질 바를 내려놓고 창밖을 내다보려 일어섰다. 익숙한 형상이 주차장 가로등에 기대어 있었다. 그녀는 얼른 시야 밖으로 물러났다. 너무 창피해서 모습을 보일 수가 없었다.

그녀의 휴대폰이 다시 진동하며 문자가 들어왔다. 진정해. 우리 얘기 좀 해.

그녀는 의자에 몸을 기댔다. 올 게 왔다. 그가 끝내러 온 것이다. 그녀는 엄지손가락으로 떨면서 짧게 답장을 썼다. 그냥 문자로 말해.

난 당신 얼굴 보고 말하고 싶어.

그녀는 휴대폰을 책상에 던져버리고 팔짱을 꼈다. 피곤하고 수치스러웠다. 거래가 깨지는 현장을 꼭 지켜봐야 할 이유가 있을까. 아니면 내게 하고 싶은 말이 더 남은 걸까? 내가 잘못한 게 더 있는 걸까?

그의 엄마에게 사과한 게 잘못된 걸까? 부담스럽고 주제넘은 짓이었을까? 왜 나는 제대로 하는 게 하나도 없을까?

그녀는 두 손으로 머리카락을 쓸어 넘기면서 호흡을 가라앉히려 노력했다. 사과한 걸 사과해야 할까?

휴대폰이 다시 진동했다. 그녀는 문자를 읽지 않으려고 떨리는 손끝으로 휴대폰을 엎어버렸다. 당신이 내려올 때까지 계속 여기 있을 거야.

그녀는 관자놀이를 문질렀다. 머릿속이 쿵쿵 울렸고, 땀이 밴 옷이 몸에 들러붙었다. 집에 가서 씻고 싶었다.

차라리 그냥 끝내버리는 게 낫겠어.

그녀는 한 입 베어 먹은 단백질 바를 쓰레기통에 던져 넣고는 작업한 것을 저장한 뒤 컴퓨터의 전원을 껐다. 그리고 가방을 어깨에 둘러메고 전등을 끈 뒤 사무실을 나갔다.

텅 빈 복도와 바닥에 불이 밝혀진 칸막이들은 평소 그녀에게 편안함을 주지만 오늘 밤은 쓸쓸하고 슬프게 다가왔다. 엘리베이터를 향해 걸어갈 때 이 감정이 사라지려면 얼마나 걸릴까 하는 생각이 들었다. 일주일? 한 달? 모든 것이 평상시로… 마이클을 만나기 전으로 돌아가기를 바랐다. 이렇게 감정이 널뛰듯하니 힘들었다.

대리석에 닿는 그녀의 하이힐 소리가 또각또각 안내 데스크 공간에 울려 퍼졌다. 그녀는 간신히 앞문을 열고 밖으로 나갔다.

마이클이 가로등에서 떨어져 두 손을 주머니에 넣었는데, 가로등 불빛 속에서 언제나 그렇듯 멋져 보였다. "안녕, 스텔라."

"안녕, 마이클." 가슴이 조여들고 아파왔다. 그녀는 손가락으로 허벅지를 톡톡 두드리다가 그가 그걸 보고 있다는 걸 알아채고 주먹을 쥐었다.

"당신이 가게에 들렀다고 엄마한테 들었어."

그것 때문에 왔구나. 역시 거기 간 게 잘못이었어. 그녀는 가슴이 철렁 내려앉고 얼굴은 울상이 되어갔다. 그녀는 애써 표정을 관리했다. "그러면 안 되는 거였는데 미안해. 내가 어머니에게 상처준 걸 알고 나니 견딜 수가 없었어. 일부러 그러는 건 아닌데 늘 사람들에게 상처를 주게 돼. 바로잡으려 노력하는 중이지만 너무 복잡해서 그냥… 그냥… 그냥…"

그가 그녀를 향해 다가왔고 그들의 거리는 팔을 뻗으면 닿을 만큼 좁혀졌다. "무슨 말을 하는 거야?"

그녀는 자기 신발을 내려다보았다. 너무 피곤했다. 언제 이 상황을 끝내고 집에 가서 잠을 청할 수 있을까? "당신 화났구나. 내가 당신 엄마를 보러 가서. 내가 주제넘었어."

"그렇지 않아."

그녀는 고개를 들었다. 그가 슬픈 눈으로 그녀를 바라보고 있었다. "그렇다면… 난 모르겠어."

"나 당신의 훈련 남친인데, 여기 오면 안 되는 거야? 늦은 시각이잖아."

그녀는 놀라 숨을 들이켰다. "내가 당신 엄마한테 그런 말을 했는데도 내 관계 훈련 상대를 하겠다고?"

"물론. 우리 집안이 좀 복잡해. 내가 미리 일러뒀어야 했어. 미처 생각 못 해서 미안해."

그가 한 팔을 그녀의 허리에 두르고 가까이 끌어당겼을 때 그녀는 너무 놀라 말문이 막혔다. 이 남자, 지금 나한테 사과하는 거야?

"괜찮아? 기절할 것처럼 보여."

그녀는 그가 가까이 있는데 무얼 어떡해야 할지 몰라 긴장이 됐다. "괜찮아. 걱정 마."

"마지막으로 식사한 게 언제야?"

"기억이 잘… 아, 당신이 문자 보내기 직전에 뭘 먹긴 했어."

"뭔데?"

그녀는 말하지 않기로 했다. 까딱하면 그가 그녀의 어머니처럼 굴면서 나무랄지도 몰랐다.

그는 손가락으로 그녀를 쓰다듬고 나서 손바닥으로 그녀의 얼굴을 감싸쥐고는 그녀의 고개를 뒤로 젖혔다. 나비처럼 가벼운 키스가 그녀의 입술을 간지럽혔다.

"초콜릿 냄새가 나네. 저녁으로 초콜릿 먹었어, 스텔라?"

"초콜릿은 아니야. 단백질 바. 안에 비타민이랑 여러 가지가 들었어."

"나랑 같이 가자. 아무 말 말고. 내가 배불리 먹여줄게." 그는 그녀를 데리고 그녀의 차로 걸어갔다. 차는 멀지 않은 곳에 주차돼 있었는데, 차에 도착했을 때 그녀는 너무 지쳐 항의할 힘도 없었다.

그들은 그녀의 가방에서 키를 찾아서 문을 열었고 그녀는 조수석에 앉았다. 그녀가 안전벨트를 더듬더듬 찾는데 그가 능숙한 동작으로 그것을 잡아 채웠다. 그는 반대편으로 올라타서 차를 주차장에서 빼냈다.

움직이는 차 안에서 스텔라는 나른하게 졸다가 몇 분 뒤 그가 시내를 빠져나와 고속도로를 건너가고 있다는 걸 알아차렸다. "우리 어디 가는 거야?"

"우리 엄마 집에 다시 가고 있어."

아드레날린이 활활 타올라 스텔라의 머릿속에서 졸음

을 몰아냈다. 그녀는 정신이 번쩍 나서 똑바로 앉았다. "어? 왜?"

"거기 먹을거리 많아. 어젯밤에 엄마가 시켜서 백 명은 먹을 만한 음식을 만들어놨거든."

그녀는 안경을 고쳐 썼다. 심장이 뛰쳐나올 것처럼 날뛰기 시작했다. "그냥 집에 가고 싶어."

"집에 먹을 거 있어?"

"요거트. 그거 먹을게. 약속해."

그는 고개를 저으면서 한숨을 푹 내쉬었다. "우리 집에서 얼른 밥만 먹어. 그러고 나서 내가 집에 데려다줄게."

그녀가 적당히 빠져나갈 말을 찾기 전에 그는 차를 몰아 작은 회색 집의 진입로로 들어갔다. 그가 차 문을 열었을 때 어제 들었던 음악이 바람결에 희미하게 실려 왔다. 그녀는 안전벨트를 구명줄처럼 움켜쥐었다.

"오늘 밤엔 텔레비전 소리 못 견딜 거 같아." 그녀가 고통스럽게 속삭이며 고백했다. 어젯밤 이후 그녀의 인내심은 바닥난 상태였다. 자칫 이대로 무너져 모두를 놀라게 만들 수도 있었다. 그러면 마이클은 거래에 대한 생각을 바꿀지도 모른다. 그가 거래를 취소하지 않겠다고 말했지만 아직 안심할 수 없었다. 그가 그녀 앞에서 살얼음판을 걷듯 행동하게 되는 것은 더 싫었다.

"잠깐 있어봐." 그는 주머니에서 휴대폰을 꺼내 화면에 뭔가를 입력했다.

잠시 후 음악이 멈췄다.

"끄라고 한 거야? 어머니와 할머니가 텔레비전을 못 보시면 불편하실 텐데?" 그녀는 창피해서 온몸이 달아올랐다. 사람들이 그녀를 위해 뭔가를 바꿔야 하는 게 수치스러웠다.

그가 그녀에게 묘한 표정을 지었다. "그냥 텔레비전인데, 뭐."

"사람들이 나 때문에 다르게 행동해야 하는 게 난 편치 않아."

"우린 괜찮다니까." 그는 그녀 옆으로 가서 문을 열고 손을 내밀었다. "들어갈까?"

스텔라의 작은 손이 마이클의 손바닥에 닿았을 때 그의 울렁거리던 속은 조금 진정됐지만 죄책감과 슬픔은 여전히 그를 괴롭혔다.

그녀는 안색이 좋지 않았다. 뒤로 넘겨 묶은 머리채는 비딱했고 어지럽게 삐져나온 머리카락이 해쓱한 얼굴을 뒤덮고 있었다. 평소 초롱초롱하고 표정이 풍부하던 눈도 흐릿한데다 부어올랐고 그늘이 져 있었다. 그는 그녀가 얼마나 울었으면 이렇게 됐을까 싶어서 가슴이 아팠다. 내가 이 여자를 울렸구나.

그가 아는 스텔라가 아니었다.

땀으로 축축한 손바닥은 스텔라다웠다. 그는 그녀의 손을 살며시 움켜쥐었다가 그녀를 현관 포치로 이끌었다.

그가 문을 열고 들어가려 하자 그녀는 굳은 몸으로 버티고 섰다. "뭐든 가져온다는 걸 깜빡했어. 구글에서는 뭔가를 가져가야 한대. 내가 가서…"

"괜찮아, 스텔라." 그는 한 팔을 그녀에 허리에 감고 집 안으로 데리고 들어갔다.

그녀는 통로 안쪽에서 눈을 꼭 감고 숨을 들이켰다. 그녀가 침묵을 흡수하는 게 보이는 듯했고 긴장을 푸는 것이 그의 팔에 느껴졌다.

"뭔가 거슬리면 언제든 나한테 말해, 알았지? 어젯밤 텔레비전이라든가… 지난주 클럽이라든가."

그녀는 눈을 떴지만 그를 보지 않고 옆쪽을 멍하니 바라보다가 별안간 다시 긴장했다. "콴이 무슨 말을 했구나?"

마이클은 선뜻 대답하지 못했다. 그가 모르고 있길 그녀가 간절히 바란다는 직감이 들어서 싫지만 아버지에게 배운 것을 써먹기로 했다. 그는 거짓말을 했다. "거긴 시끄럽고 사람들도 많아서 힘들었을 거야. 왜 나한테 말을 안 했어? 말해줬으면 좋았을 텐데."

"말했잖아, 난 사람들이 나 때문에 평소와 다르게 행동해야 하는 걸 좋아하지 않는다고."

"다르게 행동해야 할 때도 있는 거야." 그가 발끈해서 말했다. 그녀에게 상처를 주거나 불편하게 만들고 싶지 않았다.

"이 오렌지는 왜 여기 있어?" 그녀가 현관 탁자 위 향로와 불상 옆에 있는 오렌지 접시를 가리키며 물었다.

"말 돌리지 말고."

그녀가 한숨을 쉬었다. "알았어. 창피해서 그래. 많이."

그래서 그렇게 자신을 학대한 거였어? 자신이 다르다는

걸 인정하는 게 창피해서… 그는 마음이 누그러져서 그녀의 손을 잡아 꼭 쥐었다.

"이제 오렌지 이야기 해줄래?"

그는 그녀의 단순함에 미소를 지었다. "죽은 자들에게 바치는 거야. 죽고 나서도 배는 고플 테니까." 그는 불편한 마음으로 어깨를 으쓱거리며 말했다. 과학적으로 사고하는 그녀에게는 바보짓처럼 보일 게 분명했다. 그도 못마땅했지만 느과이와 엄마가 좋아하는 일이라 어쩔 수 없었다.

옅은 미소가 그녀의 입가에 떠올랐다. "그들에게 다른 음식도 줘? 나라면 과일은 매일 먹어서 물렸을 거야. 초콜릿은 어떨까?"

그가 웃음을 터뜨렸다. "오늘 초콜릿 많이 먹었잖아."

"그들에게 바친 과일은 나중에 어떻게 해? 죽은 자가 실제로 나타나서 먹지는 않을 텐데…"

"우리가 먹지. 얼마나 두는지는 잘 모르지만 적어도 하루는 놔두는 것 같아."

"흠." 그녀는 불상을 살펴보다가 뒤쪽을 보려고 고개를 기울였다. 표정으로 보아 매료된 것 같았다. 그는 그녀가 무술 영화와 드라마피버(아시아 드라마 스트리밍 서비스 사이트-옮긴이)를 좋아한다는 사실이 생각났다. 그녀는 우쭐해하지도 지루해하지도 거들먹거리지도 않았다. 그의 아버지와는 달랐다.

"혹시 아시아 드라마 촬영장에 온 기분인 거야? 그래서 그런 거야?" 그가 물었다.

"여기가 더 좋지. 여기는 진짜 삶의 현장이잖아." 그녀가 불상 뒤에 숨겨진 향갑을 가리켰다. "하나 붙여도 돼? 어떻게 하는지 알려줄래? 늘 해보고 싶었어."

그는 뒷목을 문질렀다. "사실 나도 방법을 잘 몰라. 불을 붙이고 고개를 숙이고 하는 건데, 순서가 기억이 안 나. 어릴 때 내가 안 하겠다고 해서 느과이가 더는 시키지 않았거든."

"오래 걸릴까?" 그녀가 인상을 쓰며 물었다.

그의 입꼬리가 멋쩍게 살짝 올라갔다. "아니, 그건 아닐걸. 이제 엄마와 할머니에게 가서 인사드리자. 내가 먹을 거 차려줄게. 알았지?"

"그래."

그녀는 그를 따라 식당을 지나 부엌으로 들어갔다. 소피와 에비가 쌀국수를 담고 채썬 박하와 상추, 볶은 소고기를 큰 그릇들에 나눠 담고 있었는데, 서로 말을 섞는 것이 서먹하게 보였다. 어제는 서로 원수였다가 오늘은 절친 노릇을 하려니 그럴 만도 했다. 느과이와 그의 엄마는 평소 식사를 하는 자리에 앉아서—공식적인 식탁은 그냥 눈요깃감이었다—수북이 쌓인 망고를 썰고 있었다. 느과이는 가장 좋아하는 검은색 니트 카디건을, 그의 엄마는 크리스마스 시즌도 아닌데 크리스마스 스웨터를 입고 있었다.

"안녕, 느과이, 메." 마이클이 말했다.

그의 엄마가 그에게 고개를 끄덕인 뒤 스텔라를 바라보았다. "어서 와요. 저녁 금방 돼요. 앉아서 먹어봐요, 응?"

스텔라는 미소를 지었지만 그의 손을 잡은 손에 힘을 잔뜩 주었다. "그럴게요. 고맙습니다. 맛있어 보여요."

"애 둘은 소피랑 에비야. 쌍둥이는 아니고." 마이클은 스텔라를 부엌의 아일랜드 식탁으로 데려가면서 말했다. 식탁에는 온갖 음식들이 즐비했는데 모두 새로 장만한 파이렉스 그릇에 담겨 있었다. "소피, 머리에 빨간 부분 염색을 한 쟤는 인테리어 디자이너고, 에비는 물리치료사야."

"안녕, 스텔라." 그들이 동시에 말했다. 엄마한테서 스텔라가 사과한 이야기를 들었는지 다시 잘해보자는 분위기였다.

스텔라가 손을 살짝 흔들었다. "안녕하세요."

"앤지 집에 있어?" 마이클이 물었다.

"아니. 일이 많대." 에비가 말했다.

"토요일인데." 소피가 냉소적으로 덧붙였다.

"왜냐하면 사람들이 일을 하니까…"

"토요일에도…"

"걘 꼭 그래."

자매는 서로를 보고 알 만하다는 눈빛을 교환했다.

마이클이 스텔라의 귀에 속삭였다. "애들은 어릴 때부터 서로의 말을 대신 해. 외계인이 따로 없다니까."

스텔라의 입술이 들썩거리며 미소를 지었다. 그녀가 그에게 몸을 기댔다. 그는 부끄럼을 타는 그녀가 안쓰러웠다. 우리 가족은 그녀에게 버거울 것이다. 다 모인 것도 아닌데. 그는 그녀를 감싼 두 손에 힘을 주고 그녀에게 키스하고 싶은 걸 참았다. 안식처를 찾듯 마이클에게 의지하는 스텔라의 모습은 스스로도 몰랐던 그의 원초적 욕구를 충족시켜주었다.

그가 목청을 가다듬고 물었다. "제니와 매디는 어디 있어?"

"위층에서 숙제해. 배고프면 내려오겠지. 둘 다 곧 시험이래."

"걔들이 막내야." 그가 스텔라에게 설명했다. "매디가 가장 어려. 산호세 주립대 2학년."

"이름들을 다 잊어버릴 것 같아." 그녀는 걱정스러운 표정을 지었다. 마이클은 애틋한 감정을 느꼈다. 그걸 왜 걱정하지? 그녀에게 그리 특별한 사람들도 아닐 텐데? 그저 그의 가족일 뿐인데.

"괜찮아. 나도 잊곤 하는데, 뭐."

"웃겨 죽겠네, 마이클." 에비가 어이없다는 얼굴로 말했다. "그래도 나는 기억하는 게 좋을걸. 나는 물리치료사니까. 수근관 증후군이라도 걸리면 날 찾아와. 자세가 제일 중요해."

"차라리 의사가 되지 그러니, 응?" 그의 엄마가 열 번째 망고 껍질을 벗기면서 물었다. "난 가족 중에 닥터가 하나 있었으면 좋겠는데, 너희들 중 아무도 내 소원을 이뤄주지 않는구나."

"스텔라는 닥터예요." 마이클이 활짝 웃는 얼굴로 말했다.

그녀의 눈이 큰 단추처럼 동그래졌다. "아니, 난 아니야."

"맞지, 뭐. 박사 학위가 있으니까. 그것도 닥터잖아. 미국에서 경제학으로는 최고인 시카고 대학 출신. 우등 졸업생."

그가 예상한 그대로 그의 엄마가 반색을 하며 관심을 보였다. "그것참 대단하구나."

스텔라는 얼굴을 붉혔고, 그 덕에 창백한 뺨에 혈색이 돌았다. "그걸 어떻게…"

"구글로 스토킹 좀 했지."

그녀의 눈이 그의 눈을 찾았다. 그녀의 입가에 놀라움과 웃음기가 돌았다. "날 스토킹한 거야?"

그가 어깨를 으쓱거렸다. 이제 어색함은 그의 몫이었다.

"자, 사랑꾼들, 저녁 다 됐어요. 와서 드시죠." 소피가 말했다. 그리고 가위로 짧게 자른 쌀국수와 아주 얇게 저민 고기가 가득한 그릇을 느과이 앞에 내려놓고 아기에게 하듯 할머니에게 입을 맞추었다.

그들은 다같이 식탁에 둘러앉았다. 마이클이 가만히 지켜보니 스텔라는 소피가 쌀국수를 먹으려고 준비하는 동작을 그대로 모방해서 칠리 소스, 초절임 무와 당근, 숙주나물, 피시 소스를 국수와 채소, 소고기가 든 그릇 안에 넣었다.

"이거 먹어본 적 있어?" 그가 물었다.

그녀는 얼떨떨한 얼굴로 고개를 저으면서 모든 걸 섞고 나서 한입 먹었다. 눈이 커다래지더니 입을 가리면서 활짝 웃었다. "요리 솜씨가 좋네요."

"마이클이 손재주가 좋지." 그의 엄마가 자랑스레 고개를 끄덕이며 말했다.

소피가 못 말린다는 표정을 짓고는 의미심장하게 큭큭 웃고 나서 스텔라에게 물었다. "정말 그래요? 마이클 오빠가 정말 '손재주가 좋아요?'"

그의 엄마가 소피에게 인상을 썼지만 스텔라는 그냥 웃는 얼굴로 고개를 끄덕였다. "그런 것 같아요."

소피가 눈썹을 추켜올리며 마이클에게 '이분 진심이야?' 하는 표정을 지었다.

저녁을 먹는 동안 마이클은 최근에 알게 된 사실과 그것에 근거한 새로운 시각으로 스텔라를 관찰했다. 단둘이 있을 때는 몰랐는데 이제 보니 그녀는 눈 맞추는 걸 어려워했다. 누군가 직접적으로 묻지 않으면 좀체 말을 하지 않았고 질문에 대답을 할 때도 핵심만 간단히 말했다. 하지만 남의 말에 귀를 기울였고 복잡한 경제학 문제를 다루듯 집중했다. 한 마디 한 마디가 대단히 중요한 것처럼 인상을 쓴 채 모든 말에 매달렸다.

이들은 그에게 중요한 사람들이니 자기에게도 중요한 사람들이라는 것처럼.

"어디서 자랐어요, 스텔라?" 그들이 쌀국수를 다 먹고 망고를 먹기 시작했을 때 그의 엄마가 물었다.

"애서턴. 부모님은 아직 거기 살고 계세요." 스텔라가 말했다.

캘리포니아에서 가장 부유한 동네가 거론되자 그의 엄마는 눈썹이 쓱 올라갔다. "아기 좋아해요?"

마이클은 하마터면 과일을 떨어뜨릴 뻔했다. 어찌나 놀랐는지 말이 퉁명스럽게 나왔다. "메."

그의 엄마는 내가 뭘, 하듯 어깨를 으쓱거렸다.

"대답 안 해도 돼." 그가 스텔라에게 말했다.

그녀는 내 눈엔 너만 보여 하는 얼굴로 그와 눈을 마주쳤다. 긴장하지 않았지만 집중한 얼굴이었다. 그녀의 아름다운 마음이 그를 향해 있었다. 마이클은 반하지 않을 수 없었다.

스텔라가 한쪽 어깨를 올렸다. "아기를 좋아하는지는 모르겠어요. 아기는 별로 많이 접해보질 않았거든요. 부모님은 손주를 원하시지만. 특히 어머니가 그러세요."

"그래서 어머니가 계속 당신에게 남자를 소개시켜주시는군." 마이클이 말했다.

스텔라가 고개를 끄덕였다. "그런가봐."

"참견쟁이 엄마들."

그의 말에 스텔라의 입꼬리가 올라가며 미소가 피어났고 눈빛이 반짝거렸다. 그 순간 그는 방금까지 무슨 말을 나누었는지 싹 잊어버렸다. 지금 당장 그녀에게 키스하지 못한다면 미쳐버릴 것 같았다.

"내 나이가 되면." 그의 엄마가 팔짱을 끼고 말했다. "아기들하고 놀고 싶지. 자연스러운 거야."

소피가 벌떡 일어났다. "나 설거지하는 거 도와줄래요, 스텔라?"

"네, 얼마든지." 스텔라가 말했다. "특별히 선호하는 방식 있어요?"

"그냥 닥치는 대로 씻는 거요."

에비가 식탁을 치우는 동안 소피와 스텔라는 그릇들을 개수대에 쌓았다. 그의 엄마와 느과이는 진지한 표정으로 마이클을 쳐다보았다. 그는 무슨 일일까 불안해 마음을 단단히 먹었다.

"오늘 가게에서 난 얘가 마음에 쏙 들었어. 잘못을 인정하는 건 중요한 일이야. 이 여자랑 꼭 사귀어라." 메가 베트남어로 말했다.

그는 머리를 절레절레 흔들고는 입을 꾹 다물었다. "그게 말처럼 쉬운 게 아니에요."

"왜?"

"우린 너무 달라요. 엄청 똑똑하고 돈도 많이 버는 여자라구요."

"너도 똑똑해." 엄마가 주장했다.

그는 답답하다는 표정을 지었다.

"넌 네 아버지의 기대에는 못 미쳤지만, 그렇다고 해서 네가 똑똑하지 않은 건 아니야. 네가 잘 풀리지 않는 건 가게에서 내 일을 돕느라 바빠서 그런 거고. 더 이상 네 도움은 필요 없다고 이미 말했잖니. 넌 나 때문에 수많은 기회를 놓쳤어. 네가 그러지 않았으면 좋겠다, 마이클. 네가 이 여자를 놓치는 것도 싫어. 좋은 여자야. 얘랑 잘해봐."

"글쎄, 간단한 문제가 아니라구요."

"아니긴. 얘도 널 좋아하잖아. 너도 얠 좋아하고."

그가 자제력이 부족했다면 어머니에게 남편과 관계가 어땠는지 지적했겠지만 그것은 반칙이나 다름없었다. 아버지는 어머니를 사랑했다… 자기만의 방식으로. 하지만 아버지는 다른 여자들도 사랑했다. 어째서 어머니는 오매불망 아버지가 돌아오기를 바라는지 마이클은 이해할 수 없었다.

"노력한다고 약속해라, 응? 난 이번 여자가 마음에 들어."

엄마가 말했다.

마이클은 하마터면 실소를 터뜨릴 뻔했다. 이제까지 집에 데려온 그 많은 여자들 중에 하필 가질 수 없는 여자를 마음에 들어하다니. 하필 고객을. 부유하고 교육 수준이 대단히 높으며 아름답기까지 한, 그에게 비용을 지불하고 더 나은 남자를 사귈 방법을 배우려는 고객을.

"설거지하는 게 마음에 들어 그러는 거 알아요."

마이클은 자기 엄마가 어떨 때 감동하는지 알고 있었다. 요리는 중요하지 않았다. 관건은 청소와 설거지였다. 당신 아들이 요리를 하는데 설거지까지 해서는 안 되니까. 이유야 어떻든 이 집안 여자들은 아무도 요리를 하지 않았고 그 바람에 그는 살아남기 위해서 요리하는 법을 배웠다.

"앤 집안일도 마다하지 않아." 엄마가 말했다. "그게 중요한 거야."

"음음음음음." 느과이가 동의했다.

잠시 세 사람은 스텔라가 그릇을 씻어서 소피에게 말리라고 건네는 모습을 바라보았다. 그녀는 소매를 걷어붙인 채 설거지에 열중하다가 정신없는 얼굴로 소피의 말에 귀를 기울이고 미소를 지으면서 이야기를 나누었다.

"쟤 그만 집에 데려다줘." 느과이가 말했다. "피곤해 보인다."

그의 엄마가 고개를 끄덕였다. "그만 집에 데려다줘라."

마이클은 자리에서 일어나 두 팔로 스텔라의 허리를 감았다. 그가 참지 못하고 그녀의 목에 입술을 대고 쓸자 그녀는 몸을 떨었다. 비누 거품이 묻은 수세미가 허공에서 멈추었고, 스텔라는 혼란스러워 어깨 너머로 그를 돌아보았다. 그가 한 손으로 그녀의 섬세한 팔뚝을 쓰다듬고는 수세미를 빼앗았다. 그리고 그녀를 앞에 세워두고 프라이팬과 나머지 접시들을 마저 씻으면서 때때로 설거지 동작을 멈추고 그녀의 귀와 목, 턱에 키스했다.

소피는 마이클에게서 마지막 소쿠리를 받아들면서—그는 엄마에게 소쿠리는 절대 전자레인지에 넣지 않겠다는 다짐을 받아두었다—'방에 가서 해' 하는 눈초리로 그를 흘겨보았는데 뭔가 건조하고 신랄한 말을 하고 싶어 입이 근질거리지만 스텔라가 당황할까봐 꾹 참고 있는 티가 역력했다.

스텔라는 무거운 눈꺼풀을 간신히 뜨고 개수대의 타일을 손톱으로 긁으면서 그에게 반응하지 않으려고 부질없이 애를 썼다.

"집에 갈 준비됐어?" 그가 속삭였다.

그녀가 고개를 끄덕였다.

두 사람은 인사를 하고 스텔라의 차에 올랐다. 그가 테슬라의 시동 버튼을 눌렀다.

스텔라가 안전벨트를 채우려는데 그가 물었다. "동거하거나 자주 만나는 거에 대해 어떻게 생각해?"

"진지하게 사귀는 커플들은 대부분 그렇게 하지?"

"같이 살거나 매일 만나지. 당신도 그러고 싶지 않아?" 내 입에서 이런 말이 나오다니. 기분이 이상했다. 어른이 되고 나서 줄곧 피해왔던 것들이지만 스텔라와 함께라면 감수할 생각이 있었다. 물론 그녀도 원한다면.

그녀는 자기 어깨에 뺨을 비볐다. "난 좋아. 우리 집에 손님방이 하나 있으니까 당신이 써. 하지만 나랑 같이 사는 게 불편하다고 해도 이해해. 모든 커플들이 한집에 사는 건 아니잖아."

"내가 침대를 같이 쓰자고 한다면, 스텔라?" 그가 낮은 목소리로 물었다.

그는 어떻게든 그녀를 돕고 싶었고 자기는 아버지와 다르다는 것을 증명하고 싶었지만 섹스가 배제된 상황에서 과연 그것이 가능할지 자신이 없었다. 그녀를 너무나 원했다. 게다가 그녀가 가진 문제는 대부분 자신감 부족이 원인이었고 그것을 교정하는 장소로 침대보다 나은 곳은 없었다.

"그러지 않아도 돼." 그녀가 말했다.

"물어본 거 아니야. 안 그래도 된다는 거 나도 아니까."

그녀는 조수석 차창 밖을 내다보면서 말했다. "당신이 원하면 내 침대는 언제든 당신에게 열려 있어. 하지만 내 기술이 어떤 수준인지 당신도 잘 알 거야. 함께 보낸 그날 밤 이후 전혀 진전이 없거든."

그 말에 그는 미소를 지었다. 그녀는 그를 만족시키지 못할까봐 걱정하는 눈치였다. 그의 고객들은 이런 걸 걱정하지 않았다.

"이제 거래를 마무리하자."

"아, 그렇게 해." 그녀는 허벅지 밑에 두었던 손을 빼서 그에게 내밀었다.

"이제부터 우리 관계 훈련을 하는 거야. 키스부터 해보자."

그녀는 놀라 입술을 벌린 채 그에게 시선을 고정했다. 초대는 그것으로 충분했다. 그는 두 좌석 사이에 자리한 분리대 너머로 몸을 기울여 그녀에게 키스했다. 천천히 달구는 유혹적인 키스를 하려고 했지만 그녀가 내쉰 한숨에 그는 모든 걸 놓아버렸다. 그의 굶주린 혀가 그녀의 입을 애무했다. 그녀의 손이 그의 머리카락을 움켜쥐었다가 그의 가슴과 복부로 내려가 청바지 속으로 들어갔다. 그래, 이거야. 드디어 그들은 수업 계획서로 돌아가고 있었다.

손가락 관절이 운전석 창문을 두드렸다. 누군가가 두서없는 말들을 웅얼웅얼 지껄였다.

그는 자기 자리로 돌아가 창문을 내렸다.

소피가 팔짱을 낀 채 맨발로 보도를 톡톡 두드리다가 몸을 숙이고 실눈을 뜨더니 그에게 입 모양으로 '변태' 하고 말했다. "자동차 전조등이 느과이 방을 환히 비추는 바람에 느과이가 잠을 못 자고 있다고 엄마가 알려주래."

"미안, 깜빡했어. 우리 이제 집에 갈 거야."

소피가 차 안을 들여다보며 말했다. "잘 자요, 스텔라. 곧 다시 만나요."

스텔라는 얼굴로 흘러내린 머리카락을 쓸어 넘기고는 헛기침을 하며 목을 가다듬었다. "잘 자요, 소피."

소피는 다시 마이클에게 못마땅한 표정을 지은 뒤 집 안으로 슬렁슬렁 들어갔다. 몇 초 뒤 그의 휴대폰에 불이 켜지면서 소피의 문자 메시지가 들어왔다.

휴, 마이클, 좀 천천히 가.

그러다 여자 도망간다. 우리 마음에 쏙 드는 여자란 말이야.

솔직히 집 앞이라니, 말이 돼? 몇 살이야, 13살?

그는 큭 웃음을 터뜨리고는 스텔라에게 휴대폰을 건넸다.

그녀는 손톱 끝을 물면서 빙그레 웃었다. "나 도망 안 갈 건데."

그는 한 손으로 머리카락을 쓸고 나서 숨을 크게 들이마시고는 고통스럽게 바지 앞섶을 밀어붙이는 단단한 살덩이를 다스렸다. "집에 데려다줄게."

그는 차를 몰고 불필요한 교통법규를 적당히 어기면서 텅 빈 주택가 도로를 통과했다. 도서관 사서 같은 그녀의 옷들을 벗기고 나서 벽과 바닥에, 그곳이 어디든 상관없이 그녀를 찍어 누르는 장면을 상상했다.

스텔라에게 너무나 멋지고 환상적인 저녁이 될 것이다. 그리고 또… 가장 먼저 무얼 할까 결정하려고 스텔라를 흘끔 보았을 때 그의 희망이 곤두박질쳤다. 집에 도착하면 그녀를 안아 침대에 눕혀야 할 판이었다.

어머니의 집을 나서자마자 그녀는 곯아떨어진 것 같았다. 머리는 옆으로 기울었고 안경은 비뚜름하게 코에 걸려 있었다. 그녀의 집 차고가 덜덜거리며 올라가고 자동차 바퀴가 에폭시 바닥 위로 구르면서 끽끽 소리가 나는데도 그녀는 움찔거리지도 않았다.

그는 그녀를 흔들어 깨워봤지만 반응이 없었다. 숨소리가 깊고 일정했고, 몸은 늘어져 있었다. 그는 한숨을 내쉬며 그

녀를 안아 차에서 내린 뒤 그녀의 침실로, 오늘 밤 이후로 그
들의 침실이 된 곳으로 향했다.

스텔라는 서서히 잠에서 깨어났다. 얼굴에 닿는 햇빛, 멀리 이웃집 개가 짖는 소리, 마이클의 달콤한 냄새. 그 모든 것들이 따스하고 그윽하게 그녀를 감싸주었고, 그녀는 행복한 한숨을 내쉬며 이불 속을 파고들었다. 부리토처럼 이불을 몸에 돌돌 감고 싶은데 옆에 있는 묵직한 물체 때문에 그럴 수 없었다. 그녀는 인상을 썼다. 뭐지? 그녀는 이불을 들고 자신의 허리를 감은 근육질의 팔을 놀라 쳐다보았다. 맨살이 드러난 허리. 어젯밤에 브래지어와 팬티만 입고 잠을 잤구나.

게다가 밤마다 하는 일도 건너뛰었다. 온몸이 지저분했다. 입속에는 항생제 내성균들의 생태계가 형성되었을 것이다. 그녀는 침대에 벌떡 일어나 앉았다. 생각은 이미 욕실로 달려갔다. 치실, 칫솔질, 샤워, 파자마. 치실, 칫솔질, 샤워, 파자마.

마이클이 그녀를 끌어당겨 목덜미에 키스했다. "더 자."

"나 더러워. 씻을래. 나…"

그가 그녀의 목을 빨고 그녀의 골반을 끌어당기자 그의 사각 팬티 속에서 단단해진 살덩이가 그녀의 허벅지 뒤쪽을 성가시게 밀어댔다.

그녀의 온몸이 오작동을 일으켰다. 팔다리에 힘이 쭉 빠지고 허벅지 사이는 욕망으로 축축이 젖어 전율했다. 욕망이 하도 강렬해서 겁도 나고 부끄럽기도 했다. 몸을 다스려야 하는데 통제력이 사라지고 없었다.

"좋은 아침." 허스키하고 거칠한 그의 목소리에 그녀의 등뼈를 따라 전율이 흘렀다.

"조, 좋은 아…" 한 손이 그녀의 브래지어 속으로 들어와 젖가슴을 감싸쥐었다. 젖꼭지를 만지작거리는 그의 손길에 얼얼해진 젖꼭지가 폭발하는 느낌을 그녀의 중심부로 날려보냈다. 그가 아래쪽으로 내려가면서 한 손으로 그녀의 복부를 쓰다듬자 복근이 꿈틀거렸다.

"당신 여기 만지고 싶어." 그가 손바닥으로 그녀의 음부를 대범하게 움켜쥐었다. 그의 뜨거운 감촉이 면 팬티를 통해 몸속으로 퍼지며 그녀를 달구었다.

그녀는 그를 밀어내려고 그의 손목을 잡았지만 두 손이 협조를 거부했다. 정교한 근육과 매끄러운 피부로 무장한 그의 팔뚝은 단단하고 매혹적이었다.

"이거 허락인 거지?" 그가 속삭였다.

허락이라면 어젯밤에 하지 않았던가. 그녀는 이것을 원하면서도 자신의 이런 모습을 어떻게 다뤄야 할지 난감했다. 몸은 그렇다고 말하라고 명령하는데 마음은 아니라고 말하라고 명령했다.

그녀의 몸이 싸움에서 승리해 골반을 그의 손으로 밀어붙였다. 그가 그녀의 팬티를 옆으로 밀고 목덜미에 키스했다. 그의 손끝이 그녀의 미끌거리는 입구로 나아갔다. 그녀의 폐에서 훅 하고 숨이 터져 나왔다. 두려움과 쾌감이 충돌했다.

"이미 젖었어, 스텔라. 당신은 람보르기니 같아. 2.7초 만에 0에서 60으로 올라가는."

"람보르기니 좋아해?" 그녀는 생각을 똑바로 하려고 필사적으로 노력했다. 항상 생각을 해야 했다. 행동과 말을 다듬어야 했다. 생각을 놓아버리면 늘 실수를 저질렀다. 그녀가 잘못을 하면 사람들은 상처를 받고 그녀 본인은 자괴감에 시달렸다.

그는 그녀를 계속 어루만지고 그녀의 입구 주변을 미친 듯이 둥글게 둥글게 쓰다듬었다. 치아로 그녀의 목을 긁고 나서 그녀를 핥고 키스했다. 그녀는 온몸에 소름이 돋았다.

"그래, 이거야. 아니, 그건 하지 마." 그가 말했다.

"왜?" 그녀가 발로 그의 정강이를 문지르면서 손톱을 그의 팔에 박았다. 그를 밀어내. 그를 더 끌어당겨. 통제력을 회복해. 그냥 놓아버려.

"그건 내 스타일이 아니야. 보란 듯이 꼭 내 힘으로 쟁취할 거야." 그는 그녀의 클리토리스를 살짝 건드려서 '꼭'이라는 말을 강조했다. 그녀의 성기가 절정을 앞두고 경련과 전율을 일으켰다.

그가 그녀의 귓불을 깨물었다. "폭발할 것 같지? 이제 그것만 남았어."

"지난 금요일 이후 줄곧 당신을 상상해서 그래." 아, 하느님, 나 방금 무슨 말을 한 거야?

그가 애무를 멈추고 일어나 앉았다. 부드러운 표정으로 그녀의 얼굴에서 머리카락을 쓸어주었다. "상상 속에서 마이클은 무얼 했지?"

"모든 걸."

그가 웃음을 터뜨렸다. 눈빛이 강렬해졌다. "입으로 당신을 사정하게 만들었나? 진짜 마이클은 그거 하고 싶은데."

그녀가 꼼지락거렸다. 그를 기쁘게 하고 싶은 욕구와 자제하려는 마음이 전투를 벌였다. 그것은 상상 속의 마이클이 아직 하지 않은 일이었다. "오럴 섹스는 받기보단 해주고 싶어."

"같이 노력하면 되지." 그가 유달리 가라앉은 목소리로 말했다. "난 여자들을 위에서 덮치는 것만 좋아하는 남자가 아니야."

그녀는 입술을 깨물고 시트를 움켜쥐었다. 여자들. 단수가 아니고 복수. 평범한 남자라면 한 명에서 열 명, 스무 명까지를 의미하겠지. 마이클이라면… 백 명쯤. 어쩌면 천 명에 달할지도. 새로운 근심이 그녀를 짓눌렀다. 난 그의 지난 고객들에 비해 모자라지 않을까?

"나 냄새날 거야."

"아니."

"나 어떡하면 잘할 수 있어? 오럴 섹스를 잘 받은 여자들이 있었어? 어떻게 하는 거야?" 잘하고 싶었다. 모든 여자들을 능가하고 싶었다… 하지만 이겨야 할 여자들이 너무 많

218

았다.

"그 아름다운 두뇌 안에서 무슨 일이 일어나고 있는 거야?" 그가 당황해서 물었다.

"난 그냥… 하고 싶어서… 필요하기도 하고… 내 생각에는…"

"생각 그만." 그가 엄지손가락으로 그녀의 입술을 건드리면서 말했다.

그는 따뜻한 손바닥으로 그녀의 어깨부터 손목까지 쓰다듬고 나서 그녀와 손깍지를 끼고 서로의 손바닥을 딱 붙였다. 그녀는 잘못 반응할까봐 걱정이 돼 몸에 힘이 들어갔다. 뭘 어떡해야 하지? 그가 바라는 것이 그녀의 쾌락이라면 그에게 그걸 주고 싶었다. 그를 행복하게 만들고 싶었다.

"스텔라, 당신 내 손을 너무 꽉 쥐고 있어." 그의 눈이 걱정스럽게 그녀의 눈을 찾았다.

"미안." 그녀는 마주한 손바닥과 손가락이 땀으로 축축해서 얼굴을 찡그렸다. 가슴이 쿵쿵 뛰었다. 망쳐버릴 것 같았다.

그가 두 팔로 그녀를 끌어안고는 한 손으로 그녀의 머리를 천천히 쓰다듬었다. "오럴 섹스 때문에 그래? 꼭 안 해도 돼."

스텔라는 이마를 그의 목에 묻고 그의 냄새를 들이마셨다. 점차 그의 품에서 긴장이 풀렸다. "나 승부욕이 엄청 강해."

그가 그녀의 관자놀이에 스치듯 키스했다. "뭐 어때. 근데 그게 어떻게 작용을 한다는 거지?"

"당신의 다른 고객들을 모두 합친 것보다 더 열렬히 당신을 만족시켜주고 싶어."

"스텔라, 누굴 만족시키라고 돈을 받는 사람은 나야."

"난 더 이상 섹스 때문에 당신한테 돈을 주지 않잖아, 잊었어?"

그는 못 말린다는 듯 끄응 소리를 내고 그녀를 더 꼭 안았다. "당신을 어쩌면 좋을까? 뜨거운 알몸의 당신을 품에 안았는데 당신은 아직 준비가 안 되어 있으니."

그녀는 한숨을 내쉬고 그에게 몸을 기댔다. 그리고 그의 이두박근 위 용의 비늘을 나른하게 쓸었다. "우리 치실, 칫솔질, 샤워하고 옷 입자."

그가 이불을 휙 걷어냈다. "그럼 얼른 하자."

"평상복은 하나도 없어?"

마이클은 축축한 머리카락을 옆으로 쓸어 넘기고 그녀의 목에 키스했다. 그녀는 오늘 입을 옷을 고르느라 옷장을 바라보고 있었다.

"일을 시작한 뒤론 평상복은 필요 없어서. 그래서 모두 치워버렸어." 그녀가 말했다.

"그럼 있긴 있었네? 그것들도 모두 무릎 길이의 치마랑 단추 셔츠였지?" 그는 두 팔로 목욕 가운을 입은 그녀의 허리를 살포시 감고 맨살이 드러난 자신의 가슴에 그녀를 품었다. 그녀는 힘을 빼야 할지 긴장해야 할지 헷갈렸다.

아무래도 그가 유혹을 하려는 것 같았다. 유혹이 효과를 발휘했다. 그녀는 눈앞이 기분 좋게 몽롱해졌다. 그와 함께 있으니 머리가 아프지도 않았고 오늘 스케줄을 완전히 벗어났지만 그 사실 때문에 심란하지도 않았다. 평소 같으면 처음부터 다시 시작해서 모든 걸 바로잡을 때까지 화와 짜증이 치밀었을 것이다.

"모두 치마랑 단추 셔츠였어. 어쩜 그렇게 나를 잘 알지?"

그가 뜨거운 입김을 그녀의 귀에 훅 쏟아내며 말했다. "내가 요즘 즐겨 하는 게 당신이라는 퍼즐 게임이거든. 당신이 여름 원피스를 입은 걸 보고 싶어, 스텔라."

"그런 건 없어."

"오늘 일요일이잖아. 쇼핑하러 가자."

그녀는 사람들이 많은 곳, 낯선 곳으로 나간다는 생각에 불안감이 엄습해 돌아섰다. 최악은 가렵고 따가운 옷들이었다. 게다가 쥐똥 천지인 창고 바닥에서 가져오지 않았다고 장담할 수도 없었다. "그 원피스, 당신이 만들어주면 안 돼? 마이클이 디자인한 옷을 입고 싶다고 한 말 진심이었어. 어차피 옷을 사도 입기 전에 수선을 해야 해."

그는 대답 대신 옷걸이에서 핑크색 셔츠를 꺼내 안쪽 솔기를 살폈다. "통솔(두겹을 겹쳐 먼저 겉쪽에서 얕게 박은 다음 뒤집어 안쪽에서 다시 박는 바느질법—옮긴이)이네. 옷감은…" 그는 손가락으로 그것을 문질렀다. "평직 면직물."

"난 면직물 좋아해. 실크도 좋아하고. 부드럽다면 아크릴이나 라이크라 같은 합성섬유도 상관없지만, 깔깔한 데님이나 모직, 캐시미어, 앙고라는 못 견뎌."

그는 만족스런 미소를 입가에 머금고 셔츠의 만듦새를 계속 확인했다. "내 훈련 여친이 나보다 옷감에 대해 더 잘 알 지도 모르겠네. 놀랍다."

그의 칭찬에 그녀는 마음이 따뜻해지고 신이 났지만 '훈련 여친'이라는 이름표가 붙자 심란해졌다. 마음에 들지 않았지 만—말 그대로 '훈련'이므로—가능한 것과 불가능한 것을 구분하는 현실감이 있어야 한다는 생각이 들었다. 접촉을 꺼 리는 그녀의 아이러니를 공동의 이해로 이끄는 데 집중하는 게 좋을 것 같았다. 그녀는 직물의 종류와 각각의 성질을 백 과사전식으로 읊어대고 싶은 걸 참았다.

그는 그녀의 셔츠를 다시 단정히 걸어두고 그녀 앞에 서서 두 손을 그녀의 골반에 댔다. "당신한테 여름 원피스 만들어 주고 싶어, 진심으로, 스텔라. 나 일자 치마 엄청 좋아해. 내 가 가진 재주를 당신에게 발휘한다면 좋겠지만 그건 내겐 고 문이기도 해."

"어째서? 왜?"

"그러면 이걸 못 하니까." 그는 열띤 눈으로 그녀를 바라보 면서 그녀의 목욕 가운 끈의 끝을 당겼다. 끈이 그의 청바지 에 스치는 소리가 나면서 그녀의 허벅지가 시원한 공기 속으 로 모습을 드러냈다. 그의 손바닥이 그녀의 다리 바깥쪽을 위쪽으로 쓸어 올리다가 골반에서 잠시 멈춘 뒤 뒤쪽으로 돌 아가서 엉덩이를 움켜쥐는 순간, 욕망이 그녀의 몸을 후려쳤 다.

그녀의 허벅지 사이로 곱슬거리는 갈색 털이 보였다. 그의 끈적해진 눈이 그것을 쳐다보았다. 그는 묻지도 망설이지도 그녀에게 생각할 틈도 주지 않고 손을 그녀의 골반에서 엉덩이로 내렸다. 대담한 손끝이 음모를 헤치고 들어가 음부의 둔덕을 애무했다.

그의 손이 닿는 곳마다 그녀의 피부가 달아올랐다. 그녀는 무릎이 후들거려서 그의 어깨에 몸을 기댔다.

"우리 아기 착하지." 그는 몸을 숙여 그녀에게 키스하면서 속삭였다.

깨끗한 그의 입에서 천국의 맛이 났다. 그녀는 목구멍에서 터져 나오는 강렬한 신음을 느끼면서 그에게 키스했다. 그에게 배운 대로 키스를 잘해보려 노력했지만 집중이 잘 안 됐다. 그의 손가락이 그녀를 유린했다. 그녀는 가만히 참는 것밖에 할 수가 없었다. 능숙하지 못하게. 그의 손가락이 움직일 때마다 그녀는 조금씩 허물어졌고, 몸을 덜덜 떨기 시작했다.

그는 키스를 풀지 않고 그녀를 들어 올려 침대로 데려갔다. 그녀는 등이 이불에 닿고 몸이 밑으로 꺼지는 느낌이 드는 순간 현실로 돌아왔다. 드디어 하려 한다. 섹스. 어떤 체계도 계획도 없이. 그녀는 섹스에 서투를 테니 그가 무엇을 고치고 어떻게 개선할지 그녀에게 알려줘야 할 것이다. 그녀는 모욕적이더라도, 힘들더라도 담담히 비평을 받아들일 생각이었다…

그가 그녀의 목욕 가운을 열어젖혔다. 그의 입이 그녀의 젖꼭지를 물고 세게 빨았다. 그녀가 헐떡거리고 신음하며 활처럼 휘어진 몸을 그에게 밀어붙였을 때 그의 손이 다시 그녀의 허벅지 사이로 미끄러져 들어와 그녀를 애무했다. 그녀의 성기가 얼얼해질 정도로 거세게 수축했다.

"쉬이이이이." 그가 그녀의 젖가슴에 대고 속삭였다.

긴 손가락 하나가 그녀의 안으로 미끄러져 들어갔다. 그녀의 입술이 만족스런 한숨과 웅얼거리는 소리를 토해냈다. 그토록 원했던 순간이었다. 그가 두 번째 손가락을 넣었을 때 늘어나는 느낌에 그녀의 머리가 뒤로 젖혀졌다. 아니, 이게 더 좋았다. 그녀는 발뒤꿈치로 침대를 긁으면서 침입자 쪽으로 몸을 밀었다. 그의 손가락이 천천히 들어왔다가 극적인 효과를 위해 고부린 채 밖으로 나갔다.

그가 손을 뗐을 때 그녀는 못 참고 불만을 쏟아냈다. "마이클, 더 해줘, 나…"

그는 미끌거리는 손가락을 올려 자기 입안에 넣고 빨았다. 그의 강렬한 눈빛에 짓궂게 환히 웃는 미소까지 합세하자 그녀는 중심부가 저절로 조여들어 이불을 꽉 움켜쥐었다.

천천히 깊게 찌르는 손길이 다시 시작됐다. 좋았다. 너무 좋았지만 그는 그녀가 원하는 부위를 만져주지 않았다. 그녀는 골반을 뒤틀면서 커져가는 고통을 떨쳐내려 했다. 그가 다시 후퇴했을 때 그녀는 날뛰는 좌절감에 두 손을 복부 아래로 내렸지만 자기 손으로 하는 건 흥분이 되지 않았다.

그는 그녀의 무릎을 잡아 벌려서 눈앞에 그녀의 음부를 드러냈다. 거친 들숨에 가슴이 들썩였고 그의 용 문신이 전율했다. 그가 요란하게 얕은 숨을 토해냈다. "이렇게 예쁘고 작을 줄은 몰랐어, 당신의…"

"마이클, 그 말 하지 마." 그녀가 얼른 말했다.

그는 말을 멈추고 장난기가 번뜩이는 눈으로 그녀를 응시했다. "무슨 말? 당신의… 야옹이?"

그녀는 얼굴이 화끈거려서 얼굴을 가리고 싶었다.

그의 입꼬리가 씩 올라갔다. "우리 엄마가 당신을 좋아하는 이유가 있다니까. 베트남 사람들은 섹스를 점잖게 표현해. 난 여자의 그 부위를 뜻하는 베트남 말을 스무 살이 돼서야 알았어. 그 사람들은 대부분 그걸 작은 새라고 불러. 우리 이모는 그걸 고구마라고 부르는데, 당신에게는 안 맞는 거 같아. 당신은 야옹이야, 스텔라."

그녀의 얼굴이 더욱 뜨거워졌다. 홍조가 그녀의 목을 따라 가슴으로 퍼져 나가며 모든 것을 건드렸다. "그건 고양이잖아. 고양이는 갸르릉거리고 쥐를 잡아. 나는… 그 부분은… 그렇지 않아… 너무 터무니없어… 난 절대…"

"야옹이 맞아, 스텔라. 우리 야옹이가 나를 위해 젖었으니 난 이걸 먹어야겠어."

그는 그녀의 다리 사이에 끈적해진 눈을 고정하고 주름 사이를 헤치고 안쪽으로 민첩하게 들어가서 그를 애타게 기다린 부위를 둥글게 문질렀다. "그리고 여기, 여기는 당신의 클리야. 내 입을 간절히 원해서 빨갛게 됐어. 우리 둘 다 이제 그만 고통에서 벗어나자. 당신을 맛볼래. 당신이 싫다면 멈출게."

그 순간 그녀는 그가 진심으로 이것을, 그녀를 원하고 있다는 걸 직감했다. 그의 눈앞에 그가 좋아하는 것이 있었다.

그는 그녀의 가장 은밀한 부분을 노골적으로, 진심으로 욕망했다. 음탕하게. 그리고 그런 그의 모습은… 흥분을 고조시켰다. 스텔라의 비밀스러운 면이 깨어나 기지개를 켜고 마이클과 그의 말에 순종했다.

"만약 내가 좋아하지 않고 다른 여자들처럼 반응하지 않으면 실망할 거야?" 그녀도 이걸 좋아하고 싶었다. 그가 입으로 해주면 다른 여자들처럼 오르가슴을 느끼고 싶었다. 그렇게 간절히 원하다 보니 잘할 수 있을까 하는 불안감이 상승하면서 성적 흥분감이 힘을 잃기 시작했다.

"당신이 좋아하지 않으면 다른 거 하면 돼." 그가 두 손으로 그녀의 안쪽 허벅지를 쓰다듬으면서 그녀를 더 넓게 벌렸다. 그의 혀끝이 그의 근사한 윗입술을 쳤다.

그는 그녀의 축축한 살을 향해 몸을 숙였고, 그녀는 심장마비를 일으킬 것처럼 신경이 펄떡거려서 크게 숨을 들이켰다. "당신이 내 냄새에 중독된 거 알아. 여기서만 이런 냄새가 나는 게 정말 다행이야. 안 그랬으면 난 당신만 보면 발기했을 거야. 그런 고통이라면 이미 충분히 겪고 있어."

다문 입이 그녀의 클리토리스에 가볍게 키스했고, 그녀는 온몸이 뻣뻣해졌다. 그녀가 예상하지 못한 습격이었다.

"싫어?" 그가 물었다.

"나는, 나는…"

또 다른 키스 뒤에 느긋한 맛보기가 이어졌다. 그는 흥얼거리는 소리로 만족감을 표시하고 입으로 그녀를 뒤덮고 살짝 압박을 가하며 빨아들인 뒤 혀로 그녀를 적셨다. 말랑하고, 따뜻하고, 맛있었다. 스텔라의 몸은 안에서 폭발한 열기로 축 늘어졌다.

"좋아하지 않나봐." 그가 잠긴 목소리로 말했다. "말하라니까…" 그의 혀가 그녀를 치고, 안에서 흘러내린 수분을 할짝거렸다. "마지막 맛보기." 그는 클리토리스로 돌아가 치아로 민감한 신경을 긁고 나서 그녀에게 다시 키스하고는 그녀를 마시고 핥았다.

쾌락이 아래쪽 깊은 곳에 집중되는 동안 그녀는 이불에 얼굴을 묻었다. 그의 혀는 대단히 능란했지만 절정의 코앞에서 더 나아가는 것을 허락하지 않았다. 너무나 새로웠다. 그녀의 몸은 폭발하는 감각의 소용돌이에 휘말려 충격에 빠졌다. 그가 멈추었을 때 그녀는 울음이 터질 것 같았다.

손가락 두 개가 그녀 안으로 들어왔다. 그녀의 눈이 머리 뒤쪽으로 돌아갔다. 그는 일정한 리듬을 타기 시작했고 그의 혀는 그녀의 위에서 할짝거렸다. 그녀는 못 참고 골반을 들어 그의 돌진을 맞이했다. 오, 하느님. 그녀는 그의 손을 타고 달리면서 자신의 음부로 그의 얼굴을 덮었다. 이건 아니야. 그녀는 멈추라고 자신을 타일렀지만 그럴 수가 없었다.

그녀의 두 손은 그의 짧은 머리카락을 움켜쥐고 있었고 몸은 그의 손가락을 더 단단히 휘감고 조이고 있었는데 흥건히 젖어 있었기 때문에 그가 그녀의 안으로 들어올 때마다 찔꺽거리는 소리가 났다.

"그만할게, 스텔라. 당신은…" 그의 혀가 그녀를 빠르고 거세게 문질렀고, 그녀는 어쩌지 못하고 그의 손가락을 조였다. "당신은 이걸 싫어하는 게 분명해."

"마이클." 그 가쁘고 갈급한 목소리는 그녀의 목소리였다. 상관없었다. 그녀는 자신의 굶주린 살을 그의 혀에 대고 문질렀고, 그가 입으로 그녀를 다시 취했을 때 거의 흐느꼈다.

그가 알맞은 압력으로 빨아댔을 때 그녀는 강하게 쥐어짜는 경련으로 무너졌다. 그는 그녀를 데리고 오르가슴을 타고 달리면서 혀를 달래듯 놀려 쾌락을 끌어냈다.

쾌락의 여운이 남아 있을 때 그는 그녀의 음부에 작별 키스를 하고 일어나서 몸으로 그녀를 덮었다. 그녀는 그의 가슴에 얼굴을 묻었다. 이렇게 모든 걸 내보이고 모든 약점을 드러낸 적은 없었다.

그에게 허락을 한 것도, 마음껏 소리를 낸 것도, 자제력을 내던진 것도 그녀가 결정한 일이었다.

"당신 포르노 배우처럼 내 앞에서 사정했어, 스텔라. 나 청바지 안에 그대로 쌀 뻔했어."

"나 너무 오래 걸리지 않았어? 많이… 힘들었지?" 자기만 일방적으로 쾌락을 얻었다는 생각에 그녀는 마음이 불편해졌다. 그녀는 주는 걸 더 좋아하는 사람이었다.

그가 큭큭 웃었다. "내가 일부러 그런 거야, 스텔라. 당신이 지독하게 섹시했거든." 그는 그녀에게 떨어져 발꿈치를 세우고 앉더니 주머니에서 작은 은박지를 꺼냈다. "하고 싶어?"

그녀는 몸을 일으켰다. 샤워 가운이 어깨에서 흘러내렸다. 그녀는 알몸을 가리고 싶은 충동은 억눌렀지만 도저히 그와 눈을 맞출 수 없었다. 맥박이 제멋대로 날뛰었다. "응, 하고 싶어." 그녀는 그의 손에서 은박지를 받아서 떨리는 손가락으로 포장을 찢었다.

그는 침대 밑으로 내려가 단추를 풀고 바지 지퍼를 열었다. 그가 박력 있고 우아하게 바지를 벗을 때 팽팽한 근육이 움직거렸고 용 문신이 그녀에게 윙크했다. 예술 같은 마이클의 나체가 나타났다. 그는 완벽했다. 그 부분마저도.

오, 하느님, 그곳까지 예술이라니. 우뚝 발기한 성기는 두툼한 데다 혈관이 불거져 있었고 아름다운 다른 신체 부위처럼 흠잡을 데 없었다. 그녀는 가장 극렬한 오르가슴을 느낀 직후였지만 더 많은 것을 원했다. 입안에 침이 돌았다. 남자에게 오럴 섹스를 해준 적은 없었지만.

그가 침대 위에 엎드린 채 그녀의 손이 그를 감싸쥐게 했다. 그녀는 잠시 숨을 쉬지 못했다. 그는 너무나 섹시하고 매끄럽고 보드라운데 속은 단단했다. 원해, 원해, 원해. 가능한 모든 방식으로 하고 싶어. 그가 좋아하는 방식으로 하고 싶어.

"스텔라, 당신 표정이…" 그의 목소리는 거칠다 못해 신음에 가까웠다. 그는 그녀의 손을 아래위로 움직이게 하면서 말했다. "이게 내 연장이야. 이걸 원하면, 이게 필요하면 그렇다고 말해."

그녀는 말을 할 수 없어서 고개만 끄덕였다. 그의… 연장을 요구한다니. 숨겨진 스텔라가 그것을 환영했다. 평소에는 입에 올릴 생각조차 못한 그것을, 농장의 동물들을 이야기할 때나 입에 올렸던, 그때도 언급하기 꺼려했던 것을 그가 주려 한다.

"그거 나한테 씌우려고?" 그는 그녀가 다른 손에 들고 잊고 있던 콘돔을 가리키며 물었다.

그녀는 입술을 핥고 목을 가다듬었다. "응."

그녀의 손은 침착하지 못해서 그녀와 마이클은 같이 작업을 끝냈다. 그는 그녀를 가까이 끌어당겼고, 그녀는 서로의 피부가 닿는 순간 몸을 떨었다. 그녀의 젖꼭지가 그의 가슴을 긁어댔고, 그의 길고 단단한 물건이 그녀의 아랫배를 뜨겁게 달구었다. 그는 두 손으로 그녀의 등을 위아래로 쓰다듬으면서 고개를 기울여 그녀의 시선을 붙잡았다.

"왜 나를 안 봐?"

그녀는 그의 목 아래쪽 옴폭한 곳으로 눈을 맞추고 양어깨를 움츠렸다. "너무 민망해."

"우리 둘 다 벗었잖아."

그녀는 내면까지 모두 벌거벗었다는 걸 그에게 어떻게 설명해야 할지 알 수 없었다. 그녀의 눈을 들여다보면, 그는 그녀의 모든 것을, 숨겨왔던 그녀의 본모습을 알게 될 것이다. 아무도 보고 싶어 하지 않는 그녀를. 그녀가 기대한 것은 재미있고 교육적인 것이지 영혼까지 벌거벗는 것이 아니었다.

그가 그녀의 턱을 치켜들었다. 그녀는 다정한 눈동자를 언뜻 보고는 눈을 꼭 감아버렸다.

"키스해줘." 그녀가 말했다.

따스한 입술이 그녀의 입술을 취했다. 그 입술에서 그녀와 그와 섹스의 맛이 났다. 그의 손이 갈수록 다급하게 그녀를 애무했다. 그는 그녀의 허벅지를 움켜잡고 그녀의 다리를 그의 허리에 둘러 그녀의 문을 열어젖혔다. 그리고 골반을 움직여 그녀의 음부를 문질렀다. 그 마찰에 뜨겁고 빠른 피가 모여들었다.

"이제 할 거야, 스텔라."

그녀는 두 팔로 그의 가슴을 감싸고 입술을 그의 목에 댔다. "준비됐어."

그가 그녀를 침대로 찍어 눌렀다. 그의 몸이 그녀를 뒤덮었다. 그는 그녀의 턱과 귀에 코를 박고 그녀의 뺨, 입가, 입술에 가벼운 키스를 퍼부었다. "말해야 해, 알았지? 아프거나, 싫거나, 더 원하는 게 있거나, 너무 좋다거나. 전부 말해."

그녀는 눈을 여전히 감은 채 말했다. "해…볼게."

그는 느닷없이 그녀를 뒤집어 두 손과 무릎을 대고 엎드리게 했다. "이렇게 하는 게 자의식이 좀 덜할 거야."

그녀는 눈을 떴다. 헝클어진 베개와 나무로 된 침대 머리판이 보였다. 그의 말이 맞았다. 이편이 더 나았다. 그에게 보이지 않을 테니까. 그녀는 즉시 긴장이 풀렸다. "당신도 이게 더 좋아?" 이제까지 자본 다른 남자들은 모두 정상위를 좋아했었다.

"더 좋긴, 최고지." 거친 두 손이 그녀의 등을 따라 내려갔고 관능적인 손길이 그녀를 주물렀다. 그의 단단한 가슴이 그녀의 어깨뼈를 스칠 때 그가 한 팔로 침대를 짚고 그녀 옆에 누웠다. 그의 한 손이 그녀의 앞쪽으로 돌아가서 허벅지 안으로 미끄러졌다. 그가 그녀의 주름 사이를 탐색하다가 손가락을 깊게 찔러 넣고 그녀를 요리하자 그녀의 골반이 흔들리고 새로운 습기가 두 사람을 적셨다. 그가 손을 빼고 그녀의 클리토리스를 살살 어루만졌다.

"마이클…"

"스텔라." 그가 그녀의 귀에 대고 거친 숨을 몰아쉬며 대답했다.

뭔가 단단한 것이 그녀의 입구를 밀어대다가 천천히 안쪽으로 뚫고 들어왔다. 스텔라는 숨이 막혔다. 과거에 섹스는 고통이었지만 지금은 고통스럽기는커녕 마이클이 그녀의 안을 완전히 채울 때까지 관능이 계속 커졌고 또 커졌다. 그녀는 침을 삼키고 말을 하려 했지만 그럴 수 없었다. 그들은 완벽하게 들어맞았다.

마이클은 한참 움직이지 않았다. 그녀는 그의 몸에 어린 긴장감을 느끼고 어깨 너머로 그를 돌아보았다.

"마이클?"

그는 고통스러운 듯 얼굴을 찡그리고 있었다. "너무 오랫동안 기다려온 순간이라. 너무 좋아. 느낌이…" 그가 훅 숨을 토해냈다. "움직이면 그대로 무너질 것 같아."

그녀는 못 참고 미소를 지었다. 나만 그런 게 아니었어. "움직여." 그녀가 허리를 휘어 그에게 몸을 부딪쳤다. 그 동

232

작으로 그는 더 깊이 안으로 들어와 그녀를 채웠다.

그의 목에서 거친 신음이 터져 나왔다. "스텔라, 나 진짜야. 열 좀 식히게 시간을 줘. 우리의 첫 번째 시간이잖아. 당신한테 불꽃놀이를 보여주고 싶어."

우리의 첫 번째 시간. 앞으로도 이런 시간이 많을 거라는 소리처럼 들렸다. 그런 생각에 그녀는 너무 행복해서 가슴이 터질 것 같았다. 불꽃놀이는 필요 없었다. 그냥 그가 필요했다.

축축한 키스가 그녀의 목에 닿았고 사이사이에 놀리듯 깨물고 게걸스럽게 핥는 동작이 끼어들었다. 그는 자신을 팽팽히 감싸며 늘어난 그녀의 주름을 쓰다듬다가 미끄러운 손끝을 더 위로 올렸다. 그가 그곳을 문지르자 그녀는 그를 꽉 조이고 신음했다.

그제야 그가 움직이기 시작했다. 후퇴했다가 다시 그녀 안으로 돌진하고 물러났다가 돌아가면서 점차 리듬을 타고 속도를 올렸다. 늘어난 고리처럼 바깥으로 펼쳐진 그녀의 피부 속으로 그의 손가락과 성기의 협공이 불꽃을 일으켰다.

"스텔라." 그가 신음하며 말했다. "당신 느낌 너무 좋아. 사랑스런 스텔라, 나의 스텔라."

그의 말은 그녀를 달래주면서도 흥분시켰다. 그녀는 그가 시킨 대로 말을 해보려 했지만 헐떡거리는 숨소리와 쾌락에 물든 한숨만 나왔다. 그래서 몸으로 느끼는 것을 말 대신 몸으로 표현했다. 그녀는 허벅지를 더 넓게 벌리고 찌르는 그의 동작에 맞춰 몸을 비틀었다. 그도 좋을까? 아님 나 너무 음탕한가? 매트리스를 짚고 있던 손이 그녀의 손을 움켜잡았다. 그가 그녀와 손깍지를 꼈다.

"그래, 그렇게, 좋아." 그가 속삭였다. "완벽해."

그녀의 음부가 단단하게 조여들었다. 그녀는 영원 같은 시간 속에서 정상의 언저리를 맴돌면서 헐떡이고 소유당하고 사랑받았다. 오르가슴이 그녀를 후려쳤다. 그녀가 그를 감싼 채 전율하는 동안 그는 끝도 없이 그녀 안으로 돌진했다. 그녀는 들어오는 그를 맞이하려 했지만 격렬한 경련이 그녀의 몸을 움켜쥐고 협조하는 것을 방해했다.

그의 입술이 그녀의 목에서 턱으로 이동했다. 그녀가 무심히 그를 돌아보았을 때 그가 그녀의 입술을 덮쳐 혀로 깊게 애무했다. 그녀의 다리 사이를 애무하는 손은 멈추지 않았다. 그녀는 오르가슴을 느낀 지 얼마 되지 않았는데도 다시 흥분하기 시작했다. 그가 찌를 때마다 그녀의 근육은 떨면서 그를 틀어쥐고 다시 폭발했다. 그가 목쉰 신음을 토해내면서 마지막으로 한 번 더 그녀를 꿰뚫었다.

그는 턱을 그녀의 뺨과 목에 부비고는 덜덜 떠는 그녀의 몸을 침대에 눌러 눕히고 그녀를 자기 것인 양 바짝 끌어안았다. 그녀는 자신을 감싼 건장한 두 팔을 서툰 손길로 매만지고 그를 안았다.

그녀는 섹스가 그에게 아무런 의미가 없다는 것이 기억나 그를 꼭 안고 있던 팔에 힘이 풀렸다. 마이클은 신체적인 친밀감을 즐기는 것이다. 그뿐이다.

그녀는 울컥해 목이 메었다. 이것이 단지 훈련일 뿐이라

면, 진짜가 무슨 소용일까. 이런 환상 속에서 얼마나 더 살아
갈 수 있을까.

16

마이클은 만족감에 젖어 축 늘어진 스텔라를 감싸 안았다. 그의 심장이 술 취한 사람처럼 비틀거리며 가슴속을 굴러다 녔다.

이것은 관계 훈련을 위한 섹스 훈련도 아니었고 그가 아버 지보다 더 나은 인간이라는 걸 증명하기 위한 봉사 차원의 섹스도 아니었다.

이제까지 수많은 여자와 섹스를 했지만 이렇게 한 여자의 몸과 혼연일체가 된 적은 없었다. 이토록 간절히 여자를 만 족시키려 한 적도 없었고, 여자가 그의 이름을 부르고 그를 위해 사정하고 사정하고 또 사정했을 때 이토록 기뻤던 적도 없었다.

무슨 일이 일어난 건지 알 수 없었지만, 평범한 섹스가 아 니었다는 건 분명했다.

그녀가 그를 더 꼭 끌어안고 그의 어깨와 목에 축축한 키 스를 퍼붓고는 그를 올려다보며 활짝 웃었다. 그리고 손가 락으로 그의 가슴에 대고 〈아라베스크〉를 연주하고 나서— 이제 보니 손가락 연주가 항상 나쁜 것만은 아니었다—그를 간지러웠다.

그는 톡톡거리는 그녀의 손가락을 자기 심장에 대고 누르고 직업 정신을 끌어냈다. "이 사람 보게. 나 또 별 다섯 개 받겠네."

"별 여섯 개." 그녀의 미소가 더 커졌고, 초콜릿색 눈동자가 그를 향해 반짝거렸다. 그녀의 시선이 떠날 줄 모르자 그는 그날 아침 처음으로 그녀를 똑바로 바라보았다. 뭔가 값으로 매길 수 없는 소중한 것을 얻은 것 같아서 숨을 훅 토해 냈다.

"당신이 내 이기심을 부추겨. 이미 클 대로 커졌는데." 그가 애써 가벼운 말투로 말했다.

"당신 이기적으로 행동한 적 없어. 겸손하면서도 자신감 있지. 내가 사랑하는 당신의 장점 중 하나야."

사랑?

날카로운 아픔이 그의 가슴속에서 피어났다.

그녀가 나를 사랑할 리 없다. 그는 그럴 리 없다고 뼛속 깊이 확신했다. 사랑에는 신뢰가 필수인데 세상에 그를 믿을 사람은 바보 외엔 없었다. 그는 아버지의 아들이었다.

하지만 이번 일을 제대로 해낸다면 더 나은 인간이라는 걸 증명할 수 있을 것 같았다. 그는 시계를 쳐다보았다. 놀랍게도 아직 10시도 안 된 시각이었다. 오늘 아침 인생을 바꿀 만한 큰 사건이 일어난 것 같은데, 그들이 잠에서 깬 지 딱 두 시간 만에 벌어진 일들이었다.

"나 배고파. 커피도 마셔야 하고." 그가 말했다. "내 차를 가져와야겠어. 깨끗한 옷은 모두 차 안에 있어서."

무엇보다 그만의 공간이 필요했다. 그녀와 너무 가까워진
터라 둘 사이에 거리를 둬야 할 필요가 있었다. 그는 침대에
서 일어나 청바지를 입었다. 감탄하는 관객의 시선이 고스란
히 느껴졌다. 조금 어이가 없으면서도 동작이 느려졌다. 복
근과 이두박근을 움찔거리면서 바지 지퍼를 올리고 버튼을
채웠다. 바지 하나 입는데도 실로 많은 근육을 써야 했다.

"얼른 준비해, 스텔라."

그녀의 미간에 주름이 졌다. "왜?"

"쇼핑하러 가야지. 커플들은 일요일을 그렇게 보내."

스텔라는 입을 꼭 다물고 거울에 비친 자신의 모습을 응시
했다. 방금 전 마이클은 그녀에게 의복의 신세계를 열어주었
다.

요가복.

특히, 요가 바지.

그녀는 여기가 천국인가 싶었다. 바지가 전혀 가렵지 않은
데다 딱 달라붙었다. 그녀는 껴안듯 몸을 감싸는 옷들이 마
음에 꼭 들었다. 다리와 엉덩이를 돋보이게 만드는 건 더욱
좋았다. 마치 댄서처럼 보였다. 아니, 요가 명인인가. 그 둘
의 혼합 인간처럼 보이기도 했다.

"나와서 나한테 보여줘." 마이클이 탈의실 밖에서 말했다.

그녀는 미소를 숨기려고 입술을 깨물면서 문을 열고 밖으
로 나갔다.

그의 함박웃음이 터져 나왔고, 좀체 볼 수 없는 보조개까지 윙크를 했다. "이럴 줄 알았어."

"마음에 들어?" 그녀가 한 손으로 배를 쓸고 나서 천천히 원을 그리며 돌았다.

그는 대기 의자에서 일어나 그녀의 굴곡진 몸매를 훑어보며 그녀에게 다가갔다. 한 손으로 그녀의 목에서 어깨까지 쓸고 나서 딱 붙는 긴 소매로 내린 뒤 그녀와 손깍지를 꼈다. "난 마음에 들어."

"나 이거 입으니까 섹시해져."

그는 한 팔을 그녀의 허리에 감고 가까이 끌어당겼다. "엄청 섹시해." 그가 입술로 그녀의 입술을 쓸고 나서 점차 귀, 목으로 나아가자 그녀는 꼼지락거리면서 입술을 깨물어 터지는 웃음을 참았다. 깔깔대고 웃으면 섹시함이 날아갈 것 같았다.

스텔라의 시야 한쪽에 노골적으로 질투하며 그녀를 바라보는 가게 점원이 들어왔다. 그 여자가 입 모양으로 '복도 많지' 하고 말하는 게 보였다. 복잡한 감정이 밀려왔다. 이것은 진짜가 아니었다. 돈을 지불한 결과 생긴 일일 뿐. 비용은 아무래도 좋았다. 마이클에게 주는 돈은 한 푼도 아깝지 않았다.

"이거 살 거지?"

"색깔별로 모두 살래."

"그건 반대야. 노란색 점이 있는 형광 오렌지색은 아닌 거 같아. 눈 아파." 그가 인상을 쓰며 말했다.

"노란 점박이 형광 오렌지색은 뺀다. 알았어. 오, 여기 원피스도 있네." 그녀는 다양한 원피스들을 보고 눈이 동그래졌다.

그들은 점심을 먹으려고 스탠퍼드 몰 안의 작은 프랑스 제과점 앞에서 걸음을 멈추고 옷이 든 거대한 쇼핑백 세 개를 보도에 내려놓았다. 그의 주장에 따르면 여기가 캘리포니아에서 가장 맛있는 비아시아식 샌드위치를 파는 곳이었다. 그녀는 아시아식 샌드위치가 있다는 것도 몰랐기 때문에 호기심이 일었다.

그녀는 재료를 잔뜩 넣어 높이 쌓아올린 샌드위치를 기대했지만 그가 그들의 야외석으로 가져온 것은 칠면조 고기와 스위스 치즈, 버터를 넣은 단순한 바게트빵이었다. 그가 아몬드 크로와상을 같이 사 와 다행이었다. 하지만 막상 한입 먹어보니 맛이 기가 막혔다.

"비결은 아주 좋은 빵과 버터를 쓰는 데 있어. 탄탄한 기본기 하나면 충분해." 그가 윙크를 하며 말했고, 그녀는 그 말이 단순히 음식 이야기가 아니라는 것을 알아차렸다.

오후의 쇼핑객들이 드문드문 지나갔고, 나무들 사이로 햇살이 반짝거렸다. 스텔라는 오늘 같은 날이 또 와도 괜찮을 것 같았다. 평소 일요일에 하는 일정은 모두 어그러졌지만 새로운 주말 일정을 개발하는 것도 나쁘지 않았다. 적응해야 한다면 얼마든지 그러고 싶었다. 특히 마이클과 함께라면.

카키색 일상복 바지와 칼라 단추를 풀고 소매를 팔꿈치까지 걷어붙인 하얀색 셔츠 차림의 그는 잡지에서 나온 듯 근사했다. 언제는 안 그랬을까. 그녀는 오전 내내 자기 것만 사러 다녔다는 생각이 들었다. 너무 자기 생각만 한 것 같아 마음에 걸렸다.

"남성복 보러 갈까?" 그녀는 그가 관심이 있을 만한 데가 있을까 생각하며 주변 상점들을 둘러보았다.

그가 야릇한 미소를 짓고 고개를 저었다. "아니, 난 됐어."

"정말? 내가 뭐든 사주고 싶어서 그래." 그의 표정이 불편한 빛을 띠자 그녀는 가슴이 덜컥해서 분위기를 살리려고 덧붙였다. "람보르기니는 안 받을 거잖아."

그가 그녀에게 탐색하는 시선을 던졌다. "내가 원하면 람보르기니 사줄 거야?"

그녀는 샌드위치 포장지에 담긴 빵 부스러기를 내려다보다가 고개를 끄덕였다. "사줄 형편은 돼, 당신이 사달라고 하면. 돈 문제를 어떻게 이야기해야 할지 잘 모르겠는데, 나 돈많이 벌어. 그런데 돈을 쓸 데는 많지 않아. 당신한테 차 사주고 싶어. 특히 만약에…" 그녀는 그를 화나게 만들까봐 말을 끊었다.

"만약에 뭐?"

"말 안 하는 게 낫겠어. 적절한 말이 아닌 것 같아."

그가 머리를 옆으로 기울였다. 얼굴이 갈수록 무표정했다. "난 듣고 싶은데."

"무슨 말을 하려고 했냐면…" 그녀는 불편한 듯 숨을 들이켰다. "특히 다른 여자가 사준 차를 몰고 있다면, 난 더 그러고 싶어."

그가 집중해서 샌드위치 포장지를 사각형으로 단정히 접었다. "내 차가 선물로 받은 거냐고 묻는 거지?"

그녀는 그럴 거라는 확신이 들어 화가 치밀었다. "응."

"맞아."

"클럽의 그 금발 여자가 사준 거구나."

그가 이맛살을 찌푸렸다. "어떻게 알았어?"

"그 여자는 당신을 놓지 않으려 한 고객이었으니까." 그 여자가 그에게 키스하던 장면이 떠올라 뒷목의 털이 곤두섰다. 게다가 그 여자는 그와 섹스도 했어… 그것도 여러 번 했겠지. 스텔라는 호흡이 가쁘고 답답해져서 탁자에 깔린 유리판에 손톱을 세웠다.

그가 한 손을 그녀의 손 위에 얹었다. 그녀의 심박수가 느려졌다. "난 그런 종류의 선물 좋아하지 않아. 그러지 마, 알았지?"

"알았어." 하지만 스텔라는 그가 그 고객을 좋아해서 그걸 간직하고 있다는 의심을 지울 수 없었다. 사람들은 누군가가 의미가 있을 때 그렇게 하지 않나?

그가 내가 준 것을 간직한다면 얼마나 좋을까. 스텔라는 마이클이 아무것도 받지 않으려 해서 애가 탔다.

"옛 고객들을 질투하기 시작하면 당신만 힘들어져, 스텔라." 그가 차분한 눈빛과 담담한 목소리로 말했다. 에스코트 일은 불가피한 슬픈 현실이라는 듯.

의문들이 차곡차곡 쌓여 그녀의 혀끝을 맴돌았다. 그 일을 싫어하면서 왜 하는 걸까? 그는 옷에 대단한 재능이 있다.

왜 그 재능은 등한시하고 드라이클리닝을 하고 수선 일을 하지? 에스코트 일을 해서 번 돈은 어디에 쓰는 걸까? 남몰래 중독된 것이 있나? 위험에 처해 있는 걸까?

왜 그는 그녀의 남자가 될 수 없는 걸까?

하지만 당분간 그는 그녀의 남자다. 그는 그 금발 여자를 원하지 않는다. 오늘 아침 그는 그 금발 여자와 함께 있지 않았다.

점심을 다 먹었을 때쯤 마지막 의문이 그녀의 머릿속 뒤편에서 계속 얼쩡거렸다.

왜 그는 그녀의 남자가 될 수 없는 걸까?

떠오르는 이유는 하나밖에 없었다. 그녀는 그를 원하지만 그는 그녀를 원하지 않으니까.

하지만 결정된 것은 없었다. 그녀는 남자를 유혹하는 데 활용할 기술을 배우려고 이것을 시작했다. 필립 제임스를 염두에 둔 적도 있었지만, 마이클을 가질 수 있는데 왜 필립에서 만족해야 하지? 그에게서 배운 것을… 그에게 쓰면 되잖아? 내 에스코트를 유혹하면 되잖아?

일해야 했다. 게다가 이 온라인 속옷 프로젝트는 흥미로운 작업이었다. 평소 같으면 벌써 끝났을 일인데 지금은 속옷을 쳐다보면, 심지어 '속옷'이라는 단어만 봐도 그녀는 마이클을 떠올렸다.

휴대폰을 보관하는 책상 서랍이 그녀에게 손짓을 했다. 그에게 문자 메시지를 보내고 싶었다. 그래도… 괜찮겠지? 문자 메시지는 그날 밤 사무실에서 주고받았을 때를 빼곤 일정을 정하고 조정하는 목적으로만 주고받고 있었다.

그녀는 손가락으로 책상의 표면을 톡톡 두드리다가 주먹을 쥐었다. 그에게 간단한 문자 한 줄 보낼 용기조차 없으면서 어떻게 그를 유혹하겠어? 그녀는 휴대폰을 꺼냈다. 안녕. 그녀는 전송하기 전 그것을 삭제했다. 보고 싶어. 이런 말은 보기만 해도 손바닥에 땀이 찼다. 너무 노골적이다. 삭제. 오늘 밤 만나는 거 맞는지 확인하려고.

그녀는 전송 버튼을 누르고 휴대폰을 책상 위에 놓으면서 컴퓨터 모니터들을 쳐다보았지만 아무것도 눈에 들어오지 않았다. 휴대폰 화면은 검고 아무런 변화가 없었다. 그는 바쁜 모양이었다.

휴대폰이 진동했지만 딱 한 번 몸을 떨어 문자 메시지 수신을 알리는 게 아니라 진동을 멈추지 않았다. 전화가 온 것이다.

그녀는 휴대폰 화면을 쳐다보고 가슴이 두근거렸다. 마이클이었다. 그녀는 휴대폰을 가슴에 꼭 품었다가 전화를 받았다. "여보세요?"

"안녕, 스텔라." 전화기 너머에서 그의 엄마가 베트남어로 뭐라 말을 했고 재봉틀이 돌아갔다. "손이 모자라서 문자 대신 전화했어. 오늘 밤 만나. 마운틴 뷰 타이 식당에서."

"그래, 거기서 봐."

"알았어."

재봉틀이 멈추고 그들 사이의 가상공간에 침묵이 들어섰다. 그녀는 그가 말을 해주길 바랐다. 그의 목소리를 다시 듣고 싶었다.

"옷 잊지 마. 우리 집에 두는 거. 당신이 우리 집에서 지내는 거 원치 않으면 할 수 없지만. 꼭 그럴 필요는 없으니까." 그녀는 말을 빠르게 쏟아냈다.

"아니, 난 좋아. 그냥 깜빡했어. 알려줘서 고마워." 그가 큭큭 웃었고, 스텔라는 휴대폰을 움켜쥐었다. 그가 너무너무 보고 싶었다. 그를 마지막으로 본 지 고작 하루 지났을 뿐인데.

그의 엄마가 뭐라 말을 했고, 그가 한숨을 쉬었다. "그만 가야겠어. 오늘 밤 기대해. 보고 싶어. 안녕."

그녀는 숨을 참았다가 말했다. "나도 보고 싶어." 하지만 전화는 이미 끊긴 뒤라 혼잣말을 한 셈이 되었다.

이렇게 누군가가 보고 싶을 때 사람들은 대체 어떻게 하루를 견디는 걸까? 스텔라는 그가 너무 보고 싶었다.

그녀는 휴대폰의 사진첩을 톡톡 눌러보았다. 역시나 텅 비어 있었다. 그녀는 충동적으로 마이클에게 다시 문자 메시지를 보냈다. 내 휴대폰에 당신 사진 한 장 있었으면 좋겠어. 부탁해. 그녀는 기다렸다.

그만 포기하고 휴대폰을 책상에 내려놓았을 때 휴대폰이 진동했다.

급히 찍은 셀카였는데, 눈썹을 추켜올린 채 가까이에서 찍은 얼굴이었다. 약간 얼빠진 표정이었지만 여전히 매력이 넘쳐흘렀다. 그녀는 한숨을 쉬고 엄지손가락으로 그의 뺨을 쓸었다.

휴대폰이 다시 진동했다. 내 거는? 머리 푼 걸로.

그녀는 믿을 수가 없어 웃음을 터뜨렸다. 진심이야?

머리 내리고. 셀카. 지금. 셔츠 단추도 두 개 풀고.

그녀는 이게 무슨 짓인가 싶었지만 머리를 넘겨 묶은 고무줄을 풀려고 잡아당겼다. 꽉 묶여 있었다. 더 세게 당기자 고무줄이 뚝 끊어지면서 머리카락이 풀렸고 고무줄이 바닥에 떨어졌다. 그녀는 손가락으로 뭉친 머리카락을 펴고 셔츠 단추들을 풀었다. 휴대폰 화면에 뜬 그녀의 얼굴이 그녀를 바라보았는데… 뭔가 달라 보였다. 평소 같지 않았다. 비밀의 스텔라, 오늘 밤 연인을 만나러 갈 여자처럼 보였다.

손가락이 얼결에 카메라 버튼을 눌러 그녀의 얼굴을 포착했다. 순간 그녀는 깨달았다. 바로 이런 거구나. 이런 게 연인이로구나. 그 말의 느낌이 좋았다. 정말 좋았다.

그녀는 그 사진을 마이클에게 보냈다.

보내자마자 휴대폰이 진동했다. 와, 스텔라. 섹시해. 미치게. 웃음이 터졌다. 정말 섹시한 게 뭔지 보여줄까나. 그런데 무얼 어떻게 해야 하는지 막막했다. 카메라 각도를 조절하고 특별한 자세를 취하면 될 것 같은데 그녀의 사무실은 유리창 천지였다. 동료들의 눈에 띌 수도 있었다. 그럼 휴대폰을 딱 맞는 옷 속에 넣든지.

스텔라는 그건 도저히 안 되겠다 싶어 휴대폰을 내려놓고 일에 정신을 집중했다. 일은 역시나 즐거웠다. 그녀는 점차 데이터에 빠져들면서 흥미로운 사실을 마주했다. 결혼한 남자들의 대다수가 속옷을 구입하지 않으며 심지어 자기 속옷조차 구입하지 않았다. 속옷 구입은 아내들의 몫이었다. 그녀는 데이터를 확인하고, 거르고, 여러 해에 걸쳐 수집된 과거의 수치들을 검토한 결과 결혼한 남자들은 혼인 신고 이전부터 속옷 구입을 중단했다는 사실을 발견했다.

무슨 일이 일어나고 있는 걸까? 어떤 종류의 인류학적 현상일까?

새로운 퍼즐 게임의 희열이 그녀의 혈관을 질주하며 그녀를 사로잡았다. 그녀는 그 데이터를 몇 가지 다른 변수들에 대비해 그래프로 만들었다. 그 곡선들과 무작위로 흩어져 보이는 산포도를 분석하고 통계치를 살폈다. 딱히 해석이 되지 않았다. 해석이 되지 않으면 오히려 더욱 짜릿했다.

휴대폰이 진동하고 화면에 '마이클과 저녁 식사'라는 알림이 떴다.

그녀는 아쉬운 눈으로 컴퓨터 모니터들을 쳐다보았지만 키보드에 다시 손을 대지는 않았다. 그녀에게 '5분만 더'는 통하지 않았다. 지금 일로 돌아갔다가는 데이터의 바다에 빠져 있다가 자정이 훨씬 지나서야 수면 위로 떠오를 게 분명했다. 이것이 그녀가 알림을 설정하는 이유였다.

게다가 마이클은 데이터 못지않게 흥미로웠다. 그녀를 웃게 만들었다. 냄새도 좋고 촉감도 좋고 맛도 좋았다. 그리고 또… 그녀는 두 팔로 몸을 감싸고 카펫 위에서 두 발을 움직여 춤을 추었다. 완벽해도 이렇게 완벽할 수 있을까. 낮에는 흥미로운 일이 있고, 밤에는 흥미로운 마이클이 있었다. 매일매일 영원히 이런 날만 계속됐으면.

그녀는 작업한 것을 저장한 뒤 컴퓨터 전원을 껐다. 아직 사람들이 사무실에서 일을 하는 동안 그녀가 복도를 걸어 나가는 것은 좀체 없는 일이었지만 있다고 해도 동료들은 그다지 신경을 쓰지 않았다. 하지만 오늘 저녁에는 웬일로 지나가는 그녀에게 시선이 쏟아졌다. 회사에서 가장 잘나가는 계량 경제학자들이 화이트보드에 계산식을 쓰다가 동작을 멈추었고, 비교적 어린 분석가들은 칸막이 안쪽에서 놀란 표정을 지었다.

필립의 사무실을 지나갈 때 그가 책상 위 서류에서 고개를 들더니 깜짝 놀라 그녀를 다시 쳐다보았다. 그녀는 그에게 손을 흔든 뒤 줄줄이 이어진 엘리베이터 쪽으로 갔다. 엘리베이터 문이 닫히기 시작했을 때 필립이 안으로 뛰어들었다.

"오늘 일찍 퇴근하네." 그가 말했다.

그녀는 안경을 고쳐 쓰면서 머리를 내렸다는 사실을 깨달았다. 그래서 그렇게 모두들 이상하게 행동한 거였구나. 그녀는 못 말린다는 표정을 지었다. 머리 좀 내린 게 무슨 큰일이라고. "저녁 약속이 있어서."

필립의 연한 눈동자가 그녀를 샅샅이 훑어보았다. "누구 만나나봐?"

그녀가 머리를 귀 뒤로 넘겼다. "응."

"내 충고가 먹혔구나. 응?" 그가 평소처럼 실실거리며 말했다.

"그랬어. 고마워."

그는 눈을 깜빡이며 눈썹을 추켜올렸다. "사람 놀라게 하네, 스텔라. 머리 내리니까 예쁘다."

사람을 평가하는 듯한 그의 시선에 그녀는 몹시 불쾌해져서 열린 셔츠 단추 두 개를 다시 채우고 싶은 충동을 느꼈다. "고마워."

"근데 그 남자 누구야? 내가 아는 남자야? 진지하게 만나는 사이?"

그녀는 손가락으로 허벅지를 톡톡 두드렸다. "당신이 아는 남자는 아닐 거야. 진지한 관계였으면 해. 난 진지하거든."

"빨리 결혼하자고 재촉하진 마, 알았지? 그럼 남자가 겁먹고 도망가."

그녀는 그에게 인상을 썼다.

그가 목청을 가다듬었다. "미안, 내가 말실수를 했네. 그냥 천천히 가라고. 그런 뜻으로 한 말이야."

띵 소리가 나면서 엘리베이터 문이 열렸을 때 그가 한 손으로 열림 버튼을 눌렀다. "숙녀 먼저."

그녀가 밖으로 나갔다. 그보다 앞서 나가려고 빨리 걸었지만 그가 잰걸음으로 따라와 나란히 걸었다.

"두 사람 어디로 가?"

"타이 식당." 그녀는 주차장에 있는 자신의 차를 발견했다. 순간이동이라도 해서 차 안으로 곧장 점프하고 싶었다. 그리고 다시는 직장에서 머리를 내리지 않겠다고 다짐했다.

"매콤한 음식 좋아해?"

"좋아하지. 여기 괜찮으면 말해줄게, 하이디랑 같이 가봐."

"하이디랑 더 이상 데이트 안 해. 나한테 너무 어린 여자였어. 공통점도 없고. 나더러 사람들과 의사소통하는 법을 배우라더군. 내가 과시하는 면이 좀 있잖아. 짜증 났겠지. 아는 게 나오면 나도 모르게 그렇게 돼서." 그가 헛기침을 했다. "마지막 말은 잊어줘."

그 말에 그녀는 잠시 걸음을 멈추었다. 의사소통에 애를 먹는 게 어떤 건지 잘 알고 있었다. 그렇다면 하이디가 끝냈다는 소리네? 재수 없는 인간이라고만 생각했는데 필립에게 이런 여린 구석이 있었단 말이야? 슬퍼할 줄 아는 사람이었어? "알았어."

"당신과 나는 공통점이 있어." 그의 눈빛에 진심이 담겨 있었다. 필립이 그녀에게 관심을 보이고 있었다.

스텔라는 차 앞에서 걸음을 멈추었다. "그렇긴 하지."

그녀의 어머니는 그들이 서로에게 완벽한 상대라고 생각했다. 그가 머저리 같은 조언으로 그녀를 정해진 생각 밖으로 인도하지 않았다면 그에게 다시 관심을 가졌을지도 모른다. 그랬다면 그가 김빠진 섹스의 네 번째 희생양이 되었을 공산이 컸다.

하지만 이제는 아니었다. 그녀가 원하는 사람은 오로지 마이클뿐이었다.

"그만 가야겠어. 늦지 않으려면."

그가 뒤로 물러섰다. "좋은 밤 보내, 스텔라. 너무 좋진 말고. 내일 봐."

그녀는 차에 올라타고 벨트를 맸을 때 필립이 자기 차에 올라타는 것을 보았다. 새로 뽑은 선홍색 람보르기니. 그녀의 스타일은 전혀 아니었다. 마이클이 좋아하는 차만 아니었어도 볼 때마다 싫었을 것이다.

그녀는 한숨을 내쉬고 마이클을 만나러 갔다. 차로 금방 목적지에 도착해 내부가 습한 식당 안으로 걸어 들어갔다. 그는 창가의 이인석에서 그녀를 기다리고 있었는데, 검은색 정장 바지와 줄무늬 단추 셔츠, 날씬한 허리에 완벽하게 들어맞는 검은색 실크 조끼 차림이 근사했다.

그의 눈이 반짝거렸다. 그는 집게손가락으로 입술을 톡톡 두드리며 그녀가 테이블 사이로 그를 향해 걸어오는 것을 바라보았다. 그녀가 다가왔을 때 그는 일어서서 그녀를 탄탄한 품에 안고는 그녀의 목에 입술을 누르고 손가락을 그녀의 늘어진 머리카락 속에 넣고 쓸었다. "이 머리. 나의 스텔라가 오늘 밤 정말 멋지네."

그녀는 그의 냄새를 들이켜고 그에게 안겼다. 확신이 고개를 들고 의지는 더욱 굳어졌다. 이 남자를 유혹하고 말겠어. 그 방법을 알아낼 수 있다면. "아까 머리를 풀 때 고무줄이 끊어졌어. 사무실 사람들이 다들 내가 스트립쇼라도 하는 줄 알던데."

그가 어깨가 흔들리도록 소리 내어 웃었다.

웨이터가 다가와서 그들은 떨어져 자리에 앉았다.

"원하면 할 수도 있지. 몸매도 좋은데, 뭐." 그가 짓궂게 씩 웃으면서 말했다.

"내 운동신경으로는 봉춤을 추다가 뇌진탕을 일으킬걸."

그는 운동신경이 화제에 오르자 현명하게 입을 다물었다.

"이것도 마이클 선생님의 작품인가요?" 그녀가 눈길을 끄는 그의 조끼를 가리키며 물었다.

"물론. 당신의 눈빛은 만지고 싶은 눈치네. 이거 완성된 옷이야."

그녀는 자기도 모르게 그를 향해 테이블 너머로 손을 뻗다가 얼른 빼서 밑에 깔고 앉았다. 그러면서 코를 찡긋거려 안경을 고쳐 썼다.

"나중에 더 자세히 봐." 그는 한 손을 펴서 테이블에 놓고 고개를 옆으로 기울인 채 기다렸다. 그녀의 손을 잡고 싶은 눈치였다.

이렇게 유혹을 잘하는 남자를 어떻게 유혹하란 말이야?

그녀는 깔고 앉았던 손을 빼서 그의 손 안에 넣었다. 그가 손가락을 오므려 그녀의 손을 쥐고 엄지손가락으로 그녀의 손등을 쓸었다.

"오, 오늘 하루 어땠어?" 오늘 처음으로 그의 안부를 물었다는 생각이 들었다. 벌써부터 궁금했었는데. 너무 개인적인 질문이었나? 그에게 이 정도는 물어도 되지 않을까?

그의 입술이 뒤틀리면서 미소와 찡그림 사이 어딘가에 위치했다. "졸업식 시즌이라서. 연중 가장 좋아하는 때는 아니야."

"수선 일이 많아?"

"덩달아 꺅꺅거리는 십 대 여자애들도 많아."

"보자마자 당신한테 다들 반하겠다." 그건 보통 성가신 일이 아닐 것이다.

"그런 수선은 대부분 어머니한테 넘겨서 그렇게 힘들진 않아. 근데 끈 원피스 때문에 아주 눈이 사시가 될 지경이야. 당신 사진이 오늘 하루의 하이라이트였어."

그녀는 그 말을 들으니 뜨끔했다. 그녀의 사진은 그렇게 예쁘지 않았다. "그럼 남성복 쪽을 더 하고 싶은 거네?"

그녀는 그가 좋아하는 일을 못 하고 있다는 생각에 옆구리에 가시가 박힌 듯 불편한 기분이 들었다. 싫어하는 일을 하루 종일, 날마다, 매주 해야 한다면 그녀는 심리치료를 받아야 할 것 같았다. 그는 어깨를 으쓱거렸지만 생각하는 표정을 지었다. "난 창의적인 일을 좋아해. 뭔가 새로운 걸 만들거나. 고치고 다듬는 것도 싫지는 않지만 그런 건 별로 도전 정신을 자극하지 않아."

"본인의 브랜드를 시작하는 건 생각해봤어?" 그녀는 좋은 생각이 떠올라 손으로 입을 가렸다. "패션 리얼리티 방송에 나가봐. 당신이라면 우승할 거야."

그는 맞잡은 그들의 손을 내려다보며 미소를 지었지만 행복한 미소는 아니었다. "3년 전 그런 방송에서 섭외가 왔었어. 내 포트폴리오보다 내 얼굴이 더 마음에 든 것 같았더라. 기회는 기회일 뿐이야. 그때 날벼락 같은 일이 생겼고, 엄마가 병에 걸리셨어. 방송 출연은 거절했어."

스텔라의 얼굴에서 핏기가 사라졌다. 가슴이 무너지는 것 같았다. 그렇다면 그는 그 일을 어머니 때문에 하는 것일지도 모른다.

그가 눈을 들어 그녀를 흘끔 보았는데, 표정이 한결 부드러워져 있었다. "그렇게 슬픈 표정 짓지 마. 엄마 최근에 많아 좋아지셨어."

"혹시… 암이야?" 그녀는 그의 누이들이 싸울 때 화학요법에 대해 했던 말이 어렴풋이 기억났지만 그때 워낙 정신이 없어서 제대로 알아들은 말이 없었다. 어떻게 그걸 흘려들었을까? 난 대체 왜 이 모양일까?

"암 4기, 불치 판정 받았어. 수술이 불가능한 폐암. 아니, 엄마는 담배를 한 번도 피운 적 없어. 운이 나빴던 거야. 하지만 최근에 받은 치료가 효과가 있어. 점차 나아지고 계셔." 그는 힘을 내는 미소를 지으며 말했다.

그녀는 그의 손을 꼭 쥐면서 그를 바라보았다. 자기가 얼마나 끝내주게 멋진 사람인지 그는 알까?

웨이터가 다가왔고 마이클이 그녀에게 물었다. "내가 주문할까?" 그녀는 고개를 끄덕였고, 그는 메뉴를 보지도 않고 몇 가지 요리의 이름을 줄줄이 말했다.

"당신은 오늘 어땠어?" 그가 물었다.

"잘 보냈어."

그가 씩 웃고는 그녀의 턱을 꼬집었다. "자세히 말해야지, 스텔라."

"아. 그게… 작업을 하다가 흥미로운 퍼즐을 만났어. 설명할 수 없는 매력적인 현상인데… 왜 그렇게 쳐다봐?"

그는 고개를 옆으로 기울이고 유달리 다정한 미소를 짓고 있었다. "당신 일 얘기 할 때 사랑스럽고 섹시해."

"그 둘은 양립할 수 없어."

그가 웃음을 터뜨렸다. "당신의 경우엔 가능해. 계속해봐, 그 퍼즐 같은 매력적인 현상."

"풀게 되면 말해줄게. 꼭 풀고 말 거야. 가만. 또 무슨 일이 있었지? 아, 인턴을 고용하라는 상사의 압력을 받았어. 그리고 오늘 첫 셀카를 찍었고." 그녀는 필립에 관한 이야기는 전부 빼버렸다. 그 불편한 만남은 거론할 필요가 없었다.

"상사가 당신에게 일이 너무 많다고 생각하나본데?"

그녀가 어깨를 으쓱거렸다. "그렇게 생각 안 하는 사람 없을걸?"

"본인이 즐긴다면 지나친 게 아니지. 당신처럼."

"맞아. 우리 어머니에게 그렇게 말 좀 해줘."

"뵙게 된다면 그럴게." 그가 말했다. 하지만 그럴 일 없다고 생각하는 말투였다.

"한 달 뒤에 어머니가 자선 만찬을 여시는데, 거기서 만나면 되겠다. 원하면 나랑 같이 가. 꼭 가야 하는 건 아니고." 그녀가 얼른 덧붙였다.

그가 턱 근육을 움직거리면서 그녀를 바라보았다. "내가 가면 좋겠어?"

그녀가 고개를 끄덕였다. "그날 파트너가 없으면 엄마가 주선하겠다고 협박을 하셔서." 그리고 그녀가 원하는 파트너는 마이클뿐이었다. 다른 사람은 싫었다.

"골치 아프겠네. 그게 언제야?"

"토요일 저녁. 정장 입어야 해. 당신한테 그건 문제도 아니겠다."

그의 입꼬리가 올라갔지만 눈에 어린 긴장감은 여전했다. "좋아, 달력에 표시해둘게. 나도 가고 싶어."

"정말?"

"응."

그녀는 입술을 깨물며 망설였지만 저지르자 결심하고 말했다. "내 드레스 만들어줄래?"

그는 그녀의 눈을 오랫동안 탐색했다. "그럴게."

"물론 비용은 지불할게…"

"그건 확인하고 나서." 그는 그렇게 말하며 그녀의 손을 자기 입으로 올려 손가락 관절에 입을 맞추었다.

"정말 기대돼."

그가 고개를 흔들면서 다시 웃음을 터뜨렸다. "왜 아니겠어."

저녁 식사가 나왔고, 진심이 어린 대화가 이어졌다. 그동안 그들은 레몬그라스와 마크루 라임 잎, 바질, 빨간 칠리 고추를 넣은 매콤한 음식을 먹었다. 칠리 고추 때문에 그녀의 입술이 얼얼해졌다. 그녀는 마이클에게 좋아하는 디자이너를 물었다가—그는 장 폴 고티에, 이세이 미야케, 입 생 로랑을 좋아했다—그가 샌프란시스코에서 패션 학교를 다녔다는 것을 알게 되었다. 그는 그녀에게 언제 경제학에 대한 애정을 깨달았는지—고등학교 때—첫 남자 친구는 언제 사귀었는지 물었다. 그녀는 남자 친구는 한 번도 사귄 적이 없었다. 그는 고교 1학년 때 어떤 여자애와 꽤 오랫동안 사귀었는데, 주로 통학버스 안에서 같이 시간을 보냈다고 했다. 스텔라는 평소 먹는 양보다 많이 먹었다. 이 시간을 오래오래 끌고 싶었다.

계산서가 나왔을 때 그녀가 그것을 집었지만 마이클이 웨이터에게 민첩하고 자연스러운 동작으로 자신의 신용카드를 건넸다. 그녀는 실눈을 떴다.

그가 그녀랑 같이 있을 때 값을 치르겠다고 고집한 것이 이번이 처음이 아니었다. 그녀는 마음이 극도로 불편했다. 이런 사소한 생활비는 그녀에게 아무것도 아니었지만 그는 형편이 넉넉하지 않았다. 왜 돈을 못 내게 하는 걸까? 이런 문제는 어떻게 조정해야 하지? 그에게 모욕감을 주지 않으면서 돈 문제를 상의하고 싶은데 방법을 알 수 없었다.

같이 식당을 나오는 길에 마이클이 말했다. "집에 들러 옷 가져와야 해. 당신이 알려주기 전까지 깜빡하고 있었어."

"내가 들어가서 봐도 괜찮겠어?" 아니면 같이 잠을 잔다는 이유로 내가 너무 앞서가는 걸까?

"당신이 원한다면. 특별한 건 없어." 그가 귀엽게 난감한 표정으로 뒷목을 문질렀다.

"그래도 내 집보단 나을걸."

"그게 무슨 소리야?"

"내 집은 텅 비었고… 삭막하잖아." 사람들은 그녀의 뒤에서 안 들리는 줄 알고 그녀를 그렇게 부르곤 했다.

그는 손가락으로 그녀의 뺨을 쓸고 머리카락을 쓸어 넘겼다.

"가구가 없어서 그런 건데, 뭐. 그만 가자. 여기서 진짜 가까워."

그는 '진짜 가깝다'고 말했지만 사실 그는 바로 옆의 주상 복합 아파트에 살고 있었다. 그냥 그렇게 말했더라면 그녀가 주차할 데를 찾느라 돌아다니지 않았을 텐데, 차들이 꽉 꽉 들어찬 주차장 주변을 성과 없이 빙빙 돌고 나서야 그는 그녀에게 그의 고정 주차 자리에 차를 세우자고 말했다. 그녀가 아파트 수생 정원에서 그를 기다리는 동안 그는 거리에 면한 샛길에 차를 세웠다.

그는 그녀의 손을 잡고 옥외 계단을 통해 3층으로 올라갔다.

"청소 안 하고 나왔으니까 단단히 각오해. 심장마비 일으키기 없기다?"

그녀가 마음을 굳게 먹었다.

"약속할게."

18

스텔라가 방 하나짜리 아파트 안으로 들어설 때 마이클은 순간 가슴을 졸였다. 그의 집은 더럽지 않았지만—사실 그는 엄청 깔끔을 떠는 사람이었다—대단히 근사한 집도 아니었다.

그는 그녀의 눈에 어떻게 비칠까 생각하며 그 공간을 쳐다보았다. 거실 벽 한쪽에 작은 갈색 이케아 소파가 놓여 있었고, 그 맞은편에는 중간 크기의 평면 텔레비전이 있었다. 거실 뒤쪽에는 벤치프레스와 다양한 종류의 덤벨들이 있었다. 구석에 매달린 샌드백은 명백히 임대 계약 위반으로 보였다.

부엌은 라미네이트 조리대, 전자레인지, 목재 식탁과 의자들로 비좁았다. 색깔 때문에 식탁 중앙에 놓아둔 화분에서 그의 취향이 엿보였다. 뒤쪽 벽에 붙여 세운 철제 캐비닛 위에는 아직 처리하지 못한 청구서 같은 것들이 있었다.

스텔라는 하이힐을 벗어 그의 다른 신발들 옆에 가지런히 세워두었다. 그리고 무심히 가방을 소파 위에 놓다가 텔레비전 받침대 안쪽에 즐비한 DVD들을 발견했다.

"알파벳순으로 정리했네." 그녀는 그것들을 자세히 보려고 몸을 숙이다가 자기도 모르게 탐스러운 엉덩이를 자랑하고 말았다.

그가 웃음을 터뜨렸다. 역시나 그녀는 예상대로 행동하는 법이 없었다. "내가 그렇게 좋아, 스텔라?"

"이건 뭐야? 〈소오강호〉?" 그녀는 유리문을 열고 두께가 2.5센티미터쯤 되는 DVD 케이스를 꺼냈다.

"최고의 텔레비전 무협 시리즈지."

그녀가 성배라도 발견한 듯 입을 헤벌리고 그 케이스를 쳐다보는 바람에 그는 바보처럼 웃지 않으려고 애를 써야 했다. 이제까지 사귄 여자들은 그의 이상한 집착을 이해하기는커녕 무협이 뭔지도 몰랐었다.

그는 마음을 가라앉히면서 신발을 벗어서 그녀의 신발 옆에 놓았다. "원하면 빌려가도 돼."

그녀는 그 보물을 가슴에 꼭 품었다. "그럴게. 고마워."

"하지만 조심해. 까딱하면 중독되니까. 모두 8회인가 그럴 거야." 그는 얼굴을 문질러 웃음기를 지워버리고 손가락으로 머리카락을 쓸었다. "나 짐 꾸릴 동안 집 구경하고 있어."

그가 침실로 들어가자 그녀도 따라 들어가서 침대 가장자리에 걸터앉아 그에게 미소를 짓다가 호기심이 어린 눈으로 그 소박한 공간을 둘러보았다. 그녀는 값비싼 정장 차림이라 그의 소박한 아파트 안에 있기엔 생뚱맞아 보였다. 그는 그녀를 여기 데려오다니 내가 미쳤지, 하는 생각이 들었다.

이건 자학이나 다름없다.

여긴 고객도 여자도 들이지 않는 공간이다. 그의 머릿속이 차분해지는 공간이다. 이제 그의 침대에 걸터앉아 그를 기다리며 미소 짓는 그녀의 기억이 이곳에 어리게 됐으니 무슨 생각이든 똑바로 할 수 있을까?

그는 옷장 안으로 탈출했다. 양복과 셔츠를 보고 있으니 목에 올가미를 걸지 않고 살던 시절이 떠올랐다. 스텔라의 집에 가져갈 의복을 결정하고 나서 맨 위 선반에서 검은색 스포츠 가방을 꺼냈다. 옷장 밖으로 나오면서 양말과 팬티를 몇 개 가져갈까 생각했다. 일주일치면 충분하겠지…

스텔라가 그의 이불 속에 웅크리고 누워 황홀한 표정으로 그의 베개를 베고 있었다. 정말 이상한 풍경이었다.

그 풍경이 묘하게 그의 성욕을 자극했다.

그는 가방을 바닥에 떨어뜨리고 그녀에게 몸을 숙였다. "내 베개랑 이불을 찾았으니까 이제 난 필요 없겠네. 그치?" 그가 속삭였다.

그녀가 눈을 번쩍 뜨고 얼굴을 붉혔다. "냄새가 너무 좋아."

"더러울까봐 신경 안 쓰여?"

그녀는 눈이 동그래져서 이불을 가슴에서 걷어냈다. 속이 울렁거리는 것처럼, 뒤통수를 맞은 사람처럼 보였다.

그녀가 과호흡을 일으키기 전에 그는 얼른 침대에 누워 그녀를 끌어안았다. "여기서 자는 사람은 나뿐이야, 스텔라. 농담한 거야. 그리고 밤에는 꼭 샤워해." 그는 고객의 흔적을 모두 씻어내고 잠자리에 든다. 고객을 그의 침대로 데려오지도 않는다.

이 고객은 예외지만. 스텔라에게는 그가 설정한 룰이 하나도 적용되지 않았다.

그녀가 주먹으로 그의 가슴을 탁 쳤다. "재미없어, 마이클."

"미안." 그는 그녀의 얼굴에서 머리카락을 치우고 안경을 똑바로 씌워주었다. "그냥 좀 놀려본 거야. 다른… 사람들 생각은 안 했어… 당신이 그렇게 반응하기 전까진."

"정말 아무도 여기 데려온 적 없어?"

질투하는 건가? 그녀가 질투하니 좋은 건가? 후, 정말 기분이 좋았다. "한 번도."

그녀는 안에서 입술을 깨무는 것처럼 입을 꾹 다물었다. "그만 가야겠어. 나 불청객 맞지? 집 구경시켜준 거 고마워. 당신 집 좋아. 나도 화분 하나 마련해야겠어."

그녀가 일어나려 하자 그는 그녀를 보내, 하고 속으로 말했다. 여기는 고객을 위한 공간이 아닌 데다 그녀가 그의 침대 안에 있는 기억을 더는 만들 필요가 없었다.

그녀를 보내.

그의 두 팔이 말을 듣지 않고 고집을 부렸다. 두 팔이 그녀를 더 바짝 끌어당겼고 그들의 몸이 맞춤옷처럼 완벽하게 들어맞았다.

"내 마음속에서 당신은 그들과 같은 부류가 아니야, 스텔라."

"정말?"

그녀가 어찌나 희망에 부푸는지 마이클은 참지 못하고 말했다. "정말. 나한테 당신은 그냥 고객이 아니지."

"좋다는 뜻이지?" 그녀가 불안한 미소를 지었다.

"최고라는 뜻이야." 그는 그녀의 늘어진 머리카락을 어루만졌다. 눈을 꼭 감고 그의 손길에 몸을 맡기는 그녀의 모습이 그를 굴복시켰다.

그가 그녀의 안경을 벗겨서 침대 옆 탁자에 놓았을 때 그녀는 눈을 뜨고 마른침을 삼켰다. 그의 시선은 그녀의 턱 밑에서 거칠게 뛰는 맥박에 이끌렸다. 그녀의 뺨이 발그레했다. 그녀가 그를 원했다. 그는 욕망의 대상이 된다는 게 이토록 좋았던 적이 없었다.

"정말 예쁘다, 스텔라."

그는 엄지손가락으로 그녀의 아랫입술을 쓸었다. 그녀가 한숨을 쉬더니 놀랍게도 그의 엄지손가락에 키스하고는 그것을 입에 넣고 빨았다. 그리고 혀로 그를 간질이고 깨물자 그 느낌이 아랫도리로 직행해 폭발했다.

"이런 건 어디서 배웠어?"

그녀가 그의 손가락을 풀어주었다. "해보고 싶었어. 내일은 '에로틱하게 손가락 깨물기'를 검색해볼 거야."

"그냥 나한테 물어봐." 그가 그녀의 작은 손을 그의 입으로 올려서 손바닥 아랫부분을 깨물었다.

그녀가 손가락을 꼼지락거리면서 떨리는 한숨을 길게 토해냈다. "당신이 무얼 가장 좋아하는지 모두 알고 싶어." 그녀는 그의 손을 잡아 그녀의 입으로 가져왔다. 하얀 치아가 그의 피부를 잘근잘근 씹자 그는 온몸의 털이 일어섰다.

"당신한테 키스하는 거 좋아해." 그가 고백했다.

그녀는 손끝으로 그의 입술을 가볍게 쓸었다. "당신한테 키스해도 된다는 소리지?"

"그건 안 물어봐도 돼." 이런 걸 물은 사람은 스텔라밖에 없었다. 어쩌면 이것이 그가 그녀에게 푹 빠진 이유인지도 몰랐다.

"그럼 원하면 그냥 키스해도 되는 거야?" 그녀는 너무 좋아 믿기 힘든 말을 들은 것처럼 그의 입을 빤히 보았다.

"응."

그녀는 입술을 포개고 그가 산소인 것처럼, 공기가 모자란 사람처럼 그에게 키스했다. 그는 두 손을 그녀의 등 아래로 내려 탐스러운 엉덩이를 움켜쥐고 단단해진 부위로 그녀를 끌어당겼다. 그녀는 몸을 더 밀착시키면서 손가락을 그의 머리카락 속에 넣고 키스에 빠져들었다.

그녀는 모든 것이 너무나 부드러웠지만 옷에 싸여 있었다. 옷을 사랑하는 마이클도 지금은 스텔라를 가로막는 옷이 거추장스러웠다. 생전 처음으로 단추들을 뜯어버리고 싶은 강한 충동이 일었다. 그는 키스를 풀고 그녀의 손을 잡아 소맷부리를 풀어 그녀의 우아한 손목을 드러냈다.

"옷 벗어." 그가 거칠게 명령했다.

그가 그녀의 소매를 풀어주자 그녀는 아무 말 없이 그의 소매를 풀었다. 그녀가 그의 옷을 벗긴 것은 이번이 처음이었다. 이제까지 그의 옷을 벗긴 사람이 수백 명이었지만 그는 그들의 얼굴이 하나도 생각나지 않았다.

오직 스텔라만이 존재했다.

그들은 서로의 옷을 벗겼다. 교차되고 엉킨 두 팔이 상대의 셔츠와 조끼 단추를 풀고 옷자락을 빼냈다. 그녀의 하얀 손이 그의 가슴을 어루만지고 그의 유륜을 쥐었다. 그의 피부가 뜨거워졌다.

그의 손가락이 그녀의 쇄골에서부터 브래지어에 덮인 가슴 사이로, 납작한 복부를 지나 그녀의 치마 허릿단 속으로 들어갔다. 그는 옆에 있는 고리를 푼 다음 탐스러운 엉덩이를 따라 이어지는 지퍼를 열었다.

"치마 벗어, 스텔라. 당신을 만지지 못하면 미쳐버릴 거야." 두 손을 그녀의 다리 사이에 넣고 그녀를 맛봐야 했다.

그녀는 무릎을 대고 몸을 일으킨 뒤 치마를 밑으로 내린 다음 다시 앉아서 치마를 벗어 침대 옆 탁자 위에 놓았다. 눈을 내리깐 채 그를 흘끔거리면서 두 다리를 뒤로 돌려 앉고는 열린 소매를 만지작거렸다. 단추가 풀린 셔츠 자락 사이로 살구색의 브래지어와 팬티, 티 한 점 없는 크림색 피부가 보였다.

"그래도 옷이 너무 많아." 그가 말했다.

그녀는 수줍게 어깨를 움직거려 셔츠를 벗고 나서 브래지어의 후크를 풀어 젖가슴을 풀어주었다. 마이클은 그녀의 단단해진 젖꼭지를 보고 신음을 낼 뻔했다. 그녀가 손바닥으로 자신의 젖가슴을 쓸고 계속 젖꼭지를 만지작거리자 그는 참지 못하고 신음을 토해냈다. 얼마나 미치도록 섹시한지, 이 여자는 몰라.

"아프잖아, 자기가 그렇게 쳐다보니까." 그녀가 속삭였다.

"내가 어떻게 쳐다보는데?" 그는 그녀가 그 말을 할까 궁금해 물었다.

"워, 원하는 눈빛…"

"핥고 싶은, 빨고 싶은 눈빛?"

그녀는 얼굴이 빨갛게 달아올랐지만 고개를 끄덕였다.

"이리 와."

그녀는 그에게 기어가서 그의 목에 코를 박고 몸을 붙이면서 두 손을 그의 셔츠 밑으로 넣어 둔부를 움켜잡았다. 그녀의 딱딱해진 젖꼭지가 그의 가슴을 긁어서 마이클은 못 참고 그녀의 젖꼭지를 감싸쥐고 그 오돌토돌한 살덩이를 손가락으로 비틀었다. 그녀의 불규칙한 한숨이 그의 목에 부딪쳤고 그녀의 치아가 그의 피부를 긁어댔다.

"자긴 나보다 훨씬 많이 옷을 입고 있어, 마이클."

"그럼 당신이 벗겨줘."

그녀의 눈빛이 반짝거렸고 입술에는 미소가 번져갔다. 예상한 대로 스텔라는 너무나 그의 옷을 벗기고 싶어 했다. 그녀는 두 손으로 검은 실크 조끼를 쓰다듬다가 조끼를 그의 어깨에서 벗겨내 침대 옆 탁자 위에 조심스럽게 놓았다… 그것은 그녀가 아끼는 그의 작품이었기 때문이다. 그 단순한 행동에 그는 그녀를 안아주고 싶어졌다. 그리고 다시는 놓고 싶지 않았다.

그의 셔츠도 벗겨져 침대 옆 탁자 위에 떨어졌다. 그녀가 시선을 그에게 돌렸다. 그녀의 눈이 초점을 잃고 끈적해졌

다. 그녀가 탐욕스럽게 그의 팔과 가슴, 복근, 문신을 쓰다듬
었다. 그리고 용의 눈에 키스하고 그것을 핥았다.

"당신 문신 좋아."

"날 문신한 여자애로 취급하지는 마."

"당신 뜻대로, 마이클." 그녀가 순순히 말했다.

그는 그녀의 허리가 휘어지도록 그녀의 골반을 자기 골반
으로 끌어당겨 그녀가 유발한 효과를 알려주었다.

그녀의 머리가 뒤로 젖혀지고 몸은 부드럽게 녹아내렸다.
마이클은 좋은 남자였지만 이토록 훌륭한 남자로 대우받은
적은 없었다. 스텔라는 하늘이 내린 그의 짝, 그에게만 반응
하도록 특별히 고안된 여자 같았다. 그 생각이 그의 마음을
강렬한 소유욕으로 채웠다.

그는 점차 거칠어지는 손길로 그녀의 몸을 애무했고 그녀
의 입을 장악하고 그녀를 그에 맞게 조율했다. 치아와 혀를
동원한 격렬한 키스였지만 그녀는 반항하지 않았다. 오히려
그만큼 거칠게 대응하면서 호흡이 가빠질 때까지 그에게 키
스했다.

예상치 못한 순간에 그녀가 그의 바지 지퍼를 어루만졌다.
쾌감이 뜨거운 파도처럼 그를 휘감았다. 그의 물건이 도약했
고, 거친 신음이 그의 목 안에서 흘러나왔다. 숨을 몰아쉬는
그의 복근이 움직거렸다.

"난 당신 여기가 좋아." 그녀는 다시 그곳을 건드리며 속삭
였다. "가르쳐줘, 어떻게 하면 당신이 황홀해지는지."

그의 미약한 자기 보호 본능이 그를 말렸다. 그녀에게 칼

자루를 쥐어주면 결국 그를 쓰러뜨릴 거라고 본능이 경고했지만, 그는 언제나 그렇듯 그녀를 거부할 수 없었다. 그는 바지 단추를 풀고 지퍼를 내린 다음 단단하고 길어진 물건을 꺼냈고, 그것을 향한 그녀의 끈적한 눈빛에서 노골적인 열망을 본 순간 하마터면 그대로 사정할 뻔했다.

"이렇게." 그는 신음하면서 그녀의 손가락이 그것을 감게 하고 그가 좋아하는 리듬과 그를 미치게 만드는 압력을 그녀에게 가르쳐주었다. 고객들에게는 한 번도 가르쳐준 적 없었다. 그들은 언제나 자기 자신만 생각했다.

스텔라는 달랐다. 진심으로 그가 만족하기를 바랐다. 이걸 배워 다른 사람에게 쓰려는 거겠지만. 아니면 내가 누구보다 소중한 사람이라서? 그는 어느 쪽인지 답을 알고 있었지만, 그래도 그녀를 원했다.

그는 백조 같은 그녀의 등허리를 따라 두 손을 내려서 그녀의 팬티 고무밴드에 엄지손가락을 걸고 팬티를 허벅지 밑으로 밀어냈다. 팬티는 축축이 젖어 있었다.

성적으로 흥분한 그녀의 체취가 그의 자제력을 날려버렸다. 그는 그녀의 손바닥에 그대로 사정할 뻔했다. 그녀는 섹스 훈련의 차원에서 그를 만족시키려는 것일 테지만 분명 그녀도 즐기고 있었다. 이런 것을 가짜로 꾸며낼 수 있는 사람은 세상에 없었다.

그는 그녀를 침대에 똑바로 눕힌 뒤 그녀의 팬티를 완전히 벗겨서 뭉친 다음 코에 대고 그녀의 체취를 들이마셨다. "이건 내가 가질래."

"그건… 그건…"

그는 그녀의 허벅지를 넓게 벌리고 그녀의 아름다운 음부를 감상했다. 축축하고 부어오른 주름들이 진홍빛으로 그를 향해 활짝 피어나 있었다. 그의 손가락이 멋대로 그녀를 주무르다가 그녀 안으로 들어갔다.

후, 따뜻하고 팽팽했다.

너무나 완벽했다. 그의 몸은 거대한 욕망 덩어리가 되었다.

"스텔라, 당신 얼마나 섹시한지 알아? 당신의…"

"마이클." 그녀가 다리를 무기력하게 구부리면서 흐느꼈다. "그 말 하지 마."

그는 망설였다. 그녀는 말하지 말라고 했지만 그녀의 몸은… 그녀의 가슴이 거친 숨을 토해내며 들썩거렸다. 그녀가 그의 손가락을 꽉 조였다.

"내가 음탕한 말 하면 좋아하잖아." 그가 속삭였다.

그녀가 머리를 격렬히 흔들었다. "창피해."

"당신의 야옹이는 그렇게 생각 안 해. 내 손이 흥건히 젖었어, 스텔라."

그녀는 더욱더 조이는 것으로 대답을 대신하고 골반을 그의 손으로 밀어붙여 그를 안으로 더 끌어들였다.

"모, 모두 당신 손가락이니까. 당신이 날 만져주는 게 좋아." 그녀가 눈을 꼭 감고 뺨을 침대 시트에 비볐다.

그의 다른 손이 손가락 사이에 그녀의 클리토리스를 끼우고 느리지만 강하게 애무했다. 그녀는 손등으로 입을 막고 그를 꽉 조였다. 하지만 아까처럼 격렬하지는 않았다.

나의 스텔라는 말을 해주면 좋아하지. 아주 많이.

얼마든지 해줄게. 마이클은 말하는 걸 좋아하니까.

"그 말이 뭐 어때서." 그가 두 손으로 그녀를 계속 애무하면서 말했다. "이걸 당신에게 못 보여주는 게 안타까워. 내 손가락은 당신의 야옹이 안에 있고, 당신은 내 손바닥을 적시고 있어. 기분 좋아?"

그녀가 고개를 뒤로 젖히고 두 손으로 침대 시트를 움켜쥔 채 그의 이름을 외쳤다.

그녀의 젖꼭지가 그의 눈길을 끌었다. 그녀의 맛과 질감이 기억나 그의 혀가 입속에서 춤을 추었다.

"우리 달달한 젖꼭지가 아픈가?"

그녀는 고개를 끄덕이고 골반을 그에게 부딪쳤다. 그녀의 두 손이 배를 지나 젖꼭지로 올라갔다. 그녀가 젖꼭지를 비틀 때 좌절한 목소리가 그녀의 목 안에서 흘러나왔다. 그녀가 두 손을 옆쪽으로 떨어뜨렸다. "당신이 해주는 게 좋아."

스텔라는 마음도 몸처럼 유혹을 갈망했다. 그녀의 천재적 두뇌가 마이클에게 환호했다. 그는 그녀에게 훈련 남친에 불과했지만 그녀는 누구에게도 보인 적 없는 반응을 그에게 보이고 있었다.

그는 그만 두 사람의 고통을 끝내기로 했다. 그가 음탕한 젖꼭지를 입에 넣었다. "자긴 사탕으로 만들어졌나봐, 스텔라. 달콤해, 달콤해, 달콤해."

그녀는 점점 더 빨라지는 속도로 그의 손에 대고 몸을 흔들었다.

"벌써 사정하려고요? 아직 당신 야옹이를 핥지도 않았어."

그녀의 입술에서 흐느끼는 소리가 흘러나왔고, 그녀의 표정은 고통으로 일그러졌다. 그녀가 그를 격하게 조이는 순간 그는 그녀가 절정에 도달했구나 생각했지만 순식간에 그녀의 근육이 풀어졌다.

"다른 말로 해볼까나." 그의 입술이 속삭이면서 그녀의 배 아래로 내려갔다.

잔근육이 그의 손가락을 감싸고 경련했다. 그는 절정이 가깝다는 걸 직감했다. 그녀는 아랫입술을 깨물면서 고개를 뒤로 젖히고 숨을 훅 들이켰다.

그는 혀로 그녀의 클리토리스를 건드린 뒤 물었다. "이건 당신의… 상자?"

"아니."

"당신의… 소중이?"

그녀가 이불에 대고 미소를 지었다. "아니."

"아름다운 소중이."

그녀의 미소가 더 커져갔다. 그녀가 고개를 저었다.

그는 다시 그녀를 핥고 아주 살짝 힘을 주어 또 빨았다. 그녀는 활처럼 휘어지면서 그의 입으로 몸을 밀어붙였다. 그래도 여전히 절정의 언저리, 그가 유도한 지점에 머물러 있었다.

"내가 보기엔…" 그가 그녀의 허벅지 안쪽에 키스했다. "이건 당신의…" 그는 한 마디 할 때마다 그녀의 축축한 피부에 입을 맞춰 강조했다. "촉촉하고. 뜨거운. 고구마."

그녀는 와락 웃음을 터뜨렸다. 그 소리가 그를 흔들고 휘감으면서 행복의 불씨를 거센 불길로 키웠다. 그녀의 웃음소리는 너무나 달콤했다. 그녀의 미소도. 그리고 또…

그는 생각이 일을 망치기 전에 생각의 흐름을 멈추었다. 지금은 생각을 할 때가 아니라 느껴야 할 때였다. 그는 그녀의 클리토리스를 입에 넣고 핥았다. 그녀의 웃음소리가 긴 신음으로 바뀌었다. 그녀가 손가락을 그의 머리카락 속에 넣고 그의 얼굴 위에서 파도처럼 움직였다. 그는 그녀의 맛에, 향기에, 에로틱한 소리에, 그의 혀에 와 닿는 그녀의 감촉에 흠뻑 취했다. 세상에 이보다 좋은 것은 없었다.

그녀가 그의 어깨를 움켜잡고 거세게 끌어당겼을 때 그는 당황해 고개를 들었다.

"마이클, 나 그거 하고 싶어. 해야겠어. 지금. 제발." 그녀가 헐떡거리면서 말했다.

"그거?" 망할, 이 여자는 음탕한 말을 할 줄 모르나?

그녀는 계속 그를 그녀 위로 끌어올렸다.

"나 당신이 간절해, 마이클."

너무 수줍은 말이었지만 그것이 그를 강타했다.

그는 온 시트에 사정할까봐 잠시 호흡에 집중하고 숨을 고른 다음 침대에서 내려와 그녀를 돌아눕게 하고 침대 가장자리로 끌어냈다. 그녀에겐 이것이 나았다. 그와 얼굴을 맞대고 하는 것은 그녀에게 너무 부담스러울 테니까. 그녀가 다음 남자와 할 때는…

그는 두 손으로 그녀의 풍만한 엉덩이를 쓰다듬어 그 망할 이미지를 떨쳐냈다. 그녀에게 그들의 관계는 훈련에 불과하지만 지금은, 이 순간만큼은 진짜였다. "당신 침대도 좋긴 한데 너무 낮아서 바닥과 가까워. 내 침대가 딱 좋아."

그녀가 침대 시트에 얼굴을 묻었다. "얼른 해."

하지만 그가 주머니를 두드렸을 때 주머니가 비어 있었다. 그는 믿을 수가 없어 앓는 소리를 냈다. 고환이 부푼 정도가 아니라 금방이라도 터질 것 같았다. "콘돔이 없어." 명색이 에스코트라는 놈이, 젠장, 콘돔을 잊다니. 스텔라를 보고 싶은 마음에 눈이 멀어 평소 고객을 만나기 전 챙기는 것들을 깜빡한 탓이었다.

"나 놀리지 마, 마이클." 그녀가 골반을 밀어 부어오른 음부를 그에게 바쳤다. 죽겠구만.

그는 그녀 안으로 들어가고 싶어 미칠 지경이었다.

"놀리는 거 아니야. 콘돔을 차에 두고 왔어."

그녀가 괴로운 눈빛으로 그를 쳐다보았다.

"금방 다녀올게."

그는 너무 단단해져 얼얼한 살덩이를 욱여넣고는 지퍼를 올리고 단추를 잠근 뒤 아파트 밖으로 달려 나갔다.

스텔라는 마이클의 침대에서 축 늘어졌다. 세 번째 남자와 섹스했을 때 이건 나와 맞지 않는구나 생각했었다. 번거롭고 때로는 고통스러운 데다 극도로 불편했다. 그런데 지금은 온통 섹스 생각만 났다.

욕망 때문에 몸이 욱신거렸고, 채워지고 안기고 싶어 안달이 났다. 그리고… 이야기하고 싶었다.

그녀는 그의 말이 생각나 웃음이 났다. 다른 사람들도 섹스 중에 웃을까?

그녀는 손가락을 톡톡거리면서 기다렸지만 인내심은 그녀가 보유한 무기가 아니었다. 그녀는 행동하는 사람이었다. 시간을 낭비하는 걸 싫어했다. 게다가 마이클의 아파트를 아직 충분히 둘러보지 못했다.

그녀는 두 발을 바닥에 내리고 안경을 집어 들고는 그의 셔츠를 입었다. 셔츠 자락이 그녀의 무릎께에 떨어지는 순간 웃음이 났다. 통솔이 아니라 피부에 거슬렸지만 그의 냄새가 거북한 느낌을 보상하고도 남았다. 어차피 오래 입을 것도 아니었다.

그녀는 옷장 안을 들여다보고 감탄하지 않을 수 없었다. 역시나 황홀했다. 아름다운 양복과 셔츠들이 색깔과 원단 광택, 줄무늬 간격별로 완벽하게 정리돼 있었다. 그녀는 손가락으로 재킷 소매들을 쓰다듬다가 돌아서서 서랍장을 쳐다보았다. 서랍들을 열고 그가 양말을 어떻게 보관하는지 보고 싶었지만 그건 지나친 행동 같았다. 그의 방을 뒤지다가 그에게 들킨다면? 뭔가를 찾고 있다는 의심을 사기에 딱 좋잖아? 지금 뭘 찾고 있는 건가? 그런지도 모르지만 특별히 염두에 둔 것은 없었다. 그저 그를 더 잘 알고 싶을 뿐이다.

그녀는 침실을 나와 텔레비전을 지나서—거기 있는 영화들은 대부분 본 것들이고 안 본 〈소오강호〉는 이미 가방 안에 챙겨두었다—벤치프레스 옆 선반에 일렬로 놓인 덤벨들의 차가운 표면을 손끝으로 훑었다. 샌드백을 주먹으로 한 번 때리고는 손이 아파 손가락 관절을 문질렀다.

냉장고 안을 보니 그는 집에서 요리를 하는 것 같았다. 내용을 알 수 없는 라벨이 붙은 아시아 소스, 신선한 농산물, 스텔라로서는 도저히 용도를 알 수 없는 온갖 건강식품들이 있었다. 그녀가 좋아하는 요거트 몇 개도.

식탁 위 화분이 예뻐서 그쪽으로 가려는데 철제 캐비닛 위에 놓인 서류들이 눈길을 끌었다. 얼핏 보기에는 청구서 같았다.

그녀가 알기로 마이클은 형편이 넉넉하지 않았다.

그녀는 현관문을 쳐다보았다. 문은 닫혀 있었다. 그의 발소리가 들리나 귀를 바짝 세웠다. 잠잠했다.

가슴이 두근거렸다. 이것은 명백한 사생활 침해였다. 하면 안 되는.

그녀는 맨 위의 청구서를 펼쳐서 최대한 빨리 읽어보았다. 그냥 전기 요금이었다. 한 달에 백 달러도 안 됐다. 그것을 도로 접어 올려두려는데 청구서에 쓰인 이름이 눈에 들어왔다. 마이클 라슨.

묘한 고통이 그녀의 가슴을 후벼 팠다. 그의 이름이 진짜가 아니었다. 그녀를 믿지 않은 것이다.

그녀는 인상을 썼다. 만남이 끝났을 때 내가 그의 진짜 이름을 모르면 그를 스토킹할 수 없을 거라 생각했겠지. 그녀는 청구서를 원래 자리에 돌려놓았다. 입맛이 썼지만 파일 캐비닛 위 다른 것도 훑어보았다. 팔로 알토 의료재단이 발행한 청구서였는데, 그의 앞으로 발행된 것이 아니었다. 청구서에 쓰인 이름은 안 라슨 부인이었다.

스텔라는 그것을 집어 치료 목록을 읽어보았다. CAT 스캔, MRI, 엑스레이, 채혈, 혈액 검사 등등. 총금액이 무려 12,556.89달러에 달했다.

이런 것들은 보험으로 해결되지 않나?

그녀는 떨리는 손길로 이마를 짚었다. 그의 엄마가 건강 보험도 없이 병치레를 하고 있다고? 마이클이 엄마의 치료비를 부담하고 있고? 이걸 다 어떻게 지불하는 걸까…

그녀의 호흡이 거칠어졌다. 속이 울렁거리고 답답했다. 마이클은 마약 중독자도 아니고 도박 문제가 있는 것도 아니었다.

그는 단지 자기 엄마를 사랑하는 것뿐이었다.

눈물이 차올라서 방 안이 부옇게 흐려졌다.

그녀는 청구서들을 원래 있던 대로 돌려놓고는 목이 메어 침을 삼켰다. 그가 여자들과 잔 것도, 나와 잔 것도 엄마가 아프기 때문이었어.

그녀는 주먹 쥔 손을 입술에 대면서 소파에 웅크리고 앉았다. 문이 벌컥 열렸다.

마이클이 그녀를 보고 얼른 달려왔다.

"왜 그래?"

그녀는 말을 하려고 입을 열었지만 말이 나오지 않았다.

그는 소파에 앉아 두 팔로 그녀를 감싸 안고 관자놀이에 키스했다. 그리고 그녀의 뺨에서 눈물을 닦아내고는 두 손으로 그녀의 등을 쓸었다. "무슨 일이야?"

이제 어떡하지? 이 문제를 어떻게 풀어야 할까? 그녀는 암을 치료하는 법을 알지 못했다. 의대를 다시 가야 할까.

그녀는 두 팔을 그의 목에 감고 키스했다.

그는 몸을 떼려 했다. "무슨 일인지 말해봐…"

그녀가 그에게 더 세게 키스했다. 그는 살짝 힘을 빼고 그녀에게 키스하며 순간 그 달달함에 취해 있다가 다시 몸을 뗐다.

"무슨 일인지 말해." 그가 딱 잘라 말했다. "왜 울어? 내가 너무 급히 달려들어서 그래? 당신은 아직 준비가 덜 됐는데 내가 뭘 잘못한 건가?"

그녀는 자신의 감정을 어떻게 표현해야 할지 알 수 없었다. 감정들이 차올라 가슴이 터질 것 같았다. 너무 벅차고 너무 강렬했다… 두려웠다.

"나 당신한테 집착하고 있어, 마이클." 그녀가 고백했다. "당신과 하룻밤이나 일주일, 한 달만 함께하는 거로는 부족해. 항상 같이 있고 싶어. 미적분보다 당신이 더 좋아. 유일하게 우주를 통합하는 수학보다 더 좋아. 당신과 끝나고 나면 당신을 스토킹하는 미친 고객이 될 거야, 멀리서 당신을 지켜보는. 당신한테 계속 전화를 해대서 당신이 전화번호를 바꾸게 만들겠지. 당신에게 비싼 차를 사주려 할 거야. 생각나는 것이면 뭐든, 당신과 연결된 느낌을 가질 수만 있다면. 당신한테 집착하지 않겠다고 한 말, 거짓말이었어. 그게 내 본성이야. 나는…"

그가 입술로 그녀의 입술을 덮었다. 그의 간절함이 그녀에게 와닿았다. 그가 거친 손길로 그녀를 움켜잡았지만 그녀는 개의치 않았다. 그녀는 그의 바지를 헤집어 그의 물건을 풀어주었다. 그러고는 몸을 떼고 그의 몸 아래쪽으로 내려가서 입속에 그를 넣었다.

그녀는 그를 빨고 혀를 서투르게 놀려 애무했다. 그녀는 생각을 내려놓고 행동하고 있었지만 그는 상관하지 않았다. 그는 그녀의 입속으로 율동적으로 골반을 움직였다. 그녀는 그가 절정을 앞두고 있다는 걸 직감하고 활활 타오르며 물기로 젖은 자신의 허벅지를 꼬았다.

"당신 안으로 들어가고 싶어." 그가 그녀를 떼어내려 하며 말했다.

하지만 스텔라는 멈추고 싶지 않았다. 입속을 꽉 채운 그의 존재감을 느끼고 싶었고 그가 완성되는 것을 맛보고 싶었다.

아무리 풀려나려 해도 그녀가 거부하자 그는 신음을 토해냈다. 결국 그녀가 동의하고 입에서 그를 놓아주자 그는 그녀에게 탐욕스럽게 키스하면서 그녀를 소파로 밀어붙이고 상체를 일으켜 주머니를 뒤졌다. 들썩이는 가슴에서 거친 숨을 토해내며 은박지를 뜯고 콘돔을 꼈다.

그는 그녀 위로 몸을 숙이고 그녀의 입에, 턱에, 목에 키스했다. 단단해진 살덩이가 그녀의 음부를 밀어댔다. 그가 그녀 안으로 천천히 미끄러져 들어갈 때 그들의 눈이 우연히 얽혔다. 공포감이 솟구쳤다. 너무 거칠고 너무 노골적이었다. 그녀는 고개를 돌리려 했지만 그의 눈에서 연약함을 보았다. 깊고 짙은 눈망울이 그를 바라보는 그녀를 바라보았다.

그들의 몸이 자연스런 리듬을 타기 시작했다. 골반이 밀려왔다가 후퇴하고, 요구하고 내주었다. 그는 둘 사이의 공간을 탐험하다가 그의 손길이 필요한 곳을 찾아 그녀의 몸을 만졌다. 그녀가 활활 타올랐고 더욱더 조여들었다. 그녀의 입에서 신음이 흘러나왔다. 그녀는 활처럼 휘어진 몸을 그에게 밀어붙였다. 내내 그들의 시선은 붙어 떨어질 줄 몰랐다. 그는 모든 것을 보고 모든 것을 들었다. 그의 얼굴에 어린 미소가, 그녀의 얼굴에서 머리카락을 쓸어 넘기고 그녀의 손과 엉키는 그의 다정한 손길이 그녀의 부끄러움을 몰아냈다. 사랑받고 있다는 경이로운 감정이 스텔라를 휩쓸었다.

해방의 물결이 그녀를 덮쳤다. 쥐어짜는 거센 경련이 일어나 그녀는 움직일 수도, 말할 수도, 생각할 수도 없었다. 뒤엉킨 손이 그녀의 손을 꼭 쥐었다. 그의 움직임이 빨라졌다. 그는 마지막으로 깊게 찌르고 나서 그녀와 함께 무너져 내렸다.

세상이 멈추었다. 그들과 함께 추락하는 심장 소리뿐 모든 것이 고요했다.

마이클은 그녀의 이름을 속삭이고 다정하게 키스하면서 그녀의 몸에서 미끄러져 나와 그녀를 안아 침대에 눕혔다. 그리고 그녀 옆에 누워 이불을 턱까지 끌어당겨 덮어준 뒤 욕실로 사라졌다. 물소리가 났다. 그녀는 그 사이를 못 참고 그가 보고 싶어졌지만 금세 그가 돌아와 침대로 기어들었다. 그들은 서로를 마주보았다.

그가 손가락으로 그녀의 뺨을 쓰다듬고 턱을 꼬집었다.

"나의 스텔라, 계속 있고 싶어, 아님 집에 가고 싶어?"

그녀의 입이 빙그레 미소를 지었다. 이 남자, 언제부터 나를 그렇게 부른 거지? '나의 스텔라'라니. 세상 무엇보다 그의 여자가 되고 싶은 마음을 그는 알고 있을까? 그녀는 그것이 무슨 뜻인지 묻고 싶었지만 그러다가 그가 그 말을 더 이상 하지 않을까봐 두려웠다.

"나 여기서 자도 돼?" 고객에겐 허락되지 않는 그의 아파트, 그의 침대에서? 그의 마음이 그녀에게 전달되고 있는 걸까? 그렇다면 희망이 있었다. 그가 정말 그녀의 남자가 될지도 몰랐다.

"원한다면 그렇게 해. 하지만 당신 물건은 여기 하나도 없어. 내 칫솔을 써야 할 거야. 파자마도 안 가져와서 벌거벗고 자야 할지도 몰라." 그가 의미심장하게 눈썹을 추켜올렸다.

그녀는 그것들이 몹시 신경이 쓰였다. 불편하게 잠을 자면 내일 하루 종일 제정신이 아니겠지. 하지만 그와 함께 있는 것은 그만한 가치가 있을 것이다. 야생 동물이 그러듯 그의 아파트에 그녀의 흔적을 남기기 위해서라도… 호전적인 벌꿀오소리처럼.

"있고 싶어."

그는 미소로 그녀의 결정을 환영했다.

{CHAP+ER}

20

다음 주. 마이클은 하루하루 스텔라의 리듬을 알아갔다.

그가 침대에서 천천히 진행하면서 음탕한 말을 그녀의 귀에 속삭이면 그녀는 나무랄 데 없이 반응했지만, 그가 더 강렬한 것을—그것이 무엇이든—원하면 그녀는 그를 장난스럽게 만족시켰다. 그녀보다 더 훌륭한 연인은 없을 것 같았다. 그래도 그는 그 상황의 아이러니를 늘 의식할 수밖에 없었다.

그녀는 침대 밖에서도 평소대로 잘해나갔다. 매일 같은 시간에 일어나 아침 섹스의 흔적을 샤워로 지우고—그녀는 아침을 섹스로 시작하는 걸 좋아했다—아침으로 요거트를 먹고 나서 6시면 사무실에 출근했다. 저녁 시간은 오직 마이클과 함께했다. 호르몬이 폭발하는 십 대들처럼 뒤엉키지 않을 때 그들은 느긋하게 저녁을 먹고, 이런저런 이야기를 나누고, 친구처럼 침묵을 공유했다. 마이클은 진짜 여친과도 누리지 못했던 침묵을 스텔라와 누릴 수 있었다.

토요일 밤. 오늘 그들은 샌프란시스코의 미술관을 찾아 예술에 대한 독특한 의견을 주고받으며 낮 시간을 보낸 뒤 지금은 침대에서 〈소오강호〉 시리즈를 보고 있었다. 그녀는 영화에 열중하고 있었고, 그는 그런 그녀를 보면서 손가락으로 그녀의 긴 머리카락을 쓸어내렸다.

그녀는 그의 어깨에 머리를 기대고 그녀의 집 침실 벽에 설치된 대형 텔레비전을 바라보았다. 가끔 영화를 보다가 놀라 숨을 들이켜거나 뻣뻣하게 긴장하면서 벙벙한 흰색 티셔츠 밑으로 드러난 맨다리를 꼼지락거렸다. 그 티셔츠는 둘이 처음 밤을 같이 보낸 이후 내내 그녀가 입고 있었다.

마이클은 그의 옷을 입은 그녀를 보면 뭐라 말할 수 없는 묘한 기분을 느꼈다. 그녀가 그의 티셔츠를 차지하고 매일 밤 입고 자는 것이 너무너무 좋았다. 요즘 들어서는 이렇게 기분이 좋을 때가 많았다. 스텔라가 미소를 짓거나 키스해 달라고 조를 때, 방을 가로질러 다가올 때. 함께 있지 않을 때조차도. 이번 주 내내 그는 희열감에 취해 있었고 그녀가 생각나면 실없이 헤실거렸다.

의문의 여지가 없었다.

마이클은 사랑에 빠진 바보였다.

그는 이것이 일시적인 것이고 진짜가 아니며 좋게 끝날 리 없다는 걸 알고 있었지만, 그의 행동은 에스코트의 차원을 넘어선 것이었다.

그는 그의 고객에게 빠져 있었다.

"그럼 그녀는 그의 목숨을 구했으면서 지금은 할머니인 척하면서 실은 조종을 하고 있는 거네. 그가 그녀의 정체를 알게 될까?" 스텔라가 물었을 때 마이클은 시선을 화면 쪽으로 돌렸다. "그가 반한 여자가 그녀 맞아?"

"말해도 괜찮겠어?"

그녀는 몇 초간 생각을 하다가 고개를 끄덕였다. "응. 말해줘."

그는 소리 내어 웃으면서 그녀를 바짝 끌어당겨 관자놀이에 키스했다. 어쩜 이리 신중하고 진지하면서도 엉뚱할까. 그는 그녀의 이런 점이 사랑스러웠다. "그건 안 돼. 계속 보면서 알아내." 그는 못 참고 그녀의 턱에 키스하고 귀를 깨물었다. 아, 그녀랑 붙어 있으니 기분이 정말 좋았다. 그녀를 사랑하기 위해 태어난 것처럼.

그녀가 팔짱을 꼈다. "왜 그녀는 그에게 자기 정체를 드러내지 않는 거야? 그를 그렇게 좋아하면서."

"둘이 함께할 수 없다는 걸 아니까."

"왜 안 되는데?"

"그녀의 아버지가 악당이야." 마이클은 그 말을 하면서 개차반인 아버지가 생각나 가슴이 아팠다.

"하지만 그녀는 나쁜 사람이 아니잖아." 그녀가 주장을 굽히지 않았다. "둘이 함께 헤쳐 나가면 되지."

마이클은 아무 말도 하지 않았다. 영화 속 여주인공은 나쁜 사람이 아니었지만 마이클은 자기도 그렇다고 확신하지 못했다. 착하게 살려 노력하는 편이긴 해도 상황이 힘들어지고 삶이 그의 목을 조르는 듯 답답함을 느낄 때면 사악하고 간사한 생각들이 고개를 들곤 했다. 지름길, 쉽게 빠져나갈 방법, 기발하고 교활한 술책. 그는 사람들을 꿰뚫어보았다.

마음만 먹으면 얼마든지 그들을 이용할 수 있었다.

미약한 윤리 의식과 아버지의 전철을 밟지 않으려는 희망만이 그가 그런 길을 가지 못하게 막아주었다.

그가 더 바른 사람이었다면, 스텔라에게 그의 과거를 이야기하고 필요한 예방 조치를 취한 뒤 그녀를 떠나보내야 마땅했다. 하지만 끝낼 용기가 나지 않았다. 그녀와 더 가까워지고 싶을 뿐 그녀와 멀어지고 싶지 않았다. 게다가 그들의 관계가 그녀를 돕고 있었다. 눈에 띄게 효과가 있었다. 날이 갈수록 그녀의 자신감은 커져갔다. 그녀는 미소 짓고, 소리 내어 웃고, 농담도 했다. 머지않아 새로운 사람을 만날 준비가 되었다고 결정을 내릴 것 같았다.

마이클은 그때까지 그녀와 함께하는 순간을 즐기기로 했다. 그는 그녀의 민감한 목덜미에 코를 박고 실크처럼 매끄러운 그녀의 허벅지를 쓸어 올리다가 손을 티셔츠 밑으로 넣었다. 단단해진 그의 몸에서 신음이 흘러나왔다.

"속옷 안 입었네? 나 보라고 그런 거지, 스텔라?" 그가 그녀의 귀에 대고 속삭였다. 몸을 떨면서 두 다리를 벌려 그를 받아들이는 그녀의 모습이 사랑스러웠다. 그녀는 그를 거부하는 법이 없었고 그가 그녀를 갈망하듯 그에게 굶주려 있었다.

"당신이 늘 그걸 어딘가로 내던지잖아. 평생이 걸려도 못 찾을걸. 내 생각에는 내가…" 그가 그녀의 클리토리스를 마사지하자 그녀가 헐떡거리면서 고개를 젖혀 그의 어깨에 기댔다.

"영화 봐. 내용 놓치겠다." 훗, 이 여자 벌써 젖었어. 그의 손가락이 뜨거운 물기에 젖어 그녀의 주름을 더듬었다. 그의 물건이 불과 몇 시간 전 섹스를 했는데도 몇 주는 굶은 것처럼 청바지 안에서 팽팽해졌다. 그는 그녀를 또 원했다. 그 친밀감, 그 유대감, 믿을 수 없는 쾌락, 머리가 폭발할 듯한 그 쾌락을 원했다. 아무리 취해도 충분하지 않았다.

그녀는 그가 시키는 대로 영화를 보려 했지만—그녀는 항상 말을 잘 들었다—금방 포기하고 그를 끌어당겨서 거칠게 키스했다. 거친 키스는 또 다른 키스로 끝없이 이어졌다…

그가 텔레비전을 쳐다보니 메뉴 화면으로 넘어가 있었다. 그들이 서로에게 푹 빠져 있는 사이 DVD가 끝난 모양이었다. 그는 씻고 나서 텔레비전을 끈 다음 침대로 기어들었다. 그가 스텔라를 가슴에 품었을 때 그녀가 웅얼거리고는 그의 목에 나른하게 입을 맞추었다.

그는 애정과 소유욕에 취해 그녀의 얼굴에서 머리카락을 쓸어 넘기고 달빛이 드리운 매끄러운 어깨를 손끝으로 쓰다듬었다.

나의 스텔라.

지금은.

훈련은 이만하면 됐다고 그녀가 결정할 때까지는. 그녀가 내 아버지의 일을 알게 되기 전까지는.

주말이 지나고 며칠 뒤 스텔라는 일을 마치고 집에 돌아왔다. 텅 빈 집이 그녀를 맞이했다. 늦을 거라는 마이클의 문자를 받았기 때문에 집이 비어 있을 줄 알았지만 입을 딱 벌린 이 슬픔, 이 차가운 외로움은 뜻밖이었다.

관계 훈련을 시작한 지 고작 일주일 하고 절반이 지났는데 그녀는 이미 그에게 길들여져 있었다. 마이클은 이제 그녀의 일상, 삶의 일부였기 때문에 그의 부재는 불안감을 자극했다. 끝이 왔을 때 남는 것은 이 공허함뿐이겠지.

끝이 온다면.

내가 그를 유혹하지 못한다면.

애초에 배우려 계획했던 것들은 모두 배워 알고 있었다. 이제는 본격적으로 유혹의 단계로 넘어가야 할 때였다.

그것도 마이클에게 배울 수 있다면 좋을 텐데. 유혹은 무얼 어떻게 해야 하는 걸까. 짐작조차 안 돼서 구글에서 검색을 해봤지만 상충된 의견들만 난무했고, 그녀의 경우처럼 서로를 독점하는 단계에 진입한 관계에 적용할 만한 조언은 거의 찾아볼 수 없었다. 여자들에게 외모를 가꾸고 기준점을 낮추는 데 모든 시간과 노력을 쏟으라고 조언하는 아주 기분 나쁜 기사도 있었다.

스텔라의 기준점은 1부터 10까지의 눈금 중에 11에 맞춰져 있었다. 오직 마이클만이 그 기준을 충족했다. 그녀 자신의 외모는 어떨까. 그녀는 특별한 일이 없으면 콘택트 렌즈를 착용하지도 화장을 하지도 않았다. 그런데도 침대에서 욕정을 불태우는 것을 보면 마이클은 그녀의 외모에 불만이 없는 것 같았다.

오늘 아침 그녀에게 키스하고 그녀를 어루만지고 말하던

그의 모습이 떠올랐다. 그녀의 안쪽 근육이 꽉 조여들었다. 그녀는 한 손으로 가슴에서 허벅지까지 쓸어내리면서 지금 그가 만져준다면 얼마나 좋을까 생각했다. 그가 다시는 그녀와 잠자리를 하지 않는다 해도 그녀는 여전히 그를 원했다. 마이클은 침대 안에서나 밖에서나 매력적인 연인이었다. 그녀를 웃게 만들고 그녀의 말이 특별히 재미있지 않아도 귀를 기울였다. 그가 그녀 옆에서 편히 있어서 그녀도 그의 옆에서 편히 있을 수 있었다. 가끔 꼬리표 따위 중요하지 않다는 확신이 들었다. 그냥 말에 지나지 않는다고. 그녀라는 사람을 바꾸지는 못한다고. 그는 그것을 알게 되어도 상관하지 않을 거라고.

어쩌면.

그녀는 습관대로 피아노를 향해 걸어갔다. 피아노 의자에 앉아 건반 덮개를 열었다. 손에 닿는 건반의 서늘하고 매끄러운 느낌이 그녀의 마음을 달래주었다. 오래 전부터 그녀는 음악을 통해 감정을 다스려왔다. 좋은 감정이든, 나쁜 감정이든, 그 사이 어딘가에 위치한 감정이든. 근육에 밴 기억이 피아노 줄에서 풍부한 화음을 이끌어냈다. 그녀는 음악에 자신을 내던지고 모든 감정을 손끝에 쏟아냈다. 곡이 끝났을 때 그녀는 두 손을 건반 위에 그대로 두고 사라지는 음에 귀를 기울였다.

"피아노를 연주하는 건 알았지만 이렇게 잘 칠 줄은 몰랐어." 마이클이 그녀의 바로 뒤에서 말했다.

그녀는 활짝 웃는 얼굴로 그를 돌아보았다. "퇴근했구나."

그의 미소에 고단함이 묻어 있었지만 그의 눈이 함께 웃고 있었다. 순식간에 모든 것들이 제자리를 찾았다. 냉기가 사라졌다. 잃어버렸던 조각들이 자기 자리를 다시 찾았다.

"무슨 곡이야? 전에 들어본 곡 같은데." 그가 말했다.

"드뷔시의 〈달빛〉. 내가 좋아하는 곡이야."

그는 두 손을 그녀의 어깨에 얹고 스치듯 그녀의 목덜미에 키스를 했다. "아름답긴 한데, 너무 슬프네. 더 행복한 곡은 없어?"

슬픔. 그녀가 미소 대신 입술을 오므렸다. 그것은 그녀가 즐겨 치는 곡들의 공통된 테마였다. "그렇다면… 이 곡."

그녀는 입술을 깨물고 그가 말한 '행복한' 곡이 이런 걸까 생각하면서 악상 중 익숙한 멜로디를 골랐다.

그가 별안간 그녀의 옆에 앉아 말했다. "〈하트 앤 소울〉은 듀엣 곡으로 아는데."

그녀가 어깨를 으쓱거렸다. "난 솔로 곡으로만 쳐봤어."

그는 그녀의 오른손을 잡아서 그의 무릎 위에 놓았다. 그리고 입술에 미소를 머금고 건반을 향해 고개를 끄덕였다.

"연주할 줄 알아?" 그녀가 물었다.

"이 곡은 조금 알지."

그녀는 숨이 가빠왔다. 손가락이 첫 소절에서 버벅거렸지만 재빨리 흐름을 탔다. 이 곡의 베이스 부분은 단순한 반복, 하나의 패턴이었다. 반복과 패턴은 그녀에게 제2의 천성이라 할 수 있었다. 마이클이 그녀의 반주에 맞춰 멜로디를 자연스럽게 끼워 넣었다. 온기가 그녀의 등허리를 따라 솟구쳤고 기쁨이 넘쳐흘렀다. 피아노 선생님 말고 다른 사람과 듀엣 곡을 연주한 것은 처음이었는데, 선생님과 같이 한 연주도 훈련에 불과했을 뿐 특별한 경험은 아니었다.

"잘하네." 그녀는 연주를 계속하면서 그를 흘끔 보고 말했다.

그의 미소가 더 커졌다. 그는 자기 손가락에서 눈을 떼지 않았다. "우리 집 여섯 남매가 동시에 이 곡을 치려 해서 돌아가면서 배웠어. 그 바람에 우리 중 아무도 지금 당신이 한 손으로 치는 파트를 절반도 배우지 못했지. 당신 정말 잘 친다."

"그냥 연습하는 건데, 뭐." 연습은 꼭 필요한 것이기도 하지.

그들의 손이 건반 위에 나란히 있는 풍경은 스텔라를 매료시켰다. 그들의 대비는 극명하지만 아름다웠다. 크고 작음, 황갈색과 창백함, 남성성과 여성성. 너무나 달랐지만 완벽하게 조화로웠다. 그들은 음악을 만들고 있었다. 함께.

곡이 끝났다. 그녀는 손가락을 건반에서 가만히 내리고 눈길을 돌렸다. 그 벌거벗은 느낌이 돌아왔다.

그는 그녀의 목에 키스하고 손가락으로 그녀의 턱을 쓸다가 그녀를 살짝 건드려 그의 눈을 보게 만들었다. 그녀는 그가 말을 하려나 생각했지만 그는 말없이 그저 미소만 지었다.

그녀는 나와 함께 있는 것이 좋냐고, 이런 시간이 좋냐고 그에게 묻고 싶었지만 용기가 나지 않았다. 아니라고 하면 어떡하지?

"배고프지? 밥 먹으러 가자." 그가 말했고, 기회는 사라졌다.

그건 나중에 물어도 된다. 기회를 봐서 그를 적절히 유혹한 뒤에.

일주일이 흘렀는데도 스텔라는 마이클을 유혹하는 문제에
서 여전히 실마리를 찾지 못했다. 그는 행복해 보였지만ー
그녀는 행복했다ー월말이 다가올수록 과연 그가 기간을 연
장하려 할지 확신이 없었다.

오늘 밤에는 초대를 받아 그의 엄마 집에 다시 갈 예정이
었다. 스텔라는 마이클에 대한 조언을 그의 가족들한테 교
묘히 얻어낼 수 없을까 궁리했다. 누군가 그에 대해 알고 있
다면 그의 가족들이 빠질 수 없었다. 하지만 어떻게 해야 그
녀와 마이클의 관계가 남다르다는 걸 들키지 않고 질문할 수
있을까? 그들은 그녀와 마이클이 진짜로 사귀는 줄 알고 있
었다.

스텔라는 마이클이 시킨 대로 그의 엄마 집에 들어가서 벽
쪽에 놓인 마이클의 신발 옆에 그녀의 신발을 놓았다. 그녀
의 검은색 힐이 그의 가죽 로퍼 옆에서 작아 보였지만 나란
히 붙어 있는 모습이 만족감을 주었다. 마음 깊은 곳에서 기
쁨이 차올랐다.

그녀는 배 상자를 구릿빛 불상 옆 탁자 위에 놓았다. 오른

쪽 거실에서 웅얼거리는 소리와 거친 숨소리가 들려와 그녀의 주의를 끌었다. 그쪽으로 건너가보니 카펫 위 피아노 앞에 프레첼 모양으로 뒤엉킨 팔다리들이 보였다. 마이클과 그의 누이 같았다. 스텔라는 질투가 나는 게 아니라 정말 불편하고 힘들겠다는 생각이 들었다.

"그만 포기해라." 마이클이 쏘아붙였다.

"아니, 내가 암 바 걸었는데, 왜. 스테로이드 남용만 아니었어도 넌 그거 못 풀었어."

"나 스테로이드는 안 쓰거든! 그리고 내가 안 봐줬으면 암 바는 걸지도 못했어. 가슴 뭉개지지 않은 걸 다행으로 알아라."

"그럼 난 네 불알을 걷어찼겠지."

스텔라가 가까이 다가가서 보니 그들은 팔로 서로의 목을 휘감아 조르고 있었다. 사생결단하는 아나콘다처럼 둘 다 놓을 생각이 없었다.

"무승부로 하는 게 어때요?" 스텔라가 제안했다.

"안녕, 스텔라." 명랑한 목소리가 들려왔다. 그의 누이는 얼굴이 검은 머리카락에 덮여 있었다. 스텔라는 여러 명의 누이 중에 누구인지 알 길이 없었다… "네 여친 왔다, 마이클. 그만 포기해라."

"10분 뒤에 저녁밥 준비돼." 마이클이 말했다. 스텔라는 마이클의 붉어진 얼굴이 걱정스러웠지만 그가 좋아서 하는 짓임에 분명했다. "금방 갈게."

"그럼 포기해. 그만 실토해라, 누가 대장인지." 그의 누이가 그의 목을 감은 튼실한 팔의 근육을 꿈틀대면서 말했다.

"쬐그만 애송이는 절대 아니지."

두 사람은 카펫 위를 구르면서 발길질을 해댔다.

"난 어머니랑 할머니께 가서 인사드릴게." 스텔라가 말했다. 그녀는 그들을 만나자마자 마이클과 같이 있을걸 하는 생각이 들었지만 마이클과 그의 누이는 시간이 조금 걸릴 것 같았다.

그의 어머니와 할머니는 반응이 없었다. 수다를 떠느라 숨 쉴 틈도 없는 것 같았다.

그녀는 집 안을 이리저리 돌아다녔다. 집은 겉보기와는 다르게 상당히 컸다. 그의 어머니와 할머니는 가족실에 앉아서 자몽의 과육을 발라내면서 리드미컬한 베트남어로 이야기를 나누었다. 소리를 죽인 텔레비전 화면 속에서 각각 원숭이와 돼지 분장을 한 남자 둘이 휙휙 날아다녔다.

"안녕하세요… 와이?" 그녀는 어색하게 고개를 숙였다. 혀를 고부려서 할머니를 뜻하는 '느과이'를 발음하려 했지만 잘되지 않았다.

마이클의 할머니가 미소를 짓더니 오래된 가죽 소파의 빈자리에 앉으라고 손짓했다. 평소처럼 스카프를 머리에 쓰고 턱 밑에 묶고 있었다. 사랑스러운 할머니였다. 요즘 그 정원 가위는 쓰지 않으시나?

스텔라는 그의 어머니에게 고개를 끄덕였다. "안녕하세요, 메." 그리고 할머니가 가리킨 자리에 앉았다. 속이 울렁거렸고 몸에 힘이 들어갔다. 그의 어머니는 여러 번 만났는데도 여전히 긴장이 됐다. 말 한 마디 한 마디, 행동 하나하나가 조심스러웠다. 모든 걸 미리 생각하고 해야 했다. 다시는 망치고 싶지 않았다. 이분은 마이클의 어머니였다. 그에게는 진짜 여자 친구가 없으므로 그의 삶에서 가장 중요한 여인은 어머니였다. 마이클에 대한 조언을 얻으려 했던 마음이 불안감과 맞닥뜨린 순간 증발해버렸다.

그의 어머니가 그릇을 내밀었다. 안에 속껍질이 하나도 없는 황록색 자몽 조각들이 들어 있었다. 이렇게 홀랑 벗겨진 자몽은 처음이었다. 스텔라는 맛이 궁금하기도 하고 거절하면 그의 어머니가 민망해할까봐 한 조각을 집었다. 과일을 한 입 깨물자마자 달콤함이 혀 위에서 폭발했다. 씁쓸한 껍질 맛이 전혀 없이 다디달았다.

스텔라는 놀라 입을 가렸다. "정말 맛있어요."

"더 먹어요." 그의 어머니가 웃는 얼굴로 그릇을 스텔라의 무릎 위에 놓았다. 오늘 그의 어머니는 분홍색 줄무늬 단추 셔츠와 꽃무늬 청바지 차림이었다. 머리 위에는 안경을 비딱한 각도로 올려 쓰고 있었다. "원하면 소금 쳐요. 그럼 더 맛있어."

"아뇨, 괜찮습니다." 스텔라는 두 개 더 먹고 나서 그만 먹기로 했다. 이렇게 과육을 발라내려면 손이 많이 갈 것 같았다. 그녀는 일손을 보태려고 반으로 잘린 자몽을 하나 집어서 어머니의 솜씨를 흉내 냈다. 방 안에 들어찬 부자연스런 침묵이 신경이 쓰였다.

그의 어머니는 껍질을 벗기는 스텔라를 보다가 고개를 살며시 끄덕였다. "오늘 저녁엔 마이클이 분 리에우를 만들 거예요. 정말 맛있어. 걔가 만들어준 적 없어요?"

스텔라는 고개를 끄덕이면서 시선을 자몽으로 돌렸다. "네, 아직." 마이클이 그녀의 집에서 자는 걸 그의 어머니는 알고 있을까? 알면 못마땅해할까?

"마이클이 언제 분 리에우 만든대요?" 제니가 방으로 들어왔다가 멈칫하고는 스텔라에게 미소를 지었다. "안녕, 스텔라."

스텔라도 제니에게 미소를 지었다. "안녕. 10분 뒤에 된다고 마이클이 그랬어요."

제니는 빵빵한 소파에 털썩 쓰러지더니 청바지를 입은 한쪽 다리를 소파 팔걸이에 턱 올렸다. "배고파 죽겠네. 점심 때 크래커 몇 개 먹은 게 전부야. 오늘 아침 10시부터 숙제만 했어."

스텔라가 껍질을 벗겨낸 자몽 그릇을 조용히 내밀었을 때 메가 딸을 노려보며 말했다. "너 안색이 창백해." 그러고는 스텔라에게 고개를 돌렸다. "얘가 얼굴이 창백한 거 같은데 좀 봐줄래요?"

제니는 그릇을 받아 들고 자몽 조각들을 하나둘 흡입했다. 스텔라는 입이 딱 벌어졌다. 이걸 다 까려면 시간이 얼마나 드는지 알고 있는 걸까?

"조금 창백한 것 같죠?" 스텔라가 말했다.

메가 베트남어로 느과이에게 뭐라 말했고, 느과이가 못마땅한 눈길로 제니를 쳐다보았다. 스텔라는 무슨 말인지 알아들을 수 없었지만 뭔가 불길한 말 같았다.

"고마워, 찌하이, 언니 덕분에 버스 밑에 깔렸어."

제니가 윙크를 하면서 마이클이 짓곤 하는 비딱한 미소를 지었다. 스텔라는 가슴이 두근거렸다.

"'찌하이'가 무슨 뜻이죠?"

메는 웃는 얼굴로 과일 껍질 벗기는 일에 집중했다.

제니가 마지막 자몽 조각을 입에 넣었다. "'딸 2'라는 뜻이에요. 마이클은 나에게 '안하이'구요. '아들 2'라는 뜻이죠. 나는 6이에요, 딸 중에 다섯 번째로 태어났거든요. 운도 지지리 없지. 우린 1부터 세지 않아요. 1은 부모 자리라 그런 것 같아요. 이게 베트남 남부 가정에서 별명을 짓는 방식이에요. 스텔라는 마이클의 번호를 따르게 돼요, 마이클의 여자니까."

스텔라는 헤벌쭉 웃고 말았다. 심장이 털썩 쓰러졌다가 벌떡 일어났다. 마이클의 번호를 따르게 된다고 생각하니 기분이 좋았다. 두 사람이 한 쌍이 된 것 같았다. 현관문 옆에 놓인 그들의 신발처럼, 피아노 위에 있던 그들의 손처럼.

제니가 웃음을 터뜨리며 엄마와 할머니에게 뭐라 뭐라 베트남어로 말했다. 두 사람이 스텔라를 바라보고 웃음을 터뜨리며 동의하는 듯한 말을 했다.

"이번 달에는 마이클이 정말 행복해 보여요." 제니가 말했다. "너무 행복해서 보는 사람이 민망할 정도로. 그 원인이 스텔라 언니라는 게 중론이에요."

스텔라는 숨이 턱 막혔다. "마이클이 정말 그렇다구요?"

"그렇다니까요. 마이클은 행복하면 꼭 고약하게 굴거든요."

스텔라는 웃음이 나와 입술을 깨물었다. 속에서 아우성을 쳐대는 온갖 감정들이 가슴을 찢고 터져 나와 무지개와 광채를 발할 것 같았다. "그 사람 고약하지 않아요."

제니가 큭 웃음을 터뜨렸다. "마이클의 양말 꼬랑내 공격을 아직 못 받았군."

스텔라는 터지는 웃음을 삼켰다.

"무슨 얘기들 해?" 마이클이 문간에서 물었다.

머리카락은 마구 헝클어져 들쭉날쭉했고 아직도 벌건 얼굴에는 누이와 벌인 전투의 여운이 남아 있었다. 단색 티셔츠와 밝은색 청바지 위에 구겨진 흰색 셔츠 차림이었다. 근사했다.

"애인한테 네 양말 이야기 좀 해봐, 멍충아." 제니가 사악하게 킬킬 웃으며 말했다.

메가 가자미눈으로 제니를 째려보았고, 제니는 의자 속으로 움츠러들었다.

"꼭 해, 안하이." 제니가 웅얼거렸다.

"알았어. 내 명복이나 빌어줘." 그의 미소는 우쭐거리고 거만한 데다… 고약했다. 스텔라는 그것이 아주 마음에 들었다. "가자, 저녁밥 다 됐어."

그의 엄마가 부엌에서 쌀국수를 커다란 그릇들에 나눠 담고 그 위에 국물을 부었다. 제니가 첫 번째 그릇을 집어 느과이가 앉아 있는 식탁으로 가져와 가위로 음식을 잘게 자른 뒤 라임을 짜 넣었다.

마이클은 스텔라를 자기 옆으로 끌어당겼다. "안녕." 그는 눈으로 그녀를 훑어보고는 두 손으로 그녀의 등을 쓸어내린 뒤 바짝 끌어안았다. "이 원피스 잘 어울리네. 솔기 불편하지 않아?"

"아니, 괜찮아. 그런데 앞이 문제야."

"왜? 내가 고쳐줄까?" 그는 그녀의 검은색 카디건의 단추를 풀고 인상을 쓴 채 딱 붙는 라이크라 원피스의 구성을 살펴보았다. "특별한 점은 모르겠는데."

"혹시 꿰매줄 수 있어? 그, 그, 그…" 그녀는 탁자에 그릇을 놓고 있는 그의 가족들을 흘끔 보고는 목소리를 낮췄다. "브래지어 이 안에 꿰매줄 수 있어?"

그의 입가에 짓궂은 미소가 떠올랐다. 그는 그녀의 카디건을 활짝 펼치고 단단하고 도드라진 젖꼭지를 쳐다보았다. "할 수 있지. 하지만 안 할래."

그는 그녀를 주방 안으로 끌어당긴 뒤 그녀를 벽에 밀어붙였다. 그가 손바닥으로 그녀의 가슴을 감싸쥐고 젖꼭지를 비틀었을 때 그녀는 숨을 들이켰다. 그녀의 몸이 순식간에 노곤해졌다.

"굉장히 점잖은 스타일로 차려입었네." 그가 고개를 숙여 입술로 그녀의 관자놀이, 뺨을 차례로 쓸고 나서 그녀의 입에 닿았다. 속삭임처럼 여린 접촉이 스텔라의 욕망을 깨웠다. "내 스타일 알잖아."

그녀는 그의 셔츠 안으로 손가락을 넣어 단단하고 울룩불룩한 복부를 만지며 말했다. "노출이 심하시군요."

그가 다시 그녀에게 키스했다. 이번에는 깊고 느리게. 그러고는 나른하게 감긴 눈으로 몸을 뗐다. "카디건이랑 브래지어 없으면 추울 거야." 그가 그녀의 젖꼭지를 주무르자 그녀의 팔다리가 흐물거렸다. "당신 무릎에 힘이 빠졌어. 너무 섹시해, 스텔라."

그는 그녀의 입술을 덮고 혀를 그녀의 입속에 넣었다. 그가 그녀의 골반을 붙잡아 일어선 그의 몸에 밀착했을 때 그녀는 온몸이 달아올라 발가락을 고부렸다. 오늘 아침에는 곡예 수준으로 하다가 간신히 지각을 면했다.

두피를 팽팽히 당겼던 느낌이 사라지고 머리카락이 풀려 흘러내렸다. 그는 한 손을 원피스 안에 넣어 허벅지 안쪽을 움켜잡았다.

"윽, 방에 가서 해." 그의 누이 한 명이 쿵쾅거리면서 지나갔다.

마이클은 웃는 눈과 붉어진 안색으로 몸을 뗐다. "나한테 졌다고 심통 난 거 알아."

"놀고 있네." 매디가 말했다.

누이가 부엌으로 사라졌을 때 마이클은 손가락으로 스텔라의 머리카락을 쓸었다. "괜찮아? 들켜서 창피해?"

그녀는 고개를 저었다. 그와 함께라면 들켜도 괜찮았다.

그가 두 손으로 그녀 뒤의 벽을 짚고 몸을 그녀의 몸에 포갰다. 두 사람이 완벽히 겹쳐졌다. 단단함과 부드러움이, 볼록함과 오목함이 만났다. "섹시한 스텔라."

그들의 입술이 또다시 숨가쁜 키스를 나누었다.

"나 원 참, 방에 가서 해."

소피의 무뚝뚝한 목소리에 스텔라는 펄쩍 뛰었고, 마이클은 웃음을 터뜨리며 몸을 뗐다. 소피는 두 사람을 보지도 않고 부엌으로 들어갔다.

"밥 먹으러 가자." 그가 스텔라의 손을 잡고 그녀를 부엌 식탁에 나란히 비어 있는 자리로 이끌었다.

모두들 그들에게 '그럼 그렇지' 하는 눈초리를 보내자 스텔라는 얼굴을 붉히며 자기 그릇을 내려다보았다. 계란물을 넣은 듯한 걸쭉한 오렌지 수프 위에 얇게 썬 토마토 조각들과 초록빛 채소들이 동동 떠 있었다.

"머리 그렇게 자주 풀어요, 스텔라." 소피가 말했다. "먹을 때는 묶는 게 좋겠지만. 머리 더러워질 거예요." 소피가 갈색의 물질이 담긴 병을 스텔라에게 내밀었다. "이거 넣을래요?"

스텔라는 그것을 살펴보았다. "이게 뭐죠…"

마이클이 그걸 낚아채서 식탁 위에 내려놓았다. "스텔라는 냄새만 맡아도 기절할 거야, 소피. 이 사람 후각이 엄청 예민해."

소피가 어깨를 으쓱거렸다. "냄새는 좀 나도 맛은 좋잖아."

병에 쓰인 글자는 대부분 한자였지만 맨 밑에 '간 새우 소스'라 적혀 있었다.

"나 새우 좋아해요." 스텔라가 말했다.

마이클이 병을 탁자 저쪽으로 쭉 밀어버렸다. "이런 새우는 안 돼. 나도 이런 건 못 먹어."

"한번 먹어보라고 해, 마이클." 소피가 말했다.

스텔라의 시선이 제니와 매디에게 날아갔을 때, 두 자매는
혐오스럽다는 듯 동시에 고개를 절레절레 저었다.

메가 못 참고 한숨을 푹 내쉬면서 그 병을 집어 스텔라 앞
에 놓았다. "이건 맘 루옥(베트남식 새우 젓갈의 일종–옮긴이)이
에요. 분 리에우는 이거랑 먹어야 제대로 먹는 거예요."

스텔라는 백설공주가 독 사과를 받아 든 심정으로 그것을
들어 코에 댔다. 냄새가 훅 하고 밀려온 순간 그녀의 눈에 눈
물이 고였다. 생선 같기도 하고 새우 같기도 한 냄새가 엄청
강했다. "이걸 수프 안에 넣어요?"

메는 그것을 숟가락으로 떠서 스텔라의 그릇에 넣었다.
"이렇게. 라임이랑 칠리 소스도 넣어요." 그리고 라임을 짜
넣고 매워 보이는 빨간 소스를 한 숟가락 추가했다.

스텔라가 젓가락과 숟가락을 집어 들었을 때 마이클은 커
다래진 눈에 사과하는 뜻을 담아 그녀를 쳐다보았다. 스텔라
는 소피가 하는 대로 모든 걸 섞은 다음 젓가락으로 국수를
돌돌 말아서 국물이 담긴 숟가락 위에 얹었다. 그리고 그것
을 입에 넣었다.

맛이… 좋았다. 짭조름하고, 달착지근한 데다, 조금 톡 쏘
는 맛이었다. 그녀는 활짝 웃으며 한 숟가락 더 먹었다. "맛
있어요."

"맛있죠, 응?" 소피가 물었다. "하이 파이브."

스텔라는 마이클의 누이와 하이 파이브를 했다.

멍청한 짓 같으면서도 BPA에 오염된 음식을 거부한 일을 만회한 듯한 기분도 들었다. 그의 어머니는 미소를 지었고, 느꽈이는 으음음음 하는 소리를 냈고, 제니와 매디는 서로 속닥거렸다.

"얘들은 그걸 안 치겠대." 메가 두 막내딸들을 가리키며 말했다.

"썩는 냄새나." 제니가 말했다.

매디가 고개를 열렬히 끄덕였다. "시체 냄새."

메가 딸들에게 베트남어로 매섭게 쏘아붙이자 두 딸들이 움찔했다.

마이클이 식탁 밑으로 스텔라의 다리를 꽉 쥐었다. 그리고 그녀에게 몸을 기울여 귓속말을 했다. "정말 맛있어? 안 먹어도 돼. 내가 다른 거 가져다줄게."

"정말 맛있어." 그녀는 먹기 싫어도 어떻게든 먹을 생각이었다. 그의 엄마는 무죄 판결을 받은 듯 뿌듯해 보였다. 게다가 이번에는 독이 없었다. 그녀가 알기로는.

그는 그녀에게 스치듯 입을 맞춘 뒤 기침과 웃음을 터트리며 몸을 뗐다. "나한테 그 냄새나겠다."

스텔라는 다시 숟가락 가득 퍼서 입에 넣고 그를 바라보면서 팔뚝으로 얼굴에 드리운 머리카락을 치웠다.

"여기, 내가 머리 묶어줄게." 그가 자기 손목에 찼던 그녀의 고무밴드를 풀어 머리카락을 뒤로 넘긴 뒤 하나로 묶어주었다.

"고마워."

그가 미소를 짓고 그녀의 턱을 꼬집었다. 그의 눈빛을 보니 가족들이 보고 있지 않았다면 그녀에게 키스했을 게 분명했다. 그녀한테서는 간 새우 소스 냄새도, 시체 냄새도 나지 않았다.

"짜증 나서 진짜. 눈으로 여친 옷 좀 그만 벗겨." 소피가 말했다.

"내 말이." 매디가 맞장구를 쳤다.

"언제부터 여친 머리카락을 위해 고무밴드를 손목에 차고 다녔어? 설마 채찍으로 맞는 건 아니지?" 제니가 덧붙였다.

스텔라는 국수 그릇으로 뛰어들고 싶었다.

마이클은 그저 어깨를 으쓱거리고는 빙그레 웃었다. 그러고는 한 팔을 그녀의 어깨에 두르고 그녀의 관자놀이에 키스했다.

그의 누이들이 말다툼과 놀리기를 번갈아 시전하는 동안 저녁 식사는 정신없이 흘러갔다. 그의 엄마는 때때로 끼어들어 단호히 중재를 하거나 매서운 눈초리로 제압했지만, 스텔라가 보기에 그의 엄마는 흡족한 눈치였다. 모두들 국수를 먹고 나서 껍질 벗긴 자몽을 먹을 때, 메가 제니와 매디에게 식탁을 치우고 설거지를 하라고 시켰다.

마이클은 스텔라의 손을 잡고 그녀를 집에 데려다주려고 했지만 그의 엄마가 두 사람에게 가족실로 가라고 손짓했다.

"스텔라, 보여줄 게 있어요."

마이클이 앓는 소리를 냈다. "메, 안 돼요, 오늘은 하지 마요."

"뭔데 그래?" 스텔라는 호기심을 이길 수 없었다.

"다음에 하시는 게 어때요?" 마이클이 물었다.

"얘가 얼마나 귀여웠는지 몰라." 메가 말했다.

"아기 때 사진요?" 스텔라는 춤이라도 추고 싶었다. "마이클, 나 그거 보고 싶어."

스텔라가 메를 따라 가족실로 가면서 그를 잡아끌자 그는 마지못해 그녀를 따라갔다. 메는 스텔라에게 두툼한 사진첩을 건넸고, 엄마와 아들은 스텔라를 사이에 두고 소파에 앉았다.

그녀는 사진첩의 벨벳 커버를 손가락으로 쓰다듬었다. 그녀의 엄마가 그녀의 사진을 보관하는 사진첩도 이것과 거의 똑같았다. 끈적거리는 종이와 벗겨지는 얇은 비닐로 된 사진첩이었다. 첫 번째 페이지에 점들이 찍힌 듯한 초음파 사진과 얼굴에 주름이 주글주글해 수천 살은 되어 보이는 갓난아기의 사진이 있었다. 하지만 페이지를 넘길수록 귀여움이 폭발적으로 늘어났다.

느과이가 그를 안고 있는 사진, 그가 걸음마를 배워 수박을 집으려는 사진. 통통한 꼬마 마이클이 앙증맞은 양복을 입고—그가 만든 첫 번째 양복인가?—젊은 커플 사이에 있는 사진도 있었다. 사진 속 여성은 대단히 젊고 아름다운 모습을 한 메였는데, 앞에 분홍색 꽃들이 수놓인 하얀색 베트남 전통 드레스를 입고 있었다. 남자는 그의 아버지가 분명했다. 키가 큰 데다 금발 머리였고 마이클의 비딱한 미소를 짓고 있었다.

"미인이셨네요, 메." 스텔라가 손끝으로 물 흐르듯 떨어지는 드레스를 훑으며 말했다. "드레스가 참 예뻐요."

"그 아오자이(베트남 여성이 입는 전통 의상-옮긴이)를 아직도 가지고 있죠. 원하면 오늘 집에 갈 때 가져가요."

"정말 제가 가져도 돼요?"

"난 더 이상 맞지가 않아. 마이클의 누이들은 관심도 없고. 걔들은 보석만 서로 가지겠다고 난리인데 보석은 모두 없어졌어요." 메의 목소리가 잦아들었고 시선은 금발 머리 남자의 얼굴에 머물렀다. "이 사람이 마이클의 아버지예요. 정말 잘생겼죠?"

마이클이 말없이 페이지를 넘겼다. 통통하던 마이클은 팔다리가 점차 늘씬해지고 아름다운 남성성을 띠었다. 그는 자주 웃었고 활기와 즐거움이 넘쳐흘렀다. 그와 그의 누이들이 순수 베트남인 사촌들에 둘러싸인 사진들도 수십 장 있었다. 그는 더 밝은 피부와 아시아인답지 않은 이목구비로 친척들 옆에서 튀어 보였고, 똑같은 이유로 학교 친구들 사이에서도 눈에 띄었다. 어디에서든 섞이지 못한다는 것은 어떤 느낌일까?

그 점에서는 남다른 성장기를 거친 그녀도 그와 다르지 않았다. 십 대 초반의 마이클이 아버지와 체스를 두는 사진들이 있었는데 극도로 집중하느라 인상을 쓰고 있었다. 인상을 쓴 채 과학 숙제를 하는 사진, 검도복과 장비를 갖추고 다른 꼬맹이를 상대로 대련하는 사진. 검도복 앞자락에 그의 성 '라슨'이 대문자로 쓰어 있었다.

그가 재빨리 그 페이지를 넘기고 놀란 표정으로 그녀를 흘끔거렸을 때 그녀는 덤덤한 표정으로 못 본 척 연기를 했다. 그녀는 거짓말에 서툴렀지만 괜찮은 척 연기할 줄은 알았다. 어릴 때부터 사람들과 함께 있을 때면 늘 해온 일이었다.

마이클에게는 그러고 싶지 않았는데.

내가 그의 진짜 이름을 모르는 것이 그토록 중요한 일이었을까? 내가 그걸 알면 무슨 짓을 할 거라고 생각한 걸까? 그가 나를 믿지 않는구나 생각하니 그날 저녁 내내 훈훈하고 찬란했던 마음이 싸늘히 식는 것 같았다. 그를 내 남자로 만들 수 있을 거라 생각한 것은 헛된 희망이었을까?

상념에 잠겼다가 문득 정신을 차렸을 때 사진첩의 막바지에 도달해 있었다. 사진 속에 등장한 마이클은 성인이 다 된 모습이었는데 너무나 근사해서 그녀는 한숨이 절로 나왔다. 그는 환히 웃는 아버지 옆에 서서 체스 대회 트로피나 검도 트로피, 과학 경진대회 트로피를 들고 있었다.

"트로피가 엄청 많네요." 그녀가 말했다.

"내가 우승하면 아버지가 좋아해서 엄청 노력했었지."

"마이클은 고등학교 때 졸업생 대표였어요." 마이클의 엄마가 무한한 애정을 담아 아들을 바라보며 말했다.

스텔라가 미소를 지었다. "난 진작에 당신이 똑똑한 줄 알고 있었어."

"노력을 많이 했을 뿐이야. 시험 잘 보는 법을 터득한 거지. 당신이 나보다 훨씬 더 똑똑하지, 스텔라."

그녀는 가면을 쓴 듯한 그의 얼굴을 탐색했다. 왜 그는 자신을 평가절하하는 걸까? "그리고 졸업생 대표도 아니었어. 수학과 과학 성적이 좋긴 했지만."

"아버지가 그 과목을 좋아했거든."

마이클이 마지막 페이지로 넘겼다.

그가 샌프란시스코 패션 대학을 졸업한 사진이 나왔다. 어깨가 딱 벌어지고 표정은 단호했다. 그의 부모님도 사진 속에 있었는데, 그의 어머니는 눈에 띄게 뿌듯하고 행복해 보이는 반면, 그의 아버지는 억지로 사진을 찍는 것 같았다. 머리카락은 세월에 의해 대부분 하얗게 새버렸지만 여전히 매력적인 중년 남성이었고, 삶에 지치고 냉소적인 인상인 데다 비딱한 미소도 간데없었다.

"디자인 학교에 다니는 걸 아버지가 못마땅해하셨구나."

마이클이 어깨를 으쓱거렸다. "아버지가 내린 결정은 아니었지." 그의 목소리는 딱딱했고 평소 초롱초롱하던 눈도 생기가 없었다.

스텔라는 그의 손을 잡아 꼭 쥐었다. 그는 손을 뒤집어 힘주어 마주 손깍지를 꼈다.

"마이클은 재능이 많아요. 학교를 졸업했을 때 다섯 군데에서 취업 제안을 받았어요. 뉴욕의 유명한 디자이너 밑에서 일을 했는데 애 아버지가 집을 나가는 바람에 집에서 마이클의 도움이 필요해졌어요." 메는 허공을 바라보았는데 입가에 쓸쓸한 빛이 돌았다. 눈을 깜빡거리다가 마이클에게 시선을 고정했다. "나 때문에 네가 집에 돌아왔지만 차라리 잘된 것 같아. 그때 넌 방탕하게 살고 있었으니까. 여자가 너무 많았어, 마이클. 여자가 수백 명씩 필요하진 않아. 좋은 여자 하나면 돼."

그의 엄마가 스텔라의 다리를 톡톡 두드렸고, 스텔라는 마음속에 자리한 깊고 뼈저린 공허감이 채워지는 것을 느꼈다. 좋은 여자로 인정받는 기분이었다.

하지만 스텔라가 의도적으로 숨기고 있는 꼬리표를 알게 되면 그의 엄마는 어떻게 생각할까? 자기 아들에게는 부족한 여자라고 생각하지 않을까? 세상에 어떤 시어머니가 자폐증 며느리와 자폐증 가능성이 있는 손주를 반기겠는가?

내가 언제부터 결혼과 아기를 생각하게 됐지? 그녀와 마이클은 진짜 사귀는 사이가 아니었다. 마이클은 돈이 필요하지 않아도 나와 데이트하려 할까? 자기 마음대로 여자를 선택할 수 있다면 그래도 나를 선택할까?

"됐다." 메가 활달하게 말했다. "사진은 이게 전부야. 마이클, 내가 아오자이 찾는 동안 내 아이패드 좀 봐다오."

마이클은 드디어 끝났다는 듯 한숨을 쉬고 일어섰다.

"나 이 사진들 좀 더 봐도 될까요?" 스텔라가 물었다.

메가 웃으며 고개를 끄덕였다. 하지만 스텔라가 겨우 1, 2분쯤 사진을 봤을 때 제니가 안으로 들어왔다. 제니는 손에 두꺼운 교과서를 들고 있었다.

"경제학자라던데 사실이에요?" 제니가 묻고는 맨발로 카펫 위를 이리저리 서성이다가 두 무릎을 붙였다.

"맞아요. 스탠포드 3학년 맞죠? 거기 경제학 프로그램 정말 좋아요." 스텔라는 마이클의 엄마가 제니에게 일에 대한 조언을 해달라고 했던 것이 기억났다. "그건 무슨 교과서예요? 과제하는 데 도움이 필요해요?"

제니는 책을 가슴에 품고 아까 앉았던 팔걸이의자에 앉았다. "다른 건 아니고 혹시…" 그녀가 숨을 들이켰다. "혹시 언니가 인턴 자리를 알아봐줄 수 있나요? 인턴을 쓰는 동료들에게 내 이력서를 보내줄 수 있어요? 면접을 보는 것도 쉽지가 않아서요. 경험도 없는 데다 1학년 성적이 형편없거든요. 아직 평점을 만회 못 했어요. 하지만 재능은 있어요. 앞으로 이쪽 일을 하고 싶어요."

"지금 이력서 한 부 가지고 있어요?" 스텔라는 그 말을 내뱉자마자 도로 주워 담고 싶었다. 면접관 같은 말투였고, 제니는 초조해 보였다.

제니는 교과서에서—두꺼운 국제 거시경제학 책이었다—종이를 한 장 꺼내 스텔라에게 건넸다.

이력서에는 간결한 언어로 표현된 경제학 이론에 대한 열정과 이수한 관련 과목과 자격증, 평균 학점 등이 적혀 있었다. 전공 과목은 3.5인데 반해 전체 학점은 2.9였다. 아무리 스탠포드 대학 출신이라도 대기업에 들어가기에는 부족한 점수였다.

스텔라는 최대한 상냥하게 물었다. "1학년 때 무슨 일이 있었는지 물어봐도 돼요?"

제니는 교과서를 내려다보았다. "엄마가 많이 아팠거든요. 모두에게 힘든 시기였어요. 돌아가면서 엄마를 돌보고 가게를 운영해야 했어요. 그렇지 않아도 부모님의 별거 때문에 다들 힘들어하던 차에 엎친 데 덮친 거였죠. 시간을 균형 있게 써야 했는데 실패했어요. 솔직히 당시엔 학교고 뭐고 될 대로 되라는 식이었어요. 비싼 학비랑 그때 쪼들리던 형편을 생각하면 내가 어리석었어요."

잠깐, 이 사람들 왜 형편이 쪼들렸다는 거지? 혹시 마이클의 아버지와 관련이 있나? 지금은 형편이 넉넉해 보였다. 가게도 잘 되는 것 같았다. 게다가 이런 집도 있지 않나. 그녀는 너무 궁금해서 묻고 싶었지만 그건 너무 무례한 짓이라 손가락으로 사진첩의 가장자리만 긁었다. 이 사람들에게 친밀감이 느껴졌다. 실제로는 만난 지 얼마 되지 않았는데도.

게다가 그녀가 저번에 캐물었을 때 마이클의 엄마는 눈물을 보였었다. 그녀는 두 번 다시 누군가를 울리고 싶지 않았다.

스텔라는 주저하면서 말했다. "그렇군요."

"이 학점으로 인턴 자리 얻을 수 있을까요? 이력에 도움이 될 만한 게 뭐가 있을까요?"

이런 학점이라면 제니의 이력서는 밀려날 게 분명했다. 하지만… 스텔라는 문득 어떤 생각이 떠올라 고개를 옆으로 기울이고 새로운 시각으로 제니를 쳐다보았다. "혹시 계량 경제학에 관심 있어요?"

22

스텔라가 자기 부서의 인턴 채용에 필요한 서류들을 절반쯤 작성했을 때—현재 그녀의 부서에는 직원이 그녀밖에 없었다—휴대폰이 진동했다. 그녀는 책상 서랍에서 휴대폰을 꺼내 보고는 미소를 지었다. 나의 스텔라, 뭐 하고 있어? 그녀는 답장을 보냈다. 서류 작업 해.

밖에 나가서 점심 먹을 시간 있어? 그녀는 휴대폰을 품에 안고 앉은 의자를 빙글빙글 돌리다가 답장했다. 있지. 점심에 먹으려고 시킨 배달 음식이 키보드 옆에 고스란히 있었지만 상관없었다. 냉장고에 넣어두었다가 내일 먹으면 된다.

그의 답장에 그녀의 미소는 더욱 커졌다. 시간 나면 우리 엄마 가게로 와.

그녀는 인턴 채용 서류들을 한데 모아두고 나갈 준비를 했다. 금요일 점심시간이었고 모두들 시내의 다양한 식당으로 나가고 없었다. 그녀는 복도를 통과해 엘리베이터에 올랐다. 마음은 이미 건물 밖에 나가 있었다.

문이 닫히려는데 필립이 안으로 들어섰다.

"오늘은 밖에 나가서 점심 먹어? 나도 같이 갈까?" 그가 물었다.

"만날 사람 있어."

"그 남자?"

그녀가 고개를 끄덕였다.

"복 많은 남자군."

그녀는 층 버튼을 쳐다보면서 3층에서 1층으로 곧장 내려 갔으면 좋겠다고 생각했다.

"인턴 채용한다면서."

"맞아."

"내 사촌 괜찮은데."

그녀의 눈이 층 숫자에서 필립의 얼굴로 날아갔다. "염두 에 둔 사람 있어."

그가 두 손을 주머니 속에 넣고 어깨를 으쓱거렸다. "알았 어."

"잠깐만…" 그녀가 한숨을 쉬었다. "사촌 이력서 보내줘." 제니를 고용하고 싶은 마음이 컸지만 그만큼 공정을 기해야 마땅했다. 직업 윤리를 무시할 순 없었다. 그 자리는 가장 적 합한 후보자에게 돌아가야 했다.

마이클이라면 이해해줄 것이다. 자기 누이가 나이도 더 어 리고 몸집도 더 작고 힘도 더 약하다고 해서 누이에게 그냥 져주지 않은 사람이니. 스텔라는 정당한 심사 과정을 거치기 로 했다. 하지만 제니가 적합한 후보라는 직감이 들었다. 뭔 가를 좋아하면—스텔라도 그렇고 제니도 그렇듯—그것을 잘할 수밖에 없다. 당장은 잘하지 못하더라도 결국은 잘하게 된다.

필립이 좋은지 숨을 훅 내쉬었다. "그렇게 할게."

엘리베이터에서 띵 소리가 났다. 그녀는 로비로 성큼성큼 걸어 나갔다. 필립이 성가시게 차가 있는 데까지 따라왔다.

"내일 자선 만찬에 올 거야?" 그가 물었다.

"그건 어떻게 알았어?"

"우리 엄마랑 당신 엄마가 거기 기획위원이잖아. 세상 참 좁지? 당신에게 파트너가 있는지 궁금해서. 나 파트너 못 구 하면 엄마가 주선해주시겠대." 미소를 지으며 어깨를 수그리 는 그의 모습은 평소보다 훨씬 더 친근해 보였다.

스텔라는 둘의 처지가 너무 비슷해서 안쓰러운 마음이 들 었다. "우리 엄마도 그렇게 협박하셨어."

"저기, 스텔라, 당신 사귀는 사람 있는 거 알아… 하지만 전에 당신이 진지한 관계였으면 바란다고 말했잖아. 아직 확 실한 사이가 아니라는 투로. 그 남자, 당신 남자 친구 맞아?"

그녀는 주차장 아스팔트 바닥을 내려다보았다. "말하기 복 잡해."

"무슨 뜻이야?"

"그만 가볼게. 이러다 늦겠어." 그녀는 차의 문손잡이를 잡 았다.

그는 한 손을 그녀의 손 쪽으로 내리다가 서로의 손이 닿 기 전에 멈추었다. 그녀가 접근을 원하지 않는다는 걸 눈치 챈 걸까? 정말 그녀의 마음을 이해한 것일지도 몰랐다.

"그냥 섹스만 하는 사이구나? 당신은 그런 대접을 받을 여자가 아니야. 그걸 알아야 해. 내가 예전에 훈련이 필요하니 뭐니 했지만… 헛소리였어. 당신 앞에서 자꾸 위축이 돼서 그쪽으로 능숙한 것처럼 포장한 거야. 멍청한 짓이었지. 중요한 건 올바른 사람과 맺어지는 거잖아. 나한테는 그 사람이 바로 당신인 것 같아, 스텔라. 사실 오래 전부터 당신을 좋아하고 있었어."

"왜 그걸 지금 이야기해? 우리 동료로 일한 지 오래됐잖아."

그녀는 자기 귀를 믿을 수가 없었다. 그동안 내내 좋아하고 있었다고? 나를?

"나 문제가 좀 있어. 그래서 당신이랑 있으면 말이 꼬이고 머저리 쓰레기 같은 말만 내뱉게 돼. 내가 문제가 있다 보니까 당신이 먼저 데이트 신청을 해주길 바란 거지. 하지만 이제 당신에게 데이트 신청하는 거야. 당신이 당신을 제대로 대접하지 않는 남자를 만난다고 생각하니 미칠 것 같아. 내게 당신은 10점 만점이야, 스텔라."

내가 만점이라고? 그녀를 만점으로 생각하는 사람이 등장했다. 그녀는 가슴이 녹녹해지고 눈시울이 뜨거워졌다. "난 만점짜리 아니야. 나도… 문제가 있어."

"알아. 당신 엄마가 우리 엄마에게 말했거든. 엄마한테 들었어. 난 심리치료사를 바꿀 때마다 새로운 문제가 튀어나올 만큼 많은 문제를 안고 있어. 우린 서로에게 딱이야. 당신은 내게 만점짜리야."

하지만 스텔라에게 필립은 완벽한 만점이 아니었다. 만약 상황이 달랐다면 그랬을지도 모르지. 과거 같으면 그의 이면에 멋진 남자가 숨어 있지 않을까 알아보고 싶었을 것이다. 그가 젠체하는 것도 나무랄 수만은 없었다. 그녀도 본의 아니게 자주 그런 인상을 주곤하기 때문에. 그녀는 필립이 알고 보면 좋은 남자이기를 바랐다. 그런 생각을 하면 그녀에게도 희망이 있을 것 같았다.

"미안해, 필립. 이미 그 남자에게 자선 행사에 같이 가자고 말했어. 약속을 취소할 순 없어. 그러고 싶지도 않고. 나 그 사람에게 집착하고 있거든."

고집스런 표정이 필립의 얼굴에 떠올랐다. "집착은 지나가."

"난 아니야. 그렇지 않아."

"장담하건대, 그 남자는 과정일 뿐이야. 당신은 그를 사랑하지 않아." 그가 확신을 가지고 말했다.

그녀의 입술이 벌어졌다. 사랑? 이 감정이 사랑일까?

난 마이클을 사랑하고 있을까?

"사랑이 아니라고 어떻게 확신하지?" 그녀가 물었다.

"당신이 사랑에 빠질 상대는 바로 나라고 확신하니까. 나." 그가 고집을 부렸다.

"필립, 왜 이러는지 모르겠는데, 이러지 마."

"우리 노력해보자."

그가 다가와 그녀에게 몸을 숙였다.

그녀는 물러서려 했지만 차가 바로 뒤에서 탈출로를 차단했다. 그녀는 고개를 옆으로 돌렸다. 그는 진한 향수는 뿌리지 않았지만 그의 체취가 싫었다. 그녀는 두 손으로 그의 가슴을 밀어냈다. 그의 느낌도 싫었다. 그는 마이클이 아니었다.

그가 입술을 그녀의 입술에 댔다. 마른 피부가 마른 피부에 닿았다. 축축한 혀가 그녀의 입속으로 들어오자 그녀의 심장이 후다닥 달아나기 시작했다. 그녀의 몸이 문을 닫아걸었다. 지난 세 남자와의 만남을 연달아 반복하는 기분이었다.

이건 아니야, 이건 아니야, 이건 아니야.

그녀는 몸을 비틀어 뗀 다음 소매로 입을 가렸다. 더러워. 징그러운 느낌들이 온몸의 피부를 마구 긁어댔다.

필립은 인상을 쓰고 입을 꽉 다물더니 주먹을 쥐었다. "내게 적응하도록 해, 스텔라. 넌 그 개자식한테 길들여졌어."

그녀는 그의 가슴을 떠밀어 그를 밀쳐냈다. "다시는 이러지 마."

심장이 요동치고 손이 덜덜 떨렸다. 그녀는 차에 올라탔다. 가게에 도착했을 때는 어느 정도 진정이 됐지만 찝찝한 느낌은 여전했다. 양치질을 하고 싶었다.

그녀는 가게로 들어가서 마이클을 찾았다. 그는 가봉 구역에서 한 나이 든 신사의 발치에 쪼그리고 앉아 바짓단에 핀을 꽂고 있었다. 청바지와 검은색 티셔츠 차림이었고, 줄자와 바늘꽂이, 초크 펜슬도 제자리에 갖추고 있었다. 그녀는 작업복 차림의 그를 너무나 좋아했다. 뉴욕에서 디자인 일을 했을 때도 비슷한 차림으로 불이 켜진 제도용 책상에서 패턴을 그리고 무심한 마네킹 위에 옷감을 씌웠을 것이다.

그가 그녀를 감지한 것처럼 고개를 들어 그녀에게 미소를 지었다.

그녀는 그에게 미소로 답하려 했지만 입속에 가득한 역겨운 맛 때문에 주차장에서 일어난 일이 생각났다. 마이클이 지금 키스하려 하면 어떡하지? 지금 그녀의 몸에는 필립이 배어 있었다. 역겨워. "화장실. 나 화장실 좀."

그가 당황해 찡그린 얼굴로 일어섰다. "저기 뒤쪽에."

그녀는 뒤쪽으로 뛰어가서 화장실 문을 발견하고 세면대로 달려갔다. 물을 틀고 나서 두 손에 비누를 묻혀 입술과 혀를 문질렀다. 그리고 입에 물을 넣고 휘젓고 뱉고 나서 처음부터 다시 반복했다.

마이클은 화장실 문을 열고 스텔라가 상한 음식이라도 먹은 듯 입을 씻는 것을 보았다. 배탈이 났나? 그의 머릿속에서 너무나 익숙한 최악의 시나리오들이 재생되면서 덩달아 속이 울렁거렸다.

그는 안으로 들어가서 문을 닫고는 그녀와 거리를 둔 채 두 손으로 그녀의 긴장한 등을 쓸어주었다. "어디 아파?"

제발, 아프지 마.

화장실 안에 긴 침묵이 이어졌고 세면대에 물 흐르는 소리만이 이어졌다. 그녀는 미간을 잔뜩 찌푸린 채 물이 소용돌이치며 빠져나가는 것만 바라보았다. 거울 속에서 그와 눈이 마주쳤을 때 물을 잠그고 말했다. "동료가 나한테 키스했어."

마이클의 몸이 일시 정지했다가 차가운 분노를 밖으로 분출했다. 그는 훈련을 받은 남자였고 싸움을 일삼는 사람은 아니었다. 하지만 얼마든지 상대를 곤죽으로 만들 수도 있었다. 그 자식을 아주 속 시원히 끝장내고 싶었다. 그는 손가락 관절이 우두둑거리도록 주먹을 쥐었다.

"그놈 이름이 뭐야? 어떻게 생겼어? 어디 가야 찾을 수 있지?" 질문들이 차갑고 단조로운 말투에 실려 나왔다. 그런 개자식은 병원 관광을 시켜줘야 한다.

그녀는 돌아서서 둥그레진 눈으로 그를 마주했다. "왜?"

"아무도 당신에게 강요할 순 없는 거야, 스텔라."

"그 남자를 어떻게 할 거야? 당신이 말썽에 휘말리는 건 싫어."

"당신 지금 1분째 입을 씻고 있잖아. 이제 내가 그놈을 씻어버릴 거야." 피로.

그녀는 두 손을 부여잡고 할 말을 찾았다. "나 괜찮아. 보다시피."

"괜찮지 않았으면 그놈은 죽은 목숨이지." 그가 으르렁거렸다.

"그만 좀 하면 안 돼? 제발?"

그가 어이가 없다는 듯 고개를 저었다. 누군가 그녀를 건드리고 키스하고 망할 혀를 그녀의 입속에 넣었다니. "어떻게 이런 일을 겪고 이렇게 담담할 수 있어? 그놈이 당신한테 키스하기를 바란 거야?"

"아니, 하지만…" 그녀가 그를 외면했다. "한때는 그런 적도 있었어."

끔찍한 생각이 그의 머릿속을 헤집었다. "혹시 그 남자 때문에 나를 고용한 거야? 이 남자를 위해 훈련을 받으려고?"

그녀의 뺨이 붉어졌다. "어쩌면? 당시에는 그 남자도 괜찮은 후보처럼 보였거든. 하지만 이젠 싫어, 아이러니하지만. 왜냐하면…" 그녀가 인상을 쓰면서 말을 멈추었다.

"왜냐하면 뭐?"

"오랫동안 나를 좋아해왔다고, 오늘 그 남자가 말했어… 놀랍게도 내가 자기한테 만점짜리래." 그녀는 그렇게 말하면서 살피는 시선을 마이클에게 던졌다. "내가 얼마나 다른 사람이든 상관없대."

그 순간 마이클은 참지 못하고 그녀를 끌어당겨 품에 안았다. 그는 그런 말을 한 적 없지만 그렇다고 해서 그런 감정을 느끼지 않은 것은 아니었다. "당신은 정말 만점짜리니까 그렇지. 당신을 다르게 만드는 모든 것들이 당신을 완벽하게 만들잖아."

"난 완벽하지 않아, 마이클. 정말 그건 아니야." 그녀는 고통스러운 목소리로 말했다.

"당신도 그놈에게 키스했어?" 그랬다면 완벽한 그녀에게도 한 가지 결함이 생길 것이다.

그녀가 고개를 저었다. "아니."

"좋았어? 그놈이 키스했을 때?" 알아야 했다.

"전혀." 그녀가 소근거렸다

"왜? 놈이 뭘 잘못해서? 키스를 잘 못해?"

"기분이 나빴어."

"왜?"

"그 남자는 당신이 아니니까." 그녀의 눈에 담긴 다정한 표정이 그를 사로잡았다. 이런 표정이면 뭐든 할 수 있을 것 같았다. 뭐든.

그는 한 손으로 그녀의 턱을 잡아 그녀의 고개를 뒤로 젖히고 피 속에서 질주하는 난폭함을 잠재우며 상냥함을 끌어냈다. "키스할래." 해야 했다. 하지 않으면 미쳐버릴 것 같았다.

"하지 마. 내 입속에 그 남자가 있어. 아직도 그 남자 냄새가 나. 그 남자를 지워버릴 수가 없어."

그가 격렬하게 말을 쏟아냈다. "난 해야겠어, 스텔라."

그녀가 살짝 고개를 끄덕이자 그가 입을 거세게 포개고 깊게 키스했다. 어서 그 쓰레기의 흔적을 마지막 한 방울까지 싹 지우고 그녀에게 자신의 흔적을 남겨야 했다. 그녀는 힘이 풀려 그의 품으로 무너졌고, 그는 두 팔로 그녀를 감싸고 거칠게 애무했다.

"아직 그놈 맛이 나?" 그가 숨을 몰아쉬면서 그녀의 입술에 대고 물었다.

"아니." 그녀가 헐떡거리면서 말했다.

그는 치마를 열고 그녀의 팬티 속으로 손을 넣었다. 손가락에 따뜻한 물기가 닿는 순간 신음을 토할 뻔했다. 이건 누구를 위한 걸까? 나, 아니면 그 동료라는 놈?

"마이클."

그녀의 입술에 담긴 그의 이름이 그의 마음 깊숙한 곳을 어루만졌다. 그것을 다시 듣고 듣고 또 듣고 싶다는 간절한 욕구가 그를 장악했다. 그가 치마를 끌어내리자 치마가 그녀의 발목으로 떨어졌다. 그는 청바지 앞섶을 열고 물건을 풀어냈다. 그러고는 주머니에서 포일을 꺼내 찢어 열고 콘돔을 끼웠다.

그녀가 자기 팬티를 내리려는데 그가 고개를 저었다. 그는 그녀의 한쪽 다리를 자기 골반에 감고는 그녀를 들어 타일 벽에 밀어붙였다.

그녀가 다급하게 말했다. "나 놀리면 안 돼, 마이클. 당신이 필요해."

그가 그녀의 팬티 사타구니 쪽을 옆으로 밀어젖히고는 세차고 빠르게 들어가 그녀의 안에 몸을 묻었다. 그녀가 잠시 숨을 멈추고 신음하며 그의 이름을 불렀다. 미치도록 섹시했다. 그는 혀로 그녀의 입을 구석구석 애무하고 취하면서 그녀의 클리토리스를 자극하도록 자기 골반의 각도를 조정했다.

단단히 조여드는 그녀의 몸, 그녀의 달콤한 입, 그를 감싼 그녀의 다리, 그의 목에 닿은 그녀의 숨결… 모든 것이 완벽했다. 그는 스텔라의 모든 부분을 즐겼다. 심장이 날뛰고 피가 질주했다. 욕구가 갈수록 강렬해졌지만 그는 자제하면서 그녀가 따라오기를 기다렸다. 그녀가 그를 감싼 채 부서져 내리며 걷잡을 수 없이 경련을 일으켰을 때 그는 그녀 안으로 더 세게 돌진했다.

그는 그녀의 골반과 허벅지를 움켜잡았다. 이마를 그녀의 이마에 대자 그녀의 아름답고 탁해진 눈동자가 보였다. 그는 마지막으로 그녀의 안으로 들어가면서 모든 걸 쏟아내고 자신을 놓아버렸다. 그리고 거친 호흡으로 가슴을 들썩거리면서 그녀를 꽉 안았다. 그녀를 절대 놓고 싶지 않았다.

그는 겨우 힘을 끌어내 몸을 떼고 그녀를 바닥에 내려놓은 뒤 콘돔을 변기에 버리러 갔다. 그리고 자신을 향한 그녀의 눈길을 의식하고 즐기면서 몸을 씻었다. 그녀는 감탄하는 눈길로 그를 쳐다보았다. 다른 사람은 이렇게 쳐다본 적 없었다.

한 달 가까이 그녀와 같이 살면서 마이클은 한 가지 확신을 얻었다. 그녀의 어떤 부분들은—대부분 훌륭한 장점들이었다—오직 그와 공유할 수 있다는 걸. 그 때문에 그는 그들의 관계가 진짜가 아니라는 걸 잊곤 했다.

하지만 명심해야 했다. 이번에는 그녀가 동료와의 키스를 원하지 않았지만 그녀가 원한다면 해서는 안 될 이유가 전혀 없다는 걸. 그들은 서로를 독점하는 관계가 아니었다. 그는 그녀의 남자 친구도 약혼자도 남편도 아니었다. 그녀는 그의 고객이고 그는 그녀의… 고용인이었다. 기분이 참 더러워지는, 하지만 엄연한 현실이었다. 그에게는 그녀를 보호할 권리도 소유권을 주장할 권리도 없었다. 그녀는 그에게 도움을 제공받는 대가를 치르고—적어도 그녀는 그렇게 생각했다—그는 적당히 거리를 유지하고 직업 정신을 발휘해야 했다.

그런데 그는 그 선을 넘고 그녀에게 빠져버렸다. 그녀와 헤어지고 나면 무너질 게 분명했다. 하지만 그녀는 잘 살아갈 것이다. 자신을 지키면서 다른 사람과 관계를 맺고 뭔가를 기대하고 사랑받는 것이 어떤 느낌인지 모두 알 테니까. 그는 그녀가 자신에게 빠져서 안주하는 일이 없기를 바랐다.

그는 수년간 에스코트 일로 닦은 노련미를 발휘해 미소를 짓고는 말했다. "그건 내가 새것으로 사줄게."

그녀가 어리둥절한 표정을 짓자 그는 옆쪽 솔기가 찢어진 그녀의 팬티를 고갯짓으로 가리켰다. 그녀는 늘 그렇듯 무심히 그것을 손가락으로 만지작거리고 있었다.

그녀는 미소를 짓고 손바닥을 골반에 댔다. "괜찮아. 내가 사면 돼."

"마음대로 해. 커플들은 대부분 여자가 속옷을 사긴 하지."

그녀가 고개를 옆으로 기울였다. "왜 그런 거야?"

그는 어깨를 으쓱거렸다. "여자들이 쇼핑을 많이 하기도 하고, 사랑하는 사람 돌보는 걸 좋아하니까 그렇겠지."

스텔라는 그 말을 듣고 놀라 숨을 들이켰다. 그거였어 하는 표정으로 허공을 멍하니 바라보며 머릿속에 떠오른 것들에 집중했다.

"말하는 사람 어디 갔나?" 그가 그녀의 눈앞에 손을 흔들자 그녀의 시선이 그에게 돌아왔다. 그는 그 모습이 너무나 스텔라다워서 빙긋 미소를 지었지만 가슴이 텅 빈 것만 같았다. 총명한 그녀가 너무나 사랑스러웠다. 그녀의 모든 면, 모든 행동이 사랑스러웠다. "지금 일 생각하지? 화장실에서 당신과 뜨겁게 섹스하다가 팬티를 찢어서 새걸 사주겠다는데,

당신은 정신을 딴 데 팔고 계량 경제학이나 생각하는 거야?"

그녀는 코를 찡긋거리며 안경을 고쳐 썼다. "미, 미안… 나도 모르게 항상 이래. 현재에 집중하려고 하는데 그게…"

"그냥 해본 소리야. 난 당신의 천재적 두뇌를 사랑해." 그가 인정했다. 인정하지 않을 수 없었다. 그는 슬펐지만 그녀의 부드러운 입술에 키스했다. 한 번, 두 번, 마지막으로 한 번 더. "가자, 느콰이가 곧 화장실을 써야 할 거야. 당신한테 보여줄 것도 있어."

마이클이 벽의 고리에서 옷걸이를 하나 내린 뒤 크림빛 미니 드레스를 보여주었을 때 스텔라는 숨을 들이켰다.

"눈대중으로 만든 거라 몸에 잘 안 맞을 수도 있어. 한번 입어볼래?"

그녀는 놀란 눈으로 그 의상을 바라보았다. 마이클 라슨이 그녀를 위해 만들어준 드레스였다.

그녀는 거울이 없는 탈의실 안으로 들어가 문을 닫은 뒤 서둘러 옷을 벗었다. 끈이 없는 드레스였기 때문에 브래지어는 할 수 없었지만 안감이 부드러운 실크였다. 피부에 거슬리는 솔기는 어디에도 드러나 있지 않았다. 어떤 모습일지 너무 궁금했다.

그녀는 가슴 부분을 손으로 누른 채 밖으로 나가 돌아섰다. "뒤에 지퍼 좀 올려줄래?"

그의 입술이 그녀의 목덜미를 스치며 지퍼가 스르륵 올라왔다. 순간 그녀의 등허리를 따라 짜릿한 떨림이 흘렀다. 옷이 몸에 완벽하게 들어맞았다. 그녀가 사랑해 마지않는 요가 복보다 더 자연스럽게 몸을 감싸주었다. 그녀가 돌아섰을 때 마이클이 섹시한 두 팔로 가슴에 팔짱을 낀 채 평가하는 눈으로 그녀를 훑어보았다.

"나도 좀 볼까?" 그녀가 소근거렸다.

그가 입술에 희미한 미소를 띠고 단상 앞의 거울을 고갯짓으로 가리켰다. 그가 가봉을 하는 곳이었다.

그녀는 단상 위에 올라섰다. 심장이 덜컥 멈추었다가 다시 기운을 차리고 뛰기 시작했다. 매끄러운 아이보리색 드레스가 무릎부터 가슴까지 몸을 따라 이어졌다. 가슴의 정중앙에는 섹시한 백합을 연상시키는 오목한 홈이 파였고, 젖꼭지는 보이지 않았다.

완벽했다. 단순하지만 얌전하면서도 대담했다. 그녀처럼.

그녀는 두 손으로 골반을 쓸고 나서 뒤를 돌아보고는 전문가의 솜씨가 만들어낸 드레스와 그것이 자신의 뒤태에 미친 영향을 보고 숨을 멈췄다. 그녀는 풍만하고 둥근 한쪽 엉덩이에 한 손을 올렸고, 마이클은 헛기침을 했다.

그가 단상 위로 올라와서 손가락으로 그녀의 옆 몸을 쓰다듬었다. "다행히 잘 맞네. 내 손이 당신의 사이즈를 알려준 덕분이야."

"나도 마음에 들어. 고마워, 마이클."

"내가 당신에게 주는 선물이야. 그동안 못 챙겨준 생일 선물 한꺼번에 하는 거지. 생일이 언제야?"

따뜻한 온기가 마음속에서 샴페인처럼 보글보글 솟아났

다. 선물. 마이클이 주는. 그것도 그가 직접 만든 선물이다. 그가 그녀를 위해 직접 고른 직물에 한 땀 한 땀 바느질한 것이다. "하짓날. 6월 21일. 당신은?"

"6월 20일. 하지만 내가 당신보다 두 살 어려."

"내가 연상이라 별로야?" 그녀가 알기로 남자들은 자기보다 어린 여자들을 좋아하는 경우가 많았다.

그가 씩 웃었다. "전혀. 성장기엔 연상의 여인들에게 푹 빠져 지냈는걸. 트위드 치마 차림으로 칠판 지우개를 주우려고 몸을 숙이던 라커웨이 선생님이 아직 눈에 선해."

"그게 누군데?" 스텔라는 불쾌한 느낌에 사로잡혔다.

"2학년 때 화학 선생님. 당신도 한번 질투해봐. 그래야 당신한테 키스한 그 덱스터 놈한테 내가 어떤 기분인지 짐작이라도 하겠지." 그는 생각하는 얼굴로 손끝으로 그녀의 팔을 쓰다듬었다.

"덱스터?"

"스튜어트가 더 맞으려나. 그 자식의 이미지를 떠올려보면 그게 딱 어울려."

"이미지 떠올리지 마."

"모티모어."

그녀가 웃음을 터뜨렸다. "아니야."

"닐스."

"마이클."

"설마 그놈 이름이 마이클은 아니겠지?"

"아니야. 내게 마이클은 당신밖에 없어. 그 남자 이름 정말 알고 싶어?"

그는 잠시 입을 다물었다가 한숨을 푹 내쉬고 말했다. "모르는 게 더 낫겠지. 알면 그 자식을 곤죽으로 만들어놓을 건데, 그건 당신이 바라지 않을 거고." 그녀가 그의 말에 기겁을 하자 그의 입가에 냉혹한 미소가 떠올랐다.

그녀는 숨이 턱 막혔다. 무슨 말을 해야 할지 난감했다. 필립이 걱정돼서가 아니었다. 마이클이 걱정됐다. 마이클이 필립을 찾아가면 끔찍한 사태가 벌어질 것이다. 소송, 감옥행, 인사상의 불이익. 한편으론 마이클이 나서는 걸 보고 싶기도 했지만 불쾌한 키스 한 번에 그건 너무 지나친 것 같았다.

"드레스가 마음에 든다니 다행이야." 마이클이 누그러든 표정으로 말했다. "내일 이걸 입은 모습 기대할게."

스텔라는 점심으로 파인애플과 셀러리를 넣은 메기 수프 덮밥을 먹고 나서 서둘러 사무실로 돌아갔다. 어서 빨리 데이터를 살펴보고 싶었다.

필립이 지나가는 그녀에게 한 손을 들었지만 그녀는 그를 상대할 겨를이 없었다. 그의 사무실을 성큼성큼 지난 뒤 가방을 책상 서랍에 던져 넣고 앉아서 모니터에 뜬 창들을 클릭하다가 드디어 남성의 고급 사각 팬티 구매 행동에 관한 함수를 구성했다. 연령과 소득 계층을 비롯한 기본변수 다섯 개와 몇 가지 기타 변수를 가진 멋진 방정이었다.

남성들의 팬티 구입 중단을 단일 이진 변수 β로 설정했다. 고급 식당 외식비 증가와 명품 선물 구입 등 그것을 활성화

시키는 값들은 도출해 알고 있었다. 스텔라는 가격 민감도가 떨어진 시대에 남자들이 갑자기 속옷 구매를 중단한 것이 납득되지 않았다. 요즘에는 고급 브랜드의 팬티조차 그렇게 비싸지 않았다.

수식과 숫자들을 쳐다보고 있을 때 마이클의 말이 머릿속을 천천히 지나갔다. '여자들은 사랑하는 사람을 돌보는 걸 좋아한다.' 스텔라는 마켓 데이터와 수학, 통계를 활용해 사랑을 단일 변수로 계량화했다.

β 는 사랑이다.

β 는 0이나 1이다. '그렇다' 혹은 '아니다'.

그리고 남자들이 자기 속옷을 구입한 시기와 밀접한 관련이 있었다. 물론 절대적이라 할 수는 없었지만. 사람은 반드시 예상대로 행동하지는 않는다. 하지만 분명한 트렌드는 있는 법이다. 이런 데이터와 도박을 하면 잃는 것보다 얻는 것이 많았다.

여자가 남자를 위해 속옷을 구매하면 그 여자는 그 남자를 사랑한다는 것을 의미한다.

나라고 못하란 법 없지. 나도 속옷 살 수 있어.

스텔라는 일을 일찍 마치고 쇼핑하러 갔다. 그리고 산 물건을 들고 집에 돌아와 빨간 리본으로 묶은 다음 마이클이 속옷을 꺼내 쓰는 맨 아래 서랍 안에 숨겨두었다. 만약 그가 더 이상 팬티를 사지 않는다면, 그도 그녀를 사랑한다는 뜻이 된다.

그가 그녀를 사랑한다면, 그녀의 꼬리표는 그에게 중요하지 않을 것이다.

그녀는 그때 모든 걸 그에게 말하기로 했다.

마이클은 한 손으로 머리카락을 쓸면서 스텔라의 옷장 안에 걸린 양복들을 쳐다보았다. 오늘 밤 입을 것을 골라야 했다. 그녀의 부모님을 만나는 자리였다. 일이 틀어질 거라는 불길한 예감이 온몸을 휘감았지만 어떻게든 가보기로 했다.

스텔라가 가자고 했으니까.

싱글벙글한 얼굴로 스텔라가 문간 안을 들여다보았다. "어떤 걸 입을지 못 고르겠어?"

"당신이 골라봐."

그녀가 수줍게 옷장 안으로 들어왔다. 그가 만들어준 드레스를 입고 손으로는 가슴 쪽을 가리고 있었다. "우선 지퍼 좀 올려줄래?"

그는 못 참고 그녀의 목에 키스하고 달콤한 피부를 빨면서 헐렁한 드레스 상체 안으로 손을 넣어 그녀의 젖꼭지를 감싸쥐었다. 그가 젖꼭지를 꼬집자 그녀의 호흡이 더없이 섹시하게 가빠졌다.

"서두르지 않으면 우리 늦을 거야."

"원래 이런 행사에는 모두들 늦게 와." 그는 그녀의 목덜미를 깨물면서 한 손으로 그녀의 배를 쓰다듬고 그녀의 팬티 속으로 들어갈 태세를 취했다. 그녀의 그 부위를 만지는 것도 좋았고 그녀가 반응하는 것도 좋았다.

"우리 부모님은 절대 늦지 않아. 당신을 만나고 싶어 하셔."

밑으로 내려가던 손이 별안간 멈추었다. 그는 나도 그분들을 만나고 싶다는 말이 도저히 안 나와서—자기를 못마땅해할 게 뻔한 사람들을 왜 만나고 싶겠나?—이렇게 말했다. "재미있겠다."

"나랑 같이 가줘서 고마워. 다른 할 일도 있을 텐데."

보나마나 졸업식 의상을 수선했겠지만 그는 그런 말은 하지 않았다. "알다시피 나 차려입는 거 좋아하잖아." 그는 그녀의 드레스에서 손을 떼고 지퍼를 올렸다.

"스리피스. 당신은 스리피스로 차려입을 때가 멋있어."

"그럼 검은색으로 하자. 당신 드레스와 잘 어울릴 거야."

그녀는 활짝 웃는 얼굴로 그를 향해 돌아섰다. "이 드레스와는 아무거나 다 어울려. 어디서 샀냐고 사람들이 물어볼 거야. 마이클 라슨의 작품이라고 말해도 돼?"

그는 그녀의 입에서 자신의 진짜 이름이 나오자 멈칫했다. "내 진짜 이름을 알고 있네?"

그녀의 속눈썹이 아래로 향했다. "전기세 고지서랑 사진 속 도복에서 봤어. 화났어?"

"당신은?" 그녀가 구글에 나나 아버지를 검색해봤을까? 아버지가 벌인 쓰레기 짓을 자세히 밝힌 지역 신문의 기사들이 있었다. 그녀가 그걸 읽은 건 아닐까? 아니, 그건 아닐 것이다. 그녀가 아닌 척하면서 의심하는 눈초리로 그를 바라본 적은 없었다. 그것도 시간문제이긴 하지만.

그는 심장이 쿵쾅거리고 피부가 뜨거워졌다. 똑딱, 똑딱. 똑딱, 똑딱. 하지만 그 시한폭탄이 터졌을 때 일어날 일은 그가 폭발해 모두를 상처주는 게 아니라 그녀가 모든 것을 알게 되어 파국이 닥치는 꼴이 될 것이다.

그녀는 한쪽 어깨를 올렸지만 그를 바라보지도 말을 하지도 않았다.

"화났구나." 그가 알겠다는 투로 말했다.

"화났다는 건 정확한 표현이 아니겠지."

"그럼 뭐가 정확한 표현인데?"

"모르겠어. 당신이 나를 믿지 않았다는 느낌이 들었어." 그녀는 두 팔로 자기 허리를 감쌌다. "우리 사이가 끝났을 때 내가 당신을 찾지 못하게 하려는 장치 같았어."

"아니, 당신 믿어. 난 그냥…" 그녀를 잃는 게 두려울 뿐이었다. "내 성(姓)이 싫어서 그랬어." 그것도 사실이었다.

"왜?"

"아버지의 성이니까."

그녀는 미간을 찌푸리고 그의 얼굴을 살폈다. "왜 아버지를 미워해? 어머니를 떠났기 때문에?"

그는 침을 꿀꺽 삼켰다. 그 질문에 곧이곧대로 대답을 한다면 오늘, 이 자리에서 그녀를 잃게 될 것이다.

그의 가슴에 자리한 비열함이 거짓말을 하라고 조언했다.

그냥 거짓말을 하면 모든 것이 쉬웠다. 아버지가 항상 그랬듯이.

"미안해." 그녀가 얼른 말했다. 그녀는 눈을 빠르게 깜빡거리면서 안경을 고쳐 쓰고는 팔꿈치를 문질렀다. "내가 너무 캐물었지? 없던 일로 하고 잊어버려."

"스텔라, 뭐든 물어도 돼." 그가 말했다. 가슴속에서 통증이 피어나 점점 퍼져 나갔다. 서로 대화하지 않는다면 그것은 제대로 된 관계라고 할 수 없었다. "난 아버지가 우리를 떠난 방식이 싫어. 아버지는 바람둥이에다 나쁜 사람이야. 아버지를 본 지 오래됐지만, 아버지는 여전히 세상 어딘가에서 또 다른 여자를 속이고 사람들에게 상처를 주고 최악의 방식으로 그들을 버렸을 거야. 그게 내 아버지란 사람이야."

"아버님이 당신도 버린 거야?" 그녀가 슬픈 눈으로 물었다.

"응, 내 누이들까지도."

엄마는 아버지가 엄마한테 한 짓을 마음에 두지 말라고, 그만 아버지를 용서하라고 했지만, 눈앞에 있지 않은 사람을 어떻게 용서할 수 있을까? 아버지에게 학대를 당하지 않는 이상 아버지가 사라지면 아무리 형편없는 아버지라도 없는 것보다는 있는 게 나은 법이다. 마이클에게는 아버지가 없었다. 그래서 어떻게든 가정을 이끌어가려고 버둥거리다가 망가지고 있었다.

그녀는 그의 품에 와락 안겨 그를 꽉 끌어안고 아무 말도 하지 않았고, 마이클은 그녀의 이마에 키스했다. 그녀가 숨을 쉴 때마다 달콤한 냄새가 그에게 파고들어 그를 달래주었다. 그에게 필요한 것은 바로 이것, 그녀였다. 사람들은 아버지 이야기를 듣고 나면 아버지를 욕하고 어머니를 동정했다. 그것이 마이클에게 어떤 의미인지 생각하는 사람은 아무도 없었는데, 스텔라는 달랐다.

그는 아버지의 나머지 이야기도 그녀에게 털어놔야 한다는 생각이 들었지만 입이 떨어지지 않았다. 아직은 그 정도로 그녀를 사랑하는 것 같지 않았다.

그는 그녀를 떼어내고 말했다. "그만 나갈 준비를 하자."

자선 행사는 페이지 밀 로드에서 조금 떨어진 회원제 사교 클럽에서 열렸다. 불이 켜진 테니스 코트와 퍼팅 그린, 은은한 파란 수영장이 딸려 있었다. 마이클은 큰 건물 앞에 스텔라의 테슬라를 세웠다. 팔로 알토 건축물에서 흔히 보이는 현대적인 윤곽선과 꼴사나운 갈색 파사드로 이루어진 건물이었다.

스텔라는 마이클의 호위를 받아 차에서 내린 뒤 클럽 창문들을 바라보았다. 초조한 기색이 역력했지만 창문에서 흘러나오는 황금색 불빛을 받아 황홀하고 아름답게 보였다. 머리는 느슨하게 한쪽으로 틀어 올려 묶은 뒤 하얀색 실크 장미 코르사주를 꽂고 있었다. 가방은 휴대할 필요가 없었고— 마이클이 그녀의 휴대폰과 신용카드를 주머니에 넣어주었다—허벅지 위에 놓인 두 손이 아라베스크의 무늬처럼 보였다.

"내가 일 이야기를 시작하거든 나 좀 말려줘, 알았지?"

그는 그녀의 손을 잡아 꼭 쥐었다. 그녀의 손바닥에 난 식은땀이 느껴졌다. "왜? 당신 일 얘기 재밌어."

"이야기를 엉뚱한 데로 끌고 가서 대화를 망쳐버리거든. 사람들이 불편해해."

"난 당신이 엉뚱한 데로 빠지면 좋던데." 그 순간 눈빛을 반짝거리는 그녀의 모습이 어찌나 눈이 부신지 그는 그녀의 손을 자기 입술로 가져와서 손가락 관절에 키스했다.

그녀는 입술을 우물거리다가 불안한 미소를 지으며 그를 올려다보았다. "내가 이래서 당신을 좋아하나봐."

"알아주니 좋은데."

그는 웃음을 터뜨리는 그녀를 정문으로 이끌었다. 안으로 들어서자 수백 명의 사람들이 이야기를 나누는 소음이 그들을 둘러쌌다. 실리콘밸리에서 가장 좋은 원탁들이 연회장을 가득 메우고 있었고, 뒤쪽 무대에서는 밴드가 잔잔한 재즈를 연주했다. 통유리로 된 한쪽 벽 너머로 밖의 수영장과 불이 켜진 골프 코스가 보였다.

"이렇게 시끄러운데 괜찮겠어?"

그녀는 놀란 표정으로 그를 돌아보았다. "당신도 신경 쓰여?"

"난 괜찮아. 당신이 걱정돼서 그렇지." 그는 그녀가 또 과호흡증 때문에 밖으로 나가게 될까봐 걱정스러웠다.

"소음은 큰 문제없어. 오히려 자리 배열이 더 거슬리지. 엄마가 내 주변에 새로운 사람들을 앉히려고 해서. 말재간이

늘긴 했는데 아직도 많이 힘들어."

그는 머리를 기울인 채 그녀의 말을 곰곰 생각했다. 그에게 대화는… 대화일 뿐이었다. 힘이 들지는 않았다. "생각이 너무 많아서 그래."

"난 말할 때 생각을 정말 많이 해야 해. 안 그러면 무심코 무례한 말을 해서 분위기를 깨곤 해."

"그건 당신이 정직해서 그런 거야."

"사람들은 정직한 걸 좋아하지 않아. 좋은 말을 한다면 모를까. 그런데 사람들이 좋아할 만한 말이 무얼까 알아내는 게 난 어려워, 특히 모르는 사람들일 때는. 그래서 대화하는 게 꼭 지뢰밭을 걷는 거 같아."

스텔라의 어머니로 보이는 여성이 그들 쪽으로 천천히 다가왔다. 긴 진주 목걸이와 종아리까지 오는 헐렁한 미색 드레스 차림의 날씬한 여성이었다. 짙은 색 머리는 스텔라가 평소 그렇듯 둥그렇게 말아 올렸는데, 얼굴이 도드라져 보이는 그 스타일이 마이클의 눈엔 대단히 친숙해 보였다. 이 우아한 오십 대 여성은 20년 뒤 스텔라의 모습이었다. 스텔라의 남편은 억세게 운 좋은 놈이겠구나 싶었다.

스텔라의 엄마가 딸을 끌어안았다가 몸을 떼고 뿌듯한 눈으로 딸을 감상했다. "스텔라, 참 예쁘구나." 그녀는 마이클에게 시선을 돌리고 미소를 지었다. "그 남자로구나. 만나서 정말 반가워요, 마이클. 난 스텔라의 엄마, 앤이에요."

그녀는 손등을 위로 향한 채 손을 내밀었고, 마이클은 그녀의 손을 잡아 입으로 가져가서 가볍게 손등에 입을 맞추었다. 여기는 상류층의 영역이니 손등 키스가 적절한 인사법이었다.

"만나서 반갑습니다, 앤."

"목소리도 좋네요. 드레스에서 눈을 뗄 수가 없구나, 스텔라. 네 퍼스널 쇼퍼가 찾아낸 거니? 꽃이 따로 없어."

스텔라가 그에게 활짝 웃어 보였다. "마이클이 디자인한 거예요. 이 사람 작품 중 하나죠."

이렇게 완벽한 말이 어떻게 그녀의 입에서 나왔을까? 다만 한 가지 걸리는 것은 그가 최근 3년간 디자인 작업을 별로 하지 않았고 조만간 그쪽 일을 다시 시작할 계획도 없다는 것이었다. 엄마는 그가 가게 일을 하지 않아도 된다고 했지만 그는 아직 투병 중인 엄마를 돌봐야 할 입장이었다. 엄마가 화장실에서 의식을 잃고 쓰러진 걸 그가 발견한 적이 두 번이나 있었다. 그가 곁에 없었으면 무슨 일이 생겼을지 알 수 없었다.

야망은 미뤄도 괜찮았다. 그의 엄마는 세상에 하나뿐이었다.

사는 것이 갑갑하고 감옥처럼 느껴진다 해도 그것은 그가 감당해야 할 문제였다. 이런 삶이 영원히 계속되지는 않을 테니까. 그는 어머니가 죽는 것을 바라지 않았다. 어머니를 사랑했다. 하지만 어머니가 죽는다면 그가 자유로워진다는 것도 부인할 수 없는 사실이었다.

그가 아는 사랑은 감옥이었다. 사랑은 사람을 가두고 날개를 잘라버린다. 사람을 끌어내리고 원하지 않는 곳으로 밀어

넣는다. 지금 그가 생소한 이 클럽에 오게 된 것처럼.

앤이 진주 목걸이를 딸가닥거리며 말했다. "어머, 너한테 완벽하게 어울리는구나, 스텔라. 이걸 이 사람이 직접 만든 거니?" 그녀는 스텔라 주위를 돌면서 지퍼를 확인하고 드레스의 안쪽 짜임새를 살펴보았다. "통솔이네. 라벨도 없고. 그리고 너무 부드러워."

앤은 반짝이는 눈으로 마이클을 올려보다가 스텔라의 귀에 뭐라 중얼거리고 나서 뺨에 키스했고, 스텔라는 얼굴을 붉혔다.

"자, 같이 가요. 얘 아버지 소개시켜줄게요." 앤은 마이클과 팔짱을 끼고 밴드에서 멀리 떨어진 곳에 자리가 절반 정도 찬 테이블로 두 사람을 데려갔다.

금속테 안경을 끼고 배가 조금 나온 반백의 중년 신사가 옆에 좌석 네 개가 연달아 빈 자리에 앉아 있었다. 옆에 앉은 멀끔한 금발 남자와 활발히 이야기를 나누는 중이었다.

"에드워드, 여긴 마이클이에요. 마이클, 여긴 에드워드, 스텔라의 아버지예요."

스텔라의 아버지가 일어나서 그와 악수를 나누었다. 점잖고 세차게 손을 흔들 뿐 기 싸움을 하려는 기색은 없었지만, 안경알 뒤에 가려진 연갈색 눈이 실험실에서 미확인 생명체의 표본을 관찰하듯 마이클을 뜯어보았다. 마이클은 졸업 파티에서 파트너의 아버지를 처음 만난 기분이 들었다. 자기소개서랑 성병 검사서라도 가져올 걸 그랬나. 그는 시합 전에 흔히들 그러듯 두 손과 발을 흔들고 싶은 충동을 간신히 억눌렀다.

"만나서 반갑습니다." 마이클이 말했다.

"반가워요." 스텔라의 아버지가 말하면서 뻣뻣하게 웃었다. 마이클은 아버지가 생각났지만 그의 아버지는 이렇게 정상적인 사람이 아니었다.

"여긴 필립 제임스." 앤이 금발 남자를 가리키며 말했다. "필립, 여긴 마이클, 스텔라의 남자 친구."

필립이 일어서서 근육질의 몸에 잘 맞는 검은색 양복의 매무새를 다듬었다. 테일러라면 탐낼 만한 운동선수 같은 몸이었다. "반가워요." 그 남자가 정중하게 손을 내밀었다. 하지만 마이클이 손을 잡았을 때 필립의 손가락이 펜치처럼 마이클의 손을 꽉 옥죄었다. 뭐야, 이거? 필립의 녹갈색 눈동자가 무표정하게 마이클의 배짱을 가늠했다.

"사무실에서 스텔라에게 얘기 많이 들었어요."

사무실에서? 마이클은 스텔라를 흘끔 보았다. 그녀가 불편한지 고개를 돌렸다. 그 키스. 이놈이 그 덱스터 스튜어트 모티모어 닐스구나.

마이클은 필립을 테이블 위에 내동댕이칠 것 같아 그만 필립의 손을 놓았다. "필립." 그는 간단히 고개를 한 번 끄덕였다.

이 개자식이 스텔라의 입에 혀를 넣었다. 놈은 마이클이 예상한 것과 딴판이었다. 자세가 나쁘고 근육이 빈약한 비리비리한 놈일 줄 알았는데. 게다가 안경잡이도 아니었다. 쌍안경 같은 두꺼운 안경을 기대했건만.

앤은 먹구름처럼 드리운 팽팽한 긴장감을 모르는지 그 테이블의 잘 차려입은 사람들에게 그를 계속 소개했다. 괴짜처럼 생긴 데다 마이클이 예상한 필립의 이미지에 부합했지만 유명한 IT 기업 사장도 있었고, 학식이 높은 인도인 커플, 흰머리에 목과 귀와 손가락에 커다란 다이아몬드를 주렁주렁 찬 라벤더색 치마 정장 차림의 노부인도 있었다.

그는 3년간 에스코트 일을 하면서 터득한 침착성을 발휘해 재킷 단추를 풀고 스텔라 옆에 앉았다. 이제 그 테이블의 빈자리는 그의 옆자리뿐이었다.

"마이클, 자네 얘기 좀 해보게." 스텔라의 아버지가 가슴에 팔짱을 낀 채 의자에 몸을 기대면서 탐색하는 눈초리로 말했다. 그래, 졸업 파티 때로 돌아간 거 맞구나.

마이클은 이것이 어떤 결말을 맞이할지 정확히 감이 왔다.

"어떤 게 궁금하십니까?" 마이클이 물었다.

"우선, 무슨 일을 하나?"

필립이 시큰둥하지만 흥미롭게 그를 지켜보았다.

마이클의 아버지는 아들이 천체 물리학자나 엔지니어가 되기를 바랐었다. 막판에는 건축가로 꿈을 낮췄지만 그것도 야심만만한 것이었다. "디자이너입니다."

"오, 흥미롭구만. 무얼 디자인하나? 혹시 보안상 말할 수 없는 건가?"

마이클은 그 말을 바로잡으려다가 웃음이 터질 뻔했다. "아뇨, 방위산업체 관련 일은 하지 않아요. 저는 의상 디자이너입니다."

"스텔라의 드레스를 디자인했대요, 여보." 스텔라의 엄마가 상냥한 미소를 지으며 말했다. "재능이 출중한 젊은이지 뭐예요."

에드워드는 얼굴을 찌푸려 불편한 심기를 드러냈지만 다시 기운을 차리고 마이클에게 무죄 추정의 원칙을 적용했다. "그 업계에선 성공하기 상당히 어려울 텐데. 뉴욕 디자이너 밑에서 일하나?"

"그건 아닙니다."

"자기 옷을 만드나봐요. 흥미로워요." 앤이 말했다.

"솔직히 말씀드리면, 잠시 쉬고 있습니다."

스텔라가 말을 하려 했지만 그는 그녀의 손을 꼭 쥐고 살짝 고개를 저었다. 그가 하루 종일 드라이클리닝을 하고 옷을 수선한다는 걸 이 사람들에게 굳이 말할 필요는 없었다. 그것이 현실이라는 것만으로도 충분히 힘들었다.

아니, 힘든 게 아니었다. 그 일이 창피했다.

선량하고 정직한 일이긴 하지… 빌어먹을. 스스로를 속여봐야 무슨 소용이 있나? 화려한 학력과 엄청난 재산을 보유한 이 사람들 옆에 앉아 있으니 창피했다. 그는 스텔라 같은 사람과 어깨를 견줄 만한 남자가 아니었다.

"그럼… 놀고 있는 거네?" 필립이 믿을 수 없다는 표정으로 물었다.

마이클은 애써 표정을 관리하고 덤덤한 척하면서 어깨를 으쓱거렸다. "그런 셈이죠." 그의 엄마가 아프든 말든 그것이 이 사람들에게 무슨 의미가 있겠나. 그는 테이블의 모든 사람들이 딱한 눈길로 그를 보는 건 싫었다.

에드워드와 필립이 동시에 인상을 썼고, 마이클은 이를 악물었다. 그들은 그가 돈 때문에 스텔라와 결혼하려는 거라고 의심하는 것 같았다. 그런 잔꾀가 똑똑한 스텔라에게 통할 리 없다는 걸 모르나? 그녀가 사랑에 빠진다면 그 사람은 그녀와 잘 맞는 상대일 수밖에 없었다.

"지루해 죽겠군." 필립이 스텔라를 쳐다보며 생각하는 표정을 지었다. "당신도 가만히 있는 걸 못 견디잖아, 스텔라? 의욕이 넘치는 사람이니까. 자기가 하는 일이 세상에 끼치는 영향을 즐기는 사람. 그 점에서 우리는 참 잘 어울려."

"내가 일을 좋아하긴 해." 스텔라는 인정했지만 마이클에게 걱정스런 시선을 던졌다.

"에드, 지난번 스텔라와 내가 공동 작업한 프로젝트에서 스텔라가 활약하는 걸 보셨어야 해요." 필립이 말했다. "한번도 본 적 없는 방식으로 문제에 접근해서 온라인 업체들이 고객을 대하는 방식에 혁신을 일으켰거든요."

"자네의 도움이 없었다면 가능하지 않았을 거야, 필립." 스텔라의 아버지가 필립의 어깨를 다정하게 움켜잡았다. 이 두 사람은 이미 아는 사이라는 거네? 골프라도 같이 치면서 짝짜꿍이라도 하나? 남자들이 주접을 떠는 이미지 열다섯 개가 마이클의 머릿속을 스쳤다. 그리고 '스텔라에겐 필립이 필요해' 하는 이 분위기는 또 뭐야? 스텔라에겐 아무도 필요하지 않다. 마이클마저도. 더 이상은. 그는 그녀에게 누가 필요한 적이 있었는지조차 확신할 수 없었다.

스텔라의 입술에 청순한 미소가 떠올랐다. "그렇긴 해요. 우린 일할 때 손발이 잘 맞는 편이에요."

얼씨구. 마이클은 그녀가 필립과 같이 일한다는 사실도 불쾌했고, 그것에 호의적인 그녀의 태도도 못마땅했다. 나처럼 이 개자식에게 짜증이 나야 당연한 거 아닌가. 마이클은 십 대 아이들처럼 모두가 보는 앞에서 그녀에게 키스하고 그녀는 내 여자라고 주장하고 싶은 치기가 치받쳐서 행동으로 옮기기 전에 그녀의 손을 놓아버렸다. 그녀는 아무것도 모르는지 계속 필립에게 미소를 짓고 있었다. 진심이 어린 미소, 그에게만 보이던 그 미소를. 불알 한 쪽을 뜯겨도 이보다 더 고통스럽지는 않을 것 같았다.

"스텔라는 나를 감당할 수 있는 몇 안 되는 동료들 중 한 명이에요. 내가 좀 못된 놈이라. 나름대로 기준이 있는 데다 게으르고 무능력한 꼴은 못 참는 성격이거든요." 필립이 '네 이야기야' 하는 식으로 마이클을 곁눈질했다.

마이클은 숨을 훅 들이켠 뒤 천천히 내쉬었다. 그리고 시계가 어디 있는지 벽을 살폈다. 이걸 얼마나 더 참고 견뎌야 하는 거지?

테이블의 화제가 경제 이론과 고급 통계학 쪽으로 선회했다. 그는 스텔라가 일 이야기에 뛰어드는 것을 착잡한 마음으로 바라보았다. 일 이야기를 꺼내면 말려달라고 했었지만, 그녀는 대화를 즐기고 있었다. 그녀에게 일은 삶의 활력소가 분명했다. 필립은 머저리 같은 인간이긴 해도 마이클은 절대 도달할 수 없는 측면에서 그녀에게 걸맞은 상대였다.

마이클은 그 키스 사건을 떠올렸다. 그녀는 그것이 좋지도 않았고 필립에게 화가 났다고 했지만 지금은 그와 대화하는 것이 아무렇지 않은 모양이었다.

마이클은 스텔라와 필립이 잘 어울리는 한 쌍임을 인정하지 않을 수 없었다. 비슷한 관심사와 배경을 가진 두 사람은 징그러울 만큼 서로에게 완벽했다. 기억을 더듬어보니 애초에 스텔라에게 에스코트를 고용하라고 부추긴 것도 필립이었다. 그녀는 필립을 자기 남자로 만들 생각으로 그 조언을 받아들였다. 어쩌면—망할, 생각만 해도 끔찍했지만—그게 옳은 것일지도 몰랐다.

결국 마이클과 스텔라 사이에는 육체적인 면밖에 없었다. 지적인 측면에서는 아무런 유대감이 없었고, 스텔라에게 지적인 자극이 얼마나 중요한 것인지 그는 잘 알고 있었다.

인정하기 싫었지만 그는 그녀에게 부족한 상대였다. 여러 가지 측면에서. 그녀가 그를 사랑할 리 없었다. 마이클은 훈련 상대에 불과했다. 경제학에 관한 대화가 계속되는 동안 그는 심장이 갈가리 찢기고 장기가 조각나는 것 같았다. 모든 게 삐그덕대는 느낌이었다. 피부마저 축 늘어난 것처럼.

"필립의 어머니가 고맙게도 시간을 내주셨네요." 앤이 말했다.

손톱을 빨갛게 칠한 손이 마이클의 의자 등받이에 놓였다. 여러 가지가 혼재된 익숙한 냄새가 그의 코를 파고들었다. 계피향과 담배 냄새. 반쯤 찬 위스키에 얼음이 딸각거리는 유리잔이 테이블에 놓였다.

"안녕, 여러분. 늦어서 미안해요." 아담한 몸집에 금발로 탈색한 긴 머리의 여성이 몸에 딱 붙는 검은색 드레스 차림으로 의자에 앉았다. 마이클에겐 그녀의 옆얼굴만 보였지만 그는 그녀를 알아보았다. 그 턱선에 키스한 적이 있었으니까.

"어디 좀 들렀다 오느라…" 그 여자가 마이클에게 얼굴을 돌렸다. 보톡스 때문에 한계는 있었지만 분명 놀라는 표정이었다. "어머, 이게 누구야. 안녕, 마이클."

"안녕, 앨리자." 하필 여기서 최악의 예전 고객을 만나다니 우연도 이런 우연이 또 있을까.

"두 사람 아는 사이예요? 어쩜 이런 일이 다 있을까." 스텔라의 엄마가 손뼉을 쳤다.

스텔라는 속이 울렁거려 토할 것 같았다. 필립의 엄마는 클럽에서 본 그 여자였다. 마이클에게 차를 사준 그 여자. 그는 매일 그 차를 몰고 다녔고 스텔라가 차를 바꿔주겠다고 해도 듣지 않았다.

마이클은 차가운 미소를 띠고 의자에 몸을 기댔다. 덤덤하고 태평해 보이는 데다 검은색 정장을 입은 모습이 숨막히게 멋졌다. "안 지 조금 됐어요."

앨리자가 허스키한 목소리로 웃음을 터뜨리고는 손으로 그의 팔을 쓸었다. "맞아요."

그가 그 여자의 손길에 큰 거부감을 보이지 않자 스텔라는 숨이 막혔다. 마이클은 연상의 여자들을 좋아했다. 그렇다고 말한 적도 있었다. 커다란 가슴, 아담한 몸매, 위스키처럼 매끄러운 목소리, 세련되고 육감적인 분위기의 그 여자는 섹스의 화신 같았다. 스텔라가 기억하기론 앨리자와 관계를 끝낸 것은 마이클이었다. 그리고 오늘 그가 그 경이로운 입으로 황홀한 오르가슴을 세 번 선사한 뒤 채워지지 않는 열정으로 사랑을 나눈 상대는 앨리자가 아니었다.

"말해봐, 여기 누구랑 같이 온 거지?" 앨리자의 시선이 테이블을 훑어보다가 스텔라의 엄마에게 잠시 머문 뒤 마이클의 얼굴로 돌아왔다.

"저랑 같이 왔어요." 스텔라가 마이클에게 몸을 기울이고 그의 손 위에 자기 손을 포갰다. 그녀는 그가 평소처럼 손을 뒤집어 손깍지를 낄 거라 기대했지만 그는 움직이지 않았다. 불길한 느낌이 그녀를 덮쳤다. 무슨 뜻이지?

앨리자가 위스키 잔을 들고 유리잔 위쪽으로 스텔라를 관찰했다. "참 바람직한 풍경이군요. 예쁜 딸을 뒀어요, 앤. 우리 필립이 왜 그렇게 따님을 좋아하는지 알 것 같네요. 따님에게 애인이 있어서 안타까울 정도예요."

스텔라의 어머니가 미소를 지었다. 하지만 스텔라는 어머니의 눈에 어린 걱정과 긴장감을 읽을 수 있었다. "고마워요, 앨리자. 애들 둘이 정말 행복해 보이죠. 그러니 안타까울 것도 없죠."

스텔라는 마이클의 손을 더 꼭 쥐면서 그의 옆얼굴을 올려다보았다. 방금 전까지만 해도 그들은 행복했었다. 뭐가 잘못된 걸까? 마이클이 냉담하게 굴면서 앨리자에게 시선을 고정하고 있었다. 스텔라가 만지고 있는데도 멀리 있는 사람처럼 서먹하게 굴었다.

"진지하게 만나는 사이인가보죠?" 앨리자는 스텔라의 부모님을 바라보다가 킥킥 웃더니 재미있다는 시선을 마이클에게 던졌다. "이제 부모님도 만나는 거야, 마이클? 내 부모님도 만나주려나? 적당한 대가만 치르면?"

"그게 무슨 소리예요?" 필립이 실눈을 뜨고 시선을 자기 엄마에게서 마이클로, 다시 엄마에게로 옮겼다.

앨리자는 유리잔의 술을 한껏 들이켜고 나서 의미심장한 미소를 지었다. "우리 한때… 사귄 적 있었어."

"무슨 그런 농담을." 필립이 혐오감을 드러내며 마이클을 보았다. "당신, 우리 엄마랑 잔 거야?"

"그렇다고 할 순 없지." 마이클이 냉소적인 얼굴로 대꾸했다.

앨리자가 깔깔 웃었다. "잠은 안 잔 것 같네, 내 기억이 맞다면."

"참 나, 기가 막혀서. 술이라도 한잔해야지, 원." 스텔라의 아버지가 테이블에서 벌떡 일어섰다.

"나도 위스키 한잔 부탁해요, 얼음 넣어서." 앨리자가 유리잔을 흔들며 말했다.

"적당히 하세요." 스텔라의 아버지가 뒤쪽 구석의 칵테일 바로 피신했다.

앨리자의 허스키한 웃음소리가 테이블에 흘러넘쳤다. 그녀는 유리잔에 든 호박색 액체를 쭉 들이켜고 나서 잔을 내려놓았다. "이 정도를 가지고, 뭘."

스텔라는 마이클의 옆에 앉아 있었기 때문에 앨리자의 빨간 손톱이 마이클의 허벅지를 쓰다듬는 것을 볼 수 있었다. 그는 꼼짝하지 않았다. 그저 그 여자를 빤히 쳐다보았고, 그

동안 그 여자의 손은 그의 바지 앞섶을 향해 슬금슬금 올라갔다. 왜 그는 이 여자를 말리지 않는 걸까? 이 여자가 만지는 걸 즐기는 걸까?

마이클이 별안간 일어서서 말했다. "바람 좀 쐴게요. 실례합니다."

스텔라는 앨리자가 그를 쫓아갈까 두려워 벌떡 일어서서 뒤따라 뒷문 밖으로 나갔다. 바깥에서는 밤공기와 깎은 잔디, 살균제 냄새가 났다. 쌀쌀한 공기 때문에 맨살이 드러난 그녀의 어깨와 팔에 소름이 돋았다.

"마이클." 그녀가 소리쳐 불렀다.

그가 반짝거리는 파란 수영장 옆에서 걸음을 멈추었다. "안으로 들어가, 스텔라."

그녀는 그의 옆으로 걸어갔다. 그들 사이에 존재하는 거리감이 그녀에게 공포로 다가왔다. 어떻게 하면 그와 다시 가까워질 수 있을까? 그녀는 그의 손을 잡아 자기 허리를 감게 하고는 몸을 그에게 붙였다. "그럼 당신이 보고 싶을 거야."

그의 눈빛이 부드럽게 풀렸다. 그가 두 팔로 그녀를 단단히 감쌌다. 그녀는 한숨을 내쉬고는 뺨을 그의 가슴에 대고 그의 냄새를 들이마셨다. 그가 이렇게 안아주니 모든 게 괜찮아진 것 같았다.

"내 과거가 끼어드는 바람에 좋은 시간 다 망쳐서 어떡해." 그가 손으로 그녀의 등을 위아래로 쓸었다.

"차라리 당신이랑 집에 있을 걸 그랬지." 그녀가 그에게 더 바짝 붙어 그의 목에 키스했다. "그 여자가 그렇게 만지는 걸 왜 그냥 뒀어? 나 미치는 줄 알았어." 그는 스텔라의 남자였다.

"그랬어?" 그가 그녀의 턱선을 따라 입술을 스치듯 옮기면서 그녀의 민감한 피부에 가볍게 키스를 했다.

"응."

"예전 고객과 시비가 붙으면 이로울 게 없어서. 고객들도 당시에는 그걸 모르다가 나중에는 정신을 차리곤 해. 나중에 당신에게도 똑같이 예의를 갖춰 대하도록 최선을 다할게."

나중에. 그들이 헤어진 뒤. "난 그런 거 필요 없어."

그녀에게 그는 삶의 일부였다. 삶의 행복. 그를 떠나보낼 수 없었다.

"그편이 나한테도 더 쉬워." 그가 말했다.

"아니, 그건 내가 원하는 게 아니야."

"그럼 뭘 원해, 스텔라?"

"내가 원하는 건…" 그녀는 입술을 핥고 숨을 들이켰다. 그를 원한다고 말해도 좋을까? 그를 사랑한다고 말해도 좋을까? 그녀는 두 손으로 그의 가슴을 쓰다듬고는 그의 어깨를 붙잡았고, 그는 푹 빠진 눈빛으로 그녀를 쳐다보았다. 말을 더 잘할 수 있다면 얼마나 좋을까. 이럴 때 몸으로 그녀의 마음을 표현할 수 있다면. 그녀의 몸은 언제나 그의 몸과 완벽하게 의사소통을 할 줄 아니까. 지금도 그녀의 몸은 그의 옆에서 반응하고 그에게 기대고 완벽하게 적응하고 있었다.

그의 후골이 까딱 움직이더니 그가 몸을 뗐다. "그렇다면. 당신 집으로 돌아가자. 차 안에서 하고 싶은 게 아니라면."

"무슨 말을 하는 거야?"

"섹스 말이야, 스텔라." 그 말이 냉혹하게 밤하늘을 갈랐다.

그녀는 폐가 오그라드는 것 같아서 숨을 잘 안 쉬어졌다. "난 그 말을 하려던 게 아니야."

"그럼 그만 이 익살극을 끝내자. 난 그것 말곤 당신에게 줄게 아무것도 없어."

"그렇지 않아. 내 말 좀 들어봐. 나랑 얘기 좀 해…"

"난 저기 안에 있는 그 자식처럼 당신과 이야기 못 해. 그러고 싶지도 않고. 너무 멍청해서 수학이니 경제학이니 하는 걸 떠들어댈 주제가 못 되거든."

"그렇지 않아. 당신은 똑똑해."

"난 아무것도 해낸 게 없어. 아무것도. 돈 때문에 섹스하는 놈인데, 그걸로는 부족하지…" 그는 침착하고 진지한 시선으로 그녀의 눈과 마주했다. "돈을 훔치는 생각을 하곤 해. 머릿속에서 계획을 짜, 누구 돈을 빼앗고, 어떤 거짓말을 하고, 어떻게 빠져나갈 구멍을 만들지. 난 아버지랑 똑같은 인간이니까."

그녀는 고개를 저었다. 무슨 말을 하는 거지? 이 남자는 도둑질을 할 사람이 아니야. 그것만큼은 한 치의 의심도 없었다.

"당신은 내가 왜 아버지를 증오하는지 궁금해했었지. 그 이유를 말해줄게." 그는 잠시 말을 멈추었다가 이었다. "아버지는 사기에 능해, 그쪽으로 아주 유명하지. 한동안 뉴스를 장식했을 정도야. 우리 아버지 이야기 못 들었어? 프레드릭 라슨."

"모르겠어…" 그녀는 그렇게 말했지만 어디선가 들어본 익숙한 이름이었다. 그것이 기억들을 끌어냈다. 그녀는 놀라 숨을 들이켰다. "그 사기꾼. 여자들을 유혹해서…"

"그들의 돈을 훔쳤어. 아버지는 소프트웨어 회사 사장이라고 말하고 다녔어. 그리고 툭하면 '출장'을 다녔지. 어머니는 아버지가 바람을 피운다는 걸 알고 있었지만 아버지는 항상 돌아왔어. 그러다가 3년 전 아버지는 종적을 감추었고 아버지의 또 다른 아내가 어머니 집에 찾아와서 아버지를 찾은 거야. 알고 보니 아버지가 번 돈은 동전 한 푼까지 여자들을 등친 돈이었어. 그것도 모자라 아버지는 어머니의 돈까지 갈취했어. 완전히 집을 나가기 전에 은행 계좌의 돈을 몽땅 인출하고 어머니 앞으로 거액의 대출까지 받았어. 어머니는 그걸 갚으려고 가능한 모든 걸 저당 잡혔지만 그것으로도 해결이 안 됐어. 그동안 뼈빠지게 일해 일군 가게와 집도 날아갈 판이었지. 별안간 빚을 감당할 수 없게 되니까 내 동생은 학업을 포기할 생각까지 했어." 그는 그녀를 외면하며 돌아서서 두 손으로 넥타이를 거칠게 풀기 시작했다. "당시에 난 내일에 미쳐 있었어. 가족들은 아버지랑 같이 있으니까 안전할 거라 믿고 전국을 돌아다녔어. 그러던 차에 일이 터졌고 적은 월급으로는 도저히 해결이 안 돼서 회사를 그만둘 수밖에 없었어. 그런데 내겐 당신처럼 큰돈을 빨리 벌 수 있는 재주가 없잖아. 그래서 아버지가 내게 준 것, 아버지처럼 허우대

멀쩡한 내 몸, 아버지와 똑같은 미소를 팔기로 했지. 캘리포니아 여자 절반은 나랑 했을걸. 그렇게 밤낮으로, 여러 달 동안 번 돈으로 생활을 하던 중에 어머니가 병에 걸렸어…"

넥타이가 바닥에 툭 떨어졌다. 그는 셔츠가 답답한 듯 맨위 단추를 풀었다. 그리고 손바닥으로 눈을 가리면서 거친 숨을 몰아쉬었다.

스텔라는 주저하며 그를 향해 다가섰다. 손을 그의 얼굴에 댔을 때 뜨거운 눈물이 손에 닿았다. 그녀는 목이 메어 말을 못 하는 그를 보고 그의 목에 두 팔을 감고 온 힘을 다해 꽉 끌어안았다.

"아버지가 나쁜 짓을 한 거지, 그게 당신 잘못은 아니잖아. 당신은 아버지와 전혀 달라." 그녀가 속삭였다. 이 남자는 어떻게 그런 생각을 하지?

"내가 집에만 있었어도 아버지가 하는 짓을 눈치채고 막을 수도 있었어."

"쉬이잇." 그녀는 손가락으로 그의 머리카락을 쓸었다. "당신이 집에 있었어도 눈치채지 못했을 거고 눈치챘을 땐 너무 늦었을 거야. 사람들을 수없이 속인 사람이잖아. 그쪽으로 타고난 사람이야."

그는 두 팔에 힘을 주고 그녀의 뺨에 키스했다. 그가 거칠고 친밀하지만 솔직한 목소리로 말했다. "진짜 돌겠는 건, 아버지가 그 난장판을 벌여놨는데도, 그래서 아버지가 창피하고 미운데도 여전히 아버지가 보고 싶다는 거야. 어쨌든 내 아버지니까. 거짓말쟁이에 사기꾼이지만 그래도 아버지를 사랑해."

스텔라는 그 점에 대해선 마이클에게 할 말이 없어서 그저 그를 끌어안고 있었다. 이토록 상처가 큰 사람에게 무슨 말을 할 수 있을까? 그저 뛰는 가슴을 그의 가슴에 대고 그의 상처를 나눠 갖는 수밖에.

짧지만 영원과도 같은 시간이 흐른 뒤 마이클이 몸을 뗐다. 그가 그녀의 뺨에서 눈물을 닦아내며 말했다. "내가 당신의 제안을 받아들인 건, 당신이 문제를 해결하도록 돕고 싶어서였어. 그런데 그 문제가 해결된 것 같아. 이제 당신은 진짜 관계를 가질 준비가 됐어. 당신이 자폐증이라는 이유로 거부하는 놈이 있다면 그놈은 당신을 가질 자격이 안 되는 거야. 내 말 알았지? 당신은 창피해할 이유가 전혀 없어."

그녀의 얼굴에서 핏기가 싹 가셨다. 그녀는 심장이 멎는 것 같았다. "알고 있었어?"

그가 희미한 미소를 지었다. "당신이 엄마 집을 다녀가고 나서 알았어."

내내 알고 있었다고? 잘된 일일까, 나쁜 일일까? 그녀는 혼란스러웠다. "헤어지자는 말이야?" 그녀가 물었다.

"그만하고 싶어, 스텔라. 우린 서로에게 필요한 것을 줄 수가 없어."

그 순간 그녀는 문제가 자기에게 있다는, 자신이 그에게 부족한 상대라는 생각이 들었다. 내가 이런 사람이라서. 내 장애와 기벽, 내 꼬리표 때문에.

어두운 절망이 그녀를 바닥으로 끌어내렸다. 그를 유혹할 수 있다고 생각하다니 얼마나 순진한 발상이었나. 그녀의 턱이 바르르 떨렸다. 그녀는 떨리는 입술을 숨기려 입술 안쪽을 깨물었다. "알겠어."

그가 손끝으로 그녀의 뺨을 쓸고 그녀의 머리카락을 귀 뒤로 넘겼다. "당신에겐 섹스보다 더 많은 게 필요한데, 난 그걸 줄 수가 없어."

그녀는 자기 신발을 내려다보았다. 그는 그냥 섹스였는지 몰라도 그녀는 아니었다. 남들이 알면 한심하게 보겠지만 그녀가 그것에서 느낀 것은 사랑이었다.

그는 따스한 두 손으로 그녀의 싸늘한 팔을 쓰다듬고 나서 그녀의 두 손을 꼭 쥐었다. "그동안 고마웠어. 내겐 특별한 시간이었어."

특별하지만 부족하겠지.

"고마워, 마이클. 나 불안증을 극복하게 도와준 거."

"약속해, 앞으로 다시는 에스코트 고용하지 않겠다고."

"더 이상 에스코트는 없을 거야. 약속해." 그녀가 원하는 에스코트는 세상에 단 하나였다.

"착하다." 그는 그녀의 머리에 입을 맞추었다. "이제 나 갈게."

"차로 집에 데려다줄게." 그녀는 아직 헤어지고 싶지 않았다.

"그냥 택시 부를게. 당신 집에서 내 물건도 챙겨 가야 하잖아. 그동안 당신은 거기 없는 게 나아. 잘 지내, 알았지?"

"알았어."

그는 주머니에서 그녀의 열쇠와 휴대폰, 신용카드를 꺼내 그녀에게 건넸다. "안녕, 스텔라."

"안녕, 마이클."

그녀는 동상처럼 우두커니 서서 그가 떠나는 것을 바라보았다. 그러다가 돌아서서 안으로 들어갔다. 집에 가고 싶은 마음이 앞섰지만 그에게 편히 자기 물건을 챙길 시간을 줘야 했다. 이곳을 빠져나갈 온갖 전략들도 포기했다. 주차장이나 도로에서 그를 지나치기라도 한다면. 그 생각만 해도 눈물이 차올랐다.

그만 만찬장으로 돌아가야 했다. 지금 이 순간 가장 가기 싫은 곳으로.

그녀는 화장실에 가서 최대한 화장을 고친 뒤 테이블로 가서 앉았다.

"마이클은 어디 있니, 스텔라?" 그녀의 어머니가 조용히 물었다.

"갔어요. 우리 방금 헤어졌어요."

필립이 킥킥거렸다.

앨리자가 이제는 비어버린 마이클의 자리 옆에서 안됐다는 눈초리로 스텔라를 보고는 한 손을 스텔라의 어깨에 얹었다. "그런 남자는 자유롭게 놔줘야 해, 아가씨."

스텔라는 아무 말 없이 앨리자의 손을 밀어냈다.

그녀의 아버지가 못마땅하게 실눈을 떴다. 그녀는 아버지가 어떤 경우에든 무례하게 행동하는 것을 어떻게 생각하는지 잘 알고 있었다. "이게 최선이에요."

스텔라의 어머니는 이번엔 침묵을 지키면서 걱정스런 눈으로 딸을 지켜보았다.

"훨씬 더 나은 사람 만날 거야." 필립이 거들었다. 그는 그 '더 나은' 사람이 바로 자기라는 듯 그녀를 똑바로 쳐다보았다.

스텔라는 손가락 관절이 하얘지도록 자기 무릎을 움켜쥐었다. 감정이 부글부글 끓어올라 이곳에서 벗어나라고 아우성쳤지만 그녀는 그것을 잠재웠다.

"맞는 말일세." 그녀의 아버지가 말했다. "그 친구, 어디 한 군데 마음에 드는 구석이 없었어."

순간 스텔라는 욱해서 자제심을 놓아버렸다. "그건 아빠가 제대로 못 봐서 그래요. 그 사람은 놀고먹는 사람이 아니에요. 게으르지 않다구요. 가끔은 열정과 야망보다 다른 것들이 더 중요한 때도 있어요. 그 사람은 암에 걸려 죽어가는 엄마를 돌보느라 잠시 자기 일을 미뤄둔 것뿐이에요. 자기가 사랑하는 사람들을 위해 모든 걸, 모든 걸 포기할 줄 아는 그런 사람이라구요. 그는 훌륭한 사람이에요."

그리고 나를 원하지 않아요.

아버지의 얼굴이 어두워졌다. "본인 입으로 말을 할 것이지, 왜 잠자코 있었다니?"

"자기를 깔보는 사람들한테 왜 그런 걸 알리고 싶겠어요?"

"난 그럴 생각은…"

"그만해요, 에드워드." 그녀의 어머니가 딱딱거렸다. "당신이 무슨 생각을 하는지 뻔히 다 보였어요. 당신은 우리 딸이 일 위주로 주도적으로 사는 사람, 그래서 우리 딸을 뒷받침해줄 사람과 맺어지기를 바라는 모양인데, 우리 딸은 이미 스스로 주도적으로 살아가고 있다는 걸 몰라요. 우리 딸은 재정적으로 받쳐줄 남자가 필요하지 않아요. 스텔라, 밖으로 나가자꾸나. 여긴 너무 시끄러워."

스텔라는 어머니가 내미는 손을 잡고 만찬장 바로 바깥의 텅 빈 좌석으로 갔다. 낮은 커피 테이블에 놓인 풍성한 버들가지와 백합꽃 다발이 돋보였다.

스텔라는 꽃 가장자리를 쓰다듬다가 자리에 앉아 눈을 꼭 감았다. 밖은 훨씬 더 조용해서 어지럽던 머리가 맑아졌다. 하지만 가슴을 아리는 고통은 가라앉지 않았다. 오히려 점점 강력하게 자라나 그녀를 짓밟아 절망과 패배감 속으로 몰아넣었다. 다리에 닿는 어머니의 부드러운 손길에 그녀는 무기력한 눈을 떴다.

어머니가 스텔라를 끌어안았다. 스텔라는 주렁주렁 늘어진 서늘한 진주 목걸이와 샤넬 넘버 5 속에 안겼다. 강한 향기가 썩 달갑지는 않았지만 그 익숙한 느낌에 마음이 차분해졌다. 그녀는 긴장을 풀고 어릴 때 곧잘 그랬듯 어머니의 품에 안겨서 모든 걸 잊고 울음을 터뜨렸고, 어머니는 쉬이 소리를 내며 몸을 이리저리 흔들어 딸을 달랬다.

"정말 미안하다, 아가. 난 네 짝으로 예술가가 좋겠다고 늘 생각했었어. 너를 우선으로 생각하는 섬세한 사람 말이다. 너한테 잘 맞는 사람을 찾아낼 전략을 같이 세워보자꾸나. 그리고 틴더를 잘 활용해보렴."

이런 상황에서도 그녀의 어머니는 벌꿀오소리의 역할을 멈추지 않았다. 어머니는 절대 포기하는 법이 없었다.

스텔라는 떨리는 숨을 길게 내쉬었다. "그 사람이 바로 마이클이에요."

"더는 고집 부리지 마라, 스텔라. 노력하면 그 남자보다 더 나은 남자를 만날 수 있어."

스텔라는 아무 말도 하지 않았다. 그녀에게 마이클은 민트 초콜릿 칩이었다. 다른 맛을 시도해보긴 하겠지만 그녀가 가장 좋아하는 맛은 언제까지나 마이클일 것이 분명했다.

그녀의 남다른 점은 언제나 이런 결과를 낳았다. 그녀는 남들과 다르다는 이유로 사람들 속에서 외롭게 혼자가 되었다. 대개는 그래도 상관없었다. 사람들은 필요하지 않았다. 관심을 끄는 것들에 집중할 공간과 시간만 있으면 더할 나위 없이 행복했다. 그런데 마이클은 그녀의 관심을 끌었고 마이클과 함께 있으면 외롭지 않았다. 전혀. 그 깨달음이 뼈저린 고통으로 다가왔다.

"엄마, 남편감이니 손주니 하는 이야기는 당분간 자제해주실래요? 엄마를 기쁘게 해드리고 싶지만 정말 너무 피곤해요."

어머니가 그녀의 손을 꼭 쥐었다. "물론이지. 손주 생각은 싹 잊어라. 네게 부담을 줄 생각은 없었어. 엄마가 바라는 건 네 행복이야."

스텔라는 한숨을 쉬고 눈을 감았다. 행복이고 뭐고 아무래도 좋았다. 지금은 아무것도 느끼고 싶지 않았다.

스텔라의 집은 싸늘한 정적에 싸여 있었다. 마이클은 이 집이 얼마나 고요한지 새삼 깨닫고 묘한 기분을 느꼈다. 그동안 여기서 스텔라에게 말을 하고, 그녀의 별난 말들에 귀를 기울이고, 널찍한 부엌에서 요리를 하고, 그녀에게 밥을 차려주고, 그녀에게 키스하고, 그녀와 사랑을 나누느라 늘 바빴는데…

이 집이 그리울 거야. 스텔라도 그립겠지. 많이.

벌써부터 그녀가 보고 싶었다. 그녀가 너무 그리워 무너질지도 몰랐다. 그녀는 더 이상 그의 도움이 필요하지 않았고 얼마든지 그보다 더 나은 남자를 만날 수 있었다. 그보다 더 똑똑하고 범죄자 아버지를 두지 않은 사람. 부모님의 마음에 들고 저녁을 먹으러 외출했다가 예전 고객을 마주치지 않을 사람.

당장 다음 주 금요일부터 다시 에스코트 일을 해야 한다는 생각에 마음이 무거워졌다. 지금 상태라면 다른 여자에게 발기가 될는지도 자신이 없었다. 지금 그가 원하는 것은 스텔라의 냄새와 스텔라의 맛, 스텔라의 피부였다. 그의 몸은 그녀에게 맞춰 적응한 상태였고 다른 사람에게는 맞지 않았다. 한때 그를 흥분시켰던 옛날 판타지들도 모두 김이 빠져버려서 이제는 새 버전을 마련해야 했다. 경제학에 푹 빠진 부끄럼 많은 여자가 나오는 것으로.

그는 스텔라의 침대에 걸터앉아 두 손에 얼굴을 묻었다. 여기 이렇게 앉는 것도 이번이 마지막이었다. 제기랄, 곧 이 침대에 다른 남자가 자겠지. 비통하고 추악한 감정들이 솟구쳤다. 스텔라는 그가 키스하고 만지고 사랑하는 그의 여자였다. 이불을 침대에서 내던지고 모든 걸 갈가리 찢고 싶었다. 그가 가질 수 없다면 다른 사람도 못 갖게 하고 싶었다. 그럼 그녀는 새 침대를 마련할 것이다.

그는 그녀의 침실을 때려 부수기 전에 주먹을 불끈 쥐고 간신히 옷장으로 갔다. 그리고 스포츠 가방에 티셔츠와 청바지를 쑤셔 넣고는 속옷 서랍으로 갔다. 이것까지 후딱 해치우고 얼른 나가고 싶었다. 양말이 가방 안으로 들어갔고 단정히 접힌 팬티들이 그 뒤를 따랐다. 맨 아래 서랍에서 그는 포장이 된 꾸러미를 발견했다. 그것은 그가 즐겨 입는 브랜드의 팬티였고 사이즈도 그의 사이즈였는데, 그는 평소 남색을 즐겨 입었지만 이것은 빨간색이었다. 팬티에 리본이 묶여 있었다.

스텔라가 그를 위해 사다놓은 속옷이었다.

그녀가 그에게 사준 첫 번째 선물. 기분이 묘했다. 그의 팬티가 낡았다고 사다둔 걸까? 어쩌면. 그는 꾸러미를 스포츠 가방 안에 던져 넣고 지퍼를 잠갔다. 어차피 별로 비싼 물건도 아닌 데다 그녀가 입지도 않을 것이다. 그녀가 그를 위해 산 것이니 가져가기로 했다.

그는 침실을 나가는 길에 지갑 안에서 접힌 종이를 꺼내 침대 옆 탁자 위에 놓았다. 그것은 그가 아버지와는 다르다는 것을 입증하는 증거였다.

하지만 그가 당연히 이렇게 해야 한다고 생각한 데는 다른 이유가 있었다. 그는 사랑에 빠진 남자였기 때문이다.

그는 텅 빈 집을 성큼성큼 통과해 전등들을 끄면서 밖으로
나갔다. 현관문을 잠그고 열쇠를 현관 깔개 밑에 끼운 다음
조용히 안녕을 고하고 그곳을 떠났다.

이튿날 아침 스텔라는 안경을 찾아 더듬다가 종이 하나를 발견했다. 그녀는 찌푸린 얼굴로 그것을 집어 울어서 퉁퉁 부은 흐릿한 눈앞에 댔다. 수표였다. 그녀의 수표. 5만 달러짜리.

그녀는 침대에 일어나 앉아 떨리는 손가락으로 수표의 표면을 쓰다듬었다. 이건 무슨 뜻일까? 그는 왜 이걸 받아 현금으로 바꾸지 않았을까?

그가 어젯밤 한 말들이 생각났다.

'내가 당신의 제안을 받아들인 건, 당신이 문제를 해결하도록 돕고 싶어서였어.'

나와 함께 있고 싶은 게 아니었어, 심지어 돈 때문도 아니었고. 그냥 날 동정했던 거야.

내가 자폐증이라서.

쓰디쓴 감정이 독극물처럼 퍼져서 그녀는 입을 가리고 목에서 흘러나오는 소리를 막았다. 그의 마음을 얻을 수 있을 거라고 생각했었다. 나는 그에게 특별하다고. 그도 나를 사랑하게 될 거라고. 하지만 그들이 함께한 모든 시간들은 그저 봉사였을 뿐이다. 그와 나눈 키스들, 시간들, 모두 봉사였을 뿐이다. 그는 선행을 끝내고 떠나간 것이다.

고통이 그녀의 마음을 짓뭉개고 찢고 파괴했다. 나는 선행의 대상이 아니야. 사람이지. 그가 어떤 마음인지 알았더라면 절대 그런 제안을 하지 않았을 것이다. 그녀는 자선의 대상이 아니었다. 그녀의 돈도 다른 사람의 돈처럼 좋은 것이다. 왜 그는 이걸 받지 않았을까?

그녀는 성난 손짓으로 얼굴을 문지르면서 강해지라고 스스로를 타일렀다. 나를 원하지 않는 남자 때문에 무너질 수 없다고.

그녀는 분노를 담아 팔을 팍팍 움직여 침대를 정리한 뒤 치실질을 하러 화장실로 들어갔다. 박하향 치실을 너무 거칠게 쓰다가 잇몸에서 피가 났다. 칫솔을 손에 쥐었지만 변덕이 나서 칫솔을 내려놓고 샤워부스 안으로 들어갔다. 그리고 일부러 순서를 반대로 해서 샤워를 했다. 하체에서 상체로 몸을 씻어나갔다. 나는 로봇도 아니고, 아무것도 못 하는 자폐증 환자도 아니야. 나는 나야. 이대로 충분해. 뭐든 될 수 있어. 나를 어떻게든 바꿀 수 있어. 그걸 모두에게 증명해 보일 거야.

스텔라는 가쁜 숨을 몰아쉬며 샤워기에서 벗어났다. 꼭 해낼 생각이었고 아주 잘하고 있었다. 이걸 끝내고 나면 기분이 새롭고 상큼하고 후련할 거야. 나는 얼마든지 해낼 능력이 있어.

그녀는 수건으로 몸을 쓱쓱 문질러 닦고 나서 대기 중인 칫솔을 일부러 방치해두고 옷장으로 가 마이클이 좋아했던 검은색 원피스를 꺼냈다. 카디건 따위 입지 않겠어. 사람들에게 보여주는 거야.

마지막으로 세면대 위 거울 속을 응시하면서 칫솔질을 했다. 눈이 결연한 의지로 반짝거렸다. 머리카락이 헝클어져 있었지만 정리하지 않기로 했다. 지금은 단정하게 다듬을 기분이 아니었다. 다른 여자들은 기분 내키는 대로 행동을 변경하고 일상에 변화를 준다. 스텔라도 그렇게 할 작정이었다.

그녀는 바삭한 토스트를 한 쪽 삼킨 뒤 휑한 집 안을 둘러보았다. 이제 어떡하지? 그녀의 몸은 행동하고 싶은 욕구, 변화에 대한 욕구, 파괴 욕구로 불타올랐다. 오늘은 일하지 않겠어. 사람들은 일요일에 일을 하지 않는다. 상점들이 문을 여는 시간이 되면 외출을 한다. 볼일을 본다. 함께 이런저런 것들을 한다.

스텔라에게 '함께'는 더 이상 존재하지 않았다.

그녀는 반들거리는 검은색 스타인웨이 피아노 앞에 앉아 건반 뚜껑을 열었다. 무의식적으로 〈달빛〉의 첫 소절을 연주했지만 이내 곡이 너무 느리고 지나치게 로맨틱하게 흐르면서 마이클의 생각을 끌어냈다. 그녀는 첫 크레셴도를 지나고 나서 멜로디를 멈추었다. 차츰 힘을 빼서 약하게 가는 대신 더 높게, 고통에 젖은 멜로디를 쏟아냈다. 목이 메었고 아린 가슴은 곡조에 젖어들었다.

여전히 허전했다. 그녀는 분노를 피아노에 쏟아냈다. 절벽에 부딪치는 폭풍우처럼 연속으로 빠르게 건반을 두드려댔다. 성난 파도 뒤에 파도, 다시 파도가 밀려왔다. 그래도 허전했다.

스텔라는 이제까지 한 번도 한 적 없는 행동을 하고 있었다. 그녀는 언제나 얌전했다. 말씨도 상냥했다. 고의로 누구를 상처주지 않았다. 음악과 질서와 일정한 패턴을 사랑했다.

그녀가 두 손으로 건반을 쾅쾅 내려치자 음들이 마구 뒤섞여 불협화음을 만들어냈다. 혼돈의 도가니. 더, 더, 더 크게. 치고 또 쳤다, 손바닥이 아프도록. 이를 악물고. 과도하게 힘이 실린 소리에 몸이 흔들렸다. 그녀는 더 세게 내려치면서 소음뿐 아니라 자기 자신과 전쟁을 벌였다.

피아노 저 아래 어딘가에서 뚝 하고 부러지는 소리가 터져나와 그녀의 손가락과 팔 속으로 스며들었다. 그제야 그녀는 덜덜 떨리는 두 손을 건반에서 떨어뜨렸다. 그리고 페달에서 발을 떼서 울려 퍼지는 잔향을 잠재웠다. 고통으로 몸부림치는 맥박 소리가 귓속에 메아리쳤다.

피아노를 손봐야 했다.

그건 나중에 걱정하기로 했다. 곧 상점들이 문을 열 시간이었다. 쇼핑하러 가고 싶었다. 향수를 사러.

———

일요일에는 가게 문을 닫지만 마이클은 그냥 가게로 나갔다. 잠긴 앞문을 열고 피팅룸을 지나서 작업실로 들어갔다. 그는 자동화된 옷걸이와 드라이클리닝을 거친 뒤 옷걸이에 걸려 있는 옷들과 벽을 메운 색색의 실패들, 초록빛 공업 재봉틀들을 훑어보았다.

이곳은 그의 어머니가 생계를 꾸리는 일터였다. 어머니는 번창하는 가게를 소유하고 있다는 사실에 큰 자부심을 느꼈다. 온 집안을 통틀어 그의 어머니가 가장 성공한 편이었다. 아버지가 사고를 치는 바람에 무산됐지만.

마이클에게 여기는 감옥이었다. 지루한 가봉 작업과 수선일, 드라이클리닝이 아니라 무에서 유를 창조하는 일을 하고 싶었다.

그는 뒤쪽에 있는 책상으로 가서 스케치북을 보관하는 작은 서랍을 열었다. 손바닥에 차갑고 익숙한 느낌의 겉장과 부드러운 종이가 와 닿았다. 그는 작업대 한곳에 앉아 빈 종이를 펼치고 연필을 세워 잡았다.

대개는 옷을 가장 먼저 그렸다. 칼라나 어깨를 먼저 스케치하고 가끔 허리를 강조한 디자인일 경우 허리를 먼저 그리기도 했다. 얼굴은 그저 분위기나 윤곽선, 턱선 정도에 그쳤고, 손과 다리도 빠른 연필 선 몇 번으로 희미한 흔적만 남겼다. 그런데 오늘은 얼굴부터 시작했다. 머릿속에 온통 그 얼굴뿐이었다.

그 눈, 숱이 많은 속눈썹. 활처럼 둥근 눈썹. 그 코. 키스를 부르는 입술. 스케치를 마쳤을 때 스텔라가 종이 위에서 그를 바라보았다. 그녀의 개성이 그의 손에 의해 완벽히 재현 되어 있었다. 그의 손은 그녀를 이룬 모든 선을 낱낱이 알고 있었다.

그녀를 닮은 그림을 보자 그는 피가 솟구치는 것 같았다. 주머니에서 휴대폰을 꺼내 들어온 문자 메시지나 부재중 전화가 있는지 확인했다.

아무것도. 오늘만 벌써 아흔아홉 번째 확인이었다.

그녀가 예전에 말한 대로 스토킹하고 전화를 해준다면. 그는 애타게 그것을 기대했다. 그녀에게서 기대할 것이 집착뿐이라 해도, 그래도 좋았다. 더 극적이니 더 좋지 않을까. 그들이 다시 만날 수밖에 없는 운명이라는 뜻이니까.

그러나 휴대폰 화면은 까맣게 꺼져 있었고, 냉혹한 현실이 그를 일깨웠다. 그녀의 집착이 아무리 강하다 한들 범죄자가 있는 그의 집안 내력과 그의 다른 결점들을 극복할 만큼 강력할 리 없었다. 그들의 관계는 결국 훈련과 섹스였을 뿐이다.

휴대폰이 부르르 떨면서 에이전시 앱의 알림이 떴다. 누군가 이번 주 금요일에 그를 고용했다. 순간 그것이 스텔라일까 하는 생각에 찬란한 희열이 그를 감쌌다. 그녀는 나에 대해 모든 걸 알면서도 나를 여전히 원하는구나. 그는 휴대폰의 창들을 최대한 신속하게 클릭했지만 앱에 뜬 것은 모르는 사람이었다. 힘이 쭉 빠졌다.

한때는 에스코트 일로 다양한 여자들을 만나는 것이 즐거웠던 적이 있었다. 이제는 다른 누군가와 키스하고 섹스하는 것은 고사하고 다른 누군가를 만진다는 생각만 해도 진저리가 났다. 빌어먹을 백조처럼 평생 한 사람과 해로해야 할 것 같은… 그런 기분이었다. 그런데 그가 선택한 암컷 백조는 그와 평생 함께할 생각이 없었다.

그녀가 굳이 왜?

내가 섹스한 그 모든 사람들. 나는 지금까지 무얼 이루었나? 무슨 일을 했나? 드라이클리닝만 줄기차게 해댔지 딱히 내세울 게 없었다. 그는 아무것도 아니었다. 시운전은 괜찮지만 집에 들이기엔 부족한 상품. 스텔라의 자신감을 북돋아주고 그가 아버지보다 더 나은 인간임을 증명한 것까지는 괜찮았다. 하지만 이놈의 이기적인 본성이 발동해 또다시 그녀를 탐내고 있다.

가까운 미래에 그녀는 다른 남자―그 필립이라는 자식―의 기쁨이 될 것이다. 마이클을 휘어잡았던 바로 그 방식으로. 그녀의 두 손은 다른 몸을 더듬고, 그녀의 입은…

그는 손바닥으로 눈을 꾹 누른 채 심호흡을 하면서 울렁증을 가라앉혔다. 그녀가 다른 사람과 섹스를 한다면 나도 하면 돼. 지금 당장 하자. 그는 일어서려다 멈추었다. 오늘은 일요일 아침이었다. 여자를 낚으러 갈 시간이 아니었다.

게다가 몸도 말을 안 들었다.

지금 다른 여자에게 손을 댔다가는 그대로 토할 것 같았다. 최악의 경우엔 애처럼 울음을 터뜨릴지도 몰랐다.

무너지지 않고 버티고 있는 것만도 버거웠다. 눈시울이 뜨거워지고 목이 메었다. 온몸이 아팠다. 여자도 싫었다. 부드러운 갈색 눈과 수줍은 미소를 지닌 여자, 경제학을 사랑하고 키스할 때 세상 귀여운 숨소리를 내는 여자가 아니라면…

망할. 작작 좀 해라. 그는 손가락으로 머리를 쓸어 넘기며 스텔라 생각을 떨쳐내려 했다.

마음 독하게 먹고 어떻게든 이겨내자.

하지만 마음 독하게 아득바득 이겨내는 것도 이젠 지긋지긋했다. 벌써 3년째 쉬지 않고 그렇게 달려왔으니까. 그는 여기에 갇혀 있었다. 인생에 갇혀 있었고, 끝없는 빚더미에 갇혀 있었다. 사랑에 갇혀 있었다.

이것이 그를 괴롭히는 문제였다. 그는 항상 너무 많은 것들을 사랑했다. 심장을 가슴에서 뜯어낼 수만 있다면 자유로워질 텐데. 스케치북을 내려다보는데 거센 광기가 솟구쳤다.

그는 속으로 조용히 사과를 하면서 스텔라의 그림을 뜯어내 반으로 찢은 다음 박박 찢어버렸다. 종잇조각들이 죽은 나무의 나뭇잎이 떨어지듯 바닥으로 떨어져 내렸다. 그는 스케치북을 맨 앞으로 넘겼다. 스텔라와 함께한 찬란한 아침의 영감 속에서 탄생한 하얗고 노란 드레스가 그려져 있었다. 그가 대단히 아끼는 드레스였다. 그는 그것도 뜯어내 박박 찢어버렸다. 그다음 디자인도. 그다음 디자인도. 모조리 찢었다. 그러고는 뒤쪽 책상으로 가서 스케치북을 전부 꺼내 쓰레기통에 내던졌다. 그런 다음 아래쪽 큰 서랍을 열고 남몰래 준비했던 디자인 작품들을 꺼냈다. 그는 이를 악물고 직물을 찢어발겼다. 솔기 하나하나, 옷 한 벌 한 벌 모두. 그의 꿈을 모두.

그는 파괴할 수 있는 데까지 갈가리 찢고 나서 바닥에 널

브러진 시체들과 쓰레기 조각을 쳐다보았다.

효과가 있었다. 아무것도 느껴지지 않았다.

그는 평소에 사용하는 재봉틀에 앉아서 수선을 끝내지 못한 옷감 뭉치를 쳐다보았다. 바짓단을 고쳐야 할 바지 몇 벌과 줄여야 할 드레스들, 안감이 뜯어진 재킷 하나. 모두 다른 사람이 디자인한 옷들이었다. 다른 사람의 꿈.

다 해치워버리자. 그럼 이번 주 어머니가 쉴 시간이 더 늘어날 것이다.

그는 재봉틀을 돌리기 시작했다.

주말을 앞둔 어느 날, 소피가 가게를 보면서 느과이를 돌보는 동안 마이클은 메를 데리고 병원에 갔다. 매달 정기 검진과 혈액 검사를 하는 날이었다. 차로 얼마 안 되는 거리였지만 옆에 앉은 어머니가 팔짱을 낀 채 그의 옆얼굴을 뚫어져라 바라보는 바람에 병원까지 가는 시간이 영원처럼 느껴졌다. 그는 음악 볼륨을 키우고 도로에 집중했다.

그의 엄마가 라디오를 껐다. "더 이상은 못 참겠구나. 너 온종일 생쥐를 잡았다가 놓친 고양이처럼 걸어다니는 거 모르지. 말도 안 하고. 너 때문에 손님들이 겁을 내잖아. 죽어라 일만 하질 않나. 마이클, 대체 무슨 일인지 나한테 말해 봐."

그는 가죽 운전대를 꽉 움켜쥐었다. "아무 일도 없어요."

"스텔라는 어떻게 지내니? 토요일에 집에 오라고 해라. 자몽이 싸서 잔뜩 사났으니까."

그는 아무 말도 하지 않았다.

"나 바보 아니다. 난 걔를 딸처럼 생각했는데, 혹시 너 걔한테 헤어지자고 했니?"

"왜 그 반대의 경우일 거라고는 생각 못 하세요?" 그가 말하지 않았다면 결국 스텔라가 헤어지자고 했을 것이다. 훈련은 그만해도 되겠다는 생각이 들었을 때.

"걘 누가 봐도 네게 홀딱 반해 있었어. 걔가 먼저 헤어지자고 할 리가 없어."

그는 불쾌한 감정이 또다시 솟구쳐서 입을 꽉 다물었다. 스텔라는 분명 그를 좋아했지만 그녀가 그에게 반했던 건 잠자리뿐이었다.

"스텔라의 부모님을 만났어요, 메."

"그래? 좋은 사람들이든?"

"아버님이 나를 탐탁지 않게 여기더라구요." 그가 씁쓸하게 입술을 뒤틀며 말했다.

"그야 당연하지."

순간 마이클은 도로에 두었던 시선을 어머니에게로 돌렸다. "당연하다뇨, 그게 무슨 소리예요?" 그는 엄마의 하나밖에 없는 아들이었다. 엄마는 한 번도 이런 식으로 말한 적이 없었다.

"넌 너무 교만해, 딱 네 아버지처럼. 넌 그걸 알아야 해. 스텔라의 아버지가 자기 딸한테 가장 좋은 것만 주려는 건 당연한 거야. 스텔라 외동딸 맞지? 내가 네 아버지랑 결혼할 때 어땠을 것 같니?"

"할머니랑 할아버지랑 엄마를 좋아하셨겠죠."

"지금이니까 좋아하시는 거지. 처음에는 날 못마땅해하셨어. 아들이 고등학교만 겨우 졸업하고 영어도 더듬더듬 하는 베트남 여자랑 결혼한다는데 좋아할 리가 없잖니? 결혼식에도 오지 않겠다고 하시다가 네 아버지가 인연 끊겠다고 하니까 할 수 없이 오셨어. 그러니 내가 그분들에게 잘 보이려고 노력할 수밖에. 하루아침에 해결될 일이 아니었어. 결국은 노력한 보람이 있었지만."

"난 그건 몰랐어요…" 그는 갑자기 조부모가 곱지 않게 보였다.

"사랑하는 사람이 생기면 말이다, 마이클, 그 사랑을 얻기 위해 모든 측면에서 노력해야 하는 거야. 네가 전심전력을 다한다면 스텔라의 아버지도 널 좋아하게 될 거야. 네가 자기 딸을 제대로 대접하는데 널 사랑하지 않을 수가 없지."

"내가 그녀를 욕심낸다는 게 너무 이기적으로 느껴져요. 그녀에게 더 잘 맞는 남자들이 있을 테니까요. 더 부유하고 더 많이 교육받고 더…" 그의 엄마가 그를 향해 고개를 돌려 실눈을 뜨고 불알이 쪼그라드는 눈초리로 쳐다보는 바람에 그는 말꼬리를 흐렸다.

"꼭 네 아버지처럼 말하는구나. 너보다 더 성공한 여자와 함께하지 못하겠다면 걔는 그냥 포기해. 걘 네가 아니라도 잘살 거야. 하지만 걜 사랑한다면 사랑의 가치를 이해하고 약속을 해. 그것이 걔가 너한테 바라는 거야."

"내가 아빠랑 똑같다구요? 내가 아버지처럼 살 거라는 소리예요?" 어머니의 말이 차디차게 파고들어 그는 숨이 멎는 것 같았다. 망할, 다른 사람도 아니고 엄마가 그런 생각을 할 줄이야…

"네가 그렇게 살 리가 없지." 그의 엄마가 손을 휙 휘두르며 말했다. "그이는 인정머리 없는 인간이야. 넌 착해서 올바른 방향으로 살아가는 거고. 하지만 최고가 돼야 한다, 너 혼자 모든 걸 해야 한다고 생각하잖아. 너도 네 아버지도 그게 문제야."

"아뇨, 난 그게 아니고…"

"아니면 왜 아직도 가게에서 일하는 거니? 왜 내가 할 수선 일을 네가 하는 거야? 내가 너무 늙어서 박음질 하나 제대로 못 할 거 같니?" 그의 어머니가 발끈해서 물었다.

"아뇨, 난…"

"난 더 이상 집에만 있기 싫어. 예전처럼 일손이 빠르진 못해도 내가 제법 일머리는 좋잖니. 몸도 많이 좋아졌고. 약효가 좋아. 너희들은 자꾸 날 집에 가둬두려 하는데 그러지 마라. 그리고 마이클, 넌 가게에 그만 나와. 더 이상 네 도움 필요 없어. 특히나 그렇게 죽을상을 하고는 안 돼. 손님 다 떨어져."

"메, 난 엄마를 혼자 놔둘 수가 없어요. 게다가 엄마는 가족 외엔 직원으로 쓰지 않잖아요." 하지만 현재 그가 갇힌 철창은 그가 어머니를 사랑하는 마음에 자발적으로 들어간 감옥이었다.

"우리 집안에 재봉할 줄 아는 사람이 너뿐이겠니? 네 사촌들이 모두 몇 명이니? 콴은 어디 갔다니? 저번 토요일에 재킷 지퍼 때문에 우리 재봉틀을 쓰겠다고 가게에 왔었는데, 걔도 재봉할 줄 알더라. 그리고 자기 엄마 가게에서 일하기 싫대. 엄마가 소리를 **빽빽** 지른다나."

마이클은 한참 생각한 끝에 어머니의 의중을 알아채고 의자에서 움찔했다. "관을 가게에 들이겠다구요? 걔 문신은 어쩌구요?"

마이클의 엄마는 그의 티셔츠 소매 밑으로 삐져나온 검은 잉크 자국을 가리켰다. "너도 있잖아. 내가 모를 줄 알았냐. 대체 너희 젊은 애들은 왜 그런 걸 자청해서 하는지 난 정말 이해가 안 돼."

그는 팔이 보이지 않게 운전대에서 왼손을 내렸다. "여자들이 좋아해요."

"우리 스텔라도 그거 좋아하니?"

"뭐, 좋아하죠."

그의 용은 그녀를 무척 그리워하고 있을 것이다. 그만큼 그녀는 용에게 키스를 많이 했다. 필립 제임스는 아기처럼 깨끗한 몸을 고이 가지고 있겠지만. 흡족한 미소가 그의 입술에 번져 나갔다.

그런데 엄마는 언제부터 스텔라를 '우리 스텔라'로 부른 걸까?

"스텔라는 엄마가 생각하는 만큼 그렇게 순진하지만은 않아요." 그는 되도록 어머니가 덜 실망하게끔 말했다.

그의 어머니는 '농담이지?' 하는 식으로 고개를 기울였다가 지나가는 건물들에 시선을 고정했다. "난 진득하게 우리 아들 옆을 지킬 여자가 좋아. 어차피 모든 엄마들은 생활력이 강한 며느리를 원하게 돼 있어. 이제 다시 아기를 안아보고 싶기도 하고."

마이클은 컥 숨이 막혀서 기침을 했다.

"잊지 말고 저기서 꺾어." 그의 어머니가 팔로 알토 의료재단의 정문 진입로를 가리켰다.

그는 어머니를 문 앞에 내려주고 차를 세우러 지하 주차장으로 내려갔다. 심란한 마음으로 엘리베이터에서 내린 뒤 어머니를 찾으러 종양학과 대기실로 갔다.

어머니는 그가 착해서 올바른 방향으로 살아가는 거라고, 그는 아버지처럼 살지 않을 거라고 했다. 그리고 그가 스텔라를 얻기 위해 싸우기를 바랐다. 서로 사랑한다면 그것으로 충분하다고 생각했다.

하지만 사랑으로도 충분하지 않을 때가 있다. 그것이 일방적인 것이라면.

그와 친한 접수 데스크 직원 자넬이 그를 손짓해 불렀다. "어머님은 벌써 안으로 들어가셨어요. 어머님한테 가보기 전에 우선 이리 와서 서류 좀 작성해요."

그는 무거운 마음으로 접수 데스크 쪽으로 다가갔다. 서류 작업은 한 번도 반가운 적이 없었다. 서류는 곧 청구서였다.

"대리인 자격으로 여기랑 여기에 서명해요." 자넬이 말했다.

그는 인상을 쓰고 서류를 내려다보았다. 그것은 평범한 치료 관련 서류로 보이지 않았다. "이건 무슨 서류예요?"

"최근에 재단 측에서 보험 적용을 못 받는 가정을 대상으로 지원 프로그램을 시작했어요. 여러 가지 이유로 연방 정부나 지방 정부에서 지원을 못 받는 사람들을 위해서. 어머님이 그 운 좋은 소수의 사람으로 선정이 되셔서 이제부터 무료로 치료를 받게 되신 거예요. 이제 한시름 덜게 됐네요, 그죠?"

마이클은 서류를 집어 들고 최대한 빠르게 좁쌀처럼 작은 글씨들을 읽기 시작했다. 읽으면 읽을수록 얼이 빠졌다. 도저히 믿을 수가 없어서 소름이 돋았다. "이거 정말입니까? 전부 보험 처리가 된다구요?"

"정말이라니까 그러네. 서류에 서명만 하면 돼요, 마이클." 자넬의 눈이 따스하고 공감 어린 빛을 띠었다. 마이클은 어떻게 반응해야 할지 알 수 없었다. 너무 꿈같은 일이라 믿어지지가 않았다.

이제 치료비 청구서는 없다. 청구서가 없다니. 이게 가능하다고? 이런 행운은 마이클의 몫이 아니었다. 나쁜 일이라면 모를까. 그가 날아드는 주먹을 피하면서 용케 버티는 걸 구경하는 방관자, 그것이 삶이었다.

"우리가 어떻게 선정된 거죠?" 심장이 내는 불협화음이 하도 거세서 그는 자기 목소리가 잘 들리지 않았다.

자넬이 웃는 얼굴로 고개를 저었다. "나야 선정 과정은 잘 모르죠. 하지만 오늘 이 프로그램이 몇몇 가정에게 아주 큰 행복을 선사했어요. 믿어도 돼요. 모두 공식적인 거고 실제로 진행 중이니까." 그녀는 그의 손을 꼭 쥐고 나서 끝에 플라스틱 데이지 꽃이 달린 펜을 건넸다.

그는 내용을 다시 훑어보다가 '재정적 어려움에 대한 인식과 완전한 보험 적용'이라는 문구를 발견했다. 경고 문구나 지불에 대한 요청, 단서 조항, 모호한 내용은 없었다. 적법한 일이었다. 느낌으로는 그랬다. 펜 끝이 서류 중 노랗게 강조된 부분 안으로 이동했다.

"이 프로그램의 자금은 어떻게 마련되는 겁니까?" 그가 물었다.

"사적 기금으로 운영되는 거예요. 이쪽에 자선 단체들이 많잖아요. 이제 얼른 서명해요. 괜히 나까지 불안해지잖아요."

그의 심장은 느릿느릿 움직였고 손은 차분했다. 그는 법률 내용이 장황한 서류를 한 장씩 넘기면서 강조된 부분에 서명을 했다.

그녀가 서류들을 모아 챙긴 뒤 사무실 안쪽에서 작은 종이컵에 뭔가를 따라 그에게 건넸다. "이거 마셔요. 쓰러질 것처럼 보여요. 이제 가서 어머님에게 이 소식을 알려주세요. 어머님은 검진 병동에 계세요."

그는 물을 삼키고 나서 검진 병동으로 들어가서 끝에서 두 번째 검사실로 곧장 들어갔다. 그의 엄마는 검사대 위에 쭉 뻗고 누워 있었고 스웨터 밑에서 뻗어 나온 철사들이 심전도계에 연결돼 있었다. 간호사가 기계에서 결과를 출력해 클립보드에 끼우고 메모를 했다. 그는 엄마가 가슴에서 센서들을 떼는 것을 도와주었다.

"결과가 어떻습니까?" 마이클은 앉으면서 물었다.

"의사 선생님이 오셔서 말씀해주실 거예요." 간호사는 미소를 짓고는 서류와 기계를 챙겨서 나갔다.

"좋은 소식이 있을 것 같아." 그의 엄마가 라일락색 캐시미어 스웨터의 매무새를 다듬으며 말했다. 스웨터가 단순한 흰색 바지와 잘 어울렸다. "메는 기분이 좋다."

하루에 좋은 일이 이렇게 한꺼번에 일어나도 될까. 오늘 그의 엄마는 혈색이 좋았고 눈 밑 그늘도 그리 심하지 않았다.

"체중이 는 것 같죠?" 마이클이 물었다.

"1.3킬로그램."

그 말에 마이클은 긴장이 탁 풀렸다. "잘됐다."

"걱정은 그만하고 메를 믿어."

노크 소리가 난 뒤 담당 의사가 안으로 들어왔다. 육감적인 몸매와 어깨까지 내려오는 모랫빛 단발머리의 여성이었는데, 보는 사람의 마음을 편하게 만드는 기품이 흘렀다.

"좋은 소식이 있어요. 놀랄 만한 소식을 하나 더 가져왔어요, 마이클. 어머님께서 많이 좋아지셨어요." 그녀는 웃으며 그렇게 말한 뒤 그의 엄마에게 주의를 돌렸다. "최근 정밀 검사 결과가 안정적이어서 치료를 더 적극적으로 해볼 거예요. 현재 쓰는 약물을 계속 쓰면서 매달 혈액검사를 진행할 겁니다. 물론 변화가 감지되면 즉시 알려드리겠지만 지금으로선 그런 일은 없을 것 같아요."

"내가 일을 더 해도 괜찮다고 우리 아들에게 얘기 좀 해주세요. 애랑 애 누이들이 자꾸 나를 집에 가둬두려 해요."

헤니건 박사는 이해한다는 듯 웃는 얼굴로 그를 쳐다보았다. "어머님께서 일하기를 원하시면 일하게 두세요, 마이클. 육체적으로나 정신적으로 활동하는 게 건강에 이로워요."

마이클은 팔짱을 끼며 말했다. "이러다간 일이 아니라 데이트를 해야 할 것 같은데요."

"아, 됐어, 됐어, 됐어. 남자는 더 이상 싫다." 그의 엄마가 손사래를 치고 고개를 저었다. "그쪽으론 포기야."

의사는 그것을 고려해보는 것처럼 눈썹을 추켜올렸다. "아드님 말이 맞아요. 데이트를 해보는 것도 괜찮겠어요. 안. 재미있을 거예요."

엄마가 아들을 사납게 흘겨보았고, 아들은 웃지 않을 수 없었다.

얼마 뒤 그들은 검사실을 나와 접수 데스크를 지났다. 자넬이 따뜻하게 활짝 웃었고, 그의 엄마는 자넬에게 손을 흔들었다.

"많이 놀라셨죠?" 자넬이 물었다.

그의 엄마가 얼굴을 찌푸렸다. "얘가 나더러 남자 친구를 사귀라지 뭐예요. 세상에 낼모레 예순인 나한테."

자넬이 점잖게 고개를 끄덕였다. "진정한 사랑에 나이가 따로 있나요."

"하이고. 난 일이나 할 거예요. 돈이 남자보다 더 나아. 에르메스 가방이나 하나 사고 싶어."

"이제 얼마든지 사실 수 있게 됐잖아요." 자넬이 활짝 웃는 얼굴로 말했다.

마이클은 두 사람이 어째서 그것이 가능한지 이야기를 나누기 전에 엄마를 재촉해 그곳을 벗어났다. 그들은 차에 올라타고 주차장을 빠져나와 환한 바깥으로 나갔다. 엄마에게 그 프로그램 이야기를 해주고 싶었지만 그렇게 되면 그간 했던 거짓말을 모두 털어놓아야 했다. 병원비를 보장한다던 훌륭한 건강 보험은 사실 존재하지 않는다는 것과 그가 이제까지 엄마의 치료비를 어떻게 충당했는지도.

그것을 아는 사람은 세상에 스텔라뿐이었지만 그녀는 가고 없었다. 이제 그는 그것을 혼자 안고 가야 했다.

스텔라는 손으로 이마를 짚고 자신의 장애와 관련된 여러 가지 특성들을 찬찬히 생각해보았다. 소리와 냄새와 촉감에 민감한 성질, 같은 일을 반복하려는 욕구, 서툰 사교술, 집착하기 쉬운 성향까지.

지난주 내내 그녀는 그것들을 일부러 어그러뜨렸지만 마지막 두 가지는 그럴 수 없었다. 방법이 보이지 않았다. 일할 때 시끄러운 음악을 듣고 향수를 뿌리고 부엌 가위로 통솔을 잘라버리고 날마다 하는 것들의 순서를 바꿀 수는 있었지만 사람들과 편하게 이야기를 나누고 좋아하는 것들에 대한 집착을 버릴 수는 없었다.

그녀는 그 문제를 해결할 방법을 찾아 고심하고 또 고심했다. 말을 능숙하게 잘하는 편은 아니었지만 몇 년간 그녀의 화술은 꽤 진전을 이루었다. 집중하고 관찰하면서 말을 하면 사람들을 불편하게 만들지 않으면서 의사소통을 할 수 있었다. 대부분은. 그런데 집착은 달랐다.

어떻게 멋진 것들에 애착을 갖지 않을 수 있지? 어떻게 적당히 좋아하는 것이 가능할까? 그녀는 본인의 현실을 인정하지 않을 수 없었다. 그녀에게 그것은 불가능했다. 마이클을 적당히 좋아하려고 시도해봤지만 무참히 실패하고 말았다. 좋아하는 것들을 완전히 배제하면 가능할까.

피아노도, 무술 영화도, 아시아 드라마도 포기할 수 있었다. 하지만 커질 대로 커져버린 그녀의 열정은?

계량 경제학은?

그것을 포기한다는 것은 가장 큰 헌신을 예고했다. 그녀의 삶은 일을 중심으로 돌아가고 있었기 때문에 일을 포기한다면 모든 것이 달라질 것 같았다. 그러면 그녀는 전혀 다른 사람이 될 수 있었다.

그녀는 안경을 책상에 내려놓고 손바닥으로 눈을 가려 화면 속의 데이터를 몰아냈다. 그녀의 머리는 집중하는 쪽으로 너무 발달해 있었다. 이 일을 해선 안 된다면 일을 그만두어야 했다.

사회에 더 구체적으로 기여하는 일에 도전해보면 어떨까. 의학 분야라든가. 열심히 노력하면 의사가 될 수 있지 않을까. 생리학과 화학은 좋아하지 않지만 그게 그렇게 중요하진 않잖아? 대부분의 의사들은 날마다 하는 작업의 실체가 아니라 노력한 최종 결과에 집중할 것이다. 차라리 지루한 일을 하는 게 더 나을 것 같았다. 그러면 그것에 집착하지 않을 테니까.

바로 그거야. 지금 하는 일을 그만둬야 했다.

그녀는 뻣뻣한 손가락과 결의를 앞세워 상사에게 보낼 사직서를 쓰기 시작했다.

앨버트에게

지난 5년간 여러 가지로 고마웠습니다. 당신의 팀에서 일한 것은 제게 값진 경험이었어요. 매혹적이고 실질적인 마켓 데이터를 연구하고 계량 경제학적 원칙을 적용해 경제에 유의미한 변화를 주는 기회였습니다. 하지만 이제 이곳을 떠나려 합니다. 그 이유는…

이유는 뭘로 하지? 지금 그녀가 떠올린 이유들은 앨버트에게 절대 통하지 않았다. 그는 경제학자였다. 그가 중히 여기는 것은 오직 경제학뿐이었다.

그녀가 자폐증이라 말해도 그는 개의치 않을 것이다. 그 사실은 계량 경제학자로서 그녀가 지닌 역량에 부정적인 영향을 끼치지 않았다. 오랜 시간 초집중하는 집착적인 성향과 일정한 패턴에 대한 선호, 일상 대화를 이해하지 못하는 지극히 논리적인 지성은 오히려 계량 경제학자로서 그녀의 입지를 더 강화시켰다.

하지만 같은 이유로 사랑은 그만큼 멀어졌다.

신중하게 문을 두드리는 소리가 들려왔다. 스텔라가 시계를 확인한 뒤 문 쪽을 돌아보았을 때 제니가 사무실 안으로 들어왔다. 시간에 딱 맞춰 온 것이다. 그녀는 서둘러 사직서 창을 내리고 인턴 후보자를 맞이하러 일어섰다.

제니는 미소를 지었지만 초조한지 입술을 바르르 떨었다. 그 모습에 스텔라는 마이클이 기억나 가슴이 아팠다.

스텔라는 뒤늦게 제니의 손을 잡고 흔들었다. "만나서 정말 반가워요. 앉아요."

제니는 검은색 치마 정장을 손으로 쓸고 나서 자리에 앉았다. 몇 초간 구두코를 톡톡 맞부딪치다가 발목을 교차했다. "저도 반가워요, 스텔라."

잠시 어색한 침묵이 흘렀고 스텔라는 무심코 목을 긁었다. 셔츠의 드러난 솔기 때문에 개미들이 줄지어 피부를 기어다니는 것 같았다.

"잘 지내죠?" 스텔라는 가려운 느낌을 떨쳐내려 하면서 물었다.

"저요? 음, 전 괜찮죠." 오늘 제니는 머리를 길게 늘어뜨리고 있었는데, 진갈색 머리를 귀 뒤로 넘기더니 스텔라의 책상 위에 놓인 자신의 가죽 포트폴리오를 내려다보았다. "마이클 오빤 괜찮지 않아요."

스텔라는 가슴이 미어지고 얼굴이 화끈거렸다. "아, 저런, 왜요? 무슨 일 있어요? 어머니는 괜찮세요?"

"엄마는 괜찮으세요. 걱정 마세요." 제니는 두 손으로 진정하라는 손짓을 했다. "마이클 오빠한테 화가 나 있으세요. 오빠가 가게에 그만 나오기를 바라시는데 오빠가 말을 안 듣거든요. 게다가 오빠는 불평이 부쩍 늘었고 줄기차게 일만 해요. 뭐가 씐 사람처럼. 모두들 오빠를 걱정하면서도 오빠 때문에 화가 나 있어요."

"나는… 나는 이해할 수가 없네요, 오빠가 왜 불행한 건지." 설마 나와 같은 이유로 불행할 리 없잖아. 노출된 솔기가 피부를 긁어대는 쓰라린 촉감에 절망감까지 더해지자 그녀는 셔츠를 찢어버리고 비명을 지르고 싶었다.

"스텔라 언니 때문이죠. 언니가 보고 싶으니까."

스텔라는 고개를 저었다. 그럴 리가 없었다. 마음속 깊은 곳의 욕망이 아우성을 치면서 그녀의 마음을 분노나 다름없는 비통함으로 채웠다. "이제 그만 면접 시작할까요?" 그녀는 준비한 사례 연구 자료를 모아서 제니에게 건넸다.

제니는 그것을 쳐다보지도 않고 포트폴리오 위에 내려놓았다. "두 사람 왜 헤어진 거예요?"

애초에 사귄 적도 없으니까. 그에게 그녀는 동정의 대상일 뿐이니까.

스텔라는 눈가가 축축해져서 파일 서랍을 괜히 뒤적거렸다. 눈꺼풀이 맹렬히 깜빡거리면서 위태로운 순간을 넘겼고 위협하던 눈물이 물러갔다. 그녀는 침을 삼키고 목청을 고른 다음 말했다. "이 면접과 아무 관련이 없는 얘기네요. 5분 줄 테니까 사례 연구를 읽어봐요. 그 뒤에 같이 이야기해보죠."

"두 사람이야말로 이야기가 필요한 것 같은데요."

"이야기라면 충분히 했어요." 스텔라는 그것을 반복하고 싶지 않았다. 그의 입에서 그녀가 부족하다는 이야기를 다시 듣는다면 그대로 무너질 것 같았다.

"하지만…" 제니가 말했다. "떨어져 있어도 해결된 게 전혀 없잖아요. 둘이 다시 이야기해봐요."

스텔라는 관자놀이를 문질렀다. 손목에 뿌린 향수 냄새가 훅 그녀를 덮치는 바람에 점심에 먹은 것이 목구멍까지 솟구치는 것 같았다. 그녀는 손을 얼굴에서 홱 떼고는 입으로 숨을 들이켰다. "그건 못 해요."

"부탁이에요, 스텔라. 분명 오빠가 일을 그르쳤을 거예요. 하지만 오빠한테 한 번만 기회를 주세요. 오빤 언니에게 미쳐 있어요."

"일을 그르친 건 마이클이 아니에요. 나죠." 일을 그르친 것은 그녀였다. 나라서.

"나도 믿기 힘든 사실인데, 마이클 오빠는 관계에 정말 서툴러요. 문제가 있어요."

스텔라는 얼어붙었다. 문제가 있는 사람은 나잖아. 아니었나? "무슨 문제요?"

"정말 몰라요? 오빠가 말 안 했어요?" 제니가 천장을 올려다보며 뭐라 중얼거리다가 말했다. "오빠가 공대에 합격하고도 가지 않았다고 아빠가 오빠를 쓰레기 취급했거든요. 넌 쓸모없는 인간이 될 거다, 거지꼴로 살다가 가진 건 얼굴밖에 없으니 그 반반한 얼굴로 먹고 살게 될 거다, 하면서. 그러고는 마이클 오빠를 내치고 패션 학교 학비도 대주지 않았어요. 마이클 오빠는 재능이 뛰어나요. 행동도 자신만만하죠. 하지만 오빠가 격이 맞는 상대를 사귄 건 언니가 처음이었어요."

스텔라는 그 정보를 일단 받아들인 뒤 나중에 생각하기로 하고 입술을 끌어올려 미소를 지었다. "친절한 말이네요. 말해줘서 고마워요."

"어머나 세상에, 언니마저 이러기예요? 두 사람 찰떡궁합이네, 진짜. 그럼 오늘 나 괜히 왔네요. 그만 가볼게요." 제니가 일어서려 했다.

"면접 안 볼 거예요?"

제니가 다시 머리카락을 귀 뒤로 넘겼다. "가족이라 생각하고 자리 알아봐준 거 아니었어요?"

스텔라가 미소를 지었다. "면접관은 모두 여섯 명이에요. 채용 결정은 만장일치로 할 거구요. 그러니 공정함에 대한 걱정은 안 해도 돼요. 여기서 채용이 안 되더라도 이번 면접 과정에서 분명 얻는 게 있을 거예요. 여기에 정말 명석한 사람들이 있거든요. 이제 사례 연구를 읽어볼래요?"

"알았어요." 제니는 자료 위로 고개를 숙이고 읽어나갔다. 그녀의 집중하는 표정을 보고 스텔라는 마이클을 떠올렸다. 면접이 진행되는 동안 제니는 질문마다 똑 부러지게 대답하면서 앞으로 톡톡히 써먹을 것으로 보이는 독특하고 남다른 사고를 펼쳐보였다. 1학년 때 성적이 안 좋긴 해도 이후 털고 일어나 성장한 게 분명했다.

"마지막 질문 할게요." 스텔라가 말했다. "왜 다른 분야가 아니라 경제학과 수학 분야의 일을 하기로 선택했는지 말해봐요."

제니가 눈빛을 반짝이며 몸을 앞으로 내밀었다. "간단해요. 수학은 우주에서 가장 우아한 유일무이한 것이고, 경제학은 인간 세상을 움직이는 동력이니까요. 세련된 방식으로 인간을 이해하고 싶다면 경제학이 그 길이라고 생각해요."

"인간을 이해하고 싶은 이유는요? 당신은 가족들이 많고 추정컨대 친구들도 많잖아요."

"친구들이랑 가족이 많긴 해요." 제니가 어깨를 으쓱거렸다. "하지만 그들은 사회의 작은 부분 집합이지 전체 시장이나 국가는 아니잖아요. 그리고 솔직히, 그들은 흥미롭지 않아요. 매혹적이지도 않고 세상을 파괴하지도 않죠. 나는 그들을 위해 죽을 수는 있지만 그들을 위해 살 수는 없어요. 이것이 스텔라에게 천직이듯이 저에게도 천직이에요."

스텔라는 알 수 없는 이유로 울컥해져서 눈물을 글썽이며 일어서서 제니의 손을 잡고 흔들었다. "내 생각에 여기 사람들 모두가 당신을 상당히 좋아하게 될 것 같아요."

제니가 활짝 웃었다. 스텔라는 제니를 다음 면접관에게 인계한 뒤 행운을 빌어주었다.

사무실로 돌아온 스텔라는 끝내지 못한 사직서의 마지막 문장을 쳐다보았다. '하지만 이제 이곳을 떠나려 합니다. 그 이유는…'

내가 왜 천직을 포기할 생각을 했을까?

마이클 때문에. 남자 하나 때문에.

그녀는 손톱을 세워 머리를 쓸어 넘겼다. 묶은 머리채에서 머리카락이 흘러나왔다. 나를 있는 그대로 사랑하지 않는 남자를 붙잡으려 해봤자 무슨 소용이 있겠어. 누구에게도 이득이 되지 않는다. 특히나 그녀에게는. 정당하지도 않고 정직하지도 않았다. 그녀답지도 않았다.

나를 뜯어고치려는 전쟁은 여기서 멈춰야 해. 나는 고장 나지 않았어. 그녀는 다른 방식으로 세상을 보고 다른 방식으로 세상과 소통했지만 그것이 바로 그녀였다. 행동을 바꾸고 말을 바꾸고 외모를 바꿀 수는 있겠지만 그녀의 뿌리를 바꿀 수는 없다. 그녀의 중심부에는 자폐증이 늘 자리하고 있을 것이다. 사람들은 그것을 장애라 부르지만 그것이 장애 같지 않았다. 그녀에게 그것은 그녀가 존재하는 방식일 뿐이었다.

스텔라는 자신과 마이클이 맞지 않는다는 사실을 인정하기로 했다. 억지로 맞추려고 자기 자신에게 톱을 들이대고 이리저리 자르는 것은 정말 바보짓이었다. 일을 그만두는 것도 정말 바보짓이었다. 그런 짓을 할 순 없었다. 그녀는 턱을 굳게 다물고 사직서 창을 저장하지 않고 닫아버렸다.

그리고 물건을 챙겨서 일찍 퇴근할 준비를 했다. 이 엉망인 셔츠를 벗어버리고 향수를 씻어내야 했다. 이번 주 내내 했던 행동들이 혐오스러웠다.

그래, 난 혼자야. 그래, 나 실연당했어. 하지만 적어도 그녀에겐 그녀 자신이 있었다.

딸랑거리는 소리가 마이클에게 가게 앞문이 열렸다는 것을 알려주었다. 그가 재봉질을 하다가 고개를 들었을 때 제니가 작업실 안으로 뛰어들어 왔다.

"나 취직했어."

그가 바느질감을 옆으로 밀었다. "와, 잘됐네."

그의 엄마가 꺅 소리를 지르면서 달려 나와 제니를 얼싸안았다. "메는 네가 너무 자랑스럽다. 잘했어."

"난 네가 면접 본 줄도 몰랐어." 마이클이 말했다. "어떤 회사야?"

그의 엄마가 제니의 머리를 쓰다듬고 나서 재봉틀로 돌아갈 때 제니가 승리감이 번뜩이는 눈으로 말했다. "스텔라 언니네 회사. 어드밴스드 이코노믹 애널리틱스(AEA)."

그의 귓속에 침묵이 메아리쳤다. "뭐?"

"예전에 스텔라 언니한테 인턴 자리를 알아봐달라고 부탁했었는데 언니가 들어준 거야. 2주 뒤에 일 시작해. 나 너무 신나." 제니가 입이 귀에 걸려서 춤을 추었다.

"스텔라가 너한테 일자리를 마련해줬다고?" 그는 귀를 의심했다. 스텔라가 동생에게 일자리를 마련해주다니 있을 수 없는 일이었다.

"오빠가 말 안 해서 난 스텔라 언니가 AEA에서 일하는 줄 몰랐어. 우리 과 교수님들도 내가 거기서 인턴 한다니까 부러워해서. 거기는 마음에 드는 인재에게 석사와 박사 과정에 장학금을 대주거든. 그런데 내가 해낸 거야… 앞으로 망치지만 않으면 돼."

"스텔라한테 전화해서 고맙다고 인사해라, 마이클." 그의 엄마가 진지하게 말했다. "걔가 큰일을 해주었어."

사람들은 옛 애인의 형제에게 일자리를 구해주고 고맙다는 인사를 주고받고 그러나? 어떻게 그런 선례가 있을 수 있겠나? 옛 애인들은 그런 짓을 하지 않는다. 스텔라만 빼고. 이런 그녀를 어찌 사랑하지 않을 수 있을까?

제니가 가슴을 내밀더니 손톱을 세우고 훅 부는 시늉을 했다. "내가 방어술을 써서 면접을 해치워버렸어. 선임 계량 경제학자들 여섯 명과 면접을 봤는데, 나를 뽑기로 만장일치로 결정했지."

마이클은 그제야 제니가 방금 스텔라를 만나고 왔다는 데 생각이 미쳤다. 심장이 뜀박질을 시작했다. 알아야 했다.

"그 사람 어떻게 지내고 있어?"

제니는 그 질문을 듣고 눈을 매섭게 떴다. "괜찮던데. 아주 좋아 보였어."

"어… 잘됐네." 하지만 기분은 좋지 않았다. 아니, 아주 더러웠다. 그녀가 잘 지내고 있다니 기분이 좋아야 마땅한데 그렇지가 않았다. 그녀가 없어서 그가 슬퍼하고 있는 만큼 그녀도 그의 부재를 슬퍼하기를 바랐다.

그녀는 마음을 다잡고 잘 지내고 있었다. 망할. 가슴에 칼침을 맞아도 이보다는 덜 아프겠네.

"맞아. 잘된 일이지." 제니가 말했다.

그의 엄마가 제니에게 나무라는 표정을 지었지만 제니는 팔짱을 끼더니 턱을 앞으로 쭉 내밀었다.

마이클은 재봉틀에서 일어섰다. "네가 왔으니까 난 일찍 퇴근할게."

그는 갈 데를 정하지 않은 채 무작정 차에 올라탔다. 가게를 떠나야겠다는 생각뿐이었다.

제니는 곧 첫 직장을 다니게 될 것이다. 엄마는 데이트를 할 수 있을 만큼 병세가 호전됐다. 스텔라는 마음을 접고 잘 살고 있다.

모두들 각자 자기 삶을 살고 있는데 그만 그렇지 않았다.

무엇이 나를 막고 있는 걸까? 청구서는 멈추었고 더 이상 에스코트 일을 하지 않아도 된다. 엄마는 내가 가게에서 그만 일하기를 바란다. 감옥의 철창들이 모두 사라졌는데 나는 예전 자리에 그대로 앉아 있다. 나아가기 두려워서.

나도 변화를 받아들여야 할 때일까.

그는 밀피타에 있는 베트남 쌀국수 식당 밖 주차장에 차를 세웠다. 짤랑거리는 문소리가 나고, 그는 안으로 들어섰다. 콴이 카트에 놓인 플라스틱 그릇 안에 손님이 떠난 탁자의 식기들을 담고 행주로 테이블을 닦았다. 점심시간에 몰렸던 손님들은 빠져나가고 없었고, 뒤쪽 벽 전체를 차지한 수조 속 다채로운 민물고기들을 제외하면 콴 부모님의 식당 안에는 콴뿐이었다.

콴이 고개를 들어 마이클을 발견하고 멈칫하더니 말했다. "꼴이 엉망이구만."

마이클은 목 뒤를 문질렀다. "잠을 못 자서 그래." 스텔라와 같이 자다가 혼자 자려니까 잠이 잘 오지 않았다. 뒤척이다 간신히 잠이 들면 그녀의 꿈을 꾸었다. 그리고 온 시트에 사정을 해버렸다. 그렇게 망할 놈의 빨랫감만 자꾸 늘었다.

"너 요즘 좀 뜸하더라. 여친님은 잘 지내시냐?"

마이클은 두 손을 주머니에 찔러 넣었다. "우리 헤어졌어."

테이블 위를 쓱쓱 닦던 콴의 문신한 팔이 멈추었다. "왜?"

"그냥 잘 안됐어."

"망할, 그냥 왜 안됐는데?"

"나 부탁 좀 하러 왔다, 다른 일로."

콴의 눈썹이 쑥 올라갔다. "왜 꼴이 엉망인지 알겠네. 무슨 짓을 했길래 여자가 널 걷어찬 거냐? 노력은 해본 거야? 미안하다는 말은 했어? 꽃이라도 사들고 가지, 왜? 곰 인형은? 초콜릿은? 여자들은 그런 거 껌뻑 죽거든. 말 안 해줘도 이 정도는 알아야지."

"내가 끝낸 거야."

콴이 행주를 탁자에 탁 던졌다. "돌았구만. 왜?"

마이클은 손으로 머리를 쓸어 넘겼다. 가슴에 꽂힌 비수가 뒤틀리는 것 같아 인상이 구겨졌다. 왜긴, 내가 그녀보다 못

하니까 그렇지. 그가 그녀와 걸맞은 상대라 해도 이제 그녀
는 그에게 빠져 있지 않다. 마음을 접었다.

콴은 마이클의 반응을 지켜보면서 숨을 훅 내뱉었다. "무
슨 도움이 필요한데? 오토바이라도 한 대 장만하려고?"

"아니, 오토바이 아니야. 그게… 내 대신 가게 수선 일을 할
사람이 필요해." 그 말을 내뱉는데 땀이 다 났다.

"그걸 나한테 부탁하는 이유가…"

"너 재봉질 하잖아…" 마이클은 주방으로 통하는 스윙도어
를 흘끔 보고는 목소리를 낮췄다. "너 엄마 가게에서 일하기
싫다며. 그런데 우리 엄마랑은 잘 맞잖아. 무엇보다 넌 믿을
수 있어. 엄마를 믿을 만한 사람한테 맡기지 않고는 떠날 수
가 없어."

"뭐 할 생각인데? 뉴욕으로 돌아가려고?"

"아니, 여기 남을 거야… 옆에 있지는 않아도 가까이 살아
야지 않겠냐? 내 브랜드를 낼까 생각 중이야."

자기 브랜드를 내는 것은 그가 평생 바라던 꿈이었는데,
잠시 미뤄둔 사이 머릿속의 아이디어와 계획들은 점점 자라
나 더 커져 있었다. 더 이상 억누를 수 없을 만큼…

"진작 그랬어야지." 콴이 씩 웃으며 마이클의 어깨를 주먹
으로 탁 때렸다.

"해줄 거지? 가게에서 일해줄 거지?"

콴이 묘한 표정을 짓고 나서 말했다. "필요하다면 잠깐은
할 수 있는데 계속 하진 못해. 수선 일은 머리에 쥐나게 지루
하더라고. 엔이 일자리를 찾고 있더라. 갠 바느질 좋아해. 개

가 아기를 가게에 데리고 출근할 수 있으면 개만 한 사람도 없지."

마이클은 별안간 온몸을 짓누르던 짐이 사라지는 기분이었다. "그럼 됐네."

"진작에 도와달라고 하지. 우리 집안에는 늘 일을 쉬는 사람이 있잖아. 네가 가게에 왜 그렇게 오래 붙어 있는지 다들 의아해했어. 네가 싫어하는 게 눈에 보였거든. 넌 혼자가 아니야. 가족이 네 뒤에 있다고."

사촌의 진지한 얼굴을 보았을 때 마이클은 여태 한 번도 도움을 요청하지 않았다는 생각이 들었다. 부모님의 불화와 어머니의 건강 문제를 늘 혼자 짊어지고 가야 할 십자가처럼 생각했었다. 왜 그런 생각을 했을까? 가족을 떠났었다는 죄책감 때문이었을까? 자신의 이기심을 속죄하는 뜻도 있었을 것이고, 아버지처럼 자존심이 강한 것도 한몫했을 것이다.

"네 말이 맞다. 진작 도움을 받았어야 했는데." 그제야 머릿속이 정리가 되는 것 같았다. "사실 내 브랜드 낼 때 네 도움을 받고 싶었어. 난 디자이너지 사업가는 아닌데, 넌 MBA 과정을 밟고 있으니까…"

콴이 팔짱을 끼고 진지한 표정을 지었다. "같이 사업하자는 거야?"

마이클이 사촌의 진지한 시선에 진지하게 대꾸했다. "응. 맞아. 50대 50으로."

콴이 다시 탁자들을 닦았다. "생각 좀 해볼게."

"그래, 그럼. 내 디자인 보내줄게."

"그럴 필요 없어." 콴이 계속 일을 하면서 말했다.

"아, 알았어." 마이클이 주저하며 한 걸음 물러섰다. 물어보지 말걸 그랬나. 과거에 둘이 동업을 할까 얘기한 적 있었지만 그냥 지나가는 이야기였던 모양이다.

콴이 조급한 표정으로 마이클을 올려다보았다. "네가 어련히 잘 하겠냐, 마이클." 마이클은 안도의 한숨을 내쉬었다. 아까는 사촌이 나를 못 믿는구나 싶어 걱정이 됐는데 이제는 쟤가 나를 너무 믿는구나 싶어 부담스러웠다. "물론 정식 계약서 같은 거 다 써야지. 우리 아버지가 어머니한테 그런 것처럼 내가 널 등쳐먹지 못하게."

콴이 왜 저래 하는 얼굴로 허리를 폈다. "그냥 악수나 하지, 응?" 그가 손을 내밀었다.

마이클의 시선은 사촌의 손과 얼굴 사이를 몇 번 오갔다. "무슨 뜻이야? 벌써 결정한 거야? 악수로 끝내자고? 생각한 지 2분도 안 됐잖아."

"할 거야 말 거야?"

마이클은 사촌의 손을 꽉 쥐었을 때 활짝 웃지 않을 수 없었다. 모두들 나를 믿고 있었는데 나만 나를 믿지 않았나 싶었다. "그래, 해보자. 50대 50."

콴은 손을 잡은 채로 마이클을 끌어당겨 한 팔로 꽉 끌어안았다. "넌 개자식이야, 알지? 벌써부터 그 말 해주기를 기다렸어. 참 오래도 걸렸네."

스텔라는 필립의 사무실 밖에 멈춰 서서 심호흡을 한 뒤 문을 두드렸다. 그가 컴퓨터 화면에서 고개를 돌렸다. 유리창 저편에 스텔라를 발견하자마자 얼른 와서 문을 열었다.

"안녕, 스텔라." 그는 미소를 지었지만 경계하는 눈빛이었다.

"나 지금 퇴근할 건데, 혹시 나랑 저녁 먹을래?" 그녀는 필립과 시간을 보내는 것이 영 껄끄러웠지만 약속을 한 이상 지켜야 했다. 그녀의 부모님은 필립을 좋아했다. 어쩌면 그녀도 그렇게 될 수 있지 않을까 기대도 되었다. 무엇보다 필립은 동정심에서 그녀를 만날 남자가 절대 아니었다. 그것이 중요했다.

"그러자." 필립의 얼굴에 불이 켜진 것처럼 환한 미소가 피어났다. "잠깐만, 나 일한 거 저장하고."

함께 시내의 식당가를 향해 불이 환히 밝혀진 거리를 걸어갈 때 필립이 그녀의 허리에 손을 얹었다. 그녀는 1, 2분쯤 참고 나서 그에게서 떨어졌다.

그녀는 어깨에 멘 가방 끈을 꽉 움켜쥐었다. "아직 그건 내키지 않아."

그가 손을 옆으로 떨어뜨렸다. "아직 그 남자에게 미련이 남았구나."

"노력하는 중이야." 이번 주에 그녀는 가사도우미를 시켜 시트를 세탁했다. 더 이상 마이클의 냄새는 나지 않았다.

그녀는 그의 냉혹한 옆얼굴을 쳐다보았다. "당신도 하이디랑 잤잖아."

"하이디는… 나이가 많지 않아."

"당신 엄마도 마찬가지야."

그가 어이없는 표정을 지었다.

"당신이 우리 새 인턴에게 눈독 들이면 나 당신한테 엄청 화날 거야. 걘 아기나 다름없어. 게다가 마이클의 여동생이야."

"그 귀염둥이 제니가 그 남자의 여동생이라고?"

"지원자 중 최고였어."

"그랬지." 그가 마지못해 인정했다. "회귀 분석과 통계를 아주 잘 이해하고 있더라. 제니가 그 남자 여동생이라는 게 믿기지 않네."

그들이 식당에 자리를 잡고 앉을 때까지도 필립은 제니 이야기를 주절거렸다.

"제니는 고등학교를 졸업한 지 겨우 3년밖에 안 됐어, 필립."

"그래서?"

그녀는 성질이 나서 숨을 혹 내쉬었다. 하지만 그가 얼마나 위선적인지 지적하지 않고 말을 돌렸다. "취미 얘기나 하자. 취미 생활해? 취미가 뭐야?"

그 말에 그의 분위기가 돌변했다. "골프 열심히 쳐. 실력도 나쁘지 않지. 그리고 운동하러 다녀."

그는 물잔을 들어 조금 마셨다. 그의 시선이 식당의 우아한 인테리어를 쭉 훑었다.

스텔라는 그가 그녀의 취미에 대해 묻기를 기다렸다. 그는 배경 음악으로 흐르는 클래식 기타 소리에 맞춰 손가락으로 탁자를 탁탁 두드리다가 물을 한 모금 더 마셨다.

"나 하루씩 번갈아 수영장에서 수영하거나 달리기 해." 그가 덧붙였다.

"무술은 안 해?"

"음. 대학 다닐 때 펜싱 수업을 들은 적은 있는데, 시대랑 맞지 않는 구닥다리라는 느낌만 들던데."

마이클과 시합에서 붙으면 마이클에게 완패하겠네. 그녀는 그 장면을 상상하자 즐거워졌다.

"난 무술 영화 좋아해." 그녀가 말했다.

"정말 뜻밖인데. 나는 다큐멘터리가 더 좋아."

필립이 최근에 본 다큐멘터리를 읊어대는 동안 스텔라의 생각은 다른 곳으로 흘러갔다. 그녀는 자선 행사가 열렸던 밤을 떠올렸다. 상상 속에서 그녀는 마이클과 헤어지지 않았다. 마이클은 마음을 못 숨기고 그녀에게 사랑을 고백한다. 뜬금없이 분개한 필립이 마이클에게 결투를 신청하고, 두 남자는 밖으로 나가 수영장 옆에서 마주선다. 검이 없어서 골프채로 검을 대신한다.

그녀가 상상에 빠져 미소를 지었을 때, 그것을 긍정적인 신호로 해석한 필립은 신이 나서 시사 정치 프로를 얼마나 좋아하는지 떠들어댔다.

스텔라는 검도 유단자와 펜싱 선수가 맞붙으면 어떤 모습일지 궁금했다. 만약 아이언과 퍼터를 쓴다면 정말 웃길 것 같았다. 그들이 골프채로 서로를 죽도록 패지만 않는다면. 한국 드라마에 이런 장면을 넣으면 정말 재밌을 것 같았다.

그러면 보고 또 볼 텐데 말이지.

주인공이 반드시 승리할 필요는 없다. 여자를 차지하기 위해 싸움에 나선다면 그것으로 여자는 그의 것이니까. 남자가 패배해도 여자는 그에게 더 많이 키스를 해줄 것이다.

그들이 식당에서 붐비는 보도로 나갔을 때 필립이 미소를 지으며 그녀의 손을 잡았다. "우리 정말 잘 맞는 거 같아, 스텔라. 계속 이렇게 잘해보자."

그리고 나서 그는 그녀에게 키스를 하려고 고개를 숙였다.

마이클은 콴과 함께 그가 좋아하는 한국 식당 BBQ가 있는 유니버시티 애비뉴를 향해 걸어갔다. 그는 혹시 스텔라가 있을까 싶어 주변을 두리번거렸다. 그녀의 집은 여기서 한 구역 떨어져 있었다. 그녀가 이렇게 늦은 시간에 쇼핑하러 나올 것 같지 않았지만 그래도 가능성은 있었다.

그런데 정말 뜻밖에도 길 건너편 지중해식 식당 밖에 스텔라가 서 있었다. 평소처럼 뒤로 묶은 머리에 안경, 즐겨 입는 옥스퍼드 셔츠와 일자 치마, 앞코가 뾰족한 구두 차림이었다. 나의 스텔라, 나의 명석하고 사랑스러운 그녀가…

저거 필립 제임스 아냐? 저놈이 그녀에게 키스하려는 건가?

마이클의 눈에 불꽃이 튀었다.

마이클은 근육을 꿈틀대면서 돌진했다. 콴이 마이클의 팔을 붙잡아 세웠다.

"야, 진정해."

필립의 입술이 스텔라의 입술에 닿기 직전에 그녀가 고개를 돌리며 뒤로 물러섰다. 그리고 필립의 손을 뿌리치며 뭐라 말을 했는데, 멀어서 정확히 들리지는 않았지만 거절하는 게 분명했다.

필립이 남자답게 수긍하는 대신 호전적인 눈빛을 번뜩이며 그녀에게 다가섰다.

"이야, 저놈이 매를 부르네." 콴이 말했다.

콴이 마이클을 놓아주었고, 마이클은 단번에 길을 건넜다. 중간에 차들이 막아섰지만 눈에 들어오지도 않았다. 그는 차들을 헤치며 똑바로 나아갔다. 개자식의 더러운 입술이 고개를 돌린 스텔라의 얼굴에 닿으려는 순간, 마이클이 필립을 잡아당겨 그의 눈에 주먹을 꽂았다.

필립이 비틀비틀 물러설 때 마이클은 얼빠진 스텔라를 품으로 끌어당겼다. 분노로 날뛰는 심장 밑으로 제자리를 찾은 듯한 안도감이 퍼져 나왔다. 그녀의 감촉, 그녀의 냄새. 나의 스텔라.

"괜찮아?" 마이클이 물었다.

그녀는 멍하니 그에게 눈을 깜빡였다. "방금 저 사람 눈 때린 거야?"

"저 쥐새끼가 당신에게 강제로 하려 했잖아. 또다시. 아무도 당신에게 강요할 순 없어. 절대."

필립은 빠르게 부어오르는 눈에서 손을 내리고 마이클에게 손가락질을 했다. "우리 데이트 중이야. 강제로 한 적 없어."

스텔라는 마이클을 밀어버리고 어깨에 멘 가방 끈을 고쳐 멨다. "나 그만 집에 가볼게. 혼자 갈 거야. 잘 가."

"스텔라, 잠깐만." 필립이 그녀를 따라가려 했지만 마이클이 앞을 막아섰다.

"못 들었냐. 혼자 집에 간다잖아."

필립이 반박을 하려고 태세를 갖추는데 콴이 나타나 마이클 옆에 섰다. 두 손을 옆에 늘어뜨리고 있었지만 금방이라도 한 대 칠 기세였고 눈은 냉혹했다. "여기 무슨 문제 있냐?"

필립은 마이클과 콴의 방어막에 막혀 물러섰다. 무슨 말을 하려는 것처럼 입을 우물거렸지만 이내 꾹 다물더니 멀어지는 스텔라 쪽을 안타까운 눈으로 보고는 물러갔다.

마이클이 콴의 어깨를 꽉 쥐었다. "고맙다."

콴은 입술을 움직거리다가 고개로 스텔라 쪽을 가리켰다. "괜찮은지 가봐."

"먼저 가서 자리 잡고 있어. 거기서 보자."

마이클은 스텔라를 쫓아가서 그녀 옆에서 나란히 걸었지만, 그녀는 걸음을 늦추지 않고 오히려 속도를 높이고 똑바로 앞만 쳐다보았다.

"내가 알아서 해결할 수 있었어. 나한테 테이저건 있다는 거 잊지 마."

퉁명스럽고 무뚝뚝한 말투가 마이클의 갑옷을 뚫고 들어와 그를 거세게 자극했다. 그는 날마다 그녀의 꿈을 꾸고 있는데, 그녀는 다른 사람을 만나고 다녔다. 헤어진 지 2주도 지나지 않았는데.

"그새 못 참고 배운 기술을 써먹는 거야?"

그녀는 가방 끈을 움켜쥐고 더 빨리 걸었다. 보도가 끝났다. 그녀의 구두굽이 아스팔트 위에 또각또각 부딪쳤고, 그녀는 자신의 집을 향해 주택가 거리를 나아갔다.

"그놈이랑 자고 싶은 거라면 완전 잘못한 거야. 놈이 키스하게 돼야지. 왜 못 하게 했어? 긴장했어?"

"저리 가, 마이클."

"왜 그놈에게 키스하지 않았는지 알아야겠어. 당신이 원하던 남자 맞잖아. 아니야?"

그녀가 걸음을 뚝 멈추고 들썩거리는 가슴으로 가쁜 숨을 몰아쉬며 옆쪽을 쳐다보았다. "왜 나를 따라오면서 말을 거는 거야? 이걸 어떻게 받아들여야 할지 모르겠네. 어떻게 행동해야 할지, 무슨 말을 해야 할지 모르겠어."

"우리 친구처럼 지낼 순 없나?" 그는 적어도 그들이 친구는 될 수 있을 거라 기대했었다.

그녀의 시선이 그의 시선을 마주했다. 가로등 불빛과 섞인 달빛 속에서 눈물이 차오른 그녀의 눈이 연약해 보였다. "우리가 친구야?"

"난 그럼 좋겠어."

"난 그렇게는 못 해." 그녀는 걸음을 옮겼다. 입을 굳게 다물고 눈은 내리깔고. 그는 그녀가 화가 났다고 생각했지만 그녀의 얼굴에서 눈물이 흘러내렸다. "난 당신이 동정하는 친구는 되고 싶지 않아."

그는 그녀의 눈물을 보고 가슴이 졸아붙어 숨이 막혔다.

"내가 당신을 동정한다고 누가 그래?"

그녀는 턱을 떨면서 뺨을 닦았다. "당신이 그랬잖아. 당신은 나를 도울 수 있는 데까지 도왔지만 나는 여전히 충분하지 않다고. 당신이 그렇게 말했고, 진심이었어. 이제 와서 아니라고 해도 소용없어."

"그건 당신에 대한 말이 아니었어. 우리에 대한 말이었지." 그가 거세게 침을 삼켰다. "사실은 그게 나에 관한 말이라는 생각은 한 번도 안 해봤어? 내가 당신한테 부족한 사람이라는 생각은 안 들어?"

그녀의 정직한 눈이 그의 얼굴을 탐색했다. 이해가 안 된다는 듯 커다래져 있었다. "내가 왜 그런 생각을 해?"

"왜냐하면 나는 창부고 내 아버지는 범죄자니까!"

그녀의 입꼬리가 밑으로 내려갔다. 그녀가 한 걸음 물러섰다. "난 그런 건 상관없어. 그렇다고 해서 당신이 어떤 사람인지, 나를 어떻게 대하는지 달라지지 않잖아. 당신은 내게 상처를 주지 않으려고 그걸 핑계로 내세우는 거야. 하지만 나는 사실을 감당할 수 있어. 당신은 그걸 알아야 해. 내가 당신에게 부족하다면 그건 정당한 것이니까 난 그걸 받아들일 거야. 결국 당신을 극복할 테니까. 내가 어떤 사람인지 배려한답시고 나를 구슬리거나 기만하는 건 싫어. 당신의 동정 어린 우정 따위 필요 없어."

그녀는 그 말을 하고 그를 휙 지나 거리를 내려갔다. 빠르고 야무진 걸음걸이로. 엉덩이를 유혹적으로 흔들지도 않았고 우아하지도 않았다. 달아나는 기색도 없었다. 그는 그런 그녀의 모습을 사랑했다.

그는 그녀를 사랑했다.

그리고 그녀는 그를 극복하고 있었다.

그녀가 그를 극복해야 한다는 것은, 그에게 빠졌다는 뜻이었다. 그녀는 그가 에스코트 일을 하는 것도, 그의 경제적인 사정도, 그의 교육 수준도, 그의 아버지도 모두 알고 있었다. 그런데도 여전히 그를 사랑했다.

그것이 모든 것을 바꿔놓았다.

확신이 그를 찾아왔다. 자신의 불안한 처지에 눈이 멀어 그녀를 밀어내고 그녀에게 상처를 주었다. 그녀를 얻기 위해 싸웠어야 했다.

이제부터 그 싸움을 시작할 생각이었다. 그녀가 그를 신뢰하고 있는 그대로 받아들일 수 있다면, 그도 그럴 수 있었다. 그녀는 그런 남자를 가질 자격이 있었다. 그녀를 위해 그런 남자가 될 생각이었다.

마이클은 멀찍이 떨어져서 스텔라를 따라갔고 그녀가 무사히 집에 들어가는 걸 확인한 뒤 콴에게 달려갔다. 전투 전략을 세우는 데 도움이 필요했다.

문을 두드리는 소리가 새 알고리즘을 짜고 있던 스텔라를 깨워 현실로 데려왔다. 그녀가 고개를 돌렸을 때 문이 열리더니 거대한 백합 꽃다발이 사무실 안으로 걸어 들어왔다.

사십 대 초반의 나이에 갈색 머리와 육감적 몸매를 자랑하는 안내 데스크의 대장 베니타가 꽃병을 책상 위에 놓고는 훅 숨을 내쉬었다. "와, 진짜 무거워. 팬이 있는 줄은 몰랐네요."

스텔라는 꽃송이 속에서 카드를 꺼냈다. 마이클의 시원시원한 필체가 한눈에 들어왔다.

나의 스텔라. 당신이어서 고마워. 사랑해. 마이클.

"왜 이러는지 모르겠네." 스텔라는 손바닥을 깔고 앉아 카드를 쳐다보았다.

베니타가 고개를 옆으로 쭉 빼고 마이클의 카드를 보더니 빙긋 웃었다. "마이클이 데이트하는 남자인가봐요? 매력적인 남자네요."

"우리 헤어졌어요."

베니타의 미소가 의미심장하게 변했다. "남자분이 다시 만나고 싶은가본데요. 다시 기회를 줄 건가요?"

스텔라가 뭐라 대답하기 전에 필립이 사무실 문 밖을 지나다가 번개처럼 되돌아와서 그녀의 책상 위에 놓인 꽃다발을 노려보았다. 부리부리한 검은 눈 한 쌍이 한쪽으로 몰렸다.

"그 개새끼." 그가 그녀의 사무실로 들어와서 꽃다발 쪽으로 향했다.

그녀는 꽃다발 앞으로 몸을 날렸다. "뭐 하는 거야?"

"쓰레기통에 내던지려고. 거기가 원래 자리니까."

"아니, 안 돼. 이건 내 거야." 생애 최초로 남자한테 받은 꽃다발이었다.

"내가 더 좋은 걸로 사줄게." 그가 이를 악물며 말했다. "저건 버려."

"난 당신한테 꽃다발 받고 싶지 않은데."

"우리 사귀는 사이야, 잊었어?"

"우리 사귀는 사이 아니야. 데이트 한 번 한 거고, 난 다시 할 생각 없어. 우린 전혀 안 맞아."

베니타가 흥미진진한 드라마를 보듯 입을 꾹 다물고 눈썹을 추켜올린 채 필립을 지켜보았다.

필립은 어깨에 힘을 잔뜩 넣고 스텔라에게 다가와서 주먹을 쥐었다. "그 남자랑은 잘 맞고?"

그녀는 카드를 꼭 쥐었다. 한 사람한테만 일방적으로 맞을 수도 있을까?

"그 사람과 함께할 때 정말 행복했었어. 그 남자는 말을 잘 들어줘. 그리고 나에 대해 알고 싶어 해. 내 하루가 어땠는지, 내가 무얼 했는지. 그리고 또…"

"난 그 남자가 침대에서 잘하는지 그것만 궁금한데요." 베니타가 끼어들었다.

스텔라는 입술을 깨물고 얼굴을 붉히며 카펫을 내려다보았다. 마이클에겐 단순히 '잘한다'는 말로는 부족하다. '탁월하다' 정도는 돼야 한다.

"복 받았네." 베니타가 필립에게 고개를 돌리고는 그의 팔을 잡았다. "가요, PJ. 탕비실로 가요. 당신 눈에 얼음찜질이 필요하겠어요."

PJ?

필립은 뭐라 웅얼거리면서 백합꽃을 죽일듯 노려보고는 베니타의 손에 이끌려 스텔라의 사무실을 나갔다. 둘이 같이 복도를 걸어갈 때 그가 손을 그녀의 허리에 얹더니 아래로 쓱 내려 엉덩이를 움켜쥐었다. 베니타는 스텔라의 예상과 달리 그를 후려치기는커녕 그의 이마에 흘러내린 머리카락을 쓰다듬고 그의 상처를 보며 혀를 끌끌 찼다.

세상 참… 재밌다.

필립은 여자에 관한 한 완전 사냥개 스타일인데 그래도 상관없는 모양이다. 스텔라에게는 오히려 잘된 일이었다. 이제 그에게 애프터를 하지 않아도 미안해할 필요가 없을 것이다.

그녀는 꽃병을 요리조리 돌리면서 줄기를 만지작거렸다. 그녀에게 꽃이란 언제나 무가치한 것이었다. 꽃은 냄새가 나

411

고 시들어서 결국에는 치워버려야 하는 물건이었다. 하지만 이것은 마이클이 준 것이었다.

그녀의 휴대폰이 연속으로 진동을 했다. 그녀는 책상 서랍에서 휴대폰을 꺼냈다. 마이클이었다. 음성 메시지로 넘어가게 그냥 둘까 잠시 생각했지만 엄지손가락이 멋대로 통화 버튼을 눌렀다.

"여보세요."

"받았어?" 그가 물었다.

"응… 고마워."

"오늘 필립 덱스터의 눈은 어때?"

"보라색이야."

그가 그것참 고소하다는 소리를 냈다. 그녀는 사악하게 웃는 그가 보이는 듯해서 여학생처럼 한숨을 지을 뻔했다. 그의 야만적인 행동에 이렇게 기뻐해서는 안 되는 건데.

"며칠 뒤면 초록색으로 변할 거야." 그가 말했다.

"눈에 멍이 들게 하면 안 되지." 하지만 그녀는 그가 그렇게 한 것이 너무나 좋았다. 한 번도 느껴보지 못한 특별한 감정이 찾아왔다. 피에 굶주린 악당이 된 기분이었다.

"그래, 알았어. 다음번엔 놈의 불알에 더블펀치를 날려줄게. 누군가 당신에게 키스하려 하면 나인 게 좋을 거야." 잠시 어색한 침묵이 흐른 뒤 그가 말했다. "오늘 나랑 저녁 먹을래?"

그를 다시 만난다는 생각에 바보 같은 심장이 벌떡벌떡 뛰었지만 그녀는 날뛰는 심장을 잠재웠다. 그가 왜 이러는지 이해할 수 없었고 진심이라고 믿을 수도 없었다. "아니."

그가 오랫동안 침묵을 지키다가 말했다. "알았어. 난 도전을 즐겨."

"난 당신한테 도전하려는 게 아니야."

"알아. 나를 극복하려는 거겠지, 그게 더 나빠."

"마이클…"

"할 일이 있어서. 나중에 이야기하자. 보고 싶어." 통화가 끊겼다.

그녀는 사무실 안을 이리저리 서성였다. 발걸음이 갈수록 흔들렸다. 그는 그녀가 그를 극복하는 것을 원하지 않았다. 마음이 어지러웠다. 이제 어떡해야 할까? 평생 그를 그리워하며 살게 될까?

이 적극적인 애정 공세는 필립이 그녀에게 억지로 키스하려는 걸 마이클이 목격한 직후에 일어났다. 그는 그녀가 스스로를 지키지 못할 것으로 생각하고 그녀에게서 필립을 떼어내려는 것이다.

나는 여전히 동정의 대상인 거야.

그녀는 거친 숨을 몰아쉬면서 그의 카드를 집어서 마구 구긴 뒤 쓰레기통에 던져버렸다. 동정 따위에는 이렇게 답해줘야 한다.

내가 어떤 남자를 극복하겠다면 극복하는 거야.

그녀는 앉아서 프로그래밍 화면의 코드를 몇 줄 읽었다. 머리가 너무 산만해서 집중할 수가 없었다. 마이클 생각이 끊이지 않았다. 그녀의 몸이 그의 애무와 음탕한 말을 갈망했다. 그녀는 그가 그리웠고 둘이 함께한 일상이 그리웠다.

그가 그녀를 다시 원할 리 없었다. 하지만 만약 그렇게 된다면 얼마나 좋을까. 생각이 희망적인 방향으로 흐르자 그녀는 스스로를 꾸짖고 데이터에 집중하라고 스스로를 타일렀다. 소용이 없었다. 그녀는 앓는 소리를 내면서 쓰레기통에서 카드를 꺼내 반듯하게 편 뒤 서랍 안에 넣었다.

그 주에 마이클은 날마다 그녀에게 전화를 걸어 저녁을 먹자고 했다. 그녀는 매번 거절했다. 그의 도움은 필요하지도 원하지도 않았다. 내 일은 내가 알아서 할 수 있어.

금요일 저녁이 되었을 때 그녀의 책상에는 아직 싱싱한 백합꽃과 핏빛 빨강에서 분홍으로 변하는 장미꽃, 풍선 다발, 주짓수 도복을 입은 복슬복슬한 검은색 곰 인형 하나가 놓여 있었다. 그녀는 인형을 가지고 놀기엔 나이가 너무 많아 창피했다. 마이클의 선물 공세 때문에 그녀는 사내의 화젯거리로 급상승했다. 이것을 멈출 방법을 찾아야 했다.

퇴근 시간이 되어 그녀는 컴퓨터를 끈 뒤 가방을 들고 문으로 향했다. 나가는 길에 주짓수 곰 인형을 집어 들었다. 못마땅한 놈이었지만 밤새 사무실에 혼자 앉아 있을 걸 생각하면 안쓰러웠다.

그녀는 곰 인형이 최대한 작아지게 녀석을 팔 밑에 끼고 건물을 빠져나갔다. 인형을 가지고 다닌다고 남들한테 자랑

할 필요는 없었다.

"집에 가?" 그녀가 텅 빈 주차장을 건너가는데 세상에서 단 하나뿐인 그 목소리가 뒤에서 들려왔다. 그녀의 심장이 목구멍까지 펄쩍 뛰어올랐다.

그녀는 한 손을 가슴에 대고 돌아보았다.

마이클이 양쪽 엄지손가락을 주머니에 건 채 건물 벽에 기대 있다가 이쪽으로 움직였다. 딱 맞는 검은색 조끼에 목 단추를 푼 옥스퍼드 셔츠와 짙은 색 바지 차림이었다. 너무 근사했다. 그녀는 그에게서 눈을 돌려 아스팔트 바닥에 떨어진 곰 인형을 주우러 갔다.

그녀는 곰 인형을 탁탁 털면서 말했다. "스토킹으로 오해받으면 어쩌려고 이래."

그가 수줍게 웃으며 고개를 움츠렸다. "알아."

"이제 이런 짓 그만해."

"로맨틱하게 생각해주면 안 돼? 난 구애한 경험이 많지 않아. 내가 너무 지나쳐도 이해해줘."

그녀는 입을 다물었다. 이 정도 외모에 이런 카리스마를 가진 남자이니 손가락만 까닥하고 기다리면 여자들이 알아서 덤벼들었을 것이다. 하지만 그녀는 그런 바보 같은 여자들의 대열에 끼고 싶지 않았다. "그만해, 마이클. 당신도 나도 알다시피 당신은 지금 내게 구애하는 게 아니야."

그의 어깨가 뻣뻣해졌다. "무슨 소리야?"

"필립에게서 나를 보호하려 할 필요 없다는 소리야. 그 사람의 관심은 안내 데스크 직원에게 옮겨갔어."

"필립과 상관없는 일이야." 그는 이맛살을 찌푸리고 턱을 다문 채 그녀에게 다가왔다.

그가 다가오자 그녀의 본능은 물러나라 했지만 고집이 발동해 그녀의 발을 붙잡았다. 그녀는 턱을 치켜들었다. 그가 두렵지 않았다. "더 이상 당신의 동정 따위 받고 싶지 않아. 나는 그런 거 싫어…"

그가 두 손으로 그녀의 얼굴을 쥐고 키스했다. 관능이 그녀를 덮치고 시작하지도 않은 투쟁을 끝내버렸다. 서늘하고 매끄러운 그의 입술이 천국처럼 그녀의 입술에 닿았다. 그의 뜨거운 혀가 그녀의 입속으로 들어왔고, 그의 찝질한 맛과 익숙한 체취가 그녀를 마비시켰다. 그녀는 그의 어깨를 움켜잡고 그에게 몸을 밀착했다. 그가 두 팔로 그녀를 끌어안자 그들의 골반이 포개졌다. 그녀의 말랑함과 그의 단단함이.

"화 풀렸구나." 그가 그녀의 입에 대고 숨을 몰아쉬며 말했다. "보고 싶었어."

그가 그녀에게 다시 키스했다. 그 깊고 느릿한 키스에 그녀는 발가락이 오그라들어서 그의 입술에 대고 한숨을 쉬었다. 머리카락이 풀리는 느낌이 들었다. 그녀가 몸을 떨 때 그가 손가락으로 그녀의 머리카락을 빗어 내렸다.

"예쁜 스텔라." 그가 소곤거리며 두 손으로 그녀의 풀린 머리카락을 쓸었다. "내가 구애는 서투를지 몰라도 키스는 제대로 하나봐."

그것이 키스의 최면에 걸려 있던 그녀를 흔들어 깨웠다. 그녀는 몸부림쳐서 그의 품을 벗어난 뒤 소매로 입가를 닦았다. "나한테 키스하지 마. 만지지도 말고. 동정할 거면 나한테 아무 짓도 하지 마."

"왜 자꾸 동정 운운하는 거야? 나 당신 동정한다고 말한 적 없어." 그가 인상을 쓰면서 말했다.

"그럼 내 돈은 왜 안 받았어?" 그녀는 그의 대답을 기다리지 않고 두 번째로 바닥에서 곰 인형을 주웠다. 품에 안고 싶은 걸 꾹 참고 그것을 그에게 내밀었다. "이번 주 내내 기분 좋았어. 하지만 더 이상은 싫어. 이제 그만해. 부탁이야."

"더 이상 내게 마음이 없다는 소리야?"

그녀는 촉촉해진 눈으로 고개를 돌렸다. "나 그만 갈게."

"당신한테 마음이 있어서 그랬어."

그녀는 얼어붙었다. 그의 손이 그녀의 손을 감싸고 끌어당기자 그녀는 다시 그와 얼굴을 마주했다. 그가 그녀의 턱 끝을 올렸다. 그녀는 금방이라도 눈물을 쏟을 것 같았다. 그가 방금 무슨 말을 한 거지? 귓속을 울리는 심장 소리 때문에 잘못 들은 것 같았다.

그가 숨을 들이마시고, 내쉬고, 다시 들이마셨다. "당신을 사랑해서 그랬어. 그래서 당신 돈을 받지 않은 거야. 당신에게 내가 필요해서, 내가 아버지랑 다르다는 걸 증명하기 위해서 당신을 도왔다고 말했지만, 그건 당신과 같이 있기 위한 핑계였어. 당신에겐 내가 필요 없어. 내가 아버지랑 같지 않다는 걸 증명할 필요도 없고. 난 아버지랑 달라. 내가 우리 관계를 끝낸 건 당신이 나를 사랑하지 않는다는 확신이 들어서였어. 하지만 당신이 나를 극복하겠다고 말했을 때 나는 희망을 얻었어."

그녀의 피부가 뜨겁게 달아올랐다. 손도, 목도, 얼굴도, 귀도. 그는 나를 동정하는 게 아니야. 나를 사랑해. 내가 제대로 들은 걸까? 진짜 맞게 들었나?

그가 마른침을 삼켰다. "뭐라고 말 좀 해줄래? 남자는 여자한테 사랑한다고 말해놓고 침묵을 기대하진 않아. 내가 너무 늦은 거야? 마음 완전 접은 거야?"

"내가 사준 속옷 입고 있어?"

그에게서 웃음이 터져 나왔다. "가끔 난 당신이 무슨 생각을 하는지 통 모르겠어."

"그래?" 그녀가 곰 인형을 팔 밑에 끼고는 손가락을 그의 가죽 벨트 바로 위 바지 허릿단으로 내렸다.

두 사람의 입꼬리가 올라갔다. 그가 벨트를 풀고 바지 단추를 열고는 지퍼를 내렸다. "우리 공공장소에서 음란행위로 체포되면 감방 같이 쓰자."

그녀는 그의 셔츠 자락을 끌어냈다. 희미한 주차장 불빛 속에서 그 빨간 줄무늬 사각 팬티가 보였다. 그녀는 눈을 들어 그의 눈을 보았다. 훈훈한 열기가 그녀의 몸속으로 스며들어 가슴을 적시고 구석구석까지 퍼져 나갔다. 그는 그녀를 진심으로 사랑하고 있었다. 그녀의 이론은 확인되었다. 마이클의 β가 1에서 0으로 바뀐 것이다. 그녀를 위해서. "입고 있었네."

"노팬티는 별로라서. 피부가 쓰라리거든."

그녀는 헤벌쭉 터지려는 웃음을 참으면서 그의 바지 매무새를 고쳐주고 벨트를 채웠다. "여자들은 사랑하는 남자를 위해 속옷을 사. 경제학적으로 그래. 데이터가 그 주장을 증명해."

"지금 나를 사랑한다고 말하는 거지, 스텔라?"

그녀가 주짓수 곰 인형을 껴안고 고개를 끄덕였다. 별안간 부끄러워 견딜 수가 없었다.

"그 말 안 해줄 거야?" 그가 물었다.

"부모님 외엔 아무한테도 그런 말 한 적 없어."

"나는 뭐 이 여자 저 여자한테 사랑한다고 말하고 다니는 사람인가?" 그가 그녀를 끌어당겨 서로의 이마를 마주 댔다. "당신한테서 그 말을 꼭 듣고 말 거야. 오늘 밤에."

"나 떨어야 되나?"

"응."

"뭘 하려고 그러는데…" 그의 뜨거운 눈이 그녀의 말을 막았다.

"집에 가자."

"알았어."

그는 그녀를 데리고 그의 작은 은색 혼다 시빅으로 데려가서 그녀에게 조수석 문을 열어주었다. "나 차 바꿨어." 그가 어깨를 어색하게 으쓱거리며 말했다.

그녀는 차에 타고 안전벨트를 매면서 차 내부를 둘러보았다. 가죽은 아니지만 깨끗했고, 앨리자를 연상시키는 것은 아무것도 없었다. "이 차가 더 나은데."

"아무렴." 그가 운전석에 앉으면서 말했다. "콴이랑 의류

회사를 차릴 거라 창업 자금이 필요했어. 에스코트 일도 관 뒤서 그 차는 더 이상 필요가 없더라고."

마침내 그가 행동하고 있었다. 에스코트 일을 그만두고, 운을 시험하고, 이름을 떨치려고 나선 것이다. 그녀는 그런 그가 너무 완벽하게 보여서 기어 너머로 몸을 던져 그에게 키스하고 싶었다. 그가 숨이 막힐 때까지.

"잘됐다. 나 너무 기뻐, 마이클." 하지만 그녀는 그가 돈 때 문에 차를 팔았다는 것이 마음에 걸렸다. 특히 그가 그녀의 수표를 돌려준 것도. "어머님의 병원비를 아직도 갚고 있는 거야? 재단의 의료 지원 프로그램이 모든 비용을 지원하진 않는 건가?"

그가 고개를 갸웃거리며 그녀에게 인상을 썼다. "엄마의 병원비랑 그 프로그램을 당신이 어떻게 알아?" 잠시 멈칫한 뒤 그의 눈이 커졌다. "당신이었어?"

그녀가 눈길을 피했다.

"당신이었구나." 그가 이제 알겠다는 목소리로 말했다. "엄 마가 보험이 없다는 건 어떻게 알았어?"

"그날 밤, 당신 아파트에서 청구서를 봤어. 그리고 어머님 의 치료비와 당신의 에스코트 수입이 관련 있다는 걸 알았 지. 아마도… 그때 당신을 사랑하게 된 것 같아."

그의 입술에 소년의 미소가 번져갔다. "그 말은 가장 황홀 한 방식으로 끌어내려 했는데 틀려버렸네." 하지만 미소는 사라지고 그의 얼굴에 진지한 빛이 떠올랐다. "큰돈이 들었 겠네. 새로운 의료 프로그램을 시작했으니까. 당신 대체 얼마나 부자인 거야?"

그녀는 아랫입술을 우물우물 씹으면서 곰 인형을 껴안았다. "이젠 그렇게 큰 부자는 아니지. 그래도 부자이긴 해. 부자를 어떻게 정의하느냐에 따라 다르겠지. 당신이 싫어할지도 모르겠다. 정말 알고 싶어?"

"말해봐, 스텔라."

"내게 신탁 자금이 있었어. 거기에 천오백 만 달러쯤 있었지." 그녀가 어깨를 으쓱거리면서 말했다. "그걸 팔로 알토 재단에 기부해서 그 의료 프로그램을 만든 거야."

"신탁 자금 전부를 포기했다고? 나를 위해서?"

"돈은 그렇게 써야 하는 거 아니야? 포기? 난 일해서 버는 돈만으로도 생활할 수 있어. 그냥 돈일 뿐이야, 마이클. 게다가 당신이 억지로 에스코트 일을 한다는 생각을 하니까 참을 수가 없었어. 당신이 좋아서 하는 거라면 모르지만 그게 아니라면…" 그녀는 고개를 절레절레 저었다. "난 당신에게 선택권을 주기로 한 거야. 이제 우리는 많은 가정들을 돕고 있어. 좋은 일이잖아."

"우리?" 그는 몸을 내밀어 그녀의 뺨과 입가에 키스했다. "모두 당신이 한 거야. 그 돈은 내 돈이 아니야." 그는 그녀의 입술에 연속으로 키스했다. "내게 선택권을 줘서 고마워. 덕분에 당신을 선택할 수 있었어. 당신이어서 고마워. 사랑해."

그녀는 미소를 짓지 않을 수 없었다. 이 말은 그가 몇 번을 말해도 질리지 않을 것 같았다. "이제 내 남친이 자신만만한 디자이너라 말해도 되겠네. 당신이 내 남친이라면. 맞아?"

그는 곧장 대답하지 않고 시동을 걸고 주차장을 빠져나간 뒤 시선을 도로에 두고 덤덤한 목소리로 말했다. "남친이 맞긴 하지. 석 달 뒤 청혼할 때까지는."

스텔라의 입이 딱 벌어졌다. 뜨겁고 차가운 충격파가 번갈아 그녀에게 밀어닥쳤다. "무슨 뜻으로 하는 말이야?"

그는 입가에 슬쩍 미소를 띤 채 그녀를 흘끔 보고는 다시 도로 쪽으로 시선을 돌렸다. "당신은 놀라는 거 좋아하지 않잖아. 익숙해지려면 시간이 필요할 거 같아서."

그의 생각이 옳았다. 하지만 그녀가 그 생각에 빠져들기 전에 그가 한 손을 운전대에서 내려 그녀의 손을 잡더니 늘 그렇듯 손깍지를 꼈다.

그녀는 아무 말 하지 않고 그 순간에 몸을 맡겼다. 불확실함, 가슴 벅찬 희망, 초조함, 반짝거리는 만족감. 손가락들이 엇갈려 엉킨 모습이 그녀에게 기쁨을 주었다. 너무나 달랐지만 여전히 같은 다섯 손가락, 다섯 손가락 관절이었고, 같은 청사진이었다.

그녀는 손에 힘을 주었고, 그도 힘을 주어 그녀의 손을 잡았다. 손바닥과 손바닥이 닿았다. 두 외로운 반쪽이 서로에게서 위안을 찾았다.

에필로그

넉 달 뒤.

스텔라는 샌프란시스코 웨어하우스 지역의 조용한 보도를 걸어 내려갔다. 패션 회사들이 밀집한 서해안 지역의 한적한 곳이었다. 그녀는 간판이 없는 문을 열고 철제 벽과 시멘트 바닥, 노출 천장으로 된 옛 공장 건물 안으로 들어갔다.

실내 안쪽에서 사진 촬영이 한창이었다. 스텔라는 마이클이 최근 디자인한 옷을 입은 모델들을 흐뭇하게 바라보았다. 아직 초가을이었지만 모델들은 겨울 의상을 선보였다. 미취학 아동부터 십 대 초반의 아이들이 정교한 디자인의 앙증맞은 양복과 조끼, 그것에 어울리는 베레모, 니트 원피스, 가장자리에 털을 댄 망토를 입고 포즈를 취했다.

콴이 먼저 그녀를 발견했다. "안녕, 스텔라." 그가 그녀에게 손을 흔들고는 사진을 찍고 있는 여성과 계속 대화를 나누었다.

마이클은 하얀 시폰 원피스 차림의 꼬마 여자아이에게 황금색 리본을 묶어주다가 스텔라를 올려다보고는 활짝 웃었다. "일찍 왔네."

"보고 싶어서."

그의 미소가 더 커졌다. 그는 여자아이의 어깨를 다독거리고 나서 아이를 무대 쪽으로 이끌었다. 무대에는 코디네이터가 아이들과 소도구들을 배치하고 있었다. 그는 그녀를 향해 걸어가면서 바지 주머니에 두 손을 찔러 넣고 그녀의 남색 치마 정장과 목에 느슨하게 감긴 스카프를 감상하는 눈으로 훑어보았다. 오늘 손수 그녀에게 골라준 의상을 감탄하는 중이었다. 그녀는 그것을 알고 웃음이 터질 것 같아 입술을 꾹 다물었고, 그런 그녀의 모습이 그를 행복하게 만들었다…

그는 그녀의 옆에 서서 몸을 숙여 키스하고는 양손으로 그녀의 팔을 쓸어내린 뒤 그녀의 두 손을 잡았다. 그리고 그녀의 손을 입으로 가져와 손가락 관절에 입술을 대고 엄지손가락으로 그녀의 왼손 손가락을 쓰다듬었다. 그 동작에 그녀는 자신의 약손가락에서 반짝거리는 다이아몬드 반지를 의식하지 않을 수 없었다. 알이 세 개 박힌 반지였다.

"빚을 내서 이걸 사주다니 아직도 믿을 수가 없어." 그녀가 말했다.

그녀는 말은 그렇게 했지만 그것이 의미하는 모든 것을 사랑하지 않을 수 없었다.

한 번도 보석에 빠진 적 없었는데 이 반지는 수시로 쳐다보게 되었고 그럴 때마다 어김없이 마이클을 생각했다. 사무실 사람들은 아무 이유 없이 헤벌쭉 웃는 그녀를 보고 못 말린다는 표정으로 입속말로 중얼거리곤 했다.

"당신에게 임자가 있다는 걸 만천하에 선포하려면 어쩔 수 없었어. 그리고 오늘 아침부로 빚 완전히 청산했어. 콴이 투자금 유치에 성공했거든. 크리스마스 무렵에 세 개 점포를 열게 될 거야."

그녀는 속으로 그 숫자를 세어보고 신바람이 났다. "정말 빠르네. 내가 뽑아준 고도성장 그래프보다 훨씬 더 빨라."

"맞아. 당신의 분석 정보가 벤처 투자자들을 설득하는 데 한몫했어."

"내 생각엔 당신의 디자인과 공격적인 마케팅 전략 덕분인 것 같은데."

"뭐, 그것도 역할을 하긴 했지." 그는 소리 내어 웃었지만 눈빛은 부드러웠다. "하지만 내내 당신이 곁에 있다는 게 내겐 큰 힘이 되었어. 그걸 알아야지."

"알아." 지난 몇 달 동안 두 사람은 정신없이 바쁜 날을 보냈지만 함께 헤쳐 나갈 수 있었다. "그건 나한테도 마찬가지였어."

그의 표정이 진지해졌다. "오늘 회사에서 중역들과 회의가 있다고 했잖아. 어떻게 됐어?"

"나 다시 승진 제안 받았어. 계량 경제학 수석 연구원으로. 내 믿음직한 인턴 이외에 부하 직원을 다섯 명 두는 자리야."

"그래서?"

그녀는 숨을 들이켠 뒤 말했다. "받아들였어."

그의 입이 딱 벌어졌다. 그는 멈칫한 뒤 그녀를 와락 끌어안았다. 그리고 그녀의 관자놀이에 입을 맞추었다. "근데 후

회돼서 그래?"

그녀는 그의 품을 파고들어 그의 냄새를 들이마셨다. "아니. 떨려서. 하지만 행복해."

"당신이 자랑스럽다."

그녀는 뺨이 아프도록 활짝 미소를 지었다. "승진하면 엄청난 보너스를 받게 돼. 내가 새 차 뽑아줄 거니까 각오해."

그가 몸을 뗐을 때 그녀는 그가 화가 났을까봐 걱정이 됐다. 그녀가 그의 무표정한 얼굴을 읽으려 하는데 그가 말했다. "새 차는 내 힘으로도 살 수 있는데."

그녀는 인상을 쓰지 않으려고 입술을 깨물었지만 자기 힘으로 성취하고 싶은 그의 마음을 이해할 수 있었다. 너무 잘해주는 것도 좋지 않았다. 그것은 그녀의 욕심이었다.

"당신 차랑 같은 모델이 좋겠어." 그가 말했다. "검은색으로."

그녀가 고개를 옆으로 기울이고 숨을 천천히 들이켰다. "그 말은…"

"당신이 차를 사주겠다면 잘 타겠다는 소리야." 그의 입술이 곡선을 그리며 은근한 미소가 피어났고 눈은 춤을 추었다. "팬티도 사주면 기꺼이 입을게."

그녀는 가슴이 어찌나 설레는지 그대로 날아갈 것만 같아서 그의 손을 붙잡았다. "당신 정말 나 사랑하는구나."

그가 버릇처럼 그녀와 손깍지를 끼고 꼭 쥐었다. "정답이야, 경제학적으로."

작가의 말

내가 아스퍼거 증후군으로 알려진 '고기능' 자폐증에 대해 처음 들은 것은 딸아이의 유치원 선생님과 사적인 대화를 나눌 때였다. 당시 선생님은 내 딸이 고기능 자폐증이라 의심했고 나는 큰 충격을 받았다. 딸아이는 손이 많이 가는 편이긴 해도 내 기준의 '자폐증'에는 해당하지 않았다. 내가 보기에 딸아이는 지극히 그 또래 아이다운, 불쑥불쑥 사고를 치는 귀여운 아이일 뿐이었다. 나는 집에 돌아와 재빨리 인터넷 검색을 해보았지만 딸아이의 행태는 자폐증에 들어맞지 않았다. 그래도 안심이 안 되어 가족들과 의논하고 딸아이의 주치의에게 자문을 구했다. 그들의 의견은 한결같았다. 딸아이는 자폐증이 아니었다. 그들의 말이 틀릴 리 없어서 나는 그 일은 잊어버렸다.

잊어버렸다고 생각했는데 그것이 아니었다. '자연인의 나'는 그 일을 잊어버렸지만 '작가로서의 나'는 그것에 매료되었다. 남자와 여자가 뒤바뀐 〈프리티 우먼〉이 오랫동안 내 머릿속 뒤편을 얼쩡거렸지만, 아름답고 성공한 여성이 에스코트를 고용할 이유를 찾을 수 없었다. 그러다가 인터넷 검색으로 찾은 자폐증의 한 가지 특성에 주목했다. 사교술 부족. 개인적으로 너무나 공감이 가는 점인 데다 에스코트를 고용할 만한 매력적인 이유였다. 내 딸은 자폐증이 아니지만 내 소설의 여주인공이 자폐증이면 어떨까? 이 캐릭터에 대해 더 알아야 했다.

나는 캐릭터 연구에 빠져들었고 대단히 흥미로운 점을 발견했다. 여성들의 다양한 자폐 증상에 초점을 맞춘 책들이 있었던 것이다. 왜 여자들만 이런 책들이 필요할까? 우리는 모두 사람이다. 남자와 여자는 결국 같을 텐데. 나는 루디 사이먼의 《아스퍼걸스》를 구입했다.

책장을 넘기는 순간부터 이상한 기분이 들었고, 그 느낌은 책을 읽어나갈수록 더욱 강렬해졌다. 남자와 여자는 자폐증을 대하는 방식에서 분명 많은 차이를 보인다. 예전에 나는 자폐증 남성들을 다룬 책들을 읽은 적이 있다. 그런데 자폐 증상을 가진 많은 여성들이 다양한 이유로 자신의 서투른 성격을 위장하고 사회적 적합도를 높이기 위해 자신의 자폐증적 특성들을 숨긴다. 우리가 집착하거나 관심 갖는 대상을 사회적 적합도에 맞춰 3으로 시작하는 자동차 번호가 아니라 말(馬)이나 음악으로 조정하듯이. 이런 이유로 여자들은 자폐증 진단을 받지 않거나 인생 후반부에 진단을 받는 일이 많고, 자식이 자폐증 진단을 받은 뒤에야 본인도 그 진단을 받는 경우가 심심찮게 벌어진다. 흔히 사람들이 '스펙트럼의 보이지 않는 부분'이라 부르는 영역에 아스퍼거를 가진 여성들이 존재하는 것이다.

나는 루디 사이먼의 책을 읽으면서 나의 어린 시절을 돌아보게 되었다. 오만 가지 자질구레한 일들이 기억났다. 학교에서 내 표정이 무섭다는 말을 듣고 거울 앞에서 몇 시간이고 표정 연습을 했던 일. 좋아하는 사촌이 워낙 인기가 많아서 그렇게 되어야겠다는 생각에 온종일 그 사촌의 행동거지와 말씨를 흉내 내다가 녹초가 된 일. 초조하거나 지루해지면 손가락을 '한 번, 세 번, 다섯 번, 두 번, 네 번' 두드리던 일. 하지만 사람들이 불쾌해해서 아무도 못 보고 듣지 못하게 치아를 그렇게 부딪치게 되었는데, 그 바람에 이른 나이에 치주질환이 생겼는데도 도무지 그 버릇을 고칠 수가 없다. 게다가 꼬맹이일 때 피아노를 독학으로 배울 만큼 빠졌던 조지 윈스턴에 대한 집착은 수십 년이 지난 지금까지도 여전히 강력하다. 말하자면 끝도 없다…

책에 대한 탐구열은 자아성찰로 이어졌다. 그 과정에서 나는 혼자가 아니라는 것을 알게 되었다. 나와 똑같은 사람들, 내 딸아이와 흡사한 사람들이 존재했다. 나는 나 자신을 계속 탐구했다. 최종 진단이 나왔을 무렵(내 나이 서른다섯 살 때) 나의 자폐증 여주인공 스텔라가 소설 속에서 탄생했다. 한 인물을 만들어내는 일은 결코 쉽지 않았지만 나는 그녀를 잘 알고 있었다. 그녀는 내 가슴에서 태어났다. 오랫동안 나는 사회성을 높이기 위해 생각을 거르는 습관이 들었지만, 그녀까지 그렇게 만들 필요는 없었다. 그 자유로움이 내 목소리를 찾게 도와주었다. 이전에는 여러 작가들의 문체를 흉내 내면서 다른 사람이 되려 애썼지만, 《키스의 지수》를 쓰면서 나다울 수 있었고, 그 이후 당당하게 나 자신으로 살고 있다. 가끔 꼬리표는 우리를 구속하는 대신 자유를 주기도 한다. 적어도 나는 그랬다. 그리고 나와 같은 사람들의 어려움을 돕기 위해 심리 치료 상담을 시작했다.

그렇긴 하지만 나는 사람들이 각기 다양한 스펙트럼 위에 존재하며 나름대로 유효한 자신의 경험과 장애, 강점, 시각을 가졌다는 것을 인정한다. 내 경험은(또한 스텔라의 경험은) 그 각양각색의 경험들 중 하나에 불과하므로 절대적 '기준'이 될 수는 없다. 기준은 없다.

관심 있는 분들을 위해, 자폐 스펙트럼 장애와 아스퍼거 증후군을 지루하지 않게 다룬 유용한 자료들을 아래에 밝혀 둔다.

루디 사이먼의 《아스퍼걸스Aspergirls》 (여성들에게 초점을 맞춘 책)

사만타 크래프트의 《날마다 아스퍼거스Everyday Aspergers》 (여성들에게 초점을 맞춘 책)

존 엘더 로비슨의 《나를 똑바로 봐Look Me in the Eye》

나오키 히가시다의 《내가 점프하는 이유The Reason I Jump》

임상 심리학자 토니 애트우드의 유튜브 동영상

여성 자폐증 협회(facebook.com/autisticwomens association)

모두들 행운을 빕니다.

헬렌 호앙

옮긴이 **황소연**

글 노동자. 연세대학교를 졸업하고 출판 기획자를 거쳐 전문번역가로 활동하고 있다. 옮긴 책으로《인생의 베일》《브루클린으로 가는 마지막 비상구》《사랑은 지옥에서 온 개》《망할 놈의 예술을 한답시고》《심연》《뷰티풀 보이》《미스터》 등이 있다.

2019년 10월 17일 초판 1쇄 인쇄
2019년 10월 22일 초판 1쇄 발행

지은이 | 헬렌 호앙
옮긴이 | 황소연
발행인 | 윤호권
책임편집 | 박윤희
책임마케팅 | 정재영 임슬기 박혜연

발행처 | (주)시공사
출판등록 | 1989년 5월 10일(제3–248호)

주소 | 서울 서초구 사임당로 82(우편번호 06641)
전화 | 편집 (02)2046–2852 · 마케팅 (02)2046–2883
팩스 | 편집 · 마케팅 (02)585–1755
홈페이지 | www.sigongsa.com

ISBN 978-89-527-3933-9 (04840)
ISBN 978-89-527-3931-5 (set)

이 도서의 국립중앙도서관 출판예정도서목록(CIP)은 서지정보유통지원시스템 홈페이지 (http://seoji.nl.go.kr)와 국가자료종합목록 구축시스템(http://kolis–net.nl.go.kr)에서 이용하실 수 있습니다. (CIP제어번호 : CIP2019039819)